데뷔 못 하면 죽는 병 걸림

데뷔 못 하면 죽는 병 걸림 11

1판 1쇄 발행 | 2025년 12월 08일

펴낸이 | 권태완 우천제
펴낸곳 | (주)케이더블유북스
편집자 | 한준만, 이다혜, 박원호, 이고은

출판등록 | 2015-5-4 제25100-2015-43호
KFN | 제3-37호

주소 | 서울시 구로구 디지털로31길 62 에이스아티스포럼 201호, KW북스
E-mail | paperbook@kwbooks.co.kr

ⓒ백덕수, 2021

ISBN 979-11-415-3821-7 04810
　　　979-11-415-3820-0 (set)

※ 파본은 구입하신 곳에서 교환하여 드립니다.
※ 저자와 협의하여 인지를 붙이지 않습니다.
※ 이 책은 (주)케이더블유북스와 저작자의 계약에 의해 출판된 것이므로 무단 전재 및 유포, 공유를 금합니다.

안녕하세요. 백덕수입니다.

퇴고를 하며 문대와 친구들을 다시 만나 무척 즐거웠습니다.
이 친구는 어떤 마음으로 이런 이야기를 했는지, 이런 행동을 했는지
다시 한번 살아가는 기분이라고 할까요.

단행본을 통해 처음으로 이 이야기를 만나시는 분들도, 다시 만나시는 분들도
문대와 친구들과 함께 즐거운 경험을 하셨으면 좋겠습니다.

신나고 만족스러운 탐독이길 바랍니다!

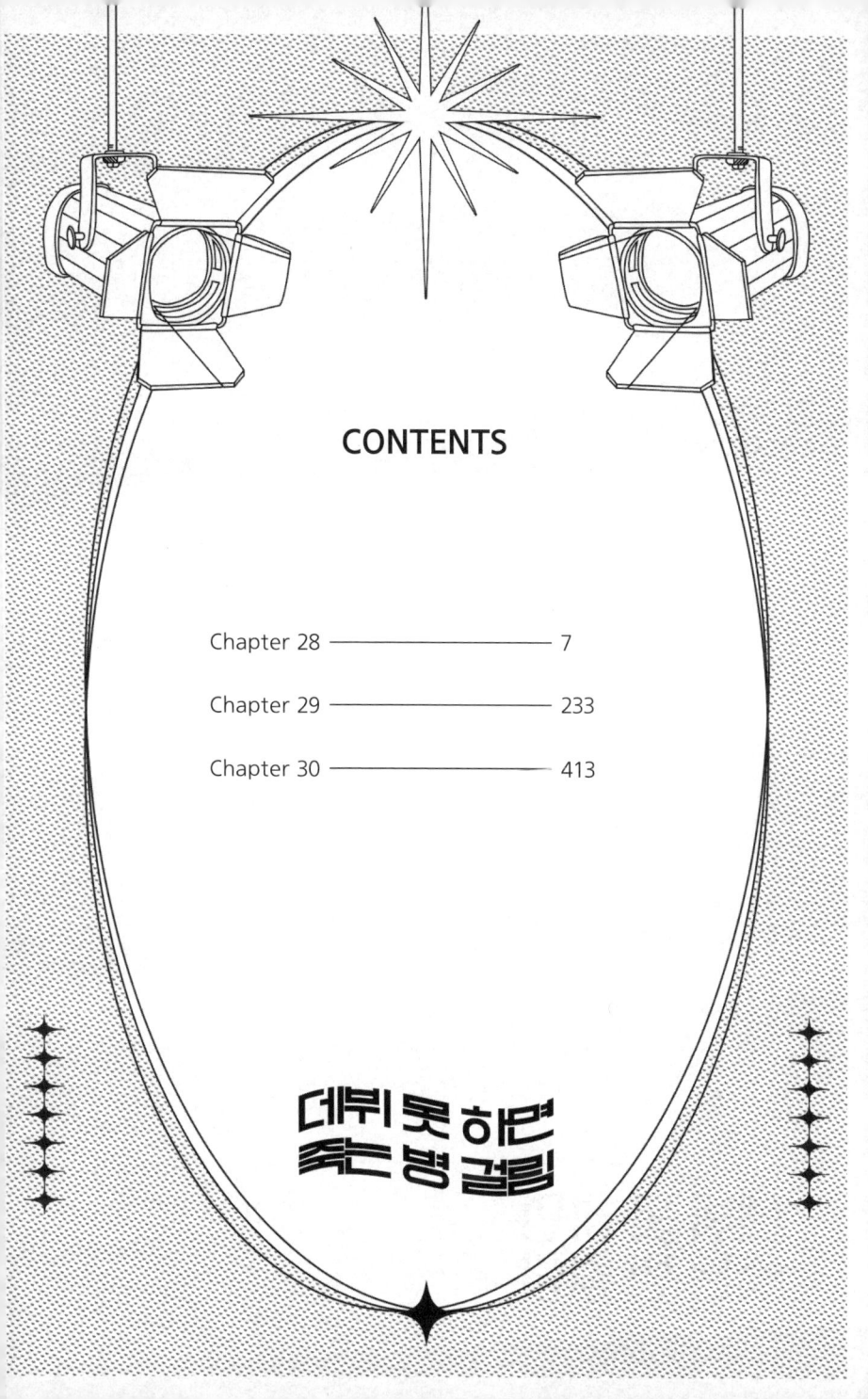

CONTENTS

Chapter 28 ——— 7

Chapter 29 ——— 233

Chapter 30 ——— 413

데뷔 못 하면
죽는 병 걸림

큰달은 본인이 '재부팅'이라 명명한 무언가를 하고 난 후, 다시 적극적으로 떠들기 시작했다.

[형 저 괜찮아진 것 같아요!]

확실히 놈이 띄우는 팝업은 더 이상 불안하지 않고 안정화되어 있었다. 그러나 내 대가리는 더없이 복잡했다. 이러다 터지는 것 아닌가 싶은 정도다.
여기서 새 게임 시스템이 뜨다니. 나는 잠시 침묵하다가 천천히 입을 열었다.
"그러니까… 이 게임 상태창은 네가 아니라 시스템 스스로 만든 거란 뜻이지."

[네…. 저는 그걸 변형만 좀 시킨 거고요.]

아무래도 섞이는 과정에서 큰달이 시스템에 간섭하는 것처럼 시스템도 상태창에 간섭할 수 있게 된 모양이었다. 아니면 아예 새롭게 응용하는 걸 수도 있겠다만, 어느 쪽이든 반가운 일은 아니다.

…다만 의아한 점이 있다. 나는 턱을 만졌다.

"왜 이게 〈127 섹션〉처럼 보이지."

그렇다. 이 '동료 모으기'를 어디서 봤다 했더니, 인터페이스부터 항목들이 묘하게 겹친다. 우리가 콜라보했던 그 게임과 말이다.

[그건 저예요! 최소한 게임 형태라도 형에게 친숙했으면 해서… 따와 봤어요.]

"그래? …고맙다."

그렇다면 어쨌든 이 구조와 내용 자체는 원래 시스템이 주려고 하긴 했다는 뜻이다.

'찜찜한데.'

나는 눈살을 찌푸린 채로 홀로그램을 하나씩 넘기며 내용을 살폈다. 우선 상태창의 표기 사항은 전과 유사하다.

[플레이어 : 류건우 (박문대)]

가창 : A+

춤 : B

외모 : A

끼 : A-

특성 : 잠재력 무한

다음 각성 기회까지 / Exp 1,000

특성이 싹 사라지고 모든 능력치가 등급이 떨어지긴 했다만 그래도 나이를 고려한다면 무시무시한 성적표였다. 버릴 게 없는 올라운더. 혹시 이게 지금까지 내가 받았던 시스템 보정이 없는 내 본래 능력치인가? 뿌듯해하기엔 상황이 쓰레기 같으니 넘기자. 문제는 그다음부터다.

[모집한 동료 : 신재현]
다음 모집 기회까지 / Exp 1,000

이 새끼가 왜 여기 표기되냐.
그 전에 대체 동료 모집이라는 건 무슨 뜻이냔 말이다. 각성은 또 뭐고? 큰달에게 몇 가지 더 물어봤으나 본인도 혼란스러운지 제대로 확신하는 건 없다.
'어쩔 수 없긴 하지.'
지금 현실의 이놈이 어떻게 됐는지 짐작도 할 수 없는 상태니 이 녀석에게 더 큰 도움을 기대할 수는 없다. 없는 건 내가 머리로 때운다. 나는 당황스러울 정도로 질이 괜찮은 침대에 누워서 생각에 잠겼다.
'일단 있는 단서의 조합.'
…〈127 섹션〉으로 생각하자면. 거기선 레벨업을 각성이라 불렀다.

다음 각성 기회까지 / Exp 1,000

내 상태창 아래 표기된, 이게 그거겠지. 각성할 때마다 랜덤으로 능력치나 스킬을 얻는 형태다. 지금까지 했던 선택지 행동이 쌓인 확률성이라고 들었다. 큰달이 그 메커니즘까지 제대로 구현했다면 여기도 비슷할 것이다.

그리고 여기서 각성을 위해 쓰는 경험치가… 〈명성 Exp〉. 뻔했다. 유명해지고, 상 타고, 성적이 좋으면 찰 것이다. 내가 박문대였을 때의 시스템을 더 쉽고 이해하기 편하게 개편한 것과 다름없다.

한마디로, 노림수가 보인다.

'데뷔하라는 거야.'

이 시스템이 원하는 게 누가 봐도 이 세상에서의 내 데뷔다. 데뷔해서, 명성을 꼬박꼬박 쌓으며 지난번보다 편하게 잘나가라는 말이다. 그냥 여기서 정붙이고 살라는 것처럼 말이다.

불쾌할 정도로 노골적인 제안이었다.

내가 돌았냐? 네가 무슨 짓을 할 줄 알고 여기서 이대로 사냐. 그리고…….

'…그렇게 많은 게 현실에 있는데.'

그걸 다 버릴 수가 없었다. 절대로.

나는 눈을 감았다. 내일부터 뭘 할지 계획이 빠듯한 게 도리어 반가웠다. 쓸데없는 고민과 생각으로 기력 낭비할 틈이 없었으니까.

다음 날 아침, 나는 어린 류청우와 밥을 먹게 되었다.

"……."

아니… 원래도 숙소에서 하는 일인데, 사람 없이 이렇게 밥 먹으니 진짜 집구석 같다. 류청우는 침묵이 익숙한 듯 편안하고 심드렁한 표정이다.

그리고 큰달은 휴식한다고 했지. 너무 큰 힘을 써서 일종의 잠을 자는 것 같았다. 덕분에 더 조용하다.

"나 간다."

"잘 다녀와, 형. 저녁에 보자."

정보를 얻기 위해 이놈에게 끈질기게 질문하는 대신 쉽게 집을 나섰으나, 이쪽이 가성비가 좋았다. 지금 이 길로 서비스센터로 가서 스마트폰 잠금을 풀 생각이었기 때문이다.

'그 안에 정보가 있겠지.'

데이터는 거짓말을 안 한다.

그리고 서비스센터에서는 15분 만에 잠금 패턴을 해지해 줬다. 깔끔하군.

'이게 정답이 맞았어.'

이 새끼가 나라면 패턴 연속으로 틀리면 데이터 증발하는 보안 옵션을 걸어놨을 테니 함부로 여러 번 시도도 안 했다. 나는 시원한 감정으로 스마트폰을 열었다.

"흠."

일단 메신저 내역에서는 별것 없다. 주로 조별 과제용, 동기용 단체 메시지방의 흔적뿐이다.

……청려가 가장 최신 연락이라니. 이 새끼는 대체 대인관계가 어떻게 된 거냐? 심지어 사진 동아리는 잠정 탈퇴한 상태였다.

[연사 이유진 : 류건우 씨?? 사진 동아리 그만뒀나여 왜 안 옴?]

[하고 싶은 일이 생겨서]
[연사 이유진 : ??? ㅇㅋ ㅊㅋㅊㅋ]

나한테 데이터팔이 일을 소개해 준 녀석과의 대화를 미루어보아, 이곳의 내가 하고 싶다는 일은 아이돌일 것이다. 그리고 방식은 아마도… 대리 직캠 촬영 중 길거리 캐스팅.

[LeTi 16기 신재현 : 저 드림콘서트에 이용재 실장님과 같이 갔던 신재현입니다. 기억하실까요? 앞으로 잘 부탁드려요 형 ^^]

청려와의 첫 메시지다. 아마 이때부터였겠지.
'…겨우 3개월 전이다.'
그러면 정말 픽업하자마자 데뷔조에 꽂았다는 건데, 사실 능력치를 보면 그럴 만도 하다. 쓸 만한 보컬은 유구히 찾기 어려웠지. 심지어 청려도 메인보컬에서 타협해서 그놈이 사고를 치지 않았는가.
'대충 인과관계는 알겠고, 다음.'
……류청우. 나는 놈과 주고받은 메시지 내역을 쭉 훑었다.

[류청우 : 공학관 순두부찌개?]
[ㅇㅇ]

놈은 20살이 아니라, 21살이었다.
그렇겠지. 류건우가 1년간 대학 생활을 한 흔적이 있으니 동갑인 이놈도 마찬가지다. 그리고… 현실에서처럼, 이곳의 류청우도 양궁은 그만둔 상태였다. 그러나 부상 후유증은 발생하지 않았고 단순히 본인의 의지로 대학 진학을 선택한 케이스였다.
'금메달은 땄어.'

[류청우 : 좀 더 학술적으로 연구해도 재밌을 것 같아서.]

류청우는 그냥 열린 선택지 중에서 본인이 하고 싶은 걸 고른 것이다. 그렇다면….
'이놈에겐 이쪽이 더 행복한 세상 아닌가?'
나는 스마트폰을 쥐고, 잠시 가만히 서 있었다. 당황했던 것 같다. 너무… 모두에게 좋은 선택지가 아닌가.
'아니.'
꿈이니까 그런 것이다. 상태창을 띄울 때마다 상단에 표기된 영어 문장에선 현실이라고 지껄이고 있지만, 그걸 믿을 순 없다.
'그래도 쓰레기 같은 상황인 것보단 낫지.'
백일몽 때는 X발, 만나는 새끼들마다 멘탈이 나가 있지 않았는가. 나는 상념을 버리고 다시 메신저를 봤다. 그리고 스크롤바를 내리다가.
내리… 다가.
봤다.

[우리 가족]

"아."

······가족 단톡방.

나는 대학을 졸업할 때까지 부모님의 연락처를 휴대폰에서 지우지 못했다. 나중에 그 번호가 다른 사람에게 넘어간 걸 확인하고서야 지웠다. 그리고 이쯤이면… 내가 이런 메시지방을 파서 글을 쓰는 의미 없는 짓을 하고 있기는 했던 것 같다.

'X발.'

하지만 머리 구석 어딘가에서 누가 지껄이는 것이다. 뭐든 다 좋게 돌아가는 세상이면, 혹시, 혹시….

"······."

나는 '알았어요'라는 마지막 메시지가 떠 있는 방을 들어갔다.

그리고 봤다.

[엄마 : 밥 거르지 말고 챙겨 먹고. 알았지?]

바로 지난달에 주고받은 메시지가….

"…!"

나는 허겁지겁 프로필을 클릭했다. '해외에 있어서 답장이 매우 느립니다'라고, 소개 글이 적힌… 꽃 사진이 보인다.

그리고 그 밑에 뜬 번호가.

나는 통화를 눌렀다.

띠리릭.

낯선 기본음이 연결되며, 시간이 흐르고 머리에선 아무런 논리가 연결되지 않는다.

그리고 연결음이 끊긴 순간.

-건우야?

목이 막혔다. 어느 날부턴가 정확히 떠올리지 못했으나, 익숙한 목소리가 부드럽게 전화기를 타고 흘러나온다.

-건우야 무슨 일 있니?

"그……."

나는 침을 삼켰다. 스마트폰이 떨리며 귀가 눌린다.

"그냥, 목소리 듣고 싶어서."

-우리 아들이 웬일이야!

목소리가 커지고 기쁜 것처럼 끝이 올라간다.

뒤늦게 기억이 찾아온다. 원래 이런 톤으로 말씀하셨었구나.

-마침 지금 통화가 돼서 다행이다. 매번 남극서 무전기만 쓰다가 이렇게 딱 타이밍이 맞네.

이번에 목소리는 다시 낮아진다.

-미안해. 우리 건우 너무 보고 싶어 엄마 아빠도.

망할, 망할.

"예, 저도요."

내가 지금 무슨 소리를 지껄이고 있는 거지?

-아이고, 정말 웬일이야. 사춘기 다 지났네! 우리 아들. 엄마 이제 가야 하는데.

눈이 아렸다.
―그럼 올해 크리스마스엔 꼭 보자. 알았지?
"네……."
신기루처럼 통화가 끊겼다. 그러나 통화 내역은 분명하다.

[01:04]

이게 바로 진짜라는 듯이.
"……."
손이 덜덜 떨린다. 사고가 미친 듯이 팽창한다.
어디라고 하셨지?
'남극?'
메시지방을 거슬러 올라간다. 연구 목적으로 2년간 남극기지에 가게 된 부모님들이 1년간 꾸준히 연락한 흔적이 남아 있다…. 그리고 올해 월동대원이 되어서 자주 연락은 어렵다는 말까지.
"……."
남극. 송곳처럼 아이디어가 뇌에 찍힌다.
'가도 괜찮지 않을까?'
이젠 상태이상 같은 강제성도 없다. 나는 여기서 데뷔하지 않아도 괜찮았다. 이대로, 휴학계를 내고, 어떻게든 변명을 만들어서 뵙고 싶었다고 찾아가면…… 그 근방이라도 일단 가면, 얼굴을 보러 나오시지 않을,
"……."
나는 스마트폰을 껐다. 그리고 심호흡했다.

'아니야.'

뇌가 터질 것 같았다…….

하지만 사리 분별이 먼저다. 이건 수작질이다. 아무리 연구원이라도 뜬금없이 부모님이 남극까지 왜 간단 말인가. 다 만들어낸 것이다.

"꿈이다. 꿈이다……."

그러니까, 꿈이니까 내 마음대로 해도 되는 것 아닌가? 그러니까 마음대로 다 때려치우고 하고 싶은 대로 해도 되잖…….

"닥쳐."

입이든 뇌든 좀 닥쳐.

'돌아가야 해.'

나는 비틀거렸다. 이건….

'안 되겠다.'

여기서 한시라도 빨리 나가야 한다. 못 버틴다. 나는 스마트폰을 껐다. 그리고 주머니에 넣고 다시 발걸음을 옮겼다.

LeTi. 류건우의 소속사로.

"……."

손아귀가 땀으로 축축했다.

"표정이 안 좋은데."

"괜찮다."

나는 짧게 대꾸했다. 청려가 어깨를 으쓱했다.

LeTi의 연습은 이름값대로 빡세긴 했으나, 오늘은 트레이닝이 거의 잡히지 않고 자율 연습을 하는지 제각기 퍼져 연습하는 상태였다.
"딱 비는 타임으로 잘 돌아왔네요. 팀으로 연습 중이 아니잖아요?"
"…그래."
생산성 있는 대화를 해야 한다. 그리고 이놈이 제정신이 아닌 건 맞는 것 같지만… 이 미친 상황에서도 천연덕스러운 평이함이 묘하게 사람을 진정하게 만든단 말이지.
'일하자.'
일만을 생각한다. 다른 건 안 된다. 나는 그렇게 평정심을 끌어올렸다.
"내 집엔 별다른 특이한 점은 없었는데, 후배님은요?"
"새 상태창이 떴는데."
"흐음."
나는 현 상황을 되도록 상세히 설명했다. 여기엔 이 새끼가 뒤통수 칠 만한 요소도 없으니까. 그리고 이해를 돕는 예시까지 들어줄 생각이었는데 말이다.
"혹시 〈127 섹션〉 해봤냐."
"게임에는 그다지 관심이 없어서."
그럴 줄 알았다. 어쨌든 청려는 맥락을 알아먹기는 한 건지 제법 순순히 고개를 끄덕였다.
"결국 후배님 보컬 능력치를 완전히 회복하려면 명성을 얻어야 한다는 거네요. 흐음."
"……."
그게 너한텐 가장 중요하다 이거군. 알았다.

게다가 이 새끼 급발진까지 한다.

"바로 데뷔할래요?"

네가 사장이냐? 뭔 일개 연습생이 그런 걸 자연스럽게 묻고 있냐고.

'고인물이라 이건가.'

서로 목적지만 맞으면 이만한 효율도 없긴 했다. 그러나 그렇게 바로 이 시스템이 원하는 루트를 쭉쭉 밟는 조심성 없는 짓을 할 생각은 없다.

"잠깐."

나는 퀘스트 탭을 불러왔다.

[퀘스트 : 동료 각성 1/?]
-동료를 모집해 각성해라.
각성 가능한 동료 : ?
필요한 명성치 : 1,000 Exp

동료 각성 퀘스트.

그리고 어제 잠들기 직전 큰달과 했던 대화를 회상한다.

-각성 가능한 동료라는 게 무슨 뜻일까.

-[저도 잘 모르겠지만… 아마 형이 추리하셨던 것처럼, 능력치와 관련된 내용이 아닐까요? 127 섹션에선 그랬으니까….]

-그렇겠지.

무조건 이 세상에 적응하기 쉽게, 아예 내 동료까지 단체로 팍팍 레벨업을 시켜주겠다는 의미가 아닐까 했는데 말이다.
 심지어 강제성도 없다.
 '그렇다면, 파고들 틈이 조금 있지 않나.'
 후한 만큼 공백이 있다.

 ─그러면 혹시 여기 약간만 글을 추가할 수도 있을까. 맥락이 맞는 수준에서 설명문 한 줄 정도만.
 ─[……! 야, 약간은요?]

 그래서 이 설명 문구를 추가했다.

 [각성한 동료는 전 시간선을 기억해 성장합니다.]

 〈127 섹션〉에 있던 내용이다. 그 게임에서는 동료를 각성시킬 때마다, 이전 회차의 내용을 기억해서 강해진다… 는 설정이 있거든.
 "……."
 나는 주먹을 쥐었다.
 '시험해 봐야 해.'
 명성치를 약간만 늘려서 해당 판단이 제대로 통하는지 확인만 한다. 나는 청려에게 해당 내용을 설명했다.
 그리고 반응은 이렇다.
 "그래요? 알았어요."
 "……."

이렇게 순순히 나온다고?

"으음, 반응이 별로인데. 그냥 해본 소리였나."

"그럴 리가."

이놈이 협조할 때 최대한 뽑아먹자. 나는 팔짱을 꼈다.

"일단… 대형 기획사면 데뷔 전에 1군 연습생 몇 명은 유출되는 걸로 알고 있는데."

"그렇긴 하죠. 일부러 풀기도 하고."

여기 오기 전에도 한번 검색해 봤다. 가령 신재현은 이미 알음알음이 LeTi 계보의 아이돌 팬들 사이에서 이름이 알려진 상태다. 그 정도 명성치만 일단 얻어본다.

"나도 비슷하게 정보가 풀리면 되겠지."

"아, 직접 인터넷에 글이라도 올리게요?"

어처구니가 없어서 쳐다보았다.

"그것만 할 리가 있냐."

"하하!"

이 새끼도 알면서 괜히 이러네. 인터넷 글로 관심 끄는 건 논란이 동반되어야 해서 조절이 어렵단 말이다.

그보다 공식적인 루트가 나왔다.

"이 회사도 연습생에게 일감을 주잖아."

아직 데뷔하지 않은 놈들을 데리고 대형 기획사들이 자주 하는 짓이 있다. 무대 경험을 위해 선배 아이돌의 댄서로 세우거나, 인지도를 위해 뮤직비디오에 출연시키는 것이다. 주로 다른 성별의 선배로 팬층이 겹치지 않는 선에서 말이다.

그리고 내가 알기로 LeTi도 신비주의 노선 VTIC이 데뷔하고 지침 갈아엎기 전까지는 그런 짓을 꽤 했다.

'마침 시상식 시즌이다.'

지금 이 시점, 과거에서 LeTi에서 제일 잘나가는 직속 여자 아이돌은 누구이겠는가?

'말랑달콤.'

히트곡 〈POP☆CON〉의 그룹.

그러니까 데뷔조인 류건우는 말랑달콤의 댄서를 한다.

"그걸 좀 밀어줬으면 하는데."

나는 이 기획사의 모든 것에 통달했을 고인물, 신재현을 돌아보았다. 놈은 제법 믿음직스럽게 태연히 고개를 끄덕였다.

"음, 메인보컬 포지션은 굳이 그런 경험이 필요 없을 텐데… 그래요. 그렇게까지 하고 싶다는데."

"……."

아, 이 새끼 진짜 안 맞네.

생방송을 앞에 두고 정신없이 돌아가는 시상식 백스테이지 현장.

"언니 이거!"

"소현 씨 도착했어요!"

올해도 말랑달콤은 미친 듯이 바빴다. 개인 스케줄 때문에 늦게 도착해 허겁지겁 준비하는 멤버가 일상일 정도였다. 공연 준비 중이던 스탭이 괜히 한번 고개를 끄덕였다.

'애들이 진짜 다 예뻐.'

피곤해 보였지만 이미 수위에 오른 아이돌 그룹답게 말랑달콤은 특히 관리를 잘 받은 사람 특유의 분위기가 있었다.

'애초에 예쁜 애들을 뽑아놓은 거겠지만.'

이 추측을 하게 만든 이유 중 하나가 바로 옆에 있었다.

"제대로 하자."

"예!"

같이 온 연습생 댄서들의 면면도 화려했기 때문이다.

'레티가 이번 남자 그룹에 사활 걸었다고 그러더만.'

은근히 도는 연예계 가십들을 다 믿을 수는 없지만, 절반 정도는 사실일지도 모른다. 일곱 명쯤으로 보이는 그들은 대부분 누가 봐도 잘난 생김새였다.

'흠.'

잠깐 손이 빈 틈을 타서, 스탭은 슬쩍 그 면면을 살폈다. 내년 즈음 음악 프로그램에서 볼 수도 있으니까. 그리고 이런 일방적인 관찰과 추측은 재밌으니까!

그러다가, 유독 차분한 한 사람을 발견했다.

'…! 쟤는 진짜 레티상이다.'

검은 슬랙스에 셔츠를 입은, 살짝 어두운 인상의 소년. 단정한 인상이었지만 선이 정제된 느낌의 미형이었다. 그리고 다소 차가워 보이는 섬세한 담백함이 있기도 했다.

'오.'

스탭이 살짝 감탄하는 순간이었다.

갑자기, 할 말이라도 있는 것처럼 연습생이 스탭들을 향해 고개를 돌렸다.

"…!"

그리고 눈이 마주쳤다.

'아이고.'

황급히 관찰하지 않은 것처럼 눈을 돌리려던 순간.

'앗 웃는다.'

연습생이 부드럽게 고개를 숙였다가 들었다.

자연스럽게 웃는 것이, 마치 이런 일은 골백번도 더 해본 것 같은 부드러움이 묻어난다. 부담스럽게 티가 나는 가식이 없다고 해야 할까. 스탭은 얼른 같이 고개를 끄덕이면서도 내심 감탄했다.

'와… 교육 제대로 받았나 보네.'

아니었다.

'내 마이크 달라고 할 뻔했네.'

류건우, 본래 5년 차 대상 아이돌 테스타였던 현 레티 연습생은 내심 안도의 한숨을 쉬고 있었다. 이런 분위기가 워낙 익숙해서 무의식이 편안함을 느껴 버린 탓이었다. 게다가 얼굴에 걸친 얇은 안경이 좀 떨떠름해 그쪽이 더 신경 쓰이기도 했다.

'렌즈를 꼈는데 그 위로 알 없는 가짜 안경……'

대체 무슨 포인트로 셀링하려는 건지 모를 일이기 때문이다. 연습생 댄서가 아이돌 본인보다 스타일링이 튀어서 무슨 욕을 먹으려고?

'이때도 이미 그런 짓은 욕 처먹지 않았나.'

더 원색적으로 먹었으면 먹었지 덜 먹진 않았을 것이다. 하지만 말랑달콤의 의상을 보는 순간 그런 가치 판단은 싹 날아갔다.

'…무슨 저렇게까지.'

겹겹의 시폰과 반짝이는 인공 수정이 난무한다. 영화제 레드 카펫용처럼 보였다. 저걸 입고 춤은 출 수 있을까 싶은 수준이었으나, 어쨌든 류건우는 자신의 의상과 비교해 본 뒤 납득했다.

'대충 집사나 하인 컨셉 같은 건가 보군.'

오글거리기는 했으나 한참 과한 컨셉이 난무할 시기였기에 그러려니 했다. 존재만 알려지면 그만이니까. 그가 맡은 파트는 인트로의 짧은 춤일 뿐이었다.

"잘 부탁합니다~"

"감사합니다, 선배님."

사내 리허설 때 딱 한 번 맞춰본 소현과 고개를 꾸벅거린 뒤, 그는 다른 연습생들과 발맞춰 걸음을 옮겼다. 근처에서 한껏 목소리를 낮추고 수군거리는 소리가 들렸다.

"아 X나 이쁘네."

"어어. 야 근데 성격이 좀…."

'이야.'

덕분에 류건우는 청려의 VTIC 멤버 픽업을 성의껏 납득했다. 괜히 저 라인업 뒷줄에 있던 신오와 주단을 잡아다 넣은 게 아니던 것이다.

'불발탄 천지네.'

소속사가 눈이 뒤집혀서 얼굴과 끼만 보고 모아둔 건지, 공석에서 할 말 못 할 말 구분을 못 한다.

"음?"

"아니."

마침 옆에 서 있던 청려는 류건우의 시선을 눈치채고 부연 설명까지 한다.

"아아, 저거. 시험 삼아 데려가 본 적도 있는데… 데뷔 3년 차에 여자 친구가 인성 폭로 글을 올려서요."

"……."

"하하, 사람 참 안 변하죠?"

류건우는 저놈이 어느 시간선에서는 시멘트에 묻혀 한강에 던져졌다고 해도 놀라지 않을 것 같았다.

어쨌든 잡설은 그걸로 끝이었다.

"첫 무대라고 너무 힘주는 짓은 안 할 거라고 생각은 하는데요."

"어. 알아서 한다."

연습생들은 각자의 사정을 생각하며 말랑달콤과 함께 무대에 올랐다.

그리고 그날 밤.

연예인 이야기, 특히 아이돌 이야기만 하는 인터넷의 한 커뮤니티에서는 글이 올라왔다.

[레티 차기 남돌 데뷔조 후보 라인업 추가]
아까 골디 말랑달콤 인트로에 나온 애들이 데뷔조라는 게 학계의 정설임

그리고 글은 외곽에 잠깐 잡힌 연습생 댄서들을 GIF 파일과 기존에 유출된 그들의 셀카 등을 조합해서 설명해 나갔다. 대부분은 이미 기획사의 고인물 팬들 사이에서는 알음알음 소문이 퍼진 사람들이었으나, 뉴페이스가 하나 있었다.

바로 말랑달콤 소현과 짧게 페어를 추고 들어가는 류건우다.

원래 비공개 연습생이라고 하는데 이번에 데뷔조 합류한 듯?

올해도 말랑달콤은 소위 말하는 '병맛' 컨셉 무대를 냈지만, 인트로 자체는 휘황찬란한 공주 컨셉을 과할 정도로 잘 구현해 냈다. 덕분에 무대가 그 분위기에 지배당해 굳이 연습생 댄서들이 실력이나 외모로 화제될 것도 없었으나, 특이점이 있었다.

-와 비공 연생 눈 봐ㅋㅋㅋㅋㅋㅋ
-귀신같이 아이컨택하네

류건우가 무심코 카메라를 너무 정확히 찾아냈기 때문이다. 과하게 굴지 않으려 노력했으나, 그것까진 짬밥으로 인한 불가항력이었다. 카메라를 외면하는 게 더 어색해 보였을 것이라 울며 겨자 먹기로 한 선택.

그러나 효과는 도리어 거기서 터졌다.

-비공 연생 소현이랑 같이 카메라로 얼굴 돌리는 거 뭐임 존잘존에 얼굴 그림체 합 무슨 일
　-그러게 재현?이랑 비공 연생만 카메라 딱딱 잡아내네 딱봐도 둘 주축으로 데뷔조 뽑을 듯ㅋㅋㅋ
　-어떡하냐 레티의 외거노비 또 심장이 뜀

　수십 년간의 경험을 토대로 적절히 자신의 농도를 조절한 청려와 함께, 류건우는 댓글에서 제법 많이 언급되었다.

　-레티 레알 소나무네ㅋㅋ
　-와 얼굴상 계보가 확실ㅋㅋㅋㅋㅋ
　-제발 자비로운 레티 잘알들아 내게 답을 줘 안경 쓴 존잘 어디 출신 누구임 제발 알려줘
　ㄴ우리도 몰러... 비공연생이야
　ㄴ사생이나 알 듯

　물론 반응은 그걸로 끝이었다. 애초에 댄서로 한번 출연한 것이니 레티에 관심이 깊은 아이돌 팬들이나 살짝 보고 지나가는 수준. 그러나 당사자에게는 그것도 제법 감회가 새로웠다.
　'이런 모니터링도 오랜만이군.'
　류건우는 보고 있던 스마트폰 화면을 내렸다. 어떻게든 완급 조절한 답시고 표정은 쓰지 않은 게 다행이었다. 그는 그리 튀지 않았다.

그러나 새롭게 알려진다는 것 자체가 묘하게 〈아주사〉 첫 무대 공개 날을 생각나도록 만들었다. 응원 댓글 몇 개 봤다고 이상하게 기분이 괜찮아지던 그 상태가.

"……."

묘한 향수가 밀려왔다.

[♪♪♬♪♩♬♪~]

TV에서는 골드디스크 재방송이 한창이다.

아무 생각 없이 거실에서 노트북으로 PPT를 만들던 류청우도 고개를 들다가 제법 놀랐다.

"…! 저기 뒷사람이 형이에요?"

"어."

갑자기 아이돌 연습생이 된다 싶더니, 벌써 스크린 데뷔를 한 것이다.

'와.'

그러나 이렇게 TV 화면에 나오는 건 처음일 텐데도 지금 그의 친척에게선 큰 설렘이나 긴장은 보이지 않았다. 대신…….

'…흡족?'

그렇다. 그쪽에 더 가까워 보였다. 자신의 첫 무대를 보고 저런 감정을 느낄 수 있는 사람이 있다니. 저렇게 침착한 사람이니까 어릴 때 형으로 오해까지 하지 않았는가.

'내가 이상한 게 아니라니까.'

그는 어깨를 으쓱했다. 그리고 잠시 PPT를 내린 뒤, 류건우가 보고 있는 TV 화면을 같이 보았다.

"아, 저기 또 나오네."

"그래."

혹시라도 놀리진 말자고 생각했지만 그럴 것도 없었다. 간혹 화면에 잡히는 류건우는 놀라울 정도로 자연스러워 보였다. 류청우는 순수하게 감탄했다.

"…형, 괜히 아이돌 하려던 게 아니었구나. 잘한다."

"뭐."

그러나 그 형이 주먹을 불끈 쥐고 있다는 것은 미처 보지 못했다.

들어왔다!

나는 시상식이 재방송되고서야 드디어 뜬 상태창 팝업을 뜯어보았다.

[명성이 증가하고 있다….]
+Exp 10,000

정산된 명성 Exp가 무려 10,000이다. 진짜 퍼주는데, 아무리 초반이라지만 겨우 연습생으로 공개됐다고 이렇게까지 준다니 진짜 게임이었으면 망했을 것이다.

'알 게 뭐야.'

나는 떨떠름하게 보면서도 기꺼이 명성치를 다 써주기로 했다. 마침 또 뭐가 연달아 뜨기도 했고.

[조건 충족]
: 〈동료 모집〉이 해금되었다!
→ 이동

'드디어.'
새 기능이 나왔다. 아예 거창하게 이미지 배너 있는 탭까지 만들어 놨다. 어두운 그림자 형상이 악수하고 있는 그림이다.

[동료 모집]
인연이 있는 동료를 찾아냅니다.

역시. 〈127 섹션〉에서 따왔다고 할 때부터 짐작했다만 이 형식은 그거다.
'캐릭터 뽑기.'
누가 동료로 나올지는 랜덤이란 뜻이다. 특성 뽑기 할 때보다 형태만 더 진짜 모바일 게임처럼 된 거지 사실 내용은 별로 다를 게 없다. 하지만 단어를 봐서는 인연이 있는 놈이 나온다고 하니…… 나는 힐끗, 옆에 앉은 류청우를 쳐다보았다.
"음? 왜?"
"아니."
박문대인 내 사정을 다 알고 있던 놈이나 여기서 가까운 사이가 아닐까 하는데 말이다. 어쨌든 돌려봐야 알겠지.
 나는 거실에서 일어나서 내 침대가 있는 방으로 들어가서 문을 닫았다.

[형! 지금 하실 건가요? 화이팅!]

"그래."
 나는 큰달이 떠드는 것을 보며 손가락을 옮겼다.
 10연속 뽑기… 는 됐고, 일단 하나만 모집한다. 버튼을 누르자 핑그르르 화면이 돌아가는 모션과 함께 검은 우주에서부터 빛나는 별이 날아오다가…….
 꺼진다?

[실패!]

"……."
 뭐.

[다시 시도하시겠습니까?]
-Exp 1,000 사용

나는 할 말을 잃고 상태창을 보다가, 현실을 깨달았다.
 명성치 1,000이 그냥 날아갔다.

"……."
이… X망할 현질 게임이.

[죄송해요! 죄송합니다! 제가 이렇게 한 건 아니에요! 정말이에요!]

"……안다."
생각해 보니, 〈127 섹션〉에… 낮은 확률로 이런 개 같은 꽝도 있었지. 그리고 이 쓰레기 같은 교환비를 책정한 건 BM, 그러니까 게임 수익모델을 이렇게 개발한 게임사 새끼들 탓이다. T1!
…말하고 보니 내 회사긴 한데 아무렴 어떠냐. 그 자식들이 돈에 미친 새끼들인 건 직접 계약한 내가 보증한다.
'잠깐.'
그렇게 생각하니 눈이 뜨인다.
나는 당장 상태창을 넘겨 지난 팝업들을 살펴보았다. 그리고 찾았다.

[-동료를 모집해 각성해라.]

모집과 각성은 별개. 이거 설마…….
"…이거 모집에 쓰는 경험치와 각성에 쓰는 경험치 따로 책정했네."
그러니까, 동료를 모집한 후에 따로 각성에도 또 명성치가 든다…….

[으아아악!]

그렇지. 각성은 레벨업이고 모집은 뽑기니… 일단 뽑아서 레벨업시키는 데엔 당연히 따로 돈이 들지. 당연한… 게임 상식 아닌가.

"……후우."

나는 심호흡했다.

[혀, 형 괜찮아요??]

"어."

아주 괜찮다. 아주.

나는 눈을 누른 후에 다시 '1회 모집' 버튼을 툭툭 눌렀다. 그러자 대충 황동색과 은색이 임팩트 없이 검은 우주를 휘몰아치고 지나가며 사진이 뜬다. 이번엔 정상적으로 작동한 것 같…….

[★★ 김익제 / 서브보컬]
[★ 이하람 / 서브댄서]
[이대로 맞이하시겠습니까?]

너흰 누구냐. 아니, 감탄사도 필요 없다.

'모르는 새끼들이 왜 나오냐고.'

뻔하다. 별이 한두 개? 무조건 뽑기 풀 채워놓는 더미 캐릭터다. 나는 침음을 참으며 손으로 얼굴을 덮었다.

'그런데 별은 어디서 튀어나왔어.'

127 섹션은 별 개념이 없는데 어디서 양산형 뽑기 게임 제도를 가져

왔냐고 이 새끼야.

[ㅈ;ㅔ제제가 한 게 아닌,]

"안다."
시스템이겠지.
내가 뭔가 착각한 것 같다. 이 새끼는 내가 여기에 정착하길 바라는 게 아니었나 보다. 이딴 개짓거리를 해? …아니면.
'방해하는 건가?'
각성에 설명문을 추가한 걸 보고 어떻게든 포기하게 만들려고 이 지랄이냐?
'웃기네.'
도박에 돈 꼬라박는 건 아무나 할 수 있다. 의지력도 필요 없다. 그냥 손가락만 누르면 된다고! 나는 뽑은 동료를 맞이하지 않고 예비용 인벤토리로 보냈다. 그리고 남은 7,000 Exp 중 5,000 Exp를 들여, 버튼을 5번 연타했다.
다다다다닥!

[어어엑!]

기겁하지 마라, 어차피 이만큼은 꼴아 박으려고 했으니까!
그리고 또 성의 없이 빛이 번뜩인다.

[★ 최동호 / 서브래퍼]
[실패!]
[★★ 진윤태 / 비주얼]
[★ 김석원 / 서브댄서]

또 모르는 인명들이 쓱쓱 스쳐 지나간다. 그 와중에 실패까지 하나.
'X발!'
그러나 마지막. 오로라 빛이 번뜩인다.

[~♪♬♪~]

별 위로 지나가는 음표.
"…!!"
나는 침을 삼켰다. 설마 이번에야말로 사정을 아는 놈이?
 눈이 돌아가게 화려한 빛이 우주를 건너 상태창으로부터 터져 나온다. 그리고 다음으로 나오는 문구는….

[WOW!]
[★★★★★ 차유진 / 센터]

"……."

[…….]

…?!

차유진. '특성 : 블랙홀(S)'을 가진 센터.

실력부터 멘탈까지 아이돌에 최적화된 미친 조건 조합으로 어린 나이에 트리플 A를 스탯으로 달고 있다. 심지어 군대까지 안 가서 공백기도 없을 예정. 시스템이 이놈에게 별 다섯 개를 단 건 하나도 이상하지 않았다.

다만… 그 외의 조건이 말이다.

[차차유진 님은 아무것도 모르시죠?]

"어 몰라."

이놈은… 몸이 바뀌고 과거로 돌아오고 상태창이 뜨고 나발이고 아무것도 모른단 말이다. 그리고 그걸 제대로 설명하기 제일 난감한 부류의 인간이라고.

-OK. 그러니까 나랑 원래 알던 사이었는데, 과거로 돌아왔고 다른 사람 됐다?

-911 불러요?

'망했다.'

나는 침음하며 얼굴을 문질렀다. 그러나 상태창은 아주 신나게 번쩍거린다.

[이대로 맞이하시겠습니까?]

"…어."
X발, 그래, 안 받을 순 없다.

[첫 동료 모집]
: 〈동료 각성〉이 해금되었다!
→ 이동

또 새로운 탭이 열렸다. 나는 단번에 해당 팝업을 띄웠다. 이번엔 배너 대신 게임의 동료 목록 같은 것이 주르륵 뜨는데…….

[각성 가능한 동료]
신재현 : 오늘의 운동 중 (*^^*)
차유진 : 푹 자는 중 (—p—)zZ

"……."
이모티콘처럼 보이는 각 놈들의 도트 이미지가 보인다. 이것도… 〈127 섹션〉을 열화판으로 구현해 둔 것 같군. 허접하고 좀 어처구니는 없지만 정보 탐색 용도로는 나쁘지 않을지도 모르겠다.
…간만에 차유진 이름을 보니 좀 반갑기도 하고. 어쨌든 여기서도 다른 놈들은 다 있는 모양이다.
"후."

나는 한숨을 쉬며 남은 Exp를 체크했다.

'2,000이라.'

설마 레벨업에서도 실패가 뜨지는 않겠지. 그건 '127 섹션' 본 게임에서도 안 한 선 넘는 짓 아닌가. 물론 별 등급 같은 제도를 도입한 시점에서 글러 먹었다만… 강화 개념으로 생각하면 실패 가능성 있다.

그리고 실패하면 그냥 증발이라 이거지.

"혹시 여기 확률표 같은 거 없냐."

실패는 몇 퍼센트, 별 다섯 개는 몇 퍼센트 이런 거 말이다. 최소한 기댓값은 알고 계산해 봐야 하지 않겠는가.

[잠시만요!]

허둥지둥 사라진 큰달의 팝업은, 잠시 뒤 기어들어 오듯 슬쩍 다시 나타났다.

[그런 건… 없는데요.]

"……."

최소한의 기대치… 박살.

하긴, 애초에 아까 동료 모집 배너에서도 뭐가 없긴 했다. 이제 빡치지도 않는다. 이 미친 시스템에 상도덕을 기대한 내가 X신이다. 나는 방 천장을 보고 한숨을 참다가, 상태창 맨 위 구석에 우편 표시가 있다는 것을 깨달았다.

'잠깐.'
혹시 저걸로 뭘 고치나? 클릭했다.

[실패 위로금이 왔다⋯]
+ 10G
+ 10G

"⋯⋯."
참고로 이 상태창에 골드 탭은 없다. 즉 허위매물이다. 기존 127 섹션 스킨을 덮어씌우는 과정에서 생겼겠지.
'텍스트 쪼가리 골드로 때우고 있어 이 망할 새끼가⋯.'
더 하면 혈관이 터질 것 같아서 눈을 뗐다. 그리고 본론으로 돌아갔다.
동료 각성!

[동료: 차유진을 각성하시겠습니까?]
−Exp 1,000 사용

오냐.
나는 확인을 눌렀다. 그러자, 차유진의 도트 이미지에서 예사롭지 않은 빛이 감돈다.

[비상을 향한 도약⋯]

그리고 몇 초 후, 차유진의 글씨에서 팡파르가 터진다.

[첫 각성 성공!]

됐다.
나는 주먹을 쥐었다. 성공의 짜릿함 때문만은 아니다. 무슨 일이 벌어질지 알 수 없기 때문이다. 내가 붙여 넣은 설명이 얼마나 유효한지를 확인해야 하는데, 동료라고 소집해 놓고 이놈들 이모티콘 외에는 현실적인 언질이 없다.
'동료로 뭘 어쩌라는 거지?'
그때였다. 팝업이 슬그머니 하나 더 뜬다.

[〈커뮤니케이션〉이 해금되었다!]

"…!"
설마 큰달처럼 동료와 상태창으로 대화하도록 만드는 건…….

[연락처가 생겼다….]
차유진 : 858-×××-××××

"……."
다짜고짜 진짜 번호를 때려주네. 아니, 자세히 보니까… 이거 심지어 지역 번호가 미국이다. 미국 캘리포니아주 샌디에이고.

'망할.'
나는 침대를 주먹으로 갈겼다.
차유진 미국에 있냐. 그래서 상태가 자고 있던 거냐고!

차유진은 꿈을 꿨다.
꿈속에서 그는 자신의 고향을 떠나 혈통의 출신지인 외국에서 직업을 가졌다.

-Take your STAR. 안녕하세요, 테스타입니다!

그는 KPOP 아이돌이었다!
그건 자신의 삶에 등장할 것이라 상상하지 못한 직업이었다. 학기가 끝난 후 갑자기 들어온 스카웃 제의를 충동적으로 승낙한 순간부터 모든 건 순식간에 결정되었다.
이유는 하나였다. 재밌었다!
그리고 기어코 그는 좋은 팀으로 데뷔를 했다….

-유진이가 이런 건 제일 잘하지.

좋은 멤버들이었다. 항상 좋은 일만 있던 건 아니었지만, 결국 좋은 결과로 끝나는 매 순간.

짜릿한… 더없이 역동적인, 자신의 삶!
그 순간, 그는 알아차렸다.

'이건 꿈이 아니잖아.'

차유진은 눈을 떴다.
그리고 그 순간, 자신이 꿈이 아닌 과거를 기억했음을 깨달았다.
"후우우."
새벽 6시. 침실은 어슴푸레했다. 그는 팔을 뻗어 아직 울리지 않은 알람을 지웠다. 그리고 주방으로 걸어 나와 물을 마시며, 일어난 일을 되새겼다.
'아.'
염색모가 아닌 머리가 어쩐지 어색했다.
그러니까…. 자신은 누구인가?

'KPOP 그룹 테스타에 소속된 23살 차유진.'

그러나 현재 차유진의 몸은 전혀 다른 상황을 살고 있다. 자신은 지역 고등학교에 진학했고 풋볼팀 소속이었다….
KPOP에 대해서는 잘 몰랐다. 바로 어제까지는.
'잠깐, 그게 정말 어제인가?'
대체 무슨 상황인지 알 수가 없었다. 분명 그는 오랜만에 휴가를 받아 친구의 집에 함께 놀러 갔었는데… 사실 지금이 꿈속인가? 그는 별

망설임 없이 손을 얼굴로 가져갔다.

퍽.

"아우."

겁나 아팠다. 그는 얼굴을 친 자신의 판단을 비난하며, 왜 비난했는지도 깨달았다. 무대에 오를 텐데 얼굴에 흉이 지면 안 되기 때문이다.

"음."

그는 물잔을 내려놓고, 어깨를 으쓱했다.

'난 아이돌이 맞아.'

거기서부터 시작해야 맞았다. 기억난 그 모든 지식과 정보, 요령은 결코 가짜가 아니다. 정신 이상자가 지어낼 수 없는 정교하고 실제적인 경험.

'도리어 이쪽이 더 의심스럽단 말이야.'

그는 턱을 문질렀다. 자신의 삶치고, 이 지역 고등학교의 삶은 너무나 밋밋하지 않은가? 중학교 때와 다를 게 없다니.

'뭐, 어쨌든.'

일단 그는 테스타 다른 멤버들의 번호로 문자를….

'……모르는데?'

하긴 누가 요즘 세상에 남의 번호를 외운단 말인가? 그는 어깨를 으쓱하고, 다음 방법을 고민하려 했다. 그러나 그보다 먼저 스마트폰에 알람이 떴다.

띵동.

페이스리더 계정으로 온 메시지였다. 그것도 다짜고짜 한국어로.

-Apple : 안녕하세요
-Apple : 나 박문대인데, 혹시 기억하면 답장해라

익숙한 말투의 활자.
"맙소사."
차유진은 실소했다. 어떻게 매번 가장 완벽한 타이밍에 등장할 수 있을까?
그는 한 손으로 화면을 두드렸다.

-저 미국이에요lol
-내일 한국 가요!

저금해 놓은 걸 비행기값으로 날리는 건 어쨌든 똑같이 일어나는 모양이었다. 차유진은 키킥 웃었다.

"…그래서 지금 미국에서 입국하는 이전 멤버를 기다리는 중이다?"
"그래."
나는 고개를 끄덕였다. 이전 멤버라는 표현은 썩 기껍지 않았다만, 공항까지 따라붙어 온 놈에게 퉁명스럽게 굴 필요는 없겠지.
"랜덤으로 지난 기억이 돌아올 수도 있다니, 특이한 변수긴 하네요. 꼭 써야 할까 싶지만."

청려는 심드렁한 얼굴로 자신의 스마트폰으로 무언가를 조작 중이다. 저 새끼는 여기가 현실이라고 완전히 가정한 채로 행동하는 것 같다. ……이해는 한다. 한두 번이 아니었을 테니까.

나는 잠시… 이놈에게 개에 대한 이야기를 꺼낼까 하다가, 그만뒀다.

'돌아갈 해결책이 보여야 이야기를 꺼내지.'

지금 해봤자 그냥 더 돌아버리게 만드는 것 아닌가. 한숨을 참고 플래카드나 들었다.

[테스타 차유진 환영]

…민망하지만 내 얼굴이 전과 다르니 별수 없다.

'그나마 전화번호로 페이스리더 계정을 찾을 수 있어서 다행이었지.'

그리고 다행히 이걸 들고 얼마 지나지 않아, 한 놈이 게이트를 지나 신나게 달려 나왔다. 스키복 같은 점퍼를 걸치고, 캐리어를 한 손으로 붕붕 휘두르다시피 끌고 오는 놈.

"형!"

일반인 차유진.

나는 잠시 말문이 막힌 채 묘한 감회에…… 잠깐, 저 새끼 몇 살이야? 새파랗게 어린 차유진은 중간에 멈춰서더니 미간을 찌푸린다.

"문대 형?"

"어. 나다."

정신 차리고. 이 새끼가 몇 살이든 일단 왜 몸이 다른지 설명부터 해야 진행이 될 것이다. 그러나 내가 입 열기 전에 저놈이 먼저 열었다.

"문대 형 닮았는데 다른 사람이에요. 혹시 성형 수술 받았어요?"
"…비슷해."
"오우…."
"큼."
청려 새끼가 쪼개는 소리가 들렸다. 나는 미간을 누르며 중얼거렸다.
"아무튼… 우리 숙소 암호라도 댈 테니까 뭐든 시험부터 해봐."
"그것은 필요 없어요. 형 맞아요!"
"……그래?"
"네. 그런 말은 우리 중에 문대 형만 하잖아요."
차유진이 빙긋 웃었다.
"나 알아요. 그러니까 설명 부탁합니다!"
"……그래."
나이가 좀 어려졌다고 도로 〈아주사〉 때의 문어체 표현을 섞어 쓰는 놈을 데리고 공항을 빠져나왔다.

그리고 서울의 한 게임방.
"…그렇게 된 거지."
나는 장장 한 시간 만에 헛소리 같은 상황 설명을 어떻게든 끝마쳤다. 식은땀이 다 난다. 요약하는데도 점점 수치스러운 게 말이 안 될 정도군….
나는 경련하는 입을 커피로 막았다. 차유진이 뭐라고 대답할지 가늠도 안 갔으나… 놀랍게도 놈은 순순히 고개를 끄덕였다.
"이건 일종의 평행차원, 멀티버스 같은 거네요. 그렇죠?"
"……??"

차유진이… 이걸 이해해? 그것도 저런 용어로?

"게다가 에일리언 정신 기생충까지… 라임스톤 영화가 그런 거 좋아하잖아요. 저도 그 정도는 알죠."

놈은 어깨를 으쓱했다. 동시에 뭐 이런 찌질한 걸 좋아하냐고 생각했던 모양이지만 아무튼 납득해 줬다는 것만으로도 감사했다. 라임스톤 덕을 이렇게도 보다니.

물론 증거가 지금 피부로 느껴지니 가능한 것이다. 삶이 바뀌었으니까.

"아무튼, 어쩐지 난 여기가 내 현실 같진 않았어요."

'모든 기억을 다 찾았다'는 차유진은 핫초코를 원샷 하며 고개를 저었다.

"너무 심심하거든요. 뭐랄까, 마치 테이프를 반복 재생한 것처럼?"

그러냐.

"그리고 내가 이렇게 쉽게 쿼터백 후보일 리가 없어요. 거긴 6피트 3인치 이상의 세계라."

6피트인 자기가 성공하려면 좀 더 멋진 역경과 뛰어넘을 산이 있어야 했다며 차유진은 투덜거렸다. 나는 동의했다.

"적당히 조건을 맞춰둔 것 같은 기분이 들지. 나이도 안 맞고."

"맞아요. 저 선배님? 이제 선배 아닌 선배님 원래 나이 더 많았어요."

차유진이 제법 공손히 청려를 가리켰다.

"……"

그놈은… 네 생각보다도 훨씬 오래 살았다만. 어쨌든, 지목된 청려는 별 동요 없이 스마트폰으로 무언가를 처리 중이다.

"바쁘냐?"

"조금. 슬슬 데뷔 일정 조정해야죠."

네가 일정을 조정해…?

그때 차유진이 불쑥 끼어들었다.

"데뷔?"

"내가 유명해져야 애들 기억을 돌려줄 수 있는 모양이야. 그게 게임 경험치 같은 건가 본데."

"으음…."

차유진의 얼굴에 순간 떨떠름한 기색이 지나갔으나, 곧 납득했다.

"OK 알았어요."

뭘.

"저도 데뷔해요!"

차유진이 씩 웃었다.

"저 있으면 그룹 더 빨리 유명해져요."

"…!"

오만할 정도로 자신감 넘치는 말이었으나, 반박할 수 없었다.

"그리고 우리는 빨리 테스타 다시 돼요! 다들 찾아서 뭐 해봐요!"

"…뭘?"

차유진은 씩 웃었다.

"뭐든지! 돌아갈 길을 찾아야죠. 테스타로!"

이 자식…. 지금 17살이라는 새끼가 제법 믿음직스럽게 느껴질 정도였다.

그러나 다른 놈은 아니었던 모양이다.

"음."

청려는 차유진을 아래위로 훑어보며 가축 견적 내듯이 잠깐 말이 없더니, 짧게 결론을 내렸다.

"안 되겠는데."

"…!"

그러나 차유진은 타격감이 없었다.

"모두에게 도전의 기회 있어요. 아직 그 그룹 데뷔 안 했어요. 그러니까 선배님 거 아니에요."

팩트로 패려고 든다. 그러나 청려 역시 타격감이 없다.

"오해가 있는 모양인데."

청려는 빙긋 웃었다.

"내가 아니라 회사에서 유진 씨를 안 받아줄 거예요."

"…!?"

그리고 사형선고처럼 말한다.

"그쪽은 LeTi가 선호하는 외관이 아니라서."

"……"

"……"

나는 지금 데뷔조와 신오, 주단, 청려를 떠올렸다. 그리고 마지막으로 내 현재 외양을 생각했다. …다 어딘가 음침하고 서늘한 느낌이 들지 않나.

그리고 마지막으로 앞에 앉아 있는 17살짜리 차유진을 보았다. 안광이 터질 것 같은 놈이다. 음. 확실히… 이놈 하나가 들어오면 좀 위화감이 들긴 한다.

"저 정말 잘해요. 그래도 그래요?"

"글쎄요. 나한테 물어봐도… 내가 회사 주인은 아니라서."

청려가 빙긋 웃었다.

"그쪽 말처럼요."

아, 이 새끼 빡쳤네.

솔직히 차유진 능력치면 당장 데뷔는 안 시켜주더라도 소속사가 눈이 있다면 어떻게든 킵해놓을 것이다. LeTi라고 예외는 아닐 텐데, 다 아는 놈이 저러는 걸 보니 본인 선에서 쳐내겠다 이거다.

차유진은 청려를 뻔히 쳐다보더니, 곧 미련 없이 고개를 끄덕였다.

"OK. 그럼 형 저기 나와요. 나랑 새 소속사 찾아요!"

"잠깐."

소속사가 분기마다 신인 찍어내는 것도 아니고. 그렇게 가면 또 언제 데뷔할 수 있을지 알 수가 없단 말이다. 미치겠네.

나는 미간을 눌렀다. 청려는 웃음기를 지우지 않고 말했다.

"그렇다는데요."

차유진은 잠시 말없이 청려를 쳐다보다가, 제법 진지하게 입을 열었다.

"왜 이렇게 적대적으로 나오는 건지는 모르겠지만, 돌아가고 싶지 않아요? 당신의 그룹은 이미 있잖아요. 그들이 그립지 않아요?"

"……."

둘 중에 한 놈 입을 틀어막아야 했나?

"돌아갈 방법을 우리가 같이 찾아볼 수 있는데, 왜 안 그러는지 모르겠어요."

청려는 표정 없이 차유진을 쳐다보았다. 나는 여차하면 움직일 준비를 했다.

'지금… 불발탄을 쇠꼬챙이로 후빈 거 아닌가.'

그러나 잠시 후. 놈의 입에서 나온 말은 산뜻했다.

"그래요?"

"…!"

"그렇네. 생각해 보니… 너무 안주하고 있었나 싶기도 하고."

청려는 입을 뒤틀었다.

"미션이 있는 것도 아닌데, 하하!"

아, X발……. 내가 자리에서 일어나려던 찰나, 청려는 웃음을 멈췄다.

"그러니까 적자생존 논리로 가죠."

'뭐?'

청려가 웃었다.

"그러고 보니, 이런 말은 처음인데… 원래 내 그룹이 몇 명이었는지 알아요?"

다섯 명.

그러나 이놈이 의미하는 건 그게 아닌 것 같았다. 이 녀석이 손대지 않은… 최초의 VTIC.

"아홉 명."

"…!!"

"제법 많죠? 하하. 지금 데뷔조 일곱에 두 명이 더 포함된 구성인데… 그 두 명은 갑자기 어디서 나타난 거라 생각해요?"

"……."

왜 막판에 팀 변동이 있었는가.

시기를 고려해서 판단하자면…. 나는 반사적으로 답을 뱉었다.

"서바이벌 프로그램."
"맞아요."
청려가 스마트폰을 다시 들었다.
"LeTi에서 Tnet과 제휴해서 진행한… 소속사 사내 서바이벌 프로그램이 원래 있었어요."

초반에 팬덤 형성에 도움이 되지만, 더 자극적인 아이돌 서바이벌이 난무하며 테스타가 활동하던 시기에는 많이 기세가 죽은 형태였다. 그러나 이 시점에선 아직 유행 중이다.

"하지만 사람들의 마음이라는 건 참 제어하기 어려워요. 그렇죠? 불특정 다수가 될수록 변수가 보이고."

청려의 눈이 가늘어졌다.

"그래서 언젠가부터는 그냥 무산시켜 버렸는데…."

놈은 스마트폰을 내려놓고, 가볍게 말했다.

"이번에는 그냥 둘게요."

"……!"

"누구든, 거기서 살아남는 사람만 데뷔하는 거예요."

"그건."

"합리적이죠? 효율적이고."

나는 침을 삼켰다. X 됐다.

—사내 서바이벌 프로그램에서 이기는 사람이 데뷔하자.

언뜻 듣기에 청려의 말은 그룹에 대한 영향력을 포기하는 자유처럼 들린다. 누구든 살아남는 놈과 데뷔하자는 거니까.

하지만 사실 아니다.

'이놈이 소속사에 행사하는 영향력은 말도 안 되는 수준이야.'

약점을 잡은 건지 나비효과를 다 기억해서 쓰는 건지 아니면 둘 다 하는 건지는 모르지만, 그럼에도 확실했다. 그런데 이놈이 사내 서바이벌을 흐르는 대로 내버려둘 리가 있겠는가? 애초에 그냥 두면 어떤 꼴이 되는지 가장 많이 본 게 이놈일 텐데 그대로 두는 것 자체가 미친 짓이다.

'분명 내정자를 둔다.'

그리고 이번엔 이놈이 그 내정자를 다 구성할 것이다. 이놈이 최정예로 뽑아둔 VTIC에… 메인보컬을 대체할 나 정도로.

한 마디로… 저건 그냥 '널 데뷔 전에 X 되게 해주겠다'는 선언이다.

'X발.'

나는 황급히 입을 열었다.

"서바이벌은 네 말대로 변수가 너무 많아. 굳이 그럴 것 없잖아."

"그래요? 후배님도 서바이벌로 데뷔해 봤으니 오히려 선호할 줄 알았는데."

청려가 물끄러미 나와 차유진을 번갈아 보더니, 부드럽게 말했다.

"너무 걱정 마요. 될 사람은 되지 않겠어요? 하하!"

"……."

소름이 끼친다. 이 새끼 아예 결론을 내려놨네. 안 되겠다.

"잠깐만."

나는 차유진의 팔을 잡고 일어났다.

"너 열 받은 건 알겠는데, 좀 머리 식고 다시 이야기하자."

"음, 딱히 화가 나진 않았는데. 맞는 말이잖아요?"

제대로 빡쳤으면서 아닌 척하지 마라.

"다 똑같이 동등한 기회를 주겠다는데 왜 과민반응이지."

"저는 그거 좋아… 으읍!"

넌 좀 가만히 있고.

"알았으니까, 내일 다시 만나서 이야기하자."

나는 황급히 차유진을 챙겨서 일어나다가, 청려를 돌아보았다.

에라 모르겠다. 말해라.

"…오늘 공항까지 와줘서 고맙고. 잘 들어가라."

"……."

청려가 약간 동요하는 것 같았지만, 지금은 이 망아지처럼 날뛰는 놈을 잡는 게 먼저다.

"너는, 입 좀, 조심해라."

"아이! 문대 형 아파요!"

나는 게임방을 나오자마자 차유진의 등을 후려갈겼다.

"지금 상황이 개판인데 맞는 말도 분위기 봐 가면서 해야지."

"저 선배님도 안 봤어요! 나만 볼 이유 없어요!"

"……."

그건… 하여간 이 새끼 맞는 말만 하는군.

'청려가 생각보다 대놓고 공격적이긴 했지.'

예상외일 정도였다. 차라리 살살 구슬려서 자기 소속사 연습생으로 처박아두고 '경쟁자 제거' 같은 소리를 할 줄 알았는데 말이다. 이용할 계산보단 다짜고짜 서열 정리부터 들어온다… 라.

나는 혀를 찼다. 입이 썩 달진 않았다.

'…그 새끼도 멘탈이 나간 거겠지.'

그렇게 주둥아리 맞아가며 겨우 개 키우고 단 하나의 현실에 적응했더니, 갑자기 또 재시작하게 됐다? 미치지 않은 게 용할 노릇이었다.

나는 차유진에게서 손을 떼며 한숨을 참았다.

"…그래. 네가 잘못한 건 아니지. 하지만 그놈도 나름대로 사정이 있다는 거야."

차유진이 어깨를 으쓱한다.

"우리 모두가 각자의 사정을 가졌지만 그게 쌍놈처럼 굴어도 된다는 뜻은 아니에요."

"……."

정말 맞는 말만 해서 대꾸할 게 없어지는군.

"그래. 어쨌든 오늘은 너도 시차 적응을 해야 할 테니 잠부터 자라. 숙소 어디 잡았냐."

"없어요!"

"……."

"비행기표 비쌌어요. 저 모텔 가요?"

참 해맑게도 말한다.

"그냥… 따라와라."

류청우에게 뭐라고 설명해야 할지 벌써부터 까마득하다만, 그렇다고 한국 오느라 돈 없다는 놈을 길바닥에 재울 수는 없는 노릇이다.

'이 새끼가 17살만 아니었어도…'

나는 차유진을 끌고, 나도 몇 박 안 보낸 오피스텔로 귀가했다.

띵- 동.
예의상 초인종도 한번 눌러 주고.
"형?"
그리고 현관에 나온 류청우를 보고 차유진이 반색한다.
"청우 형 있어요? 먼저 왔어요?"
"친척이라 같이 자취 중이라니까."
"OK······."
차유진이 약간 김이 샌 얼굴로 류청우에게 말한다.
"저 몰라요?"
"응?"
류청우는 이게 무슨 상황인지 잠깐 고민한 것 같았으나, 곧 웃음을 터뜨렸다. 애가 어려 보이니 별 의심은 안 드나 보군.
"형이 내 소개해 줬어?"
"그래. 얘는 차유진."
대충 학교 프로그램 일환으로 국제 펜팔 중이었는데 다짜고짜 한국에 왔다고 설명했다. 류청우는 감탄했다.
"용기 있는 친구네."
"용기는 무슨."
실제 그런 상황이었으면 빗자루로 두들겨 맞고 집에 끌려가도 할 말이 없을 것이다. 실제로 저놈 집에서도 말이 많았던 모양이지만, 워낙 가풍이 자유로운지 선 탈주 후 허락을 받았다고.

나는 눈가를 눌렀다.

'…생활비는 부쳐주시겠지.'

그나마 최악은 아니다. 보호자가 계속 신경 써준다니까.

"이놈 집 구할 때까지 며칠만 있어도 될까."

"당연하지. 내 친구도 자고 갔는데 뭘."

"감사해요! 잘 부탁합니다!"

차유진은 그대로 손님방 겸 다용도실을 차지했고, 나는 내 방에 들어와 본격적인 고민을 시작했다. 대체 이 꼴을 어떻게 처리하면 좋은가.

혹시 해서 한 번 확인해 본 상태창은… 말을 말자.

[동료]

[신재현 : 열심히 일하는 중 (//-^)]

[차유진 : 새로운 방에 적응하는 중 ()ㅅ⟨=☆⟩]

첫 번째 놈이 대체 무슨 일을 열심히 하고 있는지 짐작이 가서 문제다. 그리고 저 이모티콘의 그늘 표시는 뭐냐. 개빡쳤다는 징표?

'후.'

골이 당긴다.

그때 슬금슬금 상태창에서 팝업이 떴다. 큰달이다.

[괜찮으세요?]

"그래."

둘이 죽이겠다고 한 것도 아니고, 이 정도 개판은 충분히 예상… 아니, 감당해야 한다.

[형, 저… 두 분 중에 한 분과만 같은 그룹으로 데뷔할 수 있다면 어떻게 하실 거예요?]

"……."
잠깐 고민은 했다만, 어차피 여기엔 깔끔한 답이 있다.
"어쩌긴, 단기간에 더 유명해질 것 같은 쪽이랑 해야지."

[그그렇게 간단히요?]

"간단하지."
나는 침대에 걸터앉았다.
"돌아가는 게 목표라면 효율성이 최우선 고려사항이다."
빨리 처리할수록 빨리 테스타의 현실로 돌아갈 수 있다. 여기서 감정 싸움하다가는 그대로 엮인다.
'은근히 그걸 바라고 이 지랄을 하는 것 같기도 하고.'
시스템이 말이다. 그대로 끌려갈 마음은 없다.
그리고 현재 복합적으로 고려했을 때 더 유리한 쪽은 당연히 청려다. 아무리 연도와 상황이 좀 어긋났다지만, 저놈이 이 몇 년간에 대하여 아는 정보와 경험치는 비인간적인 수준일 것이다.
"……."

그래도 기왕이면 둘 다 있는 편이 폭넓게 수요층이 커버돼서 좋은데. 뭐 콩고물 없을까. 청려에게 유리한 점이 있어서 그놈이 혹할 만한 인선 말이다. 마음도 좀 풀고.

나는 인상을 찌푸렸다.

그때였다. 똑똑. 제법 정중한 노크 소리가 들리더니, 곧 다짜고짜 문이 뻥 열린다. 누구겠냐. 차유진이다.

"형! 우리 내일 계획 짰어요."

"뭐?"

차유진이… 계획을 짠다고?

"김래빈 찾으러 가요."

"…!"

"김래빈이 테스타 몰라도 괜찮아요! 아이돌 만들면 돼요."

나 참.

그래. 김래빈이면 될지도 모르겠다.

나는 씩 웃었다.

"좋아."

"히히!"

차유진이 외출복 차림으로 침대에 앉았으나 눈감아줬다. 생산적인 의견을 냈으니까. 그리고 이놈이 김래빈을 찾는다면… 전에 같이 연습생 생활을 해봤으니, 좀 더 행동반경 예측이 쉽겠지.

"행방 짐작 가는 곳 있냐."

"있어요! 강원도 김래빈 집!"

"……."

KTX표부터 예매해야겠군. 그리고 하나 더.

"형 뭐 해요?"

"김래빈 찾기."

나는 인터넷을 켜서 위튜브와 사운드클라우디에 들어갔다. 이곳이 정말 '모두가 적당히 살기 좋은' 환경이라면… 김래빈이 뭘 하고 있을지는 뻔하지 않은가.

작곡이다.

올해 고등학교에 진학 예정인 17살 김래빈은 겨울 방학을 맞아 더욱 밀도 있는 미래 준비를 위해 힘쓰고 있었다.

'통과했다…!'

바로 작곡가로서의 커리어다. 그는 서울에 있는 모 기획사와 메일을 주고받으며 첫 일감을 막 시작한 상태였다.

어린 나이와 전무한 인맥을 생각하면 기함할 만한 성과였으나, 안타깝게도 본인과 보호자 모두 전문 지식이 없었다. 덕분에 김래빈은 다음 주에 인근 고등학교용 교복까지 맞출 예정이었다. 그 놀라운 재능을 한 톨 남김없이 발휘하기 위해 그의 모든 것을 거는 대신, 평온한 일상이 이어진다.

"래빈이 날 저물기 전에 어여 들가~"

"벌써 시간이 그렇게 됐군요! 그럼 일어나겠습니다."

그렇게 석양이 지는 오후, 조부모님의 딸기 하우스에서 일손을 돕고 귀가하려던 참이었다. 온실에서 나온 김래빈은 문단속을 하다가 누군가 외치는 소리를 들었다.
"김래빈!"
"예!"
이 근방에 있는 것은 다 연장자였다. 그는 너무 자연스럽게 자신을 하대하는 목소리에 대답하며 고개를 돌렸다.
하지만 거기엔… 모르는 사람들이 있었다.
"……??"
저 사람들은… 누구란 말인가.
"김래빈 맞아요!"
"그래."
야성적일 정도로 아무렇게나 재킷을 걸친 쪽이 흥분해서 외치는 말을, 롱패딩을 입은 사람이 차분히 받는다. 둘 다… 어쩐지 자기보다 연하로 보이진 않았다.
그렇다면!
'설마 이게 말로만 듣던 고등학생의 괴롭힘…!'
학교 폭력 교육을 받을 때 집까지 찾아와서 아직 입학하지도 않은 학생을 군기 잡는 것을 본 적 있었다…! 지금까지 살면서 단 한 번도 누군가에게 괴롭힘을 당한 적이 없었건만, 지금 당하게 되는 것은 아닐까! 인상 때문에 또래를 모두 주눅 들게 만들었던 김래빈은 가당치도 않은 예상을 하며 얼굴과 몸을 굳혔다.
"잠시만."
그러나 가까이 다가온 이들은… 그저, 반갑다는 얼굴이었다.

그리고 강렬했다.

"…!"

한쪽은 지금까지 그가 살면서 만나본 사람 중에 가장 안광이 강했다. 거의 노랗게 보이는 눈을 빛내면서, 자신에게 한 손을 내밀어… 삿대질을 했다.

"김래빈 내가 찾았어!"

"……?"

무슨… 용건이라도 있는 건가? 아니, 그 전에 사람 얼굴에 삿대질을 하면 안 되는 것 아닌가!

그러나 김래빈이 질문하기도 전에 다른 쪽이 먼저 입을 열었다.

"그래. 네가 찾았네."

그리고 자신을 돌아본다.

듣기 좋은 정도로 맑고 단단한 목소리.

"반갑다. 래빈아."

차갑고 섬세한 인상처럼 보였는데 다시 보니 눈은 따듯해 보였다. 그리고 어딘가 울컥한 것 같은 느낌. 왠지 가슴이 찡했다. 어딘지… 둘이 낯이 익다는 생각이 들었다.

'…?'

왜일까? 김래빈은 진중히 생각하다가 곧 벼락처럼 답을 찾아냈다. 상당히 가능성 높은 추측이었다. 그가 한껏 미안한 표정으로 입을 열었다.

"죄송합니다! 구체적인 기억이 나진 않습니다만 두 분은 분명 저와 안면이 있는 사이신 것 같습니다!"

"…!"

두 사람의 얼굴에 놀라움과… 이유 모를 감격 같은 것이 지나가는 것을 김래빈은 자세히 포착하지 못했다. 그래서 해맑게 물었다.
"혹시 어머님 쪽 친척이십니까?"
내가 미취학 아동일 때 만나서 기억하지 못하는 친인척인가!
"……."
"……."
잠시 침묵이 흘렀다.
"아니야."
"그럼……."
"제안할 게 있어서 온 거야."
섬세한 인상의 사람이 희미하게 미소를 지었다.
"스카웃 제원데."
"스, 스카웃??"
강렬하게 생긴 쪽이 응원단장처럼 소리쳤다.
"나랑 아이돌 해!"
"예…?"
김래빈은 혼란에 빠졌다.
섬세한 인상의 사람이 스마트폰을 꺼내 들더니, 망설임 없이 화면을 돌린다. 자신의 계정이었다.
"이거 네 거지."
"…!"
생각할 틈도 없이, 섬세한 사람은 담담히 이야기를 계속한다. 마치 김래빈이 당연히 그럴 거라 결론이 나온 문제를 논하는 것처럼.

"직접 이 곡을 무대에서 보여주고 싶다는 생각은 해봤을 텐데."
 김래빈은 홀린 것처럼, 고개를 젓는 대신 입을 벌렸다….

 그리고 다섯 시간 뒤, 그는 사기당하듯이 서울로 향하는 약속을 잡는다.
 '…??'
 김래빈이 가진 작은 프로듀서의 꿈은 그렇게 아이돌로 납치당했다.

 [차유진 : 승리 세리머니 중 ()ㅅ</)]

 김래빈과 연락처를 교환한 뒤 서울로 복귀하자마자, 차유진은 간헐적으로 저 상태를 띄우고 있다.
 '잘 되긴 했지.'
 나는 헛웃음을 지으면서도 고개를 저었다. 그 성격에 그 재능이니 순식간에 사기 계약을 당해도 이상하지 않지만, 살벌한 인상이 밸런스를 맞춰준 모양이다. 물론 설득 방식도 독특했다만 그건 나중에 회상하고.
 우선은… 이놈을 어떻게 해야겠다. 나는 차유진의 설명 위로 시선을 옮겼다.

 [신재현 : 강아지를 생각 중 (//~^)]

"……."
미치겠네, 진짜. 나는 머리를 휘젓고 자리에서 일어났다. 이 야밤에 오피스텔을 나가게 생겼다.

예상대로 놈은 회사 연습실에 있었다. 그것도 그 연습실에 혼자 말이다. 내가 안으로 들어갔지만 놈은 미동도 없다.
"자정이 넘었는데 왜 아직도 남아 있냐."
"…글쎄."
청려는 표정 없이 벽면 거울을 응시하고 있었다.
"별 이유는 없는데요."
생각이 너무 많아서 연습이라도 하려던 게 아니라?
나는 그렇게 말하는 대신 놈의 옆으로 가서 앉았다.
"이전에 하려다 안 한 말이 있는데."
그리고 말을 골라서 천천히 입 밖에 낸다.
"전에… 콩이 사진 보내줘서 고마웠다."
"……."
"개를 키울 조건이 안 돼서 못 키웠는데, 사진 보는 건 괜찮더라고."
청려는 말없이 잠시 허공을 보다가, 짧게 물었다.
"잘 지낼까요."
콩이.
"나는 직접 확인할 수 있다는 쪽을 믿는데."
"글쎄요."
청려는 흥분하거나 화를 내진 않았다. 단지 느리게 중얼거렸을 뿐이다.

"믿음은 확률의 문제가 아니잖아요. 그렇죠?"

"그렇지."

네가 뭘 믿든 진짜 이루어질 것이라 기대하지 말라는 뜻이다. 그러나 나도 나름대로 이 며칠 생각한 게 있다.

"하지만 심증은 있어."

"어떤?"

나는 팔짱을 낀 뒤, 심호흡했다.

"시스템이 지나치게 우호적이야."

청려가 눈만 돌려 시선을 마주친다.

"너 같으면 널 죽이려던 놈한테 우호적으로 나오겠냐? 없애 버리려고 하지."

시스템이 진짜 전지전능해서 아예 통째로 세계를 구현할 수 있다면, 이런 골칫거리는 사고사 처리하고 끝낼 것이다.

"그런데… 그 대신 좋은 조건만 채워놨지. 나이, 환경, 능력, 경제적 여건……."

나는 목을 치는 울컥거림을 눌렀다.

"부모님까지."

"……."

청려가 잠시 몸을 움찔거렸다.

"적에게 이유 없는 호의는 없지. 아쉬운 점이 있는 거야. 달래주고 비위 맞춰줄 만한 이유가."

"선택권."

"…!"

청려가 한 손으로 턱을 덮은 채 말을 잇는다.

"이쪽을 선택하도록 만들고 싶어 한다는 건가요."

"그래."

나는 담담히 추리를 이어갔다.

"나갈 방법이 없다면 굳이 사람들 선택이 중요할 필요가 없어. 여기서 나갈 수 있으니 그냥 남으라고 유혹하는 거라고."

"……."

"그리고 구조상 확률이 가장 높은 건… 마지막이겠지."

"마지막."

"그래. 게임 클리어. 아이돌로 또 성공하면, 뭐가 있는 게 아닌가 싶은데."

퀘스트가 다 끝나고 엔딩을 보는 그 지점에. 종료하고 현실로 나갈 것인지, 계속 엔딩 후의 세계에 남을 것인지를 선택하는 게 아닌가.

나는 연습실에 머리를 대고 누웠다. 꼭, 원래 내 회사 연습실에 누운 것 같은 기분이 들었다.

"물론 이건 가정일 뿐이지만. 어쨌든 심증 자체는 설득력 있다고 생각하는데. 어때."

"……."

청려는 턱을 가리고 있던 손을 풀었다.

"궁금한 게 있는데."

"뭐."

"그냥 여기 남으면 안 되는 이유가 있나요."

"현실로 돌아가고 싶으니까."

나는 거침없이 대답했다.

"그리고 너도 사실은 그러고 싶잖아."

"……."

"그래서 지금까지 내가 개 이야기 꺼내기 전에는 언급도 안 한 거 아니냐."

쓸데없는 정신적 타격을 입느니 그냥 이도 저도 없던 일로 만들어 버리고 싶단 무의식 아니었냔 말이다.

"……."

청려가 벽에 몸을 기댔다. 처음 이 몸으로 깨어났을 때와 비슷한 구도다. 그리고 천천히 입을 연다.

"잘 모르겠는데."

저 망할 놈의 방어기제가 진짜. 하지만 초 치는 대신 입을 닫았다. 저놈이 돌아가고 싶다고 생각했다가 좌절된 적이 한두 번이었겠는가. X발, 이 정도는 좀 용납해야지.

그리고 그럴 가치가 있었다.

"하지만… 콩이는 아직 태어나지 않았으니까."

"…!"

"그전에 만나야겠는데요."

"그렇게 만들어야지."

나는 몸을 일으켰다.

"그래서, 그런 그룹을 만들자는 거야."

VTIC도 테스타도 아니라, 그냥 당장 최단기 최고효율 뽑아먹을 수 있는 그룹. 미래에 일어날 변수를 고려하지 않고, 안정보다 이득을 우선하는 리스크 감당형 그룹.

"데뷔하자마자 그해 신인상과 대상을 같이 탈 수 있는 그룹."

나는 선언했다.

"그리고 바로 엔딩 보고 돌아가자."

단기 프로젝트 그룹 제안이었다.

이곳에서 탈출하기 위한, 오로지 단기간 최고효율 성과를 향한 단기 프로젝트 그룹. 이게 받아들여지려면 결국 현실이 따로 존재하며 돌아갈 수 있다는 것을 인정해야 한다. 다만 이 새끼가 거기까지 갈 수 있냐가 문젠데…. 나는 입을 다물었다.

그리고 청려는 천천히 입을 열었다.

"그래요."

먹힌 것이다.

'됐다.'

나는 주먹을 쥐며 한숨을 참았다. 안도했다는 기색을 드러낼 필욘 없지.

"그럼 이제 서바이벌은…."

취소하라고 말할 참이었다. 다음 말만 아니었다면.

"음? 그건 이미 진행될 예정이라."

"…!!"

이 새끼 지금까지 말을 어디로 처들은….

"취소해라."

"음? 내가 방송국 사장도 아니고… 이제 와선 힘들죠. 하하."

한 대만 갈기고 싶다.

놈은 그걸 눈치채기라도 한 듯이 드디어 쓸 만한 이유를 내놓았다.
"초반 화제성에 서바이벌만 한 게 없지 않나요?"
"……."
나는 턱을 만졌다.
"그렇긴 하지."
여기 산증인이 있지 않은가. 제대로 수요층에게 어필만 된다면 서바이벌만큼 단기 화력 결집에 좋은 방법도 없다.
문제는 칼자루 쥔 게 저놈이란 거다.
"네가 허튼짓만 안 한다면."
"허튼짓?"
이 새끼가 꼴 받는다고 차유진을 방송에서 박살 내려 들지만 않는다면 말이다. 굳이 말하진 않았지만 대충 뉘앙스로 짐작했는지 청려가 어깨를 으쓱했다.
"음, 여기서 오해가 생긴 것 같은데."
그리고 다시 쪼갠다. 애송이를 안쓰럽게 보는 표정 같다는 점에서 기분이 더러워진다.
"설마 부정한 개입만 없다면 후배님 그룹 멤버는 당연히 데뷔할 수 있다고 생각해요?"
"어."
나는 발언을 철회하지 않았다.
이 새끼도 〈아주사〉의 그 미친 판을 봤을 거면서 뻔한 소리 하는군. 그 미친 판을 뚫고 데뷔한 놈이 2010년대 기획사 서바이벌을 못 할 리가 있는가. 코칭만 제대로 들어가면 쭉정이 미는 건 일도 아니다.

"흠……."
청려가 턱을 쓰다듬었다.
"그럼 내기할까요."
"뭐?"
"VTIC과 테스타 중에 누가 더 많이 여기서 데뷔하는지."
개소리하네.
"이게 내기할 짓이냐. 그리고 난 아직 둘밖에 못 모았잖아."
"나도 지금 있는 건 둘이잖아요."
"……."
애초에 VTIC 정원이 테스타의 반토막 아닌가.
"음, 자신이 없어졌나?"
이 새끼가 진짜. 나는 턱짓했다.
"차라리 비율로 하든가. 공평하게."
"그래요. 자신감이 넘치네요."
놈이 하하 웃는다.
"그래요. 후배님. 그럼… 계획을 세워볼까요."
그리고 손을 들어 내민다.
"……."
나는 놈이 내민 손에 악수했다.
임시 동맹이었다. 그러나 그때, 손아귀에 힘이 들어온다.
"다만, 마지막까지 갔는데도 아무것도 없다면."
놈의 표정이 사라졌다.
"후배님 추리가 어긋난다면."

"…!"

청려가 눈을 가늘게 뜨며 쪼갠다.

"그다음부터는, 무조건 내가 계획한 대로 하는 거예요."

"……."

그럴 일은 없을 텐데 말이지.

'하여간 뭘 파놓는군.'

나는 말없이 고개를 끄덕인 후, 놈과 똑같이 손아귀에 힘을 주었다.

"하하, 이게 현실이었다면 정말 난리였을 텐데요."

"악몽이지."

그렇게 현실에서는 팬덤의 누구든 기함할 믹스앤매치 서바이벌이 성사되었다.

그리고 며칠 간의 사전 작업 후, 2월 말부터 기사가 보도되더니 위튜브에 예고 티저가 올라오기 시작했다.

예고 티저는 전형적인 대형 기획사 서바이벌 양식이다.

우선 LeTi의 신사옥을 근사한 카메라 워크와 함께 무슨 궁전처럼 비춘다.

[대한민국을 대표하는 글로벌 아이돌의 요람, LeTi]

[프로듀서 : 지금까지 없었던.]

[아티스트 팀장 : 역대급이죠. 저희도 어떻게 이렇게 모았나 신기하거든요.]
[말랑달콤 소현 : 하지만, 결국 대중의 마음을 잡을 수 있는가.]
[말랑달콤 소현 : 그건 다른 문제 같아요.]

의미심장한 말을 던지는 관계자들.
그리고 거대한 타이틀이 나오는 것이다.

[Who is Superior?]

이니셜이 3D 그래픽으로 근사하게 묶인다.

[WiS]
[LeTi의 넥스트 제너레이션을 뽑는 서바이벌 쇼]
[〈Wise〉]

와이즈.
'현명'이란 뜻에 발음으로 'Who is'와 'Why'를 섞어 '왜 데뷔해야 하는가', '저 멤버는 누구인가' 양쪽 의미를 다 잡았단다.

−결국 레티 서바이벌로 불리지만요.

그럴 줄 알았다.

나는 청려의 말을 회상하며 몸을 풀었다. 이미 스테이지 아래 대기실에도 카메라가 쭉 깔려 있다.

"얼굴!"

"네."

다 아직 데뷔도 못 한 놈들이라 그런지 메이크업 담당자들의 말투엔 서비스직 느낌이 없다. 하지만 도리어 〈아주사〉보다는 덜 기계적이다. 인원이 적어서 그런 걸지도 모르겠군.

나는 남은 면면을 쭉 둘러보았다. 지금 이 건물 바닥에 앉아 있는 건 총 14명으로 데뷔조 7명에 다른 연습생 7명을 더한 숫자다.

'첫날에 봤던 얼굴이 꽤 보이는데.'

실장이 불러 모았던 인원 중 많은 숫자가 여기 포함되었다는 것을 깨달았다. 아마 당시에 이걸 떠보려고 지시받았던 듯하다.

그리고 신오, 주단까지. 기존 VTIC 멤버들이 원래 그런 건지 아니면 청려가 찔러넣은 건지 모르겠지만 어쨌든 이 안에 있다.

나는 팔짱을 꼈다.

'차유진과 김래빈 두 놈도 제때 잘 등장할 예정이지.'

문제는 다른 놈들이다.

남은 테스타 멤버들… 말이다. 서바이벌 시작 전에 어디로 흩어진 건지 당연히 인터넷에서 확인할 수 있는 놈들은 다 봤으나…….

"……."

여러 의미로, 지금 여건이 되는 건 제일 어린 두 놈이다. 일단 이대로 출발한다.

'기회는 또 한 번 있으니까.'

나는 청려에게 들었던 이 서바이벌의 구조를 한 번 더 뇌에서 브리핑했다.

－외부에서 볼 때는… 모든 게 사장의 안목 위주로 돌아가는 것처럼 보일 거예요.

곧 메인 카메라가 돌아가고 무대 위에 조명과 사람이 오른다. 후보자 14명이 나란히 입장하는 것이다.
무대 바로 앞 심사위원석에 앉은, 뺀질한 얼굴의 사장이란 놈이 브리핑을 시작했다. 90년대 인기 싱어송라이터 그룹의 얼굴 간판이었던 놈이다.
"여러분은 이제 연습생 신분이 아니라 제게 동료 가수로서 존댓말을 들으실 거예요. 아셨죠?"
"예."
"좋습니다. 그럼 LeTi의 신성이 되실 여러분께 이 프로그램의 규칙을 설명해 드리겠습니다."
의도적으로 한 박자 끊은 후, 설명이 이어진다.
"이건 서바이벌이에요."
"……!"
"예?"
사내에 돈 카더라 다 들었으면서 연기는 제법들 한다. 애초에 14명인데 당연히 탈락자가 있을 걸 예상한 게 자연스럽지. 나는 그냥 표정이나 굳히고 서 있었다.

"누가 탈락할지, 얼마나 탈락할지, 누가 데뷔할지, 얼마나 데뷔할지… 전부 미지수입니다."

앞뒤 말이 같은 뜻 아니냐? 어쨌든 다들 군기 든 얼굴로 침을 꿀꺽 삼킨다.

"여러분은 꿈을 향해 달리지만, 그 꿈을 위해선 수많은 경쟁을 헤쳐 나가야 합니다."

"……."

"그러니 이제부터는 경쟁에서 이기는 사람이 살아남습니다."

-우등반, 열등반. 처음에는 그렇게 나누고 시작하죠.

말 그대로였다. 모두가 사전에 고지받았던 1번 과제.

[솔로 퍼포먼스를 보여라.]

1화의 메인 컨텐츠였다.

"잘해야 하지만, 잘하는 것만큼 중요한 것이 스타성입니다. 저는 그 수치로 환산할 수 없는 매력도 평가 잣대로 삼을 거예요."

판정이 X 같아도 너희가 매력 없는 탓이니 그러려니 하라는 뜻이다.

"예!"

힘차게 대답한 놈들이 하나씩 나와서 춤이나 노래, 장기자랑을 보여 주고 들어간다.

'퍼포먼스의 의미를 넓게 해석했군.'

그럴 일은 없지만, 혹시라도 꼬투리 잡힐 일 없도록 표정을 관리하며 무대를 관람한다. 퀄리티는… 연습생치고는 아주 괜찮다. 다만 데뷔조랑 차이가 좀 있다. 나는 내심 피식 웃었다.

'일부러 늦게 알려줬네.'

1화에서 데뷔조 7명을 띄워주기 위해 먹이로 나머지 7명을 넣은 것이다.

저런 풋내기 시절에는 특히 일주일 연습한 것과 한 달 연습한 것은 어마어마한 간격 차이가 벌어진다. 아마 대놓고 하진 않았을 것이다. 데뷔조에게 은근히 소문처럼 말을 흘리는 정도로 차이를 조장했겠지. 이런 식으로.

―솔로 퍼포먼스 이야기 들었어? 아, 아직 아니지? 아니야, 애들아 연습해라~

'나야 3개월 따리니 소문 주워들을 것도 없었겠고.'

어쨌든 우등반과 열등반은 거의 그대로 갈린다. 데뷔조가 우등반. 나머지가 열등반. 나는 신오와 주단이 열등반으로 가는 것을 지켜보았다. 청려는 표정 변화도 없다.

'흠.'

치고 올라가는 이미지를 만들려는 건가?

그때였다.

"다음 퍼포먼스…. 류건우."

"예."

내 차례였다. 나는 자리에서 일어나 움직였다.

9번째. 애매한 위치로 첫 무대.

사실 그렇게 중요하진 않다. 〈아주사〉처럼 순식간에 절반씩 떨어지는 초대형 인원 서바이벌에선 한 타 눈도장이 중요하지만, 이건 그보다 길게 봐야 한다. 일단 모든 무대가 방송은 탈 테니까.

'여기선 안정적으로 이미지만 가져간다.'

나는 헤드 마이크를 잡고 조용히 기다렸다.

노래가 흘러나왔다.

지금 서바이벌 쇼를 위해 무대 앞에 앉은 LeTi의 사장은, 사실 연습생 개개인에겐 큰 관심이 없었다. 관심이 있는 건 회사의 성장, 그리고 더 큰 성공. 거기서부터 나오는 명성과 부!

'그게 사업이지.'

이미 앨범을 내지 않고 10년 이상이 흐른, 전 가수이자 현 사업가는 손가락을 꼈다. 그래도 자신이 보는 눈은 있다고 자부하며 말이다. 이렇게 좋은 종자들을 잘 뽑아다 선별해 두었으니까.

사장은 리허설과 연습 비디오를 빠르게 스킵하며 보고받은 서류 위주로 파악한 놈들을 눈으로 훑었었다.

[후보자 목록 정리]

여러 전문가를 통해 정제된 활자는 잘 어긋나지 않는다. 그리고 자신은 하나하나에 낭비할 시간이 없었다.
 게다가 특히 이놈은 설명 그대로였다. 지금 앞에 나온 놈.

 [-21살 류건우.]

 신상 명세를 넘기고 나면, 특징 첫 줄에 적힌 설명이 이것이다.

 [-프로젝트에서 추구하는 비주얼상]

 '아주 분위기 있게 잘났네.'
 괜찮은 놈들만 추려둔 이 가운데서도 눈에 띄게 잘생긴 놈이었다. 선이 곧고, 분위기 있게 이지적인 느낌이라고 할까. 자신이 조금 못마땅한 모습을 보이면 도리어 대중이 게거품을 물고 뽑아줄 것 같았다.
 '오케이.'
 태세를 정했다. 일단 좀 가혹하게 굴어야 재밌겠지.
 사장이 팔짱을 꼈다.
 "시작하세요."
 무대 외곽의 촬영용 조명 빛이 사라지고, 류건우에게 스포트라이트가 광명처럼 내린다. 그리고 들리는 우아하고 묵직한 음악.
 "음."
 재즈 팝이다.
 살짝 어두운 조명 아래, 흰 얼굴이 스탠딩 마이크에 입을 가져다 댄다.

―달콤한 인생엔
필요한 것들이 있지.
음악, 춤, 와인, 어쩌면 장미

팝송은 최근에 특히 아이돌 지망생이라면 자주 퍼포먼스로 선택하는 유였다. 고음보단 음색. 적당한 리드보컬이 보여주기 좋은 구조의 곡이 많으니까. 그리고 고만고만한 실력에 맞춰 최대한을 보여주기 위한 선곡이라면 그게 최고였겠으나, 이번에는 예외였다.

―구름 속의 인생
반짝이는 별들

긴장한 기색도, 어색한 톤도, 어설픈 발성도 없다. 마이크를 울리는 것은 원곡 같은 완전함, 아쉬움이 없는 소리.
"…!"
아마추어의 소리는 한 점도 없이. 깊은 와인처럼 음색이 흐른다.

―피아노가 울릴 때
하얀 연기 속에서 피어나는
재즈….

사장은 반사적으로, 류건우의 다음 서류상 평가를 훑었다.

[-수준급 보컬 실력]

…이걸 단순히 수준급이라 평가하는 것은, 도리어 평가 절하가 아닌가?

[-이번 월말 평가 총 3위.]

그런데 여기서 춤까지 괜찮다고?
그리고….

[-단점 : /]

공란. 전율이 흘렀다.

-Hmm umumm, Lalala-la….

아직까진 흠잡을 곳 없는 완전한 원석, 이미지 하나 소모하지 않은 상등품은 무대에서 빛난다. 그리고 여전히 스테이지에는 목소리가 가득 차 있었다. 부드럽고 무게감 있는 기교로 1절이 끝나는 그때까지.

-반짝이는 별들

무반주의 그 고음 한마디를 끝으로, 귓가를 풍성하게 채우던 소리는 한순간에 사라졌다. 남은 건 스탠딩 마이크에서 입을 떼는 잘생긴 얼굴뿐.

"……."

잠시, 침묵은 끔찍할 정도로 허전하게 느껴졌다……. 사장은 일부러가 아니라 정말로 할 말을 잃고 침묵했다.

'대체……'

어디 있다가 이런 놈이 20살에서야 튀어나왔지?

그때였다. 낮은 목소리가 울린다.

"감사합니다."

"…!"

"아."

짝, 짝짝…!!

류건우의 감사 인사에, 한발 늦게 여기저기서 박수가 터져 나온다. 압도당한 것 같은 이 분위기.

'…바로 지금!'

그리고 사장은 마이크를 잡았다. 자세한 감상평은 나중에 편집 봐서 인터뷰로 넣어도 된다. 지금은 이 말을 해야 했다. 그런 감이 왔다. 방송인과 사업가의 감이!

"우리 건우 씨는… 연습생 생활은 이제 겨우 3개월 채웠죠? 원래는 대학생이고."

"예."

"어느 대학교 학생이죠?"

눈앞의 청년이 표정의 변화도 없이 담담히 대답한다.

"연희대학교 다닙니다."

딱, 컷 신이 들어갈 자리다. 그리고 사장은 내심 웃었다.

'고마워하라고.'

이 분량을 주는 것에 말이다.

"그럼 왜 가수가 되고 싶은 건가요?"

"……."

일부러 아이돌을 붙이지 않았다. 댄스가 생각에 끼어들 여지를 주지 않기 위해서였다. 이렇게 잘 부르는 게 보정도 근사하게 들어가면 분명 끝내주는 그림이 나올 것 아닌가! 그럼 누구나 이놈이 가수가 되기를 바랄 테지만….

"대학을 그대로 졸업해도 충분히 다른 좋은 일들을 도전할 수 있을 것 같은데."

여기서 폭발하는 거지.

'자 와라!'

류건우는 큰 표정 변화 없이 자신을 쳐다보았다. 카메라를 의식하지 않는 것 같았다. 자연스럽게 툭, 말이 튀어나온다.

"살면서… 이렇게 즐거워 본 적이 없어서요."

그리고 희미한 미소가 번진다.

"그러니까, 이게 정답이라고 생각합니다. 그리고 정답을 놔두고 다른 걸 선택할 수는 없어요. 이것뿐입니다."

"……."

예능 의식 없이, 학생답게 꾸밈없이 담백한 맛. 연습생 서바이벌에 귀한 매물.

이건… 됐다! 사장은 짜릿한 기분으로 마이크를 들었다.
"보셨죠, 여러분? 기간이 중요한 게 아닙니다. 중요한 건 저 마음가짐이죠."
손을 들어 올려, 무대 위의 연습생을 가리킨다.
"내가 데뷔하겠다는 저 또렷한 의지! 저게 1순위예요."
그리고 멋지게 말하는 것이다.
"축하합니다. 류건우 씨. 더 이야기할 것도 없어요. 우등반입니다."
이게 바로 하이라이트였다.
"…감사합니다."
류건우는 목이 메는지 한발 늦게 대답하고, 고개를 꾸벅 숙였다.
'써먹기 좋은 놈이야.'
그는 내심 회심의 미소를 지었다. 하지만 그건 상대도 마찬가지였다.
'어떻게 윗놈들은 크든 작든 다 발상이 똑같냐.'
노오력과 마음가짐 말이다. 사장이 마음껏 명언을 날릴 수 있도록 대답을 조절한 류건우가 내심 고개를 끄덕이고 있었다.

[형 진짜 축하드려요! 첫 촬영 최고였어요!]

"그래."
촬영이 끝난 후, 소속사는 거기까지 분량이 다 나오지 않았다며 서바이벌 숙소가 아닌 집으로 돌려보냈다.

'덕분에 생각할 시간은 생겼군.'

마침 류청우는 MT를 갔다. 산 사진 찍어 보내는 걸 보니 취미는 여기서도 여전한 것 같았고. 어쨌든 그 덕에 나 혼자 방에 앉아서 생각에 잠긴 것이다.

…하지만 마침 큰달이 '그 발언'을 할 줄이야.

[이대로면 순조롭게 데뷔할 것 같은데?? 형!]

나는 침음을 참았다. 그리고 턱을 괬다.
"그래야 해."

[예…?]

잘해야 한다. 아니면 X발 더럽게 쪽팔린 꼴을 당하기 때문이다.
나는 청려와의 사전 대화를 떠올렸다.

—그런데 결국, 누구와 데뷔하든 후배님은 데뷔해야겠네요.
—그건 그렇지.

결국 시스템 망령이 또 붙어서 경험치를 모아야 하는 건 나라서 말이다.
놈은 턱을 괴더니 심각한 척 이렇게 지껄였었다.

―무조건 데뷔할 수 있게 해드릴까요?
―뭐?
―음, 아니. 잘못 말했네요. 이건 권유가 아니잖아요. 당연히 그래야 하는데.
―…….
―하하, 설마 여기서 자존심을 챙겨요?

그리고 나는, X발. 여기서 기분 상한다고 이 새끼를 말리면 내가 사리분간 못하는 얼간이라는 것을 깨달았다.

―그럴 리가 있냐.

그래서 이렇게 된 것이다.

[조, 조작하는 거예요??]

"…최악의 상황에선, 그래."
내가 탈락할 것 같으면, 결국 저 새끼가 손써서 뒷문으로 그룹에 입성하게 된다. 나는 구겨지려는 인상을 참았다.
'그건 안 되지.'
사람이 체면이 있지, 대상까지 받아놓고 데뷔도 못 하는 쪽팔린 꼴을 봐야겠냐.
"절대 그렇겐 안 가고 플랜 잘 짜서 공략할 테니까 괜한 걱정 말아라."

[그, 그럼요! 저도 형 믿어요!]

오냐. 〈아주사〉 때처럼 순간순간 제대로 계획을 세워야 했다. 나는 차근히 내 이미지를 예측하며 앞으로의 구도를 그렸다.
'아마 명문대생 쪽으로 이미지 포커싱해서 특수 포지션으로 갈 거야.'
질문도 그런 쪽이었으니 말이다. 그러면 좀… 어른스러운 모습을 주로 보여줘야겠군. 그리고 묵묵히 조별 과제에 협조하는 쪽이 나을 거고, 좀 순박해 보이는 편도 괜찮을 것이다. 사장이 발언권이 강하니 그쪽에 어필해야겠고.
"흠."

[자, 잘될 것 같아요!]

"그래."
나는 몇 가지 대체 플랜까지 세워둔 뒤, 그날 잠이 들었다.

그리고 바로 그 주. 〈와이즈〉는 〈아주사〉와 달리 참가자들의 성향과 태도, 캐릭터를 이미 다 아는 기획사가 참가자 자료를 방송 제작팀에 쭉 넘겼다. 그래서 충분히 관찰 시간을 두고 스토리라인 짤 것도 없이, 이날 촬영분은 발 빠르게 편집되어 바로 2차 예고편으로 송출되었다.
그리고 14명의 프로필까지 풀린 순간….

-미미ㅣ친안경남떴다

-ㅠㅠㅠㅠㅠㅠㅅㅂ대존잘!!

"…??"

나는… 현실을 깨달았다.

아이돌 제1 눈도장은 무조건 외모였다. 데이터팔이를 거쳐 〈아주사〉까지 체감하지 않았는가. 그때 나는 첫 무대에 플래티넘으로 나오고도 댓글 몇 개로 끝날 만큼 초반 관심을 크게 받진 못했다.

그러나 지금은? 프로필만 공개됐는데도 새 글까지 뜬다.

[레티 서바이벌 와이즈에 말랑달콤 안경남 있다]
[제대로 이 간 것 같은 레티 서바이벌 연습생 라인업]
[레티는 어디서 이런 놈들을 잡아온 걸까 (정리글)]

이런 글 클릭할 때마다 대부분 내가 포함되어 있다고.

"……."

나는 스크롤바를 내리다가, 스마트폰을 내리고 침음을 참았다.

진짜 외모 스탯이… 전부였냐. 물론 직전에 말랑달콤 댄서로 선 것이 '무대에서 자연스러워 보인다'로 어필되며 촉매제 역할을 해주긴 한 것 같지만… 그래도 버즈량 차이가 이렇게까지 난다니.

떨떠름히 내 얼굴을 더듬고 세면대로 가서 거울을 봤다.

"음."

처음부터 생각했다만 확실히 전에 공시생이던 나보단 나은 것 같다.

박문대에서 자연 증가시켰던 스탯이 그대로 붙은 덕인지, 아니면 이쪽 류건우가 잘 먹고산 덕인지는 모르겠지만.

'둘 다겠지.'

스탯 등급에 알파벳 하나 정도는 차이가 날 것 같다. 그래도 그렇지 이 정도로?

-존나 레티상이잖아 ㅅㅂ성골ㅠㅠㅠㅠㅠ
-신재현 류건우 둘 오늘부터 내 망태기에 넣고 존버함 레티1 레티! 레티!
-이게 바로 남돌 근본 기획사구나

'…취향 문제도 있는 것 같군.'

테스타 때 내 외양이 섞이며 좀 부드럽게 중화된 것 같지만, 류건우는 좀 삭막한 인상이다.

그리고 그게 소위 말하는 '레티상'인가 보다. LeTi 사내 서바이벌은 아직 방영 전이었으니 당연히 그 기획사에 원래부터 관심이 있던 사람만 글을 클릭했고, 이 관심층의 편중이 결과에 영향을 끼친 모양이었다.

'이번 연습생들이 다들 예외 없이 그런 편이라 더 시너지 효과도 난 것 같고.'

일부러 뽑아놓은 것처럼 14명이 다 비슷하게 음침한 느낌이다. 그러다 보니 비단 류건우뿐만 아니라 네댓 명 정도는 프로필 사진만으로도 꽤 글이 올라온다.

'VTIC 놈들도 언급량이 꽤 되고.'

주단이나 신오에 대한 언급도 제법 눈에 띄긴 한다. 한 놈은 프로필 사진이 실물보다 영 못 나와서 손해를 본 것 같긴 했다만. 어쨌든 프로그램은 사내 서바이벌치고는 꽤 대규모 관심을 받으며 순조롭게 언급량을 키우고 있었다.

덕분에 나도 이걸 받았고.

[명성이 증가하고 있다⋯]
+Exp 15,000

이번에도 명성은 후하게 증가했다.
'동료 모집 15회 분량인가.'
나는 팝업을 치우고 그 아래 상태창 기본 목록을 보았다.

[동료 목록]
신재현 : 계획 세우는 중 (*^^~♪)
차유진 : 맹훈련 중 (+ㅅ+=3)

둘 다 신났군.
아마 차유진은 김래빈을 끌고 특훈 중일 것이다. 김래빈은 춤도 알려주면 곧잘 추는 타입이라 루틴이나 돌리고 있겠지.
"흠."
그래도 기왕이면 김래빈도 여기 표기되면 좋겠는데 말이다. 나는 이번에 찬 명성 팝업을 보며 잠깐 고민하다가 결심했다.

[형, 동료 모집해 보시게요?]

그래. 김래빈이 뜨면 상황상 제일 괜찮겠으나 첫 타로 차유진 나온 시점부터 종잡을 수가 없다. 그래도 확률적으로 따져보면… 차유진도 8회 만에 나왔으니 아직까진 통계상 아는 놈이 뜰 가능성이 괜찮아 보였다.
'좋아.'
나는 10연속 뽑기 버튼을 눌렀다.
그리고 현실을 보았다.

[★★ 강성빈 / 서브래퍼]
[★ 김재훈 / 서브댄서]
[실패!]
[★★]
[★]
…….

안 나온다.
겨우 10회? 택도 없었다. 그렇게 허망하게 경험치 만점을 날렸다.
"……."
이게 게임이냐? 아니, 이게 현실은 맞냐? 확률도 모르고 앞으로 이 확률에 명성을 다 꼬라박게 생긴 게?
그 와중에 더 열 받게 알림까지 뜬다.

[동료 인연 보관소가 가득 찼습니다! 확장하시겠습니까?]
Exp 2,000 사용

"……."
1, 2성으로 벌써 인벤토리 다 찼다 이거냐. 알차게도 뜯어가려고 하네. 꺼져 새끼야.

[동료 인연을 놓아주었다.]
이별 위로금이 왔다….
+20G

나는 남은 5,000은 쓰지 않고 그냥 두기로 했다. X 같았다. 큰달이 큼직한 팝업을 띄운다.

[파, 파이팅! 다음에는 나올 거예요! (ง •̀_•́)ง]

이놈은 또 어디서 가져왔는지 자기도 이모티콘을 쓰고 있다.
"…그래."
나는 얼굴을 문지르다가, 정신을 차렸다. 그리고 전부터 생각하던 질문을 던졌다. 어쩌면 현 상황에 대한 힌트가 될 수도 있는 대답을 듣기 위해서.
"그런데, 지금 네가 정확히 어떤 상태인 거지."
큰달의 현 상태 말이다. 나와 대화를 하고는 있지만, 활자일 뿐이다.

몸도 없을 텐데 대체 어떤 상황인지 내가 알아야지.

[으음… 잘 모르겠어요. 의식은 확실히 있는데요…]

애매한 대답이었다.
나는 몇 가지 질문을 이었다. 시스템이 간섭하려고 하진 않는지. 꺼림칙한 점이나 의문스러운 점, 쓸 수 있는 능력의 변화는 없는지. 대부분 애매한 부정이 답으로 돌아왔다.
'모호하지만 나쁘지 않다 정돈가.'
마지막 질문도 마찬가지였다.
"원래 네 몸에 접근하거나 그럴 수는 없지."

[네ㅜㅜ]

이 대답은 짐작했다. 문제는 다음.
"…혹시 몸이 사라진 느낌이야?"

[아뇨. 그렇다기보다는… 뭔가에 막힌 느낌이에요! 와이파이가 없어서 인터넷 연결이 끊긴 것처럼요.]

상당히 독특한 비유였지만 이해는 했다. 그리고 꽤 안심되는 발언이기도 했다.

[조, 좋긴 한데 어떻게 안심까지…?]

나는 희미하게 웃었다.
"내가 테스타로, 네가 공무원으로 지내던 세계가 사라진 게 아니라는 뜻이니까. 막힌 거라면 그 너머엔 있다는 뜻이지."

[아!]

팝업이 희망차게 커진다. 나는 고개를 끄덕였다.
"그 상태가 너무 불편하면 이야기해라. 그래도 들어줄 수는 있으니까."
몸 없는데 정신만 한 놈과 연결되어 있는 게 상쾌한 기분일 리가 없지 않은가.

[아, 저 아프거나 그런 건 아니고요! 약간… 꿈에서 인터넷하는 느낌이라고 할까? 그런 느낌이에요!]

"그래."
그래도 아직까진 제법 평온한 상태인 것 같아 다행이었다. 나는 고개를 끄덕이고 세면대에서 몸을 뗐다. 그리고 옷을 챙겨 입었다.

[어디 가세요?]

"애들 보러."

뽑기가 망했으니 계획이라도 잘 돌아가고 있는지 눈으로 봐야겠다.

나는 쓰린 속을 다스리며, 그 길로 차유진과 김래빈에게 합류해 한나절 루틴 연습을 함께했다.
"김래빈 잘했어! 한 번 더 하자!"
"아, 알았어!"
서로에게 바보라고 고함지르지 않는 두 놈은 참 희귀한 광경이었으나, 그날 밤쯤엔 둘 다 테스타 때와 별다를 게 없는 꼴로 돌아왔다. 그리고 진짜 17살인 김래빈은 약간 당황한 것 같았다.
"본래 이렇게까지 제가 처음 뵙는 분들께 함부로 편히 말씀드리는 무례한 사람이 아닙니다만, 저도 모르게 이런 상황을…!"
"마음이 편하다면 좋은 거지. 앞으로도 계속 얼굴 봐야 할 텐데."
"예….
"맞아, 김래빈 함부로 막 해!"
"너는 너무 막…!"
김래빈은 반사적으로 대꾸하려다가 아차 싶은 얼굴이 되었다. 어느 상황에서도, 심지어 기억이 날아가도 제일 일관적인 놈이었다. 나는 피식 웃었다.
"잘해보자."
"예!"
류청우가 MT에 가며 방이 빈 덕에 김래빈은 오피스텔에서 잘 수 있었다.
그리고 바로 다음 날, 새로운 촬영이 시작되었다.

두 번째 서바이벌 촬영의 시작은 별것 없었다.
"여러분의 숙소를 소개합니다!"
"우와악!"
숙소 입성.
물론 서바이벌답게 가학적으로 차별화되긴 했다. 뭐긴 뭐겠냐. 우등반과 열등반으로 좋은 방과 나쁜 방이 나뉘었지.
"아, 여기가 우등반…."
"근데 걔네, 열등반 간 애들 이름도 다 붙어 있는데?"
"우등반에 올라와야 쓸 수 있다, 이거겠지!"
거실을 중앙에 두고 나뉘진 두 구역엔 14명의 이름표가 중복으로 다 붙어 있었다. 뭐, 비교가 되긴 해도 열등반도 그리 나쁘진 않다만 말이다. 내 대학 때 자취방보다도 몰골이 괜찮아 보였다.
그냥 모텔급이다. 호텔이 따로 없는 우등반과 비교하니 문제지.
"……."
그래도 열등반에게 굳이 우등반의 자기 자리를 보여준 다음 짐 못 풀게 하고 다른 숙소로 데려간 건 방송국다웠다. 우울한 얼굴로 가는 놈들을 보고 우등반 놈들이 속 시원하게 좋아하기도 애매하지 않은가.

－인성질 부각하는 편집 써먹냐.
－회사에서 선호하지 않는 연습생이라면.

나는 청려와의 사전문답을 떠올리며 표정을 관리했다. 마침 옆에 놈이 있기도 했다.

"잘 부탁드려요, 형."

"네."

만일의 사태에 대비해 청려와 같은 방을 사용하기로 했고, 계획대로 이름표는 나란히 붙어 있었다.

'좋아.'

깔끔하다. 나는 어차피 떠내려갈 나머지 우등반 놈들과는 일부러 말을 많이 섞지 않았다.

'저 새끼가 무조건 수 써서 보낼 거야.'

아무리 능력 따라 컷 한다고 해도 3년 내로 폭탄 터졌던 놈들을 데려갈 리가 있는가. 어떻게든 보내 버릴 테니 굳이 지금은 후반에 독이 될 친목질을 할 필요가 없다.

어쨌든, 그 후의 촬영도 순조로웠다.

"한 번 더 갑니다."

"넵!"

우등반은 우등반끼리, 열등반은 열등반끼리 무대를 스페셜 무대를 하나 꾸미는 정도.

바로. 주제가다.

-Yes I am
할 수 있는 게 너무 많아

Gear를 당겨 저 위로
(Who can be a star?)
Yes I am

〈Yes I am〉. 어디 중학교 1학년 영어학습용 타이틀 같은 제목이지만 나름대로 리얼리티 쇼 오프닝같이 잘 뽑아놓긴 했다. 게다가 다짜고짜 던지고 외우라는 〈아주사〉와 달리 다들 사전에 연습해 놓은 거라 하루 동선 맞추면 끝이다.

'평온하군.'

좀 매운 척하긴 하지만 역시 몇 년 전 사내 서바이벌답게 덜 악랄하다는 생각이 드는가? 미안하지만 오해다.

진짜 캡사이신은 바로 이날 저녁, 애들이 무대 마치고 의지를 다지는 순간 대가리에 쏟아진다.

"고생하셨습니다!"
"와아아!"

주제가 촬영을 마친 놈들이 쏟아지는 핀 조명과 꽃 가루 사이에서 날뛸 때, 새 에피소드가 시작된다.

"잘하셨어요. 여러분. 앞으로도 이렇게 나갑시다."
"넵!"

무대 앞에 앉은 사장은 고개를 끄덕이며 마이크를 잡았다.

"이 프로그램을 하면서 여러분에겐 끊임없이 난관이 찾아올 거예요."

작가가 '위치 정리'라는 스케치북을 든다. 분위기를 파악한 참가자들이 슬금슬금 움직이며 각을 맞춰서 선다. 딱 의미심장한 BGM 깔릴 분위기다.

"여러분이 데뷔해서 오랜 기간 사랑받으며 잘 활동해도 결국 새 신인들이 나오며 계속 경쟁해야 하니까요."

여기저기서 굳은 얼굴로 고개를 끄덕이는 놈들을 잡는다. 슬슬 본론이 나오겠군.

"〈와이즈〉는 데뷔로 향하는 마지막 관문. 연예계의 축소판으로서 현실적인 평가 방법을 여러분께 적용하겠습니다."

사장은 손을 들었다.

"그래서 준비했습니다. 여러분의 첫 번째 경쟁자입니다."

파팡!

"어어!"

놀라서 움찔거리는 놈들의 옆에서, 드라이아이스가 깔린 거대한 무대 장치가 열리며 7명이 걸어 나온다.

"여러분의 정원은 현재 〈우등반〉 일곱, 〈열등반〉 일곱으로 총 14명."

사장이 멋진 척 표정을 짓는다.

"이분들은 그 정원 외 인원. 〈보충반〉입니다."

"…!"

"보충반이 여러분 중 한 명을 지목해서 이기면, 〈와이즈〉의 참가자로 참여하게 됩니다."

옆에서 헉 소리가 들렸다. 여기까진 연습생 누구에게도 알려주지 않

있기 때문이다.

"그리고 누구든, 보충반을 이기지 못하는 사람은 탈락 위기입니다."

드라이아이스가 걷히고 7명이 모습을 드러낸다.

익숙한 얼굴이 보인다. 자신만만한 미소가 만면에 가득한 차유진.

그리고 표정이 날아가 어디 중간 보스 같은 인상이 된 김래빈.

그렇다. 지난 촬영, 참가자 14명 중엔 저놈들이 없었다. 저놈들은 LeTi 연습생들이 아니니까. 그 녀석들이 합류하는 타이밍은 바로 지금이었다.

보충반 투입으로 아수라장이 되는 이 촬영장에서.

"이겨서 살아남으세요."

보충반이 걸어와서 무대 맞은편에 정렬한다.

눈동자를 떨고, 표정을 주체하지 못하는 참가자들이 보충반과 대치한다. 긴장되는 분위기.

그리고 나는 심드렁히 생각했다.

'뭐, 대부분은 긴장감 조성용 버리는 패지.'

치열할수록 어그로 끌기도 좋고, 이긴 놈 부각하기도 좋지 않은가. 당연히 이용해 먹을 용도니 대부분은 부적합 후보들이다. 그러니 차유진, 김래빈을 제외한 나머지는 내가 모르는 얼굴일 수밖에…. 잠깐.

[어어어! 저 사람!]

하나 더, 아는 얼굴이 있다.

"…!"

[브이틱 맞죠?]

 채율. 지금까지 나타나지 않던 VTIC 멤버.
 10대 후반쯤으로 보이는, 눈을 반짝이는 갈색 머리 어린놈이⋯ 맨 끝에 서 있었다.
 "⋯⋯."
 저게 여기서 투입되는 놈이었다고? 그래서 청려가 찾지 않았던 건가. 원래 이쯤 나오니까? 아니면 이번만 일부러 투입한 건가.
 내가 머리를 어떻게 굴리고 있든, 촬영은 착실히 진행되고 있다.
 "자, 보충반 여러분은 대결하고 싶은 참가자를 찾아서 그 앞에 서주세요."
 차유진과 김래빈은 발을 옮긴다. 분명 누굴 지목하면 되는지까지 대화를 나눠놨⋯⋯ 저 새끼 왜 저기로 가냐.
 차유진이 발을 멈춘 것은⋯ 청려의 앞이었다.
 "아."
 "잘 부탁드립니다!"

[끄아아아!!]

 "⋯⋯."
 이 미친놈이⋯!
 나는 혀를 물어 변하려던 표정을 잡았다. 그러나 돌발 상황은 그걸로 끝이 아니었다.

[저저저 사람 왜 여기로 와요?]

…보충반 중에 내 앞으로 걸어와 선 놈도 있던 것이다. 놈은 긴장으로 상기된 얼굴로 뚜벅뚜벅 걸음을 옮기더니, 곧 들뜬 얼굴로 내 앞에 서 서서 고개를 꾸벅 숙였다.
"잘 부탁드립니다!"
"……예."
채율. 이놈이 상대로 날 지목했다.
"……."
나는 눈을 돌렸다. 차유진을 앞에 둔 청려가 웃고 있었다.

[신재현 : 계획 세우는 중 (*^^~♪)]

그게 이거였냐. 서바이벌에 중간 투입돼서 제일 잘하는 참가자와 데스매치로 붙겠다고 지목하는 짓?
솔직히 말하겠다.
'좋은 생각이다.'
굴러온 돌이 박힌 돌 빼내려는 생각이라면, 그리고 실력에 자신이 있다면 아주 괜찮은 작전이다. 어차피 대국민 투표 서바이벌도 아니고 기획사 서바이벌이다. 사장 마음대로라는 걸 대중도 알고 있고 어느 정도 용인한다는 뜻이다. 진짜 잘하는 놈이 나오면 지더라도 도리어 룰을 바꿔서 합격시키는 걸 선호한다는 뜻.
그런데 말이다.
'그렇다고 청려를 지목해?'
차유진 너 이 새끼 나 지목하기로 했잖아!

―포지션도 안 겹치고, 차후에 친목이 있어 보여도 어색하지 않으려면 그게 제일 나을 것 같은데.
―오케이. 문대 형이랑 무대 해요!

바로 어젯밤에 했던 말이다.
'시나리오 다 짜놨는데 이놈이 마음대로 탈주를 해?'
나는 차유진을 보며 경련하려는 눈가를 제어했다. 티 내봤자 나만 X 된다.
"좋습니다. 앞에 서 계신 분들은 이제 여러분의 라이벌이자 경쟁자가 됩니다."
사장은 의미심장한 척 대본을 읽는데… 열 받아서 반응이 잘 안 되는군. 나는 긴장한 척 심호흡이나 했다.
"물론 경쟁에는 보상이 있어야겠죠. 〈보충반〉과의 경쟁에서 승리하신 분은 무조건, 다음 평가에서 〈우등반〉입니다."
"…!!"
술렁이던 연습생들의 얼굴이 당근 하나에 좀 나아진다. 쉬운 놈들이다.
"그리고 지목당하지 않은 연습생들에게도 평가 과제가 주어집니다.

바로 '팀워크의 완성'. 서로를 견제하는 두 명을 이끌어 3인조 무대를 완성해 보세요."

나는 고개를 끄덕였다. 한마디로 일대일 데스매치로 지랄 날 무대에 하나씩 껴서 조별 과제의 등 터진 새우를 수행하라는 뜻이다. 말은 잘 가져다 붙이는군.

그런데, 그래서 내 조에 온 게 누군지 아는가? VTIC 신오다.

"……."

뽑기 운 끝내주는군.

"잘 부탁드립니다!"

"열심히 하겠습니다."

나는 두 놈을 데리고 보컬 연습실을 하나 배정받았다. 그리고 들어가서 임의로 지정받은 곡을 살폈다.

'곡 뺏기 같은 것도 없군.'

사장이라고 쓰고 회사라고 읽는 측에서 우리 셋에게 어울릴 거라 지정해 준 곡인 것이다.

—블루잭의 〈Icy Eyes〉

2000년대 후반, 오토튠이 지배하던 가요계를 강타한 남자 아이돌 그룹의 신나는 EDM 데뷔곡이다. 대충 설명하자면 짝사랑하는 상대의 눈이 너무 차가워 보이지만 용기를 내겠다, 뭐 그런 뻔한 가사다. 지금 들으면 손발이 오그라드는 것은 덤이고.

[Oh ohoh Icy Eyes 차가워~]

짧은 마디가 후렴으로 반복되는 전형적인 후크송. 보컬 역량을 보여 줄 파트는 후반의 애드립 고음뿐.
"……."
흠.
"아, 저 이 곡 좋아해요!"
보충반 VTIC은 열심히 리액션 중이다.
'…채율.'
나는 잠깐 곡에 대한 분석을 멈추고 청려와의 대화를 떠올렸다.
무대에서 내려와서 잠시 테이프와 마이크를 교체할 때였다.

─후배님. 난 여기서 채율에게 따로 연락한 적 없어요. 데려온 적도 없고.
─우연이라고 말할 생각은 아니겠지.
─우연이라기보단… 당연히 일어날 일이었죠.

놈은 빙긋 웃었다.

─서바이벌 프로그램이 진행되면, 채율은 언제나 보충반으로 참가하니까.
─…!

나는 그 말뜻을 알아들었다.

―…'언제나'.
―맞아요. 채율은 첫 시작부터 그룹에 있었어요. 내가 고른 게 아니라.

나는 채율의 상태창을 떠올렸다.

[진채율]
가창 : C+ (B+)
춤 : B (A)
외모 : A- (A+)
끼 : S- (S+)
특성 : 서커스(A)

잠재력이 올라운더형 최상급이다. 과연 1군 아이돌이 된 놈답다만, 지금으로서는 그냥 무난히 괜찮은 리드댄서 실력이다.
다만 끼가 돌았다.
거의 〈아주사〉 때 차유진급. 게다가 특성도 그걸 보조한다.

[서커스(A)]
: 곡예는 즐거워야 하니까.
―무대 적응력 +150%

―개인적 일탈도 없고, 다른 멤버와 상성 문제가 난 적도 없어요. 언제나 대중이 좋아하고.

이런 놈이 서바이벌에서 두각을 나타낸다면 내가 사장이라도 일단 뽑지. 납득되는 설명이었다.
문제는 다음부터다.

―그리고 흥미롭지만, 서바이벌 프로그램으로 자연 등장할 때마다 항상 동일한 포지션을 지목해요.
―메인보컬.

"……."
그리고 이번엔 그 메인보컬이, 바로 나다.
'원래 지목하던 놈이 남아 있기 때문에 나를 고를 줄은 몰랐다'라고 청려는 부가 설명했으나 그건 믿을 수 없고. 중요한 건 어쨌든 채율이 나랑 붙는다는 거지.
'게다가 선곡 좀 봐라.'
나는 곡을 들으며 내심 실소했다. 보컬 역량 보여줄 부분은 5초짜리 애드립밖에 없는 EDM 후크송을 들이밀어? 내가 뻔히 전 무대에서 노래만 부르고 내려왔는데 말이지.
어떤 새끼가 선곡을 잡았든 간에 이번 대진을 내 장점을 봉쇄하는 식으로 불리하게 만들고 싶은 것 같은데.
'좋지.'

환영이다.

[No~ Nonono….]

마침 곡이 끝났다. 리액션을 따기 위해 들어와 있는 카메라를 의식해 적당히 손바닥을 쳤다. 그리고 약간 들뜬 목소리가 묻는다.
"저, 혹시 어떤 편곡을 하고 싶으세요?"
채율이다. 일단 한 발 빼자. 나는 희미한 미소를 지었다.
"공연만 할 수 있으면 웬만한 장르는 다 좋아요."
"우와……."
네 패부터 까보라는 뜻이었는데 뭘 감탄이냐.
심지어 다음은 더 가관이다.
"저도요!"
"저도… 음, 뭐든 경험이라고 생각하고 열심히 할게요."
"……."
나는 깨달았다.
이놈들은… 자기주장이라는 게 없는 예스맨 호구들이다. 왜 청려가 픽업했는지 알 것 같은 인선이었다. 나는 최대한 덤덤히 말했다.
"그러면 경연이니까 강렬하게 하는 건 어떨까요."
반박은 없다.
"강렬한 거 진짜 멋있고 좋죠!"
"예, 그럼… 우리 팀 파이팅!"
갑자기? 누가 보면 팀전인 줄 알겠군. 졸지에 새내기 둘 데리고 조별 과제하는 고학번 꼴이 되었다.

'류건우도 연습생 3개월 차인데 대체 뭐냐.'

이거 파트 내가 잘 가져가면 욕심부린 게 되고, 저놈 줘서 소화 못 하면 일부러 그랬다고 욕먹는 그림인데… 방지해야겠군. 이 불합리함은 잠시 후 인터뷰에서 편집되지 않을 방식으로 어필해야겠다.

'소통 방식도 좀 바꿔야겠고.'

나는 고개를 끄덕였다.

"그럼 멋있어 보이는 파트를 말해주세요."

'원하는', '바라는', 이런 표현 대신 좀 더 객관적인 단어를 넣어야 구체적인 답변이 나올 놈들이다. 아니나 다를까, 이제야 좀 쓸 만한 답들이 나온다.

"저는 도입 파트가 멋져 보이긴 해요!"

"음, 브릿지의 여기요."

"그럼 그 두 느낌을 잘 살릴 수 있는 방향으로 편곡하는 게 좋을 것 같아요."

"네!"

나는 이놈들의 의견을 넉넉히 고려하는 것처럼 말과 수식어를 붙여서 편곡 방향을 완성해 갔다. 파트도 본인들이 '멋지다'라고 생각하는 것을 적절히 잘 분배했고.

"……."

카메라를 의식하면서 이런 짓을 하는 건 상당히 귀찮은 작업이다. 덕분에 이런 걸 매번 같이하던 놈이 생각이 나긴 했지만….

―문대문대!

'그만.'
지금 없는 놈 아쉬워해서 뭐 하나. 일이나 제대로 하자.
나는 빠르게 다음 무대에 대한 윤곽을 잡아나갔다. 그나마 다른 두 놈이 무조건 협조적인 것이 〈아주사〉보다 나은 점이었다.

그리고 야밤에서야 찾아온, 짧은 쉬는 시간.
'이대로 가야겠군.'
나는 편곡 방향과 파트 분배가 적힌 노트를 들고 구석 방향 복도를 걸었다. 바람 쐴 겸 좀 벗어나기 위해서였다. 새벽에 가까워져서 그런지 슬슬 다른 놈들은 잘 보이지 않았다.
'다들 숙소로 돌아갔나.'
그때였다. 복도 맞은편에서 성큼성큼 걷는 놈이 코너를 돌아 나타났다.
차유진!
놈은 손을 번쩍 들더니 빠르게 가까워진다.
"형! 으브븝!"
마침 둘뿐이군. 잘됐다. 다른 말 말고 따라와라. 나는 놈을 데리고 카메라가 없는 사각지대까지 찾아 들어갔다.
"저…."
입을 열려던 차유진은 입가에 손을 대는 내 제스처를 알아듣고 다물었다. 그래. 오디오 잡힌다고. 나는 그 대신 들고 있던 노트와 펜을 내밀었다.

[너 왜 청려 골랐어.]

이걸 써서.

[지금 충동적으로 움직일 때가 아니잖아. 설마 이 멀티버슨지 뭔지에 계속 있고 싶어서 그러냐.]

나는 팔짱을 끼고 놈을 쳐다보았다. 차유진은 입을 세게 다물더니, 펜을 들어서 강하게 적었다.

[충동적 아니에요. 저 촬영 직전에 바로 연락받았어요. 그 사람이 저랑 붙고 싶다고 했다고요. 시청자들이 재밌어할 거라고 하던데, 그게 꽤 그럴듯하게 들렸어요.]

답답한지 영어로 휘갈기는 놈의 말은 제법 논리구조를 갖추고 있다. 나는 저지하지 않고 천천히 놈의 글을 읽었다.

[그리고 다른 사람이 형 먼저 골랐어요 → Another VTIC 선배님!]

"……!"

'그렇군.'

당연히 누굴 고를지 겹치지 않으려면 보충반도 사전에 제작진과 조율했겠지. 그런데 자기 앞 전 순서던 채율이 먼저 날 골랐다는 거다.

'상황이 그렇고 청려 말도 생각나니 놈을 대신 골랐다는 건가.'

그 새끼… 채율은 자기가 한 게 아니라더니, 차유진은 본인이 한 게 맞아서 입 안 텄었군. 나는 눈썹을 꿈틀거렸다.

차유진은 펜을 멈추지 않았다.

[그리고 저 이길 자신 있어요. 100%]

[문대 형, 저 진다고 생각해요?]

나는 즉시 펜을 건네받아 답을 적었다.

[아니.]

솔직히 무대만 놓고 봤을 때 차유진이 지는 그림은 별로 상상 안 된다.

[그런데 그건 무대만 본다고 한정했을 때 이야기지.]

[여긴 그놈 회사잖아.]

넌 모르겠지만 그놈은 이 과정을 몇십, 어쩌면 몇백 번 거친 석유급 고인물이란 말이다.

차유진이 코웃음 치는 소리가 들린다. 이 새끼가?

[괜찮아요. ☺]

[형은 자신이 질 것같이 느껴요? VTIC 사람 못 이겨요? U_U]

어쭈. 나는 펜을 움직였다.

[너도 이건 기억해라. 당장 승패가 중요한 게 아니야. 중요한 건 버즈량이다.]

어차피 같이 데뷔해야 한단 말이다.

[lol OK!]

차유진은 호쾌하게 세 배쯤 큰 글자를 써 갈기더니, 어깨를 으쓱했다.

"저희 잘해요. 저 기대돼요!"

"그래."

이렇게 된 이상 어떻게든 버즈량을 뽑아 먹어라.

'나도 그럴 테니까.'

나는 차유진과 복도에서 헤어지자마자 곧바로 연습실로 복귀했다. 신오는 구석에 몸을 구기고 자기 파트를 반복해서 듣다가 깜박 잠든 것 같고, 채율이 반응한다.

"오셨네요!"

"네."

그러더니 이렇게 말하는 것이다.

"저, 형. 말 편하게 하세요. 저 열아홉 살이거든요!"

"…음, 그래."

어쨌든 원래 까마득한 연차의 선배인 놈에게 반말도 다 해보는군. 나는 고개를 끄덕였다.

"너도 편하게 말하고 싶으면 그래도 괜찮아."

"네!"

어떻게 그러냐고 내빼지도 않는 걸 보니 그냥 뇌가 좀 해맑은 모양이다. 내가 자리에 앉는 동안에도 시선은 사라지지 않았고 말이다.

아직도 보고 있군. 마침 뭐라도 좀 물어봐야겠다.

"그러고 보니까… 왜 날 고른 건지 물어봐도 될까."

"아아, 그게요."

왜 내가 이 중에 제일 X밥으로 보였는지 물어보는 걸 수도 있는데, 이놈은 거기까지 계산을 못 했는지 그냥 자기 머리 뒤나 만진다.

"사실, 저는 원래 LeTi 연습생도 아니니까… 이 프로그램에 참가자가 되긴 힘들 것 같아서요."

의외로 현실적인 대답이 나온다.

"그러니까 제일 실력 좋으신 분이랑 한번 무대 해보고 싶었어요! 그러면 얻어가는 것도 있을 것 같고요."

내 첫 번째 솔로 퍼포먼스 무대를 봤다며, 놈은 상기된 얼굴로 중얼거렸다.

"기왕 떨어질 거라면 그게 좋잖아요."

음. 한 번도 안 떨어졌다는 놈이 이렇게 말하다니, 이놈은 연습생 생활을 했으면 본의 아니게 기만질 한다고 뒷말 좀 들었겠군.

나는 피식 웃었다.

"너 안 떨어질 것 같은데."

"정말요??"

"응."

"감사합니다!"

고개를 꾸벅 숙이는 놈은 기대와 설렘에 찬 얼굴이다.

아니, 둘 다 잘해서 어떻게든 둘 다 올라가자고 대답하며 적당히 훈훈한 그림을 만들어보려고 했는데…. 본인이 붙으면 내가 떨어지는 구조라는 것도 순간 까먹었는지 그저 좋다 이거다.

나는 그 꼴을 보며 잠시 침묵했다. 저걸 대체…….

'…신재현이 알아서 하겠지.'

모르겠다. 10년 동안 별문제 없었으니 제어법이 있을 것이다. 나는 내 그룹이나 챙긴다.

"연습 잠깐만 더 하고 숙소 갈까."

"네!"

그렇게 일주일이 지나, 첫 번째 데스매치전 날이 밝았다.

[〈보충반〉 김래빈 -Win!]
[참가자 확정!]

3번째 무대. 김래빈은 자기랑 비슷한 인상의 랩 포지션을 지목해서 박살을 내놨다.
'끝내주네.'

[박정웅 - 우등반 퇴출]
[탈락 위기!]

프로듀서 출신인 걸 알았다면 춤으로 물고 늘어졌어야지. 뭐 하러 랩 중심 무대를 했단 말인가, 멍청한 놈. 나는 떨어진 놈을 보고 내심 혀를 찼다.
김래빈은 꾸벅꾸벅 고개를 숙이더니 대단히 예의 바른 태도로 뒷걸음질 쳐서 자리로 돌아갔다. 같이 무대를 했던 팀원이 약간 당황한 것 같았지만 아무려면 어떤가. 트집 잡을 곳은 없다.

-래빈아. 그냥 프로그램 나가는 순간부터 거기서 만나는 모든 사람이 다 너희 조부모님 또래라고 생각해라.

편집을 대비해 괜찮은 조언이었던 것 같다. 나는 고개를 끄덕였다.
"자, 다음 무대는…"
그리고 아마도 방송에서는 마지막 순서로 편집되어 나오지 않을까 싶은 무대가 이어진다.

"우등반 신재현."

청려와 차유진의 데스매치였다.

무대 위에 오르는 두 사람.

정확히는 세 사람이긴 했으나 투입된 연습생 하나는 기세에 눌려 거의 보이지 않을 지경이었다. 사실 그 연습생의 문제는 아니었다. 다른 둘이 이미 대상까지 타 본, 직업군의 정수를 모두 맛보고 온 경력직이라 문제였다.

차유진과 신재현.

'크흐음.'

그 사실을 모르는 사장의 눈에도 극렬한 그 대비감이 보였다. 똑같은 양식의 검은 교복 의상을 입고 선 두 사람은 입은 방식에서부터 선 자세까지 차이가 도드라졌다. 그런데도 긴장감 하나 안 보이는 자연스러운 태도까지.

'저거, 저거.'

사장은 입을 씰룩거렸다. 사실 보충반 대부분은 탈락해야 구성이 맞고, 전원 탈락이라도 괜찮았다. '봐라, 우리 연습생들이 이렇게 잘났다'를 어필할 수 있기 때문이다. 즉, 저기 서 있는 보충반이 싹수가 보여도 웬만하면 여기서 보내 버릴 것이다.

약간 사심도 있었고.

'너무 딴따라같이 생긴 놈이야.'

대중의 그 편견 어린 시선을 싫어하던 사장은 투덜거렸지만, 어쨌든 차유진의 보충반 투입 자체에는 반발하지 않았다. 그 실력과 외모만은 왜 아직까지 연습생이 아니었는지 의심스러웠을 정도였으니까. 미국인이라는 설명을 보고서야 고개를 끄덕였었다.

'한둘 정도는 잘해야 균형이 맞지.'

아까 랩을 기가 막히게 한 잘생긴 친구를 붙인 것에는 아무 아쉬움이 없었다. 어차피 최종에서 탈락시키고 차기용으로 뺄 생각이니까. 다만 회상은 거기까지.

이제 무대에서는, 불이 꺼졌다.

"……."

훅. 아래로 드라이아이스가 깔리고 붉고 푸른 조명이 내리꽂힌다.

추락하는 것 같은 허밍.

―Um, Umumum uum um

우울하고 서늘한 음색과 베이스라인으로 유명한 솔로 여가수의 팝송. 간주의 시작이다.

쿵. 단조의 기타 리프와 함께, 드럼에 맞춰 세 사람은 무릎을 꿇는다. 그리고 시작되는 안무.

―His growling, howling,
raise me up

과격할 정도로 사지를 쓰는 동작이 난이도 있게 들어가는 듯하더니, 몸이 누군가가 끌어당긴 듯한 움직임으로 바로 선다.
 센터의 신재현이 카메라를 보고 손을 돌린다. 손 관절에서 시작한 동작이 전신으로 이어지며, 상체를 교묘히 사용하고 고개를 든다. 그리고 음울한 미소와 함께 튀는 조명.

―To the darkness, absence…
No

뚝 끊기는 노랫소리와 침묵. 퍼지는 동선.
 상체를 꺾어 허리를 튕긴 후, 뒤로 넘어가 그대로 바닥을 짚고 곡예를 넘는 그 순간.

―Tonight
he's gonna find your room
and
take you to the wood

음악이 터진다.
 그 격렬한 동작에서도 능숙하게 조절되는 보컬로 긁는 소리가 정확한 강도로 들어간다. 기괴하고 강렬한 음조와 동작들이 교복과 함께 아주 묘한 분위기를 만든다.

그리고 후렴.

-Watch out!

차유진이 가운데에서 내리꽂히듯 등장한다.
순간, 시선이 쭉 빨려든다.

-Watch out!
for wolves

발을 교묘히 움직여 앞으로 나온 차유진이 일부러 카메라를 속도감 있게 휙 잡았다가, 손을 뗀다.
안광이 번뜩인다.
"…!"
연출은 임팩트만 남기고 무대의 일부가 된다.
그러나 영향력은 사라지지 않으며, 무대는 시선을 잡는다.

-Wo, wowo woof
Wolf

어깨와 목을 움직이는 제자리 동작과 댄스 브레이크. 가운데 선 사람을 일종의 부표처럼 이용해, 양옆에서 좀 더 난이도 있는 퍼포먼스가 펼쳐진다.

각은 정확히 맞으나 동작이 주는 느낌이 다르다. 잡아먹을 듯 강렬한 쪽과 농도 있는 듯 절묘한 쪽.

―Your guest who-o-o
comes in the dead
of the night

쿵.
곡은 불협화음의 피아노 음 하나만 남기고 끝난다.
허공을 보고 바닥으로 쓰러진 참가자들.
"……."
숨을 헐떡이는 소리만 옅게 회장에 퍼진다.
그리고 한발 늦게.
짝. 짝짝짝……!
드문드문한 박수가 회장을 채운다. 아직 관객을 부르지 않은 촬영장 무대, 그래도 분위기를 위해 쳐주던 제작진과 참가자들의 박수가 버벅인다.
사장은 약간 당황했다.
'뭐야.'
무대가 기대했던 연습생의 퀄리티가 아니었기 때문이다. 차라리 어느 방송사의 연말 무대 같았다. 심지어 두 사람 때문에 다른 한 명이 제대로 눈에 안 들어와서 퀄리티에 거슬리는지도 모를 지경인 것이, 완벽한 압도였다.
'아니, 설마 그것까지 의도하고 구성한 건…….'

…아니, 그럴 거였으면 저놈들이 사장했지!

사장은 잡념을 버리고 감탄 어린 눈으로 무대의 두 사람을 보았다. 이 시선은 진심이었다.

'이렇게까지 잘할 거라곤 예상치 못했는데.'

운과 시너지의 문제겠지만, 어쨌든 무대 하나 제대로 건진 것이 매우 만족스러웠다.

[-연습 분위기 양호]
[-선곡으로 가벼운 마찰]

제작진이 넘긴 연습 과정 요약까지 읽고 나자 사장의 마음이 정해졌다. 그는 각 사람에게 대단한 칭찬을 쏟아낸 뒤, 다시 마이크를 들었다.

"선곡은 누가 했죠?"

"다 같이 했습니다."

일어나서 바로 옷매무시를 다듬은 신재현이 부드럽게 대답했다.

"팝송이면 차유진 씨에게 유리한 조건일 수도 있었는데요."

신재현은 알겠다는 듯 희미한 미소만 짓고 있을 뿐 대꾸하지 않았다. 무슨 말을 해도 애매하기 때문이다.

'똑똑한 놈.'

사장은 제법 뿌듯하게 다음 말을 이었다. 진심이었던 감상을.

"그런데… 왜 제 눈에는 재현이가 원본 같죠?"

"…!"

그렇다. 얼핏 보면 이 강렬한 무대는 정확히 차유진이 선호하는 유의 것처럼 보인다. 화려하고 도전적인 전개.

그러나 사실 이 곡의 메시지는 좀 더 다층적이다.

'우울증.'

신재현은 가볍게 생각했다.

이 곡은 화자의 깊은 우울증에 대한 공포와 체념을 이야기하고 있었다. 그리고 신재현은 그것을 숨 쉬듯 표현할 수 있었다.

같은 곡으로 여러 번 퍼포먼스해 봐서는 아니다. 이 시간이 뒤틀린 기묘한 세계에서는 선곡도 바뀌었다. 단지… 같은 곡이 아니라도, 비슷한 것은 너무나 많이 해봤기 때문에.

이런 어두운 컨셉은 VTIC이 4년 차에 접어든 순간부터 연마다 한 번씩은 꼬박꼬박 챙긴 스테디셀러였다.

그리고 결정적으로….

'LeTi 사장 취향이 이런 거라서.'

그는 굳이 고개를 돌려 경쟁자의 얼굴을 확인하지도 않았다.

차유진. 본인이 곡을 잡아먹을 것 같은, 압도적인 박력과 끼. 눈부신 재능. 그러나 그것만이 평가항목이 아니었다.

"왜 그럴까, 재현아?"

신재현은 마이크를 들었다.

"굳이 대답을 찾자면… 그냥 분위기의 문제가 아닐까요. 저는 이런 분위기를 오래 연습했으니까요."

정답지.

"맞아요."

사장이 웃는다.

"오늘 재현이가 무대에서 보여준 모습이, 가장 LeTi다운 퍼포먼스였다고 생각합니다."

"감사합니다."

신재현은 일부러 고개를 약간 숙였다. 감격을 표시하기 위해서.

그리고 사장은 고개를 슬쩍 돌려 차유진을 쳐다보았다. 그는 그냥 가만히 서 있었으나, 그럼에도 불구하고 무대에서 봤던 대조적인 느낌의 잔상이 남아 있다.

'흠.'

그는 마음을 살짝 바꿨다. 이건 그림이 된다.

"발표합니다."

무대의 불이 꺼지고, 배경에 빛이 들어온다. 그리고 당연하다는 듯이 결과가 뜬다.

[〈우등반〉 신재현 -Win!]
[우등반 확정!]

"축하합니다."

신재현의 승리였다. 그러나 사장은 다시 마이크를 들었다.

"다만, 제게는 제작진이 준 딱 하나의 권한이 있습니다."

최종에서 떨어뜨리더라도, 일단 붙여서 이 대비 효과를 더 봐야겠다!

"바로 이 프로그램을 진행하는 중 오로지 단 한 명, 한 연습생을 아무 조건 없이 탈락 위기에서 무효화 할 수 있습니다."

"…!"

사장은 결정했다. 일단 잡아놓고 고쳐보려는 시도라도 해보자고.

여기서 붙여주면 분명 '인정받았다'는 느낌에 감격해서 인정해 준 사람의 입맛에 맞게 자기 자신을 발전시켜보려 할 것이다.

그래도 안 된다면?

'시장에 못 나오게 해야지.'

어디 못 뜰 만한 중소라도 연결해 주면 그만이다. 사장은 진중하게 깍지를 끼며 계산을 끝냈다.

"차유진 씨는 졌지만, 분명 저는 그 안에서 가능성이 보여요. LeTi의 훌륭한 아티스트가 될 수 있는 가능성이."

"……"

"그러니, 제 권한으로 차유진 씨를 정원 외 참가자로 받습니다."

쾅.

화면 뒤에 글자가 뜬다.

[Boss Pass!]
[〈보충반〉 차유진 - 참가자 확정]

"제 선택을 후회하지 않을 수 있도록 해주실 수 있죠?"

"당연해요! 감사합니다!"

그러나 감격할 줄 알았던 차유진은 그냥 씩 웃고 그렇게 말했을 뿐이다. 붙일 줄 알았다는 듯, 혹은 그저 본인이 계속할 수 있다는 것에 순수하게 즐거움을 느낀 것 같은 태도가 산뜻했다.

부채감과 감격은 일체 없다.
'…저거, 저거.'
사장은 자신의 다른 팀원들과 악수하고 등을 두드리는 차유진을 보며 표정을 관리했다.
'하여간 미국 물 먹은 놈들이 그렇지.'
버릇 잡으려면 직원들이 고생 좀 할 것 같았다. 하지만 이미 쓴 패스, 철회할 순 없으니 사장은 그저 멋지게 고개만 끄덕였다. 최소한 신재현 띄우는 데 도움이 되겠지. 시너지가 있으니 저런 고퀄리티의 무대가 운이라도 가능했을 것이라고 그는 여겼다.

곧 무대가 정리되고, 사장도 마음을 정리했을 때쯤 다음 팀이 올라온다. 화면에 참가자 성명이 뜬다.

[우등반 류건우]

'흠.'
이번에는 아까와는 사뭇 다른 분위기다.
흰 점퍼를 걸친 셋은 긴장한 것 같았지만, 척 보기에도 서로를 견제하는 눈치는 없다. 오히려 가운데 선 연습생을 자꾸 쳐다보며 그 손짓에 따라 동선과 자리를 맞춘다.
'오호.'
저걸 그 분위기 있는 재즈 불렀던 놈이…?
사장은 미리 받아둔 각 팀의 연습 과정 중 특이점 요약을 떠올리며,

그들의 차림을 보았다. 아이돌이 데뷔하면 신인 때 한 번씩은 거쳐 간다는 바로 그 의상은… 푸른색 카라와 흰옷이 조합된 마린룩이다. 심지어 한 놈은 반바지. 사장은 헛웃음을 터뜨릴 뻔했다.

"의상을 보니 귀여운 컨셉인 것 같은데, 맞나요?"

"저희 나름대로 새로운 느낌으로 구성해 봤습니다."

자연스럽게 마이크를 잡은 류건우가 힐끗 자신의 경쟁자들을 보더니, 그냥 옅게 웃고 말을 잇는다.

"귀여움도 포함해서요."

그러자 주변 놈들이 히히 웃는 것이다. 누가 보면 팀전이라고 해도 믿을 정도로 훈훈했다.

'흐음.'

[-갈등 소지 없음]
[-류건우 주도적 진행]

요약을 쓱 훑고, 일단 사장은 고개를 끄덕였다.

"시작합시다."

무대를 봐야 스토리라인이 나올 것 같았다.

"네!"

곧 고개를 꾸벅거린 연습생들이 무대 중앙에 놓인 소파 주변으로 대형을 잡는다.

앉은 건 보충반, 선 건 열등반. 그리고 걸터앉은 류건우.

―으음!

 반주가 나오는 순간, 청량한 비트에 맞춰서 소파 주변 인원이 쿠션처럼 통통 튄다.

―Oh, Ohoh Icy eyes
차가워, 그래도 좋아!

 박자를 묘하게 바꾸고 'Ohoh' 추임새의 피치를 바꾸었다. 덕분에 원본의 부담스러울 만큼 당기는 느낌 대신 톡톡 튀듯 끊기는 발음이 산다.

―탄산같이 톡 쏘는 말투가
얼음처럼 단단한 눈빛이

 소파에 앉았다가 일어나고, 날아가듯 모션을 취해 타고 넘어 일어나서는 안무를 맞춘다.

―Oh, 너무 예뻐!

 원곡과 달리 고음이 터지지만, 점프는 각도를 맞춰서 높게. 무겁지 않고 산뜻한 박자를 유쾌히 타고 곡과 안무가 흐른다.

―I see the butterflies

가슴 속에 벌이 날아다니듯
복잡한 기분

'오.'
제스처를 사용해 클로즈업이 들어올 만한 킬링 파트마다 채율이 들어가 있었다. 그리고 당황스러울 만큼 파트를 딱 맞게 소화한다.

-아직은 괜찮아
그래도 아이 시려워, 그만 녹아줘

이 가사가 오글거리지 않는다.
'뭐야?'
그리고 돌아온 후렴.

-Oh, Ohoh Icy eyes
차가워, 그래도 좋아

놀랍게도 류건우는 후렴을 기가 막히게 자연스럽게 부르며 표정을 지었다. 동그란 모자가 너무 잘 받아서 이상했다.

-Oh, Ohoh Icy Ice
그대의 눈빛은 차가워

고음은 예상대로 깔끔했으나 좀 어색할 줄 알았던 청량한 산뜻함까지 깔끔히 잘 붙는다.

'…??'

그가 강아지를 별명으로 5년간 아이돌 업계에서 생존한 사람이라는 것을 모르는 사장만 당황했다.

-다가가 손 내밀면
따듯한 눈으로 마주 봐요

템포가 가속되고, 소파를 뒤로한 그들이 한층 더 복잡한 안무를 무대 앞에서 소화한다. 댄스 브레이크 센터는 또 다른 연습생이었다. 그리고 다음 후렴은 이 연습생과 보충반이 나누어 부른다.

'흐음.'

사장은 내심 고개를 끄덕였다.

그렇게 마지막.

-So cool!

박문대가 이 파트가 '강렬하다'라며 사기를 쳤던 부분은 밝고 쾌활하게 폭죽처럼 무대를 덮었다.

-Oh, Ohoh Icy eyes

점프와 고음, 적당한 높이의 맑은 원음이 화음과 균형을 이루며 거슬리는 곳 없이 무대를 꽉 채운다.

보고만 있어도 기분이 좋아지는 산뜻한 무대. 그렇기에 이 기획사에서의 연습생 기간이 짧은 둘과 비연습생이 만든 퍼포먼스다웠다.

'LeTi 느낌이 없어.'

단언컨대 LeTi 사장의 취향은 아니었으나 나쁘지 않았다. 좋은 무대는 취향을 떠나서 좋기 때문이다.

-그래도 나는 좋아!

잔박 많은 멜로디와 맞춘 마지막 동작까지 깔끔히 맞아떨어지며, 방긋 웃는 얼굴로 무대가 끝났다.

'오.'

짝짝짝짝!

이번에는 여기저기서 기분 좋게 박수가 터져 나온다. 전 무대만큼 압도적이진 않았지만 마음이 가는, 기분 좋은 방향으로 퀄리티 좋고 밀도 찬 좋은 무대였기 때문이다.

사장은 기꺼이 마이크를 들었다.

"굉장히 기분 좋게 봤어요. 세 분 합도 잘 맞고… 너무 좋네요."

그는 개개인, 특히 보충반에게 몇 마디씩 칭찬을 던진 후 본론을 꺼냈다.

"혹시 연습 어땠어요?"

얼굴이 밝아진 연습생들이 얼른 대답한다.

"정말 재밌게 열심히 했습니다!"

"네. 형이 잘 이끌어주셔서… 저희 다 재밌게 연습했어요."

류건우는 약간 쑥스러운 얼굴이었으나 부정하지 않고 고개를 끄덕였다. 사장은 하하 웃었다.

"그럴 것 같았어요."

연습생들의 얼굴이 밝아지는 바로 이 순간이다.

"근데 아이러니하지만… 그게 문제점이기도 하죠?"

"…!"

사장은 류건우를 돌아보았다.

"왜 절박함이 안 보이죠?"

"…!"

"건우야, 이건 건우가 제일 잘하는 게 아닌 것 같은데… 지금 우리 두 번째 무대죠?"

"…예."

"그러면 지금은 제일 잘하는 걸 열심히 어필하고 보여줘도 모자랄 시간이 아닌가요? 지금 파트도 다 양보했죠."

사장은 진지하게 눈을 맞추고 말했다.

"일방적으로 동생들한테 맞춰줄 게 아니라, 좀 더 보여주기 위해 욕심을 냈어야죠. 이거 데스매치였어요."

"……."

도리어 주변에 서 있던 두 참가자의 눈이 겁과 걱정으로 주눅이 든 것 같았으나 류건우는 침을 한 번 삼켰을 뿐이다. 그 배짱도 마음에 들었다!

"이 일은 재밌다고 할 수 있는 일이 아니에요. 간절함이 필요하죠."

그러니 사자가 자기 새끼를 벼랑에서 떨어뜨리듯이, 그도 한 건 올릴 생각이었다.
"잘했지만, 오늘은 잘하기만 했어요. 이건 학생이 받는 칭찬이에요. 프로가 아니라."
류건우는 표정 없는 얼굴이었으나, 티 나게 어깨를 움찔 떨었다.
'그래, 그거지.'
자극을 받아야 한다. 너도, 시청자도!
사장은 회심의 미소를 참으며, 고뇌에 찬 얼굴로 버튼을 눌렀다.
"승자 발표합니다."

[〈보충반〉 진채율 -Win!]
[참가자 확정!]

채율.
"축하합니다. 이제 참가자입니다."
"…! 가, 감사합니다……."
감사하다고 말하는 것치고는 충격에 빠진 듯 비틀거리고 있다.
"그리고 류건우 씨는 탈락 위기입니다."
사장은 회심의 미소를 지었다. 그 순간이었다.
'어?'
바로 지나갔지만, 왠지 류건우가 얼핏 미소를 지은 것 같았다.
'…허탈함 때문인가?'
그러나 다시 보니 그냥 기분 탓이었던 것 같다. 사장은 어깨를 으쓱한 뒤, 진중하게 마이크를 다시 들었다.
"들어가 보세요. 잘 봤습니다."
그렇게 평가가 끝났다.

무대 뒤, 차유진은 눈물 쏟는 진채율을 적당히 카메라 보기 좋게 달래서 보낸 박문대 형을 발견했다. 카메라는 이미 빠졌으니 다가가서 툭툭 쳤다.
"형!"
"그래."
박문대는 별 감흥 없는 얼굴이었다. 얼굴이 변했어도 그 평온한 듯 묘한 표정은 여전했다. 그리고 은근한 친절함까지.
"져서 아쉽냐."
"아니요."
차유진은 어깨를 으쓱하고선 무대를 올려다보며 씩 웃었다.
"진짜 승패를 판정하는 건 저 나이 든 남자 한 명이 아니잖아요."
"…!"
그의 형은 잠시 당황한 것 같았으나, 아마도 곧 상황을 이해한 것 같았다.
'이 녀석… 일부러 그렇게 했군.'
따위로 말이다. 그리고 그것이 정답이었다!
"곧 나와요. 내가 이겼다는 게."
"그러냐."
차유진은 일부러 툭툭 어깨를 쳤다. 여느 때처럼 슬금슬금 피한다.

"형은 아쉬워요?"

"아니."

그럴 리가 있나. 박문대는 작게 웃었다.

"마찬가지지."

그날 촬영은 그렇게 끝이 났다.

그리고 얼마 지나지 않아, LeTi 사내 서바이벌 〈Wise〉는 드디어 방송을 탔다.

"래빈이 밥 안 먹나~"

"식사 후 귀가했습니다, 감사합니다!"

김래빈은 세안을 마치고 나오며 힘차게 대답했다.

졸지에 서울에 온 뒤로 류건우의 오피스텔에서 며칠 신세를 지긴 했지만, 곧 부모님과의 합의로 서울의 외삼촌 댁에서 지내게 되었다. 하지만 하루 내내 연습하다가 류건우의 오피스텔에 차유진을 따라 얼결에 가서 전략을 이야기하며 식사를 하는 일이 반복되고 있었으니, 사실 신세 지는 정도는 비슷한 것 같았다.

'왜 나한테 이렇게 잘해주실까.'

아직도 김래빈은 그게 의문이었으나 별개로 몸은 성실히 해당 생활을 수행해 갔다. 그렇다. 바뀐 일상은 놀랍도록 자연스럽게 자신의 삶에 스며들었다. 마치 전에도 이렇게 살았던 적이 있는 것처럼….

김래빈은 곰곰이 생각하다가, 결론을 내렸다.

'생각해 보면 학교와 크게 다를 건 없구나!'

마치 수업을 받듯이 체계적인 일상은 그 결이 비슷했다! 마침 학교 이야기가 나와서 말이지만, 김래빈은 LeTi와 계약하자마자 예체능 활동으로 출석 일수가 일부 보완되는 서울의 예고로 편입 예정 처리되었다….

'기획사는 대단한 곳이다.'

그러고 보니 신기한 우연도 있었다. 마침 둘이 소속된 그 기획사가, 자신이 첫 곡을 계약한 그 회사였다.

—…*레티랑 곡 계약을 했다고?*

—…*? 예!*

그날 김래빈을 데려갔을 때 LeTi의 신인 담당자가 얼마나 좋아했는지 본인은 모르는 일이었다.

그리고 김래빈은 왜 처음 보는 둘을 따라 이렇게 쉽게 서울에 올라와 아이돌 지망생 생활을 해보게 되었는가. 딸기 하우스에서 집으로 가는 귀갓길, 그가 들은 말에 설득되었기 때문이다.

(왠지 다른 쪽이 그를 '문대'라는 이름으로 불렀지만) 류건우라는 형이 차분히 꺼낸 말이었다.

—네가 지금까지 작곡한 곡을 좀 들어봤는데, 코레오가 어울리는 곡들이 많아서.

—코레오가 무엇입니까?

-안무. 그리고 최근에 안무를 곁들인 최신 경향 음악을 하는 팀들은 과반수가 아이돌 그룹이야.

그 형은 마치 질문을 하듯이 말을 이었다.

-그러니까 직접 그들의 무대를 경험해 보면, 앞으로 작곡에도 도움이 될 것 같은데.
-…!

김래빈이 한 번도 해보지 않았지만… 설득력 있는 말이었다! 그 후로도 류건우는 그가 권유하고 싶은 방법에 대해서 물 흐르듯 말을 이었다.
사내 서바이벌.

-서바이벌이야말로 최단기로 경험할 수 있는 아이돌 무대의 정수지. 탈락해서 딱 경험만 느끼고 빠져나오기도 쉽고.

김래빈은 감탄했다.

-…! 그렇군요. 그렇다면 저는 작곡에 도움이 될 밀도 높은 경험 후 자연스럽게 탈락하는 겁니까?
-그럴 수도 있지.

아니다. 김래빈의 착각이다. 박문대는 탈락하면 그렇다고 가정했지,

반드시 그렇게 된다고 한 적은 없다. 그리고 김래빈은 조작을 해서라도 붙일 예정이었다.

그렇게 김래빈은 영문도 모르고 이대로 데뷔할 예정이었지만, 본인은 철석같이 본인의 탈락을 믿고 있었다.

'하지만 첫 무대에서 나 혼자 판정승을 받을 줄이야…'

역시 서바이벌이었다. 아무리 생각해도 더없이 훌륭한 무대를 보여 준 둘이 탈락 위기라니, 그럼에도 불구하고 둘 다 담대한 것이 오히려 더욱 신뢰가 갔다! 그는 새삼 고개를 끄덕였다.

―괜찮아, 신경 쓰지 말고 연습이나 하자.
―김래빈 잘하고 있어!

그래서 김래빈은 본인이 나오는 것도 아니면서 괜히 설레는 마음으로 〈Wise〉 1화 본방 사수를 기다리는 중인 것이다. 자신을 도와준 형의 무대를 직접 보고 싶었기 때문이다.

"흠."

방송은 딜레이 없이 밤 10시 50분 정각에 시작했다.

[Yes I am~]

고개를 돌리고, 포즈를 취하고, 팔을 들어 올리는 일련의 실루엣들이 주제가 박자에 맞춰서 지나간다.

[Who can be a star?]

열네 명이 뒤를 돌아 서 있는 무대가 오프닝 마지막 신이었다. 전형적인 리얼리티 서바이벌 오프닝이었다.

그리고 예고편에 나온 거창한 기획사 자랑을 지나, 빈 무대로 초점이 모인다. 긴장감을 조성하는, 제법 비싸 보이는 어두운 세트장과 조명, 그리고 음악.

[김태인 사장 : 시작합시다.]

그 위에서 한 명씩 무대의 계단을 올라온 연습생들의 무대가 펼쳐진다.
〈아주사〉 때와는 다르다. 이미 회사 차원에서 파악이 끝난 연습생을 들고 시작하기에 14명에게 모두 캐릭터가 이미 부여된 상태다. 특히 꼭 대중에게 어필하고 싶은 몇몇 사람을 중심으로.

[에이스 리더]

가령, 신재현에게 붙은 이 설명.

[진짜 존경하는 형이에요.]
[거의 매번 월평 때마다 1위.]
[못하는 게 없는 사람?]

증언과 평소의 생활, 연습 무대가 교차하는 편집에서 확실한 부각을 주는 것이다. '실력파, 믿을 만한, 차분한, 능력 있는' 같은 키워드들을. 물론 외모만으로도 형성되는 키워드도 있었다.

-와 얘 진짜 잘생겼다;

TV로 시청 중인 김래빈은 알지 못했으나 인터넷에는 시청하면서 떠드는 사람들로 작은 규모나마 붐비는 중이었다. 주로 기존 아이돌 팬들이 '그' LeTi에서 새롭게 내는 남자 신인이라는 것에 흥미를 느끼고 찾아온 상태였다.

-신재현 나왔다
-ㅠㅠㅠㅠㅠㅠㅠㅠ너 데뷔하기만 기다렸어 이 통장은 재현이 것
-반응 봐 벌써 덕한 트럭은 붙었네ㅋㅋ 그럴 줄 알았음
-이렇게 잘생겼는데 레티상에 실력도 좋아? 얘가 그룹 간판이겠다

원래도 알음알음 알려진 신재현은 거의 붙은 것과 다름없을 정도로 압도적인 반응을 자랑했다.
그리고 불 켜진 무대 위, 신재현의 무대는 우아하고 흠잡을 곳이 없이 완벽한 프로의 것이었다.

[그 통증이 따끔할걸]

힘을 잔뜩 줘서 부자연스럽게 부담스러웠던 직전 무대와 대비되도록 순서가 편집되었으나, 굳이 그럴 것도 없이 아주 적절한 무대였다. 신재현의 의도대로.

-정했다 신재현 투표함;;;
-얘가 리더라고? ㅇㅋㅇㅋ 리더는 돼야지
-벌써 홈마 계정 우수수 생기는 소리 들린다

서바이벌은 후반부에 한 번 더 치고 올라가는 게 중요하다. 그래서 역량을 적당히 숨기고도 신재현은 언제나처럼 정확히 원하는 이미지를 얻었다.
'과연…!'
그리고 순수하게 시청 중이던 김래빈은 고개를 끄덕이고 있다.
'성격만큼 실력도 좋으시구나.'

-어서 와요.

호의적인 태도로 악수까지 했던 신재현을 떠올리며, 그는 필기했다. 나름대로 각 무대마다 감상을 필기 중이었기 때문이다.
하지만 오래가지 않았다. 드디어 기다리던 사람이 전파를 탄 것이다.
"아!"
화면에 나오는 것은 머리를 차분히 세팅해 놓은, 단정한 차림의 류건우였다.

그리고 인터넷은 또 한 번 술렁였다.

-안경남1!! 악 안경 안 썼네
-아 냉한 상 존잘 너무 귀해ㅠㅠㅠㅠㅠㅠㅠ고맙다 레티!!
-벌써 얘랑 신재현에 하나 끼워서 버뮤다 라인 각 세게 잡힌다

잘생겨서 화제가 된 연습생 중 하나였으니까.
그때, 화면 자막으로 류건우의 수식어가 지나간다.

[노래하는 천재]

오그라들 만큼 직관적이었다. 그리고 시청자 아무도 기대하지 않은 별명이기도 했다.

-???? 가창력?
-천재 뭐냐

외모 수식어가 하나도 없었기 때문이다.

-뭐임 설마 저 얼굴로 메보임?
-아냐 다른 비주얼 밀어주려고 저러는 거겠지 기대하지마 ㅅㅂ 근데 기대됨
 └ㅋㅋㅋㅋㅋㅋㅋㅋㅋㅋㅋ
-얼굴천재라는 뜻 아닐까

-아 자막 너무 오버하는 듯ㅋㅋㅋ

그리고 무대는 조용히 시작했다.

류건우는 투박할 정도로 거대한 스탠딩 마이크에 입을 대고, 놀라울 정도로 풍부하고 분위기 있는 곡을 부른다.

재즈. 고음과 저음, 테크니컬한 파트를 적절히 살리면서도 감정선을 유지하는, 한눈팔다가도 순간 TV를 다시 보게 하는 힘.

-아
-?
-헐
-개잘하는데

간신히 감탄사만 만들어낸 반응이 창을 휩쓴다.

그리고 TV를 보던 김래빈은 주먹을 쥐었다. 그 놀라운 역량도 역량이지만, 왠지… 이상한 만족감 같은 것이 있었기 때문이다. 퍼즐이 딱 들어맞는 느낌이라고 할까.

'내가 생각한 이상적인 가이드 보컬이… 저런 느낌이라 그런 걸까?'

묘했다.

하지만 평가 무대는 겨우 2분 남짓이었고, 노래는 금방 끝났다. 그리고 다각도로 여운을 즐길 수 있게 해주는 엔딩과, 사장의 쏟아지는 칭찬이 화면에서 이어진다.

류건우는 그냥 단정히 서서 평가를 듣고 있었으나 인터넷은 이제 제대로 된 품평을 시작했다.

-메보 맞다
-노래하시네 완전 노래하시네
-안경남 근데 춤도 잘 추지 않음?
 ㄴ진짜임? 못 하는 게 없는 게 가능하냐고;
-나 얼굴 보고 잡았는데 무대존잘인 거 처음임 이게... 입덕?

게다가 사장과의 면담이 이어질수록 새로운 정보가 나오며, 시청자들은 즐겁게 기막혀했다.

-연생 3개월
-?????
-아니 어디 드라마 주인공이야??ㅋㅋㅋㅋㅋㅋㅋㅋ

그리고 현재 신분 이야기도 빠지지 않는다.

[김태인 사장 : 어느 대학교 학생이죠?]
[류건우 : 연희대학교]
[류건우 : 다닙니다.]

'공부까지 잘하시는구나!'
김래빈은 고개를 끄덕였다. 어쩐지 박학다식하시고 말씀을 물 흐르

듯 믿음직하게 하셨다!

 물론 모두가 김래빈처럼 평온히 넘긴 것은 아니었다.

-????
-연희대? 내가 아는 그 연희대임?
-메보 포지션에 저 얼굴에 공부까지 잘하는데 연습생 3개월...
-요즘 만화도 이런 설정은 안 한다 레티아 실화냐

 조작이다, 어떻게 이게 가능하냐, 등등의 이야기까지 나오는 지경.

-아니 저 얼굴이면 연대에서 당연히 이미 유명해졌어야 하는 거 아님?ㅋㅋㅋㅋㅋ
-와 다 가졌네 싫어하는 게 더 힘들 듯ㅋㅋㅋㅋㅋ나 벌써 설렌다
-딱 보니까 띄워주려고 보컬도 보정 오지게 먹여둔 거 아니냐 잘 낚이네 다들
└이게 열폭이구나
-미친 너무 좋아 아 나 이런 아이돌 처음이야ㅠㅠㅠㅠ얼른 데뷔 하자 건우야!!!

 그 와중에도 류건우의 진심 어린 소감은 어딘가 순수해 보이는 어필까지 제대로 해냈다. 동시에 언급량은 폭발할 듯이 치솟았으나, 은근한 반감의 농도도 진해진다. 약점이 없어 보이는 것, 삶에 시련이 없어 보이는 것은 동경과 반발을 동시에 불러일으키기 때문이다.
 하지만 그 덕에 류건우의 버즈량은 촉매제를 만난 듯 더 활활 타오

르기 시작했다.

[말랑달콤 연말 댄서로 나왔던 존잘 안경남의 정체.jpg]
[대박 날 것 같은 레티 서바이벌 연습생들]

그리고 이 불길은 류건우의 주변까지도 닿았다.

나는 스마트폰을 들었다.
부재중 통화 24건. 메신저 앱에 들어가자 줄줄 새 숫자 알람이 뜬 채팅창들이 쭉 늘어진다. 실시간으로도 온다.

[연사 이유진 : 뭐뭐임 왜 니 데뷔하냐]
[연사 이유진 : 설마 하고 싶은 일이 아이돌이셨음? 아니...]

이런 식의 연락이 쌓여 있었다.
'...이건 생각 못 했다.'
하지만 납득할 만한 전개다. 결국 이곳의 류건우는 대학 생활하다가 뜬금없이 아이돌 연습생으로 TV에 나온 거니, 아는 놈들이 호기심으로라도 연락할 만했다.
'조용히 다녔겠지.'
목록 보니 조별 과제 했던 놈들이 대부분 같아서 개소문 따위의 위기감은 안 든다. 그래도 한번 학교 커뮤니티 쪽 모니터링은 해야겠지.

주방에서 내 폰이 울리는 소리를 들었는지 류청우가 입을 열었다.

"나한테도 오늘 애들이 물어보더라, 사촌 아니냐고."

그러냐?

"뭐라고 했는데."

"우린 사촌이 아니라 쌍둥인데 몰랐냐고 그랬는데요?"

"……."

진심이냐?

류청우는 내 얼굴을 보더니 웃음을 터뜨렸다.

"농담이고, 당연히 멋지고 좋은 친척이라고 했어."

그리고 옆에 앉아서 살얼음 낀 맥주 캔을 내밀었다.

"……!"

"왜 그래? 아, 형 그거 안 마시던가?"

"아니."

나는 기꺼이 맥주를 잡아다가 입구를 뜯었다. 그리고 단숨에 들이켰다.

투투투툭!

싸하게 시원히 올라오는 맛이 굉장히 오랜만이었다. 이건… 현실이 아니니 좀 즐긴다고 생각해도 되겠지.

"촬영은 재밌어요?"

"꽤."

나는 캔을 내리고 대꾸했다.

사실 이놈에게도 프로필 사진이 인터넷에 뜬 후에야 참가 소식을 알려주긴 했다. 본인이 먼저 확인하고 물어보더라.

―형, 이런 데 출연한다고 말 안 했잖아.
―…어, 음.

나는 류청우에게 '확정이 아니라 어떻게 될지 몰랐다'는 변명을 한 뒤 대충 상황을 무마할 수 있었다. 막상 방영되고 나니, 또 태도가 조금 달라지긴 했다만.
"그렇구나. 확실히… 이걸로 봐도 형 재밌어하는 것처럼 보인다."
이놈은 꽤 호의적으로 아이돌 프로그램을 관람한 것이다. 지금도 TV 화면을 자연스럽게 집중해 보고 있고.
한창 2화가 절찬 방영 중이었다.

[등장하는 새로운 참가자들…?]

2화는 보충반의 등장까지 나오면서 자극적으로 끝난다. 표정을 굳힌 기존 참가자들의 모습이 쭉 지나가는데… 꽤 괜찮아 보인다. 제법 매운 것이, 예측불허의 설정 탓에 이번 서바이벌도 꽤 잘될 것 같았다.
'물론 그냥 잘되는 수준으로 끝낼 순 없지.'
나는 3, 4화에서 어떤 반응이 나올지 예상하며 피식 웃었다.
후반까지 최대한 그림을 잘 그려야 했다. 지금 초반 화를 시청 중인 사람들이 쉽게 예측할 수 없는 방향으로 갈 테니까.

[새로운 경쟁자, 〈보충반〉 등장!]

"뭐 봐?"

"아~ 새로 나온 레티 서바이벌요."

차로 이동 중인 아이돌 그룹. 뒷자리에 앉아 진지하게 프로그램을 시청하던 멤버는 잠깐 방해를 받았다. 〈Wise〉, LeTi 로고가 떠 있는 화면을 본 옆자리의 멤버가 가볍게 야유했다.

"아, 또 대형에서 신인이야?"

"으."

다른 한두 사람도 그렇게 반응했지만, 그마저도 나머지 대부분은 자신의 볼일을 보기 바쁘다. 친목, 게임, 연애.

"……"

MS엔터의 자이롭은 이름난 기획사 출신답게 순조로이 가요계에 자리 잡았다. 그게 벌써 3년 차다. 웬만한 시상식에서 본상을 타면서 투어로 정산금이 두터워지기 시작하자 다들 매너리즘의 징조가 보였다.

'아~'

이 자식은 스케줄도 모르네. 화면을 보고 있던 멤버는 한숨을 참고, 웃으며 고개를 돌렸다.

"에이, 형, 우리 여기 멘토 출연하니까 겸사겸사 보는 거죠~ 제가 잘 봐둘게요!"

"아, 음. 그래."

몰랐다는 투다.

'입만 살아선.'

이세진은 입꼬리를 비틀고 싶은 생각을 자연스럽게 넘기고, 다시 가벼운 미소와 함께 시청을 재개했다.

'…잘하네.'

다시 1화로 돌린 화면에서는, 유려한 재즈를 부르는 참가자가 보인다. 무대 어디에도 어색한 부분이 없어서일까, 유독 기억에 남았다.

"……."

이세진은 턱을 괴고 그것을 보았다.

그토록 원하던 데뷔를 하고, 모든 게 자신의 생각보다도 순조롭게 잘 풀리고 있는데도. 어쩐지, 자신의 것이 아닌 걸 받은 듯한 이 기묘한 위화감을 지울 수가 없었다.

'왜 이러는 거지.'

아직 추운 겨울이었다.

대학 커뮤니티에 류건우에 대한 글이 올라오기 시작한 것은 1화 방송 직후부터였다.

[방금 티비에 동문 출현]
근데 우리 학교에 저런 존잘이 있었음?

-? 이런 글은 법적으로 주어 표기하게 해야됨
　└ㅋㅋㅋㅋㅋㅋㅋㅋㅋㅋㅋㅋㅋㅋ
-뭔데 얼굴 좀 보자
-거의 연예인이니까 올려도 되지? (캡처)
　└헉
　└헐....

처음에는 핀잔을 주며 넘기던 사람들은 캡처를 본 순간 안면을 바꿨다. 외모 스탯과 보정의 힘이다.

-이름이 ㄹㄱㅇ야? ㅅㅂ떨린다..
　└자막에 떠 있는데 대체 왜 자음처리하는 거임
　└ㅋㅋㅋㅋㅋㅋㅋㅋㅋ
-페룩도 인하트도 없네 조용히 사셨나봐ㅠ
-아니 아는 사람 없어 진짜?

대충 최신 페이지에서 넘어가며 사라지려던 글에 댓글이 붙어나더니, 기어코 류건우를 안다고 주장하는 놈도 등장했다.

-아 이분 나 조과제 같이 했던 사람이네
　└빨리 후기
　└어떰?

ㄴ그냥 조용하고 일 열심히 하던데 개똑똑했음 안경 쓰고
ㄴ다 가졌네 시발 부럽다
ㄴ무슨 과야 무슨 과냐고
ㄴ상경 쪽이었던 듯

 다행히 이쪽 류건우 놈도 내가 1학년일 때랑 비슷하게 살았는지 나오는 소리는 다 고만고만했다.
 '무임승차 같은 헛소리는 없군.'
 아직 인증을 조작할 정도로 내가 네임드가 된 것도 아니니 거기까지. 나는 슬슬 내 신상을 터는 놈과 그러지 말라는 놈들이 싸우기 시작한 댓글 꼴을 보고 고개를 저었다.
 당연하지만, 류청우가 나보단 유명한지 그쪽도 슬슬 이야기가 나오더라.

-쌍둥이 아님?

…류청우가 했던 헛소리가 그대로 퍼질 뻔했다만, 다행히 정정되긴 했다.

-?? 아냐 둘이 친척임ㅋㅋ 같이 자주 다니던데
-무슨 만화냐? 금메달리스트와 아이돌이 형제 명문대생
ㄴ아ㅋㅋㅋ라노벨 하나 뚝딱이네

그리고 이런 글들은 그대로 캡처되어서 다른 커뮤니티들에 업로드된 뒤 SNS까지 올라오는 것이다. 훌륭한 바이럴 과정이었다.

'꽤 퍼졌군.'

진짠지 가짠지 알 수 없지만, 어쨌든 인증된 학교 커뮤니티에 올라온 글이라는 사실만으로 시청자들은 제법 신뢰했으니까. 워낙 풀린 정보가 없으니 재밌다 이거지.

사실 이런 경향성은 양날의 검이지만, 지금은 내 살에 박히진 않으니 유용하게 쓰이는 것이다.

-어쩐지 안경을 썼더라 조용하고 일 잘하는 조원 너드미 오졌다 진짜ㅜ
-와 류청우 친척이었구나
-이렇게 보니까 진짜 닮은 듯..? (비교 이미지)

다만 류청우가 좀 많이 언급돼서 찝찝하긴 하다. 국가대표도 그만두고 새 진로 찾아서 일반 대학생이 된 놈에게 셀럽 취급이라.

대놓고 물어봤다.

"너랑 친척인 걸로 소문이 퍼졌는데, 괜찮겠어?"

"형이 이상한 일 한 것도 아닌데 뭘 그런 걸 신경 쓰겠어. 당연히 괜찮아."

자기 근황이 인터넷에 올라온 게 처음도 아니라며, 류청우는 가볍게 넘겼다.

'흠.'

그렇다면야.

나는 계속 인터넷을 탐색했다. 일단 수요층. 류건우는 아직 아무것도 안 나온 상황에서 소위 말하는 '그림체'가 비슷한 놈들끼리 묶어서 좋아하는 흐름에 안정적으로 낀 모양이다.

그러니 초반 팬층 선점은 성공.

-건우 재현 태준 좋아하시는 분 모셔요 #와이즈_친소
-천재즈 너무 좋다ㅠㅠ

그리고 무대가 아닌 세세한 언급 점은….

-심사평 내내 자세 절대 안 흔들림 (동영상)
-건우 침대 이불까지 각 잡아놓은 거 봐 진짜 가정교육 잘 받은 이 느낌…ㅜㅜ (캡처)

"……."
비슷한 글들을 보며, 이곳에서의 내 셀링 포인트에 대해서 대충 각을 잡았다.
'천재, 차분함, 똑똑함, 순수함, 엘리트, 금수저.'
때 안 타고 자란 모범생. 먹히는 키워드지만 싫어하는 층도 아주 확고한 키워드기도 하다.
'호불호 더럽게 갈리겠군…….'
나는 몇 번 더 검색을 돌렸다. 아직 검색 방지용 명칭은 없는 모양이다. 하기야 모두가 경쟁자인 〈아주사〉와는 좀 결이 다른 프로그램이니까. 그래도 중반 넘어가면 본격적으로 까는 놈들이 붙을 것이다.

'아마 첫 무대 재즈를 비꽈서 대충 '잿' 같은 걸로 부르지 않을까 싶은데.'

어쨌든 지금은 그냥 검색해도 잘만 품평이 나온다. 가령 '지금까지 연생들 느낌'이라고 적힌 글을 클릭해 류건우 항목을 보면….

-ㄹㄱㅇ : 개쎄함. 부족한 것 하나 없이 자란 느낌인데 연생 기간도 짧다? 데뷔하고 스케줄 하드해지면 바로 태도 논란 뜰 느낌

그래. 이런 느낌이라 이거지.

"흠."

나는 피식 웃었다. 이걸 위해서 한 방을 준비해 놓았다 보니, 이런 글을 봐도 별생각은 안 든다. 일이 잘 굴러가는지 확인만 하고 싶어지지.

'언제 오냐.'

나는 어깨를 폈다.

그리고 며칠 뒤, 3화의 정식 예고편이 공개되었다.

[우등반 VS 보충반?]
[아무도 예상하지 못한 결과]
[?? : 아악!]
[김태인 사장 : 소속이 어떻든 냉정하게 판단할 겁니다.]

전체 스포일러가 되지 않는 선에서 무대들이 클로즈업과 풀캠을 오가며 비추어진다.

[〈보충반〉의 실력자들]
[트레이너 : 이렇게 가면 무조건 (삐-)가 이겨. 알아?]

김래빈도 잠깐 비춰주고 차유진은 아예 제법 분량을 줬다. 청려와 하는 무대의 하이라이트 몇 초가 방송을 탔기 때문이다.
'이건 그냥 선공개로 누구랑 붙는지 줬군.'
화려한 동작이 인상적으로 잡히더니, 짧게 끊긴다.

[예상외의 고전]
[신재현 : 그렇다고 질 순 없죠.]

청려가 쓰게 웃는 얼굴이 짧게 지나간다.
그 외에도 지목당한 연습생들이 누군지 헷갈릴 법한 굳는 얼굴이 연속으로 지나가더니… 곧 굳은 표정으로 숨을 몰아쉬는 얼굴이, 천천히 클로즈업된다.
나다.

[김태인 사장 : 왜 절박함이 안 보이죠?]
[류건우 : …….]

그 심호흡 소리를 끝으로 타이틀 로고가 올라가며 예고편은 종료. 아, 전광판을 잡아주긴 했다. 이거 말이다.

[〈보충반〉 ■■■ -Win!]
[충격의 결과가 이번 주에 공개됩니다.]

보충반 중 누군가가 이겼다는 뜻. 나는 흡족히 고개를 끄덕였다.
'좋네.'
마지막을 줬는데, 분량은 많지 않아서 쓸데없이 내정자 논란이 나지도 않을 것 같다. 애초에 편집이 누가 봐도 우호적이지 않지만 말이다. 내가 무대를 X 같이 말아먹었다는 투 아닌가. 물론 잘하는 놈이 망하는 건 먹음직스러운 어그로 감이긴 하다만 말이다.

설마 내가 위기에 처할 거라곤 아무도 생각하지 않는지 하하 호호 예고편을 기다리던 SNS도 뒤집어졌다.

이런 식이다.

-건우 마린룩 뭐야???ㅠㅠㅠㅠ미친
-미친사장새끼야

같은 사람이 2초 간격으로 올린 글이다.
물론 류건우에 대한 이야기만 있는 것은 아니다. 전체적으로 〈보충반〉이 붙었다는 선빵 예고편에 화들짝 놀란 시청자가 많다. 다들 바보가 아니니, 지난번 2화 끝 예고에서는 '보충반'을 그냥 장애물 용도라고 추측한 것이다.

　-김사장 절대 레티상 못 놓지 걍 방송용 수작임ㅋㅋㅋㅋ

　근데 대놓고 이겼다고 하지 않는가. 이쯤 되면 기획사 고인물 팬들도 다들 당황하는 것이다.

　-예고 낚시겠지??
　-아 보충반ㅅㅂㅅㅂㅅㅂ 어디서 또 쓰레기 같은 막장 룰 가져와서
　-헐 근데 얘 잘생기지 않았어...? (캡처)

　이게 하도 난리다 보니 연예 커뮤니티서도 글이 올라오기 시작한다.

　[지금 난리난 레티 서바이벌 예고편 (참가자 교체됨)]

　훌륭하다. 이 정도면 사내 서바이벌치고 매운맛이 아니라 그냥도 맵다고 평가받을 수 있겠군. 어그로가 제대로 끌리며 원기옥이 모이는 중인 인터넷 상황을 뒤로하고, 나는 다시 촬영장으로 향했다.

　"휴우."
　〈Wise〉의 참가자 하나는 한숨을 깊게 쉬었다. 카메라가 있는 걸 알

았지만 어쩔 수 없었다. 너무 답답하고 잔인했기 때문이다.

새로운 촬영에서 그가 받게 된 새로운 대우가 그랬다.

"여러분은 이제 '열외'입니다."

〈보충반〉은 첫 일대일 데스매치에서 이기지 못하면 그대로 탈락한다. 하지만 기존 참가자는 어떻게 되는가?

말 그대로 '열외'. 모든 메인 이벤트에서 제외되는 소외계층이 되는 것이다. 탈락 위기라는 공포 속에서 쓸쓸히 짐을 싸서 숙소 침실을 나가야 하며, 자신의 자리를 〈보충반〉 참가자가 차지하고 짐을 푸는 것까지 봐야 한다. 〈보충반〉 김래빈에게 져서 탈락 위기에 처한 그가 겪은 일이다.

"죄송합니다. 조심히 쓰겠습니다. 죄송합니다!"

"아니에요. 괜찮습니다…."

진심을 담아서 사과하는 〈보충반〉에게 약 오른 티를 꾹꾹 참아야 한다는 것도 열 받았다. 카메라가 돌고 있으니까.

'이럴 것까진 없잖아….'

다 쇼 비즈니스의 세계지만, 아직 연습생 기간이 길지 않고 어린 그에게는 나름대로 충격이었다. 그는 터덜터덜 제작진의 지시에 따라 발을 옮겼다. 자신이 며칠 전까지만 해도 이 서바이벌에 참가자로 선택받지 못한 연습생을 은근히 무시했다는 것은 머릿속에서 미뤄둔 채였다.

그리고 또 현실을 보았다.

"윽."

'열외'는 아예 침대도 없었다. 지금까지 창고인 줄 알았던 곳이 바로 '열외'가 지낼 곳이었다. 어디 머슴으로 들어간 것 같은 대우. 서러울 정도였다.

'짜증 나, X발.'

다만 자신 혼자는 아니었다.

류건우. 짧은 연습생 기간이 거짓말처럼 미친 듯이 좋은 평가를 받았던 연장자. 그 참가자가 바로 옆에 있었다. 그게 약간 고소하기도 하고 안심도 됐다. 첫 무대를 그렇게 잘하고도 탈락 위기라니 역시 운의 영향도 있는 것이겠지.

―형….

―괜한 생각 말고. 나중에 보자.

자기 자리를 차지하는 보충반에게 이렇게 말한 걸 보니 아직도 제법 여유가 있는 것 같긴 했지만 말이다.

―금방 다시 볼 거예요, 형.

―…고맙다.

게다가 룸메이트인 신재현과 악수까지 해가며 방을 나서던 모습을 보긴 했지만, 아무리 그래도 지금은 좀 낙심한 티가 나지 않을까?

'어디.'

참가자는 슬쩍, 류건우의 표정을 확인하기 위해 얼굴을 들었다.

놀랍도록 평온했다.

"…??"

참가자의 입이 저절로 열렸다.

"그… 형, 괜찮으세요?"

"괜찮진 않지만… 어쩔 수 없죠."

덤덤한 얼굴로 류건우는 대답했다.

"제가 못해서 떨어진 건데 억울할 것도 없고요."

"……."

어쩐지 좀 열 받았다. 이 상황에 여유가 있어?

'돌아갈 곳 있다, 이거지.'

명문대생 아닌가. 참가자는 어쩐지 울컥해서 하마터면 반항적인 눈으로 류건우를 쳐다볼 뻔했다. 그러나 그의 말은 거기서 끝이 아니었다.

"하지만 전 이대로 탈락 안 해요."

"……!"

"어떻게든 올라가야죠. 기어서라도."

참가자는 깨달았다.

덤덤해 보이지만, 그건 결심을 다지느라 그렇게 보였을 뿐이다.

"…저도요."

"그래요. 힘냅시다."

참가자는 기꺼이 류건우와 주먹을 부딪쳤다. 그리고 입을 꾹 다문 채로 생각했다. 이제 보니까, 저쪽도 여러 가지 생각을 꾹꾹 참고 있는 것처럼 보인다고. 무슨 깨달음이라도 얻은 것처럼 말이다.

참고로 그렇게 보일 수밖에 없었다.

'좋아.'

본인이 그렇게 보이길 원했기 때문이다.

'이건 무조건 나간다.'

류건우는 참가자와 의미심장하게 말을 끝난 후 내심 쾌재를 부르며 담요를 챙겼다.

'탈락 위기인 두 연습생의 다짐. 2명뿐이니 무조건 나가겠지.'

분량 한 컷 제대로 뽑았다.

쫓겨난 숙소 창고에다 대충 짐 정리를 끝낼 때쯤, 다시 본격적인 촬영 일정이 시작되었다.

물론 열외는 그런 거 없다.

"메인 이벤트 동안, 여러분은 숙소 정리를 해주시면 됩니다."

"예…?"

"네."

이러더라고.

'오히려 좋다.'

이번 메인 이벤트는 무슨 공익광고용 캠페인송 부르기였는데, 못 참여한 게 하나도 아깝지 않다. 어필할 부분이 없다. 방송에 나와도 20분 컷으로 끝나고 더 자극적인 팀전 분량이 대부분이겠지.

14명에서 캠페인송 하나만? 이쪽이 낫겠다. 차라리 집안일이 덜 뻔해서 사람들이 재밌어할 게 뻔히 보인다.

나는 열심히 숙소나 정리하고 밥을 했다. 장난치는 것처럼 보이지 않도록 진지하게 열심히 하는 게 중요하다. 단, 불쾌할 만큼 비참해 보이지 말 것.

"깨끗하니까 훨씬 좋네요."

"네…."

같이 일하는 놈이 덜 협조적이지만 그거야 뭐… 잘 달래서 써먹기 나름이지. 안 그래도 내가 많이 할수록 유리한데 말이다. 이 기회에 고생 안 하면서 자란 이미지 좀 벗어야겠다. 나는 고무장갑을 챙기며 결심했다.

"욕실 정리 좀 하고 오겠습니다."

그렇게 '온실 속 금수저 아님' 인증과 함께 낮 시간을 다 보내고 나면, 드디어 이벤트가 끝나고 진짜배기가 온다. 세 번째 퍼포먼스 준비 타임.

"이번 테마를 공지하기에 앞서서, 열외는 따로 이동합니다."

그리고 여기서도 열외는 정원 외 인원이 된다. 격리되어 다른 연습실에서 기다리다 보면, 한두 시간 후에나 드디어 트레이너가 와서 일이 어떻게 돌아가는지 설명해 주는 것이다.

"너희에겐 팀 선택권이 없어."

일단, 다른 정보는 일절 주지 않는다. 단지 팀이 자신을 팀원으로 선택해 주기를 기다리는 것이다.

여기서 아무도 오지 않는다면….

"자동탈락이야."

그러나 누구라도 온다면 깍두기로 받아들여진다… 라. 파트 손실 고려하면 실력 있는 팀은 안 오는 게 정답이지만, 절대 그렇게 안 돌아가겠군. 이건 사내 서바이벌 아닌가.

"……."

나는 내색하지 않고 가만히 자리에 서서 진지한 표정으로 대기했다.

아니나 다를까, 공지 받은 후 10분쯤 흘렀을 때 부드럽게 연습실 문이 열린다. 그리고 보이는 것은….

"실례합니다."

청려, 신재현이다. 놈은 연습실 안으로 들어오더니, 자연스럽게 카메라를 앞에 두고 트레이너 옆에 섰다.

나는 묵묵히 입을 다물고 있었다.

"그 팀에서 받아들이기로 한 열외 참가자가 있니?"

"네."

놈은 딱히 숨길 것도 없다는 듯이, 대놓고 나를 보고 입을 열었다.

"저희 팀이 함께하고 싶은 참가자는 류건우 참가자…."

그때였다.

똑똑. 문을 두드리는 소리와 함께 한 번 더 문이 열린다. 아까보다 좀 더 조급하게.

"저…."

"…!"

들어온 것은… 채율이다. 나랑 붙어서 올라간 보충반. 본래 세계에서의 VTIC 멤버.

"그 팀에서도 열외 참가자를 받기로 했어?"

"네."

놈은 이미 와 있는 다른 사람을 보고 약간 당황한 것 같았으나, 그래도 곧바로 대답했다.

"…류건우 참가자님입니다."

그렇겠지. 사실 넌 팀원 설득만 하면 올 줄 알았다.

자, 그럼 트레이너의 판결은?

"두 팀이 같이 열외 참가자를 지목하면, 그 참가자가 직접 선택할 수 있어."

오, 이건 의외다.

'선착순이거나 자기들끼리 가위바위보라도 시킬 줄 알았는데.'

하지만 사실 별로 달갑진 않다. 여기서 내 서열이 높아 보이면 안 되거든. 지금은 철저히 아래에서 올라가는 포지션인 게 잘 먹힌다.

'흠.'

나는 당황스러운 것처럼 몇 번 눈을 껌벅이며 빠르게 놈들을 훑었다. 팀이 어떻게 됐는지는 알 수 없이 얼굴 간판만 보고 고르는 상황이다. 드러난 사실만 보면, 차유진과 김래빈이 과연 이 두 팀 중에 있을지도 불확실한 것처럼 보인다.

'흐음.'

나는 잠깐 바닥을 쳐다보는 척 계산을 끝마쳤다. 그리고 결정했다.

"제가 들어가고 싶은 팀은…."

여기다.

"제가 들어가고 싶은 팀은 신재현 참가자의 팀입니다."

"…!"

나는 청려의 팀을 골랐다.

트레이너까지 눈을 크게 뜬다. 내가 당연히 진채율의 팀을 선택할 줄 알았다는 듯한 태도.

[어어어? 형?]

심지어 '촬영 방해 안 하겠다'라며 조용하던 이놈까지 튀어나왔다.
'왜.'

[어, 그, 채율 님이 직전에 경쟁자긴 했지만 분위기가 좋았으니까… 같이 해서 이번엔 팀으로 대박 낼 줄 알았어요……]

그래, 너도 나름대로 판을 그렸다 이거냐. 나는 내심 피식 웃었다.
'안 돼.'

[헉! 왜요?]

'괜찮은 발상인데, 함정이 많아.'
내 포지션이 애매해지기 때문이다.
우선 채율과 붙으면 무조건 이놈보다 내 의견이 강해진다. 이미 전적이 있는 데다가 연장자에 실력도 우위라 별수 없다. 여기서 '내가 졌으니 조용히 할게' 식으로 몸 사리고 빼면 그것도 그림 이상해지니, 저놈 팀에 나보다 괜찮은 놈이 없으면 내가 또 총대를 메야 한다는 것.
'안 돼.'
그럼 선곡에서부터 문제가 생긴다. 지난번처럼 가볍고 상쾌한 컨셉을 그대로 했다가는 사장 평가에서 문제가 생긴다. 정신 못 차리고 답습한다는 이야기 나오거나, 아니면 기 싸움한다고 생각할걸.

그렇다고 사장 평가에 맞춰서 음침한 컨셉으로 노선을 휙 바꾸면? 바로 이렇게 된다.

-음 내가 이런 그림을 기대하진 않은 것 같음
-왜 그런지 이해는 하는데 배려하다가 안 되니까 본색 나오는 것 같아서 좀… 식네

분명 3화가 방영되면 사장의 혹평에 반발하며 날 옹호하는 여론이 꽤 있을 텐데, 그쪽 사람들의 기대를 저버린 것이라 아닌 척 실망한다.
결국 배려심이든 순수한 뚝심이든, 뭘 골라도 전 팀전에서 어필했던 장점에서 손해를 보는 상황이다.

[이, 이런 답은 상상도 못 했……]

그렇다고 상심할 건 없고.
그냥 이번엔 무조건 나 말고 리더를 할 만한 놈이 확고히 있어야 베스트라고 생각했다는 거지. 그리고 마침 일은 잘한다고 검증된 몇십 년, 혹은 몇백 년 묵은 리더 놈이 오지 않았는가. 청려 말이다.
나는 성의껏 감사하다는 안면구조를 만들었다.
"…고맙다."
"저야말로 감사해요. 형, 잘 부탁드립니다."
이번 판은 열심히 하는 조원 1로 포지셔닝 간다. 그게 베스트다.
나는 청려와 악수했다. 놈은 희미하게 웃고 있었다.

'내가 이럴 줄 알았다 이거군.'

비슷하게 계산 끝내고 왔다는 거냐. 나는 내심 혀를 차며, 겉으로는 놈에게 계속 감사하다는 눈빛을 보냈다.

물론 뒷수습도 필수다.

"그래도 건우 찾아와 준 다른 팀한테 해줄 말은 없어?"

그래. 이쯤에서 한번 바람 잡을 줄 알았다. 나는 트레이너의 말이 끝나기도 전에 즉각 진채율에게 다가갔다. 놈은 이해한다는 듯이 고개를 끄덕이고 있었다.

"와줘서 정말 고마워."

"아뇨…."

여기서 내가 채율을 거절한 이유의 논점을 바꾼다.

"그렇지만 내가 졌다고 네가 죄책감이나 책임감 느낄 필요는 없어. 정말로."

"…!"

진채율이 고개를 들었다.

"네가 잘해서 붙은 거니까. 나도 이번에 잘해서 올라갈게. 다음 무대에서 또 같이하자."

죄책감 때문에 혹시 무리한 선택을 하지 않았냐는 배려다.

'사실 그럴 만도 하지.'

이놈은 보충반 출신이니 팀에 아는 놈도 거의 없었을 텐데, 나를 데려오겠다고 설득하는 데에 상당히 애먹었을 것이다. 실제로 내가 들어가면 또 파트 때문에 말 나올 확률이 높고 말이다.

이놈도 차라리 따로 가는 게 여러모로 편할 거다. 능력치도 괜찮으니까.

"우리 재밌게 했잖아."

"…네!"

놈이 코를 훌쩍였지만, 곧 웃으며 고개를 끄덕였다. 나는 적당히 등을 두드리며 좋은 무드를 조성했다. …실제로도 꽤 고맙기도 했고. 뇌가 좀 해맑아도 악의는 없지 않은가.

'저 새끼가 별소리 없는 걸 보면 이놈도 무난히 붙는다는 거니까.'

다른 작업은 하지 않아도 될 것 같다.

김래빈과 붙었던 다른 참가자도 곧 다른 팀이 와서 픽업해 갔고, 그렇게 열외의 깍두기 분배가 끝났다.

하지만 카메라는 여전히 따라온다. 음, 이런 질문은 하나 하는 게 낫겠지. 나는 복도를 걸어가며 청려에게 물었다.

"너는 나 왜 골랐어."

"우리가 연습할 때 제일 합이 잘 맞잖아요. 한번 보여 드리고 싶어서요."

"……."

입에 침도 안 바르고 거짓말을… 이야, 이 새끼도 아주 판 짜려고 이 악물었네.

"그리고 형이 워낙 잘하셔서…."

과연 고인물답게 입을 털 줄 아는 놈이다. 나는 다짐하듯 말을 돌려주었다.

"더 잘해야지. 팀에 폐는 안 될 거다."

"의심 안 해요. 아, 그리고 이유가 하나 더 있는데."

"…?"

청려는 실실 웃었다.
"형도 우리 팀 좋아하실 것 같아서요."
"……음. 그렇겠지."
갑자기 안 좋은 예감이 들지만 일단 웃자.

그리고 잠시 후, 나는 청려가 모은 팀원 면면을 보게 된다.
달칵.
"짠, 건우 형 오셨어요."
"감사합니다. 잘 부탁합니다."
이럴 줄은 알았지만, 문을 열고 제일 먼저 보이는 건… 김래빈이다.
"이렇게 함께 팀을 하게 되어서 영광입니다! 저야말로 잘 부탁드립니다!"
프로듀서, 래퍼, 싹싹함. 뭐 하나 본인과 겹치는 건 없으면서 써먹기 좋은 놈이라 낙점하고 데려왔을 줄 알았다. 안 그래도 이번 라운드에서 한번 챙겨야겠다고 생각했으니까 여기까진 좋다.
팀원은 미니 게임으로 만났다는 설명을 들으며 고개를 돌리면… 그래, VTIC 멤버도 하나 있고.
"안녕하세요."
"예, 예."
흠, 주단이다. 본명은 다른 이름이었던 것 같지만 생략하고 고개나 꾸벅거리자.
놀라운 건 뒤에서 총알같이 뛰어나오는 마지막 놈도 내가 아는 놈이라는 것이다.

"형! Welcome~ 앉아요!"

…차유진까지 데려오다니.

"우리 팀 완전 좋아요! 잘해요!"

"어어, 그래."

이건 예상 못 했다. 포지션 겹쳐서 버릴 줄 알았는데, 상당히 도전적인 선택이다. 나는 둘러앉으며 최종 합을 확인했다. 메인댄서 둘, 메인래퍼, 리드보컬….

'그리고 메인보컬인 나로 완성인가.'

VTIC 반 테스타 반. 사실 실력부터 포지셔닝까지 흠잡을 곳이 없다. 문제가 없다면 이번 라운드는 큰 난관 없이 순조롭게 이기고 지나가겠다. 싸우지만 않으면 되는데… 내가 끌고 갈 생각은 마침 없으니 조정자를 하면 되겠군.

'좋아.'

깔끔히 역할이 정리되었다. 나는 고개를 끄덕였다.

"우선 저희가 어떻게 퍼포먼스를 구성하게 되는지 짧게 룰 설명부터 드릴게요, 형."

이번 라운드는 같은 컨셉 키워드를 뽑은 두 팀이 붙어서 승부하는 심플한 구조다. 그리고 팀 단위로 우등과 열등이 결론 난다. 단, 탈락 위기인 나는 제외. 이쪽은 따로 '탈락 혹은 잔류' 평가를 받게 된다고 한다.

그리고 우리가 받은 키워드는….

"음… 섹시예요."

"……"

참 전위적인 것도 골랐군.

청려가 미안하다는 듯이 웃는다.

"조금 난감하죠? 죄송해요. 제가 게임을 잘 못 해서."

퍽이나 그랬겠다.

"아닙니다! 충분히 잘하셨는데 마지막에 환경이 좋지 않았을 뿐입니다. 컨셉도… 흥미롭습니다!"

"맞아요. 괜찮은데요."

"그래? 그렇게 말해줘서 고마워."

이 가증스러운 보여주기용 퍼포먼스는 일단 두고, 컨셉 자체는 나쁘지 않다. 그 자체로 강렬하며 전 무대들과 이미지도 안 겹치니까.

'좋아.'

나는 편곡 토의에선 자연스럽게 리더를 맡은 청려의 의견을 서포트하며 여론을 주도하지 않았다. 가끔 차유진이나 김래빈 의견을 부드럽게 흐름에 넣어주는 게 끝.

그래서 편곡 방향은 청려가 구상해 온 대로 빠르게 윤곽이 잡혔다. 덕분에 놈은 생각보다 이 빠르게 이 대사를 뱉었다.

"그럼 지금부터는 파트 이야기할게요."

여기서부터가 본론이다.

"여기 브릿지 고음은 혹시 원하시는 분?"

즉시 손을 든다.

"제가 하고 싶습니다."

"아."

나는 이후 모든 어려운 고음 파트마다 지원했다. 메인보컬 포지션이 나뿐이니 욕심내도 마이너스 효과 날 것도 없다.

'조금 전투적인 모습을 보여주는 게 정답이다.'

여기서 요령은 오로지 남들도 피할 만큼 어려운 파트만 적극적으로 도전할 것. 나중에 들어와서 분량 잡아먹는다는 식으로 가면 곤란하니까. 할 수 있는 한계까지 모두 보여주겠다는 그 이미지만 살린다.

"건우 형, 너무 힘들지 않겠어요?"

"소화해 볼게."

그리고 부정하지 않겠다. 청려는 적재적소로 내가 이미지를 살릴 수 있게 딱딱 들어왔다.

"그럼 파트 분배는 이렇게 끝내는 걸로 할까요?"

"네!"

심지어 차유진에게도 제법 괜찮은 파트를 준비해 줬다. 본인의 분량을 꽤 포기하면서까지.

'흠.'

나는 제작진이 촬영 장비를 점검할 때쯤, 마이크 없이 청려에게 작게 물었다.

"의왼데."

차유진을 팀에 넣어서 이렇게까지 제대로 살점을 떼어주다니.

뭐가 의왼지 되묻지도 않고, 놈은 곧바로 대답했다.

"보기 좋잖아요. 경쟁자로서 좋은 무대를 보여준 두 사람이 이번엔 한 팀이 되는 거니까. 안 그래요?"

"……."

곧 둘의 데스매치가 방영되면 차유진에게 쏟아질 표. 그 시청자들이 자신에 대한 반발 심리를 가지기 전에 차단하겠다는 의도다.

'용의주도한 새끼.'

훌륭한 선택이다.

"후배님에게도 괜찮은 선택으로 보였나 봐요. 음, 지금이라도 이런 세부적인 이야기까지 공유할까요?"

"됐다."

나는 한숨을 참았다.

당연히 놈에게 이 서바이벌이 어떻게 진행될 것인지 브리핑은 들었었지만, 그 이상의 세부적인 공동 계획은 세우지 않았다. 나는 당시의 대화를 회상했다.

-더 자세히는 필요 없어.

-음?

-네 사전 지식 기반으로 의논해서 계획을 전부 세워둬도 변수가 등장할 수도 있지. 시간대가 다르고 참가자가 다르니까.

-그렇죠.

놈은 곧바로 눈치채고 실실 웃으며 다음 말을 이었다.

-그리고 그 순간 우리가 각자 다른 의견을 내면… 흠, 양보할 생각이 없다?

당연한 이야기였다. 너도 자기 생각이 더 효과적이라고 생각할 거잖아 새끼야.

─그러니까 알아서 간다. 붙으면 눈치껏 하고.
─그래요. 잘해봐요. 어차피 후배님은 데뷔할 테니까 부담은 가지지 말고.
─…….

이 새끼 너무 다 자기 손안이라고 생각하는 게 좀 빡치긴 하는데.
'됐다.'
마침 잘됐군. 그럼 이 자연재해 맛도 좀 봐라.
나는 놈과 헤어진 뒤, 다음 타자를 불러다 복도로 나갔다.
"차유진."
"Umm?"
"잠깐."
나는 놈을 데려다가 짧은 필담을 했다.
[이번에 본무대에서는….]
이렇게 시작하는, 작은 작전이었다.
차유진은 잠시 노트를 쳐다보더니 곧 어깨를 으쓱했다. 그리고 답장처럼 썼다.
[못하진 않죠.]
[단, 오직 팀을 위해서예요.]
팀.
'테스타를 말하는 거겠지.'

나는 피식 웃었다. 알았다 새끼야.

"좋아. 그럼 여기에 이대로 따라 써라."

"왜요?"

왜긴, 나중에 제작진이 복도 캠 보고 물어봤을 때 제출할 증거 조작이다.

그리고 이틀 후에 중간 평가 날이 왔다.

준비는 이미 끝나 있었다. 원래 내 계획은 여기서부터 제대로 인상을 찍고 편집점과 스토리를 만드는 거였다.

'그렇게… 될 예정이었는데.'

돌발 상황이 발생했다. 중간 점검 특별 심사위원으로는 현역 아이돌들이 왔다.

"활발하게 활동 중인 이 시대의 KPOP 스타들을 모셨습니다."

"허억."

호들갑 떠는 연습생이 출몰할 정도로 괜찮은 라인업.

그중에… 있었다. 익숙한 얼굴이.

"안녕하세요, 자이롭의 이세진입니다!"

"…!"

정확히 말하자면, 얼굴만 익숙하고 스타일링은 낯선 놈이 자리를 차지하고 앉아 있다.

큰세진.

"……."

그렇지. 이미 데뷔한 것은 사전에 인터넷을 검색하며 알았다. 그리고 당연히 방송 활동을 하면 만날 거라 예상했지. 다만, 벌써 저놈 얼굴을 볼 줄은 몰랐….

차유진이 옆구리를 살짝 쳤다.

'조심.'

"……."

그렇지. 촬영 중이다.

나는 퍼포먼스에 집중했다. 돌발 상황이 영향을 미치기에는 내가 이걸로 밥 벌어먹고 산 지 오래됐다.

"후욱."

"여기까지입니다!"

1절 퍼포먼스는 잘 끝났다. 그리고 자이롭의 이세진은 이런 평을 남겼다.

"와, 저보다 더 잘하시는 것 같은데요~? 인상적이었어요."

"감사합니다!"

"그런데 건우 씨."

왜.

"조금 덜 긴장하셔도 괜찮아요~ 무대 전후로 좀 긴장하시는 것 같아서요. 그럴 필요가 전혀 없으신 것 같은데!"

"……예. 감사합니다."

X발.

나는 쉬는 시간에 당장 복도로 나왔다. 사람 있는 데에서 하기엔 좀 그런 짓이라서.

[괜찮아요??]

당연히 괜찮다. 그러니까….
'동료, 동료 모집.'
1, 2화가 방영되며 50,000점이나 들어온 그 빌어먹을 명성 Exp 좀 쓰자고.

[동료 모집]
[1회 / 10회]

나는 다짜고짜 10회를 눌렀다.
성의 없이 불빛이 터지고 목록이 지나간다. 별 하나, 별 둘, 별 하나, 별 둘, 별 둘…. 아는 이름은 뜨지 않는다. 그저 낯선 성명이 동료랍시고 창을 가득 채우는 이 상황이….
'X발.'
나는 이를 악물고 다시 돌렸다.

[★]
[★]
[★★★]
[★★]

끝없이 별이 쏟아지지만 찾는 놈은 없다. 이번에도 쓸모없는 골드만 남기고 사라진다.

"……."

나는 혀를 씹었다. 좀 상식적으로 대가리를 굴리자. 어차피 지금 저 놈을 동료로 뽑아 봐야 뭘 할 수 있는 것도 아니지 않은가. 이미 다른 팀으로 데뷔해서 제일 합류할 가능성이 안 나오는 놈이란 말이다.

'…그래서 더 거부감이 드는 건가.'

아예 다른 그룹으로 데뷔한 이세진? 여기가 현실이 아니라는 인증 마크가 따로 없다.

"후우."

나는 한숨을 쉬었다. 머리가 식으니 내 행동 원리가 보였다.

"하."

실소가 나온다. 그래. 효율이고 나발이고, 현실을 아는 녀석들이 더 있으면 좋긴 하겠다.

'…안 나올 것 같지만.'

그래도 나는 피식피식 웃으며 손을 들어서, 다시 10회를 다시 눌렀다. 그렇게 웃길 수가 없었다.

그때였다.

[~♪♬♪~]

"…!"

밤하늘 같은 팝업창의 이미지에서 오로라 빛이 터지더니, 곧 소용돌이치며 팝업 밖으로 빠져나올 듯이 요동친다….

'이건.'
전에 본 적이 있는 시각 효과다. …5성 차유진을 뽑았을 때.
"아."
그러나 화면에서는 별 4개가 반짝인다.

[★★★★]

그것도 잠시.
곧 다른 빛깔 별이 하나가 날아와 붙는다. 총 다섯 개. 그리고 마침내… 이미지와 설명이 뜬다.

[아앗!]
[★★★★☆ 이세진 / 서브보컬]

"……."

[※색이 다른 별을 가진 동료는 특수 능력을 보유하고 있습니다!]

특수 능력. 〈127 섹션〉 게임에서는 전투가 아닌 탐사나 생산 등의 스킬을 의미했다. 즉, 게임 주력 능력치가 아닌 타 분야에 대한 능력. 그렇다면 여기에선….
나는 손을 움직였다. '이세진'의 이름 위를 지나갈 때 뜨는 작은 팝업.

[특수 능력 : 연기자]

이건… 개명 전 배세진이다.
"……."
나는 당장 동료 추가를 확정했다. 그리고 침을 삼킨 뒤, 목록을 확인했다.
지금까지 뽑은 동료들의 현재 상태가 표기되어 있었다.

[동료 목록]
[신재현 : 동료를 찾으러 나가는 중 (//-^ㅏ)]
[차유진 : 제작진과 차분한 대화 중 (ㅇㅅㅇ)]

원래는 여기서 끝나야 하지만, 한 줄이 더 추가되었다.
방금 뽑은 녀석.

[이세진 : 시나리오를 정독하는 중 (ˋㅅˊ9)]

시나리오. 누가 봐도 이 묘사는 연기자다. 그러니까… 배세진이 맞다.
"후."
큰달이 휘갈긴 듯한 팝업이 튀어나온다.

[허어억 다. 당장 각성해 봐요 형!]

그래.

[동료: 이세진을 각성하시겠습니까?]
-Exp 1,000 사용

나는 손을 뻗어서 수락 버튼을 누르려다가….
멈췄다.

[?? 형?]

아니, 이건 아니다. 나는 그제야 피가 돌아온 머리를 돌렸다.
'지금은 촬영 중이다.'
스마트폰도 제출했다. 어차피 내가 지금 이놈을 각성시켜 봤자 적어도 나흘은 연락 불가능한 상태. 그러면 그동안 혼자 기억을 되찾은 이놈이 혼란에 빠져 있게 둘 수는 없지 않은가.

[아… 그렇네요.]

일단 무대를 끝내고 각성을 진행하자.

[넵! 화이팅!]

나는 동료 목록 팝업을 돌려보냈다. 그러나 전처럼 초조하진 않았다. 도리어 약간… 동기부여가 되는데.

끝나면 바로 각성 후 연락해 봐야겠군. 차유진한테도 알려줘야겠고 말이다. 물론 이놈 설득이 보통 일은 아닐 것 같았다만… 그냥, 그것만으로도 기분이 썩 괜찮았다. 머리가 맑아진다.

[이세진 : 시나리오를 되새기는 중 (ㅅ//)]

…이건 갑자기 왜 또 이모티콘에 빗금이 나오는 건지 모르겠다만, 어쨌든 지금은 이걸로 됐다고. 나는 피식 웃으며 동료 목록을 끄고 연습실로 복귀할 준비를 했다.

그때였다.

"저기…."

"…!"

아는 목소리다. 하지만….

'왜 여기서 이게 들려.'

당장 고개를 돌리자 예상대로의 놈이 보인다. 머쓱한 표정의 이세진이다.

"여기 혹시 세면대가 어디에 있을까요?"

"……."

그렇지. 쉬는 시간이니 이놈도 원하는 대로 여길 싸돌아다닐 수 있겠지. 나는 손을 들었다.

"저쪽입니다."

"아~"

얼른 가라. 하지만 놈은 가는 대신, 미적거리기 시작했다.

"감사합니다. 아, 건우 씨, 이렇게 불러도 괜찮나요?"

"예."

"오~ 시원시원하시네요!"

그리고 씩 웃는다.

"오늘 무대 너무 잘하셔서 덕분에 저도 참 즐거웠습니다. 감사해요~"

"저야말로,"

말을 좀 고르자.

"좋은 말씀 해주셔서 감사합니다."

"에이, 빈말 아니에요. 저 건우 씨 첫 무대도 봤는데, 다 정말 좋았거든요. 데뷔하실 것 같은데요, 진짜!"

이 새끼 혹시 기억 있어서 떠보는 건가? …아니, 그럴 리는 없지. 그냥 싹수 보여서 인맥용으로 끈 하나 만들어놓으려나 보다. 뻔하지 않은가.

'그건 안 변했군.'

나는 팔을 풀었다. 그래, 어차피 명성작 끝나면 네놈도 뽑아서 각성할 건데, 마음대로 해라. 나도 금칠 좀 해주자.

뭐, 없는 소리 하는 건 아니다만.

"감사합니다. 저도 선배님 무대 보면서 많이 배웠습니다. 움직임, 표현마다 곡에 딱 맞게 구현하시는 걸 보면서 많이 본받았습니다."

"아."

놈은 갑자기 입을 닫았다.

'예상 못 했나?'

하지만 곧 아무렇지 않게 입을 열었다.

"감사합니다. 저도 기운 나네요~ 음, 그럼 이것도 인연인데 저희 연락처 교환할까요?"

〈아주사〉때랑 똑같군. 씁쓸함보다 묘한 향수가 올라온단 말이지. 나는 어깨를 으쓱했다.

"제가 지금 폰이 없어서… 괜찮으시면 연락처 드리겠습니다."

"예예, 좋죠!"

나는 놈의 스마트폰에 번호를 넣었다. 기분이 이상했다.

"문자 해둘 테니까 나중에 또 인사해요, 우리~"

"네. 그럼 저는 이만 들어가서 준비하겠습니다. 감사합니다."

"음, 네."

나는 놈이 뭔가 더 대화를 나누고 싶은 눈치인 것을 알아차리지 못한 것처럼 그냥 몸을 돌렸다.

'뇌 좀 정리하고.'

워낙 평소에 이런저런 이야기를 많이 하던 놈이다. 지금 말하다간 긴장 풀리는 순간 실수할 것 같았거든. 어쨌든, 예의 바른 대응이었으니 저쪽도 기분이 상하진 않았을 테고….

'여기서도 결국 비슷하게 전개되는군.'

인맥용, 그러니까 상호이득 기반 대인관계로 말이다. 나는 피식 웃은 후 복도 모퉁이를 돌아가며 발걸음을 재촉했다. 그리고 마침 모퉁이 반대편의 놈과 부딪히기 전, 지척에서 발을 멈췄다.

청려다.

"여기 있었네요. 멀리도 왔네."

"어쩌다 보니."

"'어쩌다'는 아닌 것 같은데… 아. 역시."

놈은 모퉁이 너머를 힐끗 보고 이세진의 뒷모습을 확인했다. 그리고 심드렁한 얼굴로 중얼거렸다.

"자리에 없더라니. 미리 말해두지만 저건 데려가기 힘들어요. 3년 차 기성 그룹 멤버라."

내가 그걸 모르겠냐?

"그냥 인맥용으로 연락처 좀 튼 거지."

"음, 혹시 어떤 상황인지 설명해서 설득이라도 해보려는 생각인가요?"

"……."

"전에도 저쪽한테 그랬잖아."

맨땅에 다짜고짜?

순간, 못할 것 없지 않냐는 생각이 스쳤으나….

"아니, 무대가 우선이지."

못 하니까 미친 짓이 아니다. 할 수 있지만 다들 안 하는 짓을 굳이 하니까 미친 짓이지. 각성 전까지 저놈에게 쓸데없는 소리 할 생각은 없다.

"그래요. 잘 생각했어요."

뻔한 소리 하는군.

나는 연습실로 복귀했다. 무대의 완성을 위해서.

그리고 며칠 후. 드디어 이 프로그램 최초로 방청객이 들어오는 무대 촬영이 시작되었다.

"잘 부탁드립니다~"

특별 심사위원으로 다시 한번 자리에 온 자이롭의 이세진은 싹싹하게 인사한 후 자리에 앉았다.

중간 평가에 왔던 아이돌 중 그나마 지금 덜 바쁜 이들을 다시 불렀는데 한 자리를 당당히 차지했다는 게 썩 기분 좋은 일은 아니었다. 그럼에도 불구하고 무대에는 흥미가 있다. 경쟁자가 될 확률이 높은 놈들을 모니터링하는 것은 이득일 수밖에 없다.

게다가 마침 친분이 생긴 사람도 있으니까.

'류건우.'

그 재즈 무대를 했던 연습생 말이다. 이세진은 코를 찡긋거리는 척 살짝 인상을 찌푸렸다.

'좀 이상했는데.'

원래도 유독 잘하고 시선이 가는 타입이다 싶긴 했다. 그래서 알아 둬서 손해 볼 건 없다 싶었지. 그런데 막상 말을 붙여보니….

'그냥 친해지고 싶다는 느낌이 들었다고 해야 하나.'

왜 있지 않은가, 잘 못 봐서 소원해진 친구와 다시 친근해지고 싶은 느낌.

'혹시 전에 나랑 알던 사인가?'

뭐, 어릴 때 동네에서 같이 놀던 친구라든가 하는 식으로 말이다. 아니, 연장자니까 아는 동네 형?

'아, 모르겠네.'

이세진은 답 안 나오는 질문은 그냥 죽였다. 어차피 그쪽한테 답장도 아직 없었다. 이 무대 끝나면 연락 슬슬 해보면서 좀 캐어내 보면 될 것이다. 사람이 좀 무뚝뚝해 보여도 역시 난 놈 같아서 괜히 말 붙였다는 후회는 없었다.

이세진은 자세를 더 곧게 했다. 곧 촬영이 시작될 것이니까.

"〈Wise〉 3번째 무대, 시작합니다."

사장이 멋지게 뱉은 말에 일사불란하게 세트가 준비된다. 그리고 펼쳐지는 것은 대형 기획사의 데뷔조다운 무대들.

'…짜증 나네.'

이세진은 들끓는 감정을 눌렀다. 호승심, 위기감. 그리고 랭크를 매긴다. 이쪽은 자이롭보단 못 하고, 저쪽은 자이롭 수준이랑 비슷하고….

'뭐, 무대를 잘한다고 무조건 뜨는 건 아니지만.'

당장 저 소속사의 지난 여자 아이돌, 말랑달콤만 해도 괜찮은 실력으로도 뜨지 못해서 병맛 컨셉으로 선회한 것 아닌가. 하지만 이 중에 다시 또 체에 절반쯤 걸러서 데뷔한다는 것을 생각하면….

'아… 빌어먹을.'

이세진은 어떻게든 그룹을 채찍질할 방안을 떠올려 봐야겠다고 마음먹었다. 사람 다루는 건 그가 제일 자신 있는 분야였다. 아이돌이 무대보다 그런 걸 더 자주 고민하는 것 같다는 게 왠지 탈력감이 오긴 하지만.

그의 눈이 어두워졌으나 조명 빛으로 적당히 상쇄되었다.

"다음 대전 키워드를 공개합니다."

그리고 시간은 흘러, 기어코 제일 기다리던 대전이 왔다.

전광판에 키워드가 뜬다.

[Sexy]

끄야악!
관람객들 사이에서 탄식인지 기대인지 모를 신음과 환호가 나온다.
'아~ 이거 보는 순간 작정했다 싶었다니까.'
이세진은 쓴웃음을 참으며, 겉으로는 연차 낮은 아이돌답게 적절히 기분 좋은 리액션을 보냈다.
곧이어 펼쳐진 첫 번째 팀의 무대.

-무릎 꿇어 우!

각이 **빡빡** 잡힌, 오토튠과 웨이브가 치명적이라고 소리를 지르는 것 같은 무대였다.
'으음.'
뭐, 수요는… 있겠다.
이세진은 마이크가 돌아올 때를 대비해 적당히 감상평을 준비하며, 다듬은 키워드를 적당히 보여주기식으로 필기했다. 그리고 다음이자 마지막 무대의 반응을 대충 예상했다.
'…그 팀.'
중간 평가 때부터 이미 숙지하고 와서 알고 있었다. 이 서바이벌 프로그램에서 지금 가장 아웃풋이 좋은 인원 다수가 포함된 팀. 그와 번호를 교환한 류건우가 속한 팀.

'괜히 마지막 순서를 준 게 아니겠지.'

찾아보니 인터넷상에서도 스포일러가 돌며 다들 기대하고 있었다.

지금 저기 앉아 있는 관중들 대다수가 SNS에서든 메신저에서든 그걸 봤을 것이고, 머릿속에서 바쁘게 '아직 안 나온' 참가자들을 소거법으로 찾아내 이번 팀의 멤버를 짐작할 것이다.

그리고 잠시 후, 전광판에 이름이 뜬 순간.

[신재현, 김래빈, 정우단, 차유진]
[+류건우(열외)]

으아아아아악! 그야으으아악!

엄청난 환호와 함께 뭐라 말할 수 없는 비명과 신음이 섞여서 울렸다. 류건우가 '열외' 처분받은 것을 처음 눈으로 확인한 팬들이 당황하면서도, 팀 자체에는 기대를 가지는 현상이다.

'다들 결국 난리 나겠지.'

벌써 성공 공식이 눈에 보였다. 프로그램의 선전이 눈에 보이는 것 같아서, 이세진은 쓰게 웃음을 참았다.

그들의 선곡은 바로 재작년에 나온 1군 남자 아이돌의 곡이었다. 와일드하고 남성미 넘치는 섹시. 앞 팀과 유사한 지향점이다.

'이기겠네.'

비슷한 질감이라면 잘하는 쪽이 이기지 않겠는가. 이미 중간 평가를 본 순간 결론이 나온 문제였다.

'…잘했으니까.'

1절만으로도 이미 알 수 있었지만, 그는 진지하게 눈을 무대에 집중했다.

무대 위. 입장한 참가자들이 대형을 갖추고 봉오리 형태로 모여 서 있다. 스테이지에서 무채색 조명이 깜박였다.

―Cut off

그리고 낮은 목소리와 함께 우아한 반주가 깔리는 순간.

"…!"

조명은 보랏빛으로 바뀌며, 멤버들이 부드럽게 몸을 움직인다. 상체를 크게 쓰는 웨이브와 연결되는 대형.

이세진은 바로 깨달았다.

'편곡을 약간 바꿨어.'

악기 요소 몇 가지가 빠졌다. 일렉 사운드가 빠지고 베이스와 현악기 소리를 키웠다.

그리고 동작. 힘 넘치는 박력 대신 느른하고 여유롭다. 벨벳 셔츠와 검은 바지가 동작에 따라붙는다.

―자르고 이만 떠나

이게 너의 방식

(So sick)

머리를 쓸어넘긴 김래빈이 인트로를 끝내자, 매끄럽게 받은 신재현이 제스처와 함께 자신의 파트를 소화한다. 군무도 없이 표정과 동작만으로. 그런데도 관객은 뚫어지게 그것을 보고 있다.
'어려운 건데.'
정해진 안무 없이 공백이 있는 무대. 저런 짓을 하면서 무대가 꽉 차 보이는 것은 프로 무대에서도 어려운 일이다.
게다가 그걸로만 채운 게 아니다.

—돌아보지 마
괴로울 뿐이니까 의미 없으니까
You lost your game 그만둬
이만 떠나

간주가 들어가며, 군무가 펼쳐진다. 선보이는 고난도 안무가 톱니바퀴처럼 맞물리며 시너지를 낸다.
획.
센터에 선 사람에 맞추어 효과처럼 주변의 팔과 다리가 움직이고, 봉이나 받침대가 된다. 그렇게 멤버들은 소품처럼 상호작용하며 센터를 살린다. 빡빡한 안무 파트와 느슨한 파트를 유연히 오가며 각각의 만족감을 극대화시키는 것이다.

—이미 끝난 Story

2절이 한창 지날 때쯤, 이세진은 결론 내렸다.
'영리해.'

말도 안 되는 퀄리티로 무대가 산다. 실력이 있어야만 할 수 있는 선택이지만, 자신도 이 팀 조건이라면 기꺼이 이 선택을 받아들였을 것이다.

"……."

그는 상념을 털어내고, 중간 평가 때와 완전히 결이 달라진 무대를 다시 집중해서 보았다.

그러자 이번엔 또 질문이 올라온다. 정말 편곡만이 그 이유인가?

"…!"

그리고 깨달았다.

차유진. 중간 평가 때까지만 해도, 저 무대가 더 원곡처럼 와일드하게 보이도록 해주는 주요 요인이었다. 몰아치는 에너지와 폭발적인 짜릿함. 그러나 여기서는 그 번쩍이는 채도와 명도를 확 스스로 찍어 누른 느낌이다.

'눈에 안 띈다는 게 아니야.'

가령 지금 나오는 2절 후렴 마지막.

―Love is a kind of disease
늦은 깨달음이 오네
So―

목을 잡혀서 카메라를 보는 차유진의 시선은 반쯤 풀려 있다.

안광을 죽이고 분위기를 살렸다. 그늘진 매력. 아주 그럴싸하게, 정말로 이 소속사의 원래 연습생이라고 해도 믿을 정도로 녹아들어 있는 모습이다.

저걸 조절할 수 있다는 게 놀라운 동시에 대단히 전략적인 선택이었다. 분명 시청자들에겐 그것도 또 다르게 매력적으로 보였을 것이다. 당장 결정권자인 LeTi 사장도 재평가 중일 게 뻔히 보였다.

게다가 이 무대의 짜임새에는 든든한 뒷받침이 있다.

―So, oh, oh, oh―

류건우였다. 그는 적절한 타이밍마다 어려운 초고음 파트를 라이브로 넣고 있었다.

가끔 관객이 놀라는 게 느껴지나, 거기서 끝났다면 무대에서 부품처럼 활용되는 것으로 끝나서 실속이 없다고 생각했을지도 모른다. 하지만 그는 딱 한 컷에서 치고 나왔다.

'저기.'

일명 성녀 파트. 서서 부르는, 갑자기 정적인 분위기를 잡아 집중을 끌어오는 그 파트.

초고음은 아니다. 적당히 높은 음역대. 다시 말하자면, 누구든 안정적으로 부르기 더럽게 까다로운 그 구간.

―It's done
It's over
Cut it off

류건우는 그걸 읊조리듯 숨을 섞은 톤으로 몽환적으로 소화했다.

그동안 미친 듯이 고음으로 애드립과 화음을 넣어준 사람이라 믿기지 않는 깔끔한 호흡.

  차라리 고음을 냅다 지르는 게 쉬웠을 것이다. 저 사이에 숨 한 번 삼키지 않고 부드럽게 저 긴 호흡을 부를 수 있다고? AR도 없이?

  -자르고 이만 떠나
이게 너의 방식
(So sick)

  류건우는 그렇게 딱 한 컷 있는 킬링 포인트를 대단히 잘 살렸다.
  저 보컬로 무대의 질을 몇 단계나 끌어올리는 요인. 괜히 그룹에 메인보컬이 필요한 게 아니라고 외치는 것 같은 존재감.
  "……."
  이상한 기시감이 느껴졌다.
  '왜.'
  하지만 무대는 브릿지가 끝나고 끝을 향해 달려갈 뿐이다. 모든 구성원은 자신의 자리에서 맡은 역할을 완벽히 수행하며 최대한 관객에게 어필한다.
  그리고 엔딩.

  -Cut off

  아아아아아악!!

귀가 나갈 것 같은 엄청난 함성과 박수, 빛나는 응원봉의 흔들림. 이세진은 마지막까지 눈을 떼지 않고 성의껏 무대를 감상했다.

들끓는 것은 여전히 호승심이었지만, 더 이상 위기감은 없다. 그 자리를 차지한 것은….

'…아.'

본인도 눈치채지 못할 상실감이었다. 자기 자리였던 것을 속절없이 바꿔치기 당한 것 같은 묘한 그 느낌이….

'뭐라는 거야.'

나 오늘 뭘 잘못 먹었나. 이세진은 입안을 씹고 표정을 관리했다. 그리고 심사평 순서가 돌아오자 미소와 함께 입을 열었다.

"진짜 좋았어요, 정말로!"

바로 그날, 〈Wise〉 3화가 방영되었다. 해당 방청객들이 〈보충반〉에게 진 열외 인원에 대한 스포일러를 할 것도 없이 바로 말이다.

동시에, 드디어 시청자 투표가 열렸다.

기획사 서바이벌 〈Wise〉는 우물 안 개구리에서 저수지의 물고기 정도로 시청자 풀을 넓히는 중이다.

3화의 어그로를 밀물 삼아서.

[자리 뺏기기로 진짜 탈락자 생긴 레티 서바이벌(스포)]

[와이즈 현 상황.jpg]
[류건우 탈락 위기]

댓글도 방영 초반 때와 달리 싸움과 질문으로 화력이 붙었다.

-탈락자 아니고 탈락 위기임 제목 고쳐
-헐 안경남 짐?
-누가 설명 좀
　└인지도 실력 탑티어 연생이랑 중간 투입된 일반인 일대일 데스매치 붙어서 후자가 이김
　　└대박
　　└대박은 무슨ㅅㅂ 누가 봐도 전자가 잘했는데

류건우가 잘했다, 진채율이 잘했다, 사장이 돌았다, 진짜 탈락이다 아니다로 시청자들 의견이 난립한다.
　그럴 만도 했다. 방송에서 생각보다 잘 편집해 줬으니까. 일단 긴장감이 감도는 다른 데스매치 팀과 달리, 아예 대놓고 유치원이나 다름없는 편집을 해줬다.

[류건우 : 열심히 잘해봅시다.]
[진채율 : 와아아!]
[오윤신 : (열렬한 박수)]
[병아리 삼인방]

BGM도 아주 순박하기 짝이 없는 걸로 밀었지.

류건우의 역할도 마찬가지다. 머리 굴려서 예스맨 놈들 의견을 끌어낸 분량은 잘렸으며, 그냥 팀원 챙기며 한마음 한뜻으로 열심히 무대를 만든 것처럼 나온다.

[화기애애 그 자체]
[진채율 : 완전 좋아요!]
[오윤신 : 저도요.]
[류건우 : 그럼 그렇게 적을게요.]
[만장일치의 연속]

약간 서툴고 무뚝뚝하지만 사람 잘 받아주는 인상으로 잡혔다는 거다.

[Q : 리더 어땠나요?]
[류건우 : 다들 이런 일엔 초심자라… 제가 연장자니까 더 신경 써서 해봐야죠.]

'리더 어쩔 수 없이 했다' 유의 내 어필 인터뷰도 흐름을 타고 들어갔다. 아주 순수하기 그지없다 못해 설익은 쪽으로.
"흠."
흥미진진해서 이 타이밍에 맥주 한 캔 했다.
'똑같은 짓을 해도 〈아주사〉에선 사차원 또라이였는데 말이지.'

어느 쪽이든 편집 위력이 놀랍군.

어쨌든 이 팀은 달달한 연습 기간을 지나 마침내 퍼포먼스까지 잘 끝내는데…… 여기서 사장 평을 상당히 잔인하게 때린다.

[김태인 사장 : 이 일은 재밌다고 할 수 있는 일이 아니에요.]
[!!]
[굳은 표정의 프로듀서]

소꿉장난하지 말라는 거다. 재밌는 건 이 팀이 부당한 평가를 받은 것처럼 편집하지 않았다는 점이다.

[김태인 사장 : 지금은 제일 잘하는 걸 열심히 어필하고 보여줘도 모자랄 시간이 아닌가요?]
[김태인 사장 : (건우는) 파트도 다 양보했죠.]
[류건우 : …….]
[김태인 사장의 따끔한 조언]
[침묵이 감도는 촬영장]

그 대신 사장이 정신 못 차린 아마추어 팀에게 제대로 된 일침을 날린 듯한 분위기다.

'저건 분명 사장 입김이 들어간 편집인데.'

그래서 그냥 흐름 따라 보던 참가자라면 '그래, 얘네 너무 꽃밭이긴 했나…?' 아리송할 만했다. 긴장한 류건우가 식은땀 같은 땀방울을 흘리는 것까지 대놓고 클로즈업했다.

거기서 사장이 이건 아니라는 듯 고개를 살짝 젓더니, 단호하게 외치는 것이다.

[김태인 사장 : 승자 발표합니다.]

그리고 전광판에 뜨는 '진채율 승'.
'절묘하군.'
여기까지만 보면 '그래, 애네 서바이벌인데 좀 덜 절박했어' 쪽 여론이 클 수도 있다는 생각이 드는가?
그렇지 않다. 다른 요소가 하나 들어간다.

-개잘했는데 무슨 개소리야

무대를 잘했다.
'부정 못 하지.'

-레티에서 귀여운 무대 엄청 신선했는데 뭐예요?ㅜㅜ
-진짜 보면서 이게바로 내 비타민이다 이지랄하고 있었는데 사장이 초쳤잖아
-거누 이런 것도 잘하냐고 경악했는데... 애들하고 케미도 미쳤는데...

부당한 평가를 받았다는 소리가 들고일어나다 보니, 취향이 갈리는 사람들끼리 싸움이 났다.

-말을 좀 강하게 해서 그렇지 채율이가 더 잘 받는 컨셉은 맞는 듯?
　　　└응 애초에 리더는 류건우임ㅋㅋ진채율 버스 탄 거잖아
　　　└??무대 같이했는데 뭐래; 그리고 리더로서 좀 안일한 선택이기도 했다는 뜻임
　　-마린룩에 청량큐티 컨셉 조지게 잘 소화한 팀한테 혹평 실화야?
　　-솔직히 보충반이 ㄹㄱㅇ보다 한참 못 했는데 김사장 씨발아 지 취향 아니라고 기분상해서 떨어트린거잖아 내기분상해죄 장난하냐고ㅋㅋ
　　-둘다 잘했잖아요 룰 만든 사장을 욕합시다 우리!

　　그리고 하도 시청자들이 난리다 보니 불구경 온 사람들이 기웃거리다가 무대도 한번 보고 가게 되는 것이다.
　　결국 이 새로 유입된 사람들도 살살 말을 얹기 시작한다. 냉철하고 객관적인 평가자의 입장에 몰입해서 말이다.

　　-잘하긴 했는데.. 사장 취향이 아닌가 보죠 기획사 서바이벌이니까 어쩔 수 없는 거 아닌가요
　　-새로운 모습 보여준 멤버나 자기 착붙 컨셉 잘 소화한 멤버 둘 다 잘했음 근데 데스매치니까 그 우등반 멤버가 좀 느슨하긴 했던 듯
　　-류건우 첫 무대보다 이게 더 좋은데 사장 대체 무슨 소린지 모르겠다

"됐네."
나는 스마트폰을 내렸다. 더 볼 것도 없었다.

화제성을 위한 자체 땔감으로 쓰인 것은 후회 없다. 덕분에 판 자체가 커지고 있으니까. 어차피 다음 판에서 뒤집을 수 있으니 무조건적인 이득이다. 그리고 오해든 아니든 지금 이 무대로 내 태도에 호불호 갈리는 건 도리어 좋다.

'그래야 불호가 해결됐을 때 더 시원해하잖아.'

게다가 이 와중에 내 동료 목록에 있는 다른 놈들은 순항 중이고.

"음."

나는 소파에 팔을 대고 기댔다. 좀 더 정리해 볼까.

우선 김래빈의 데스매치는 첫 무대로 방송을 탔고, 즉시 반응을 불러왔다.

-김래빈 진짜 레티 연생 아닌 거 맞음?ㅋㅋㅋ완전 레티상인데
-프로듀서??ㅋ? 넌 무조건 데뷔야 어딜 카메라 없는 곳으로 도망가려고
-얘가 이겨서 류건우 보충반한테 지는 건 예고 낚시인 줄 알았는데ㅠ

데스매치로 깨부순 놈이 원래 분량 없던 놈인 데다가, 본인 생김새 덕에 반발이나 거부감 없이 아주 순순히 참가자로 정착했다. 〈아주사〉 때 먹었던 욕이 거짓말처럼 순조로운 시작이었다. 태도가 유별나다는 소리는 좀 듣지만.

-래빈이 대체 왜 저러는 거임 왜 이등병처럼 굴엌ㅋㅋㅋㅋㅋㅋ
-무대 아래에선 인턴인데 올라가면 보스야 나 이런 거 좋아해

코칭한 보람이 있군.

게다가 4화 예고로 넘어간 '신재현 VS 차유진'은 이미 연습 과정과 중간 평가만으로 기대된다고 난리다.

시간순 정렬하면 이런 느낌일까.

-아 저 보충반 완전 레티랑 상극인데ㅋㅋㅋㅋㅋ개웃겨 왜 온거지
-뭐야 왜 저렇게 잘함
-야 설마 차유진이 이김?;
-아니다 그래도 신재현 너무 잘하는데... 아 근데 류건우한테 엿 줘서 사장새끼가... 아 쎄한데

재밌는 일이다.

원래 사내 서바이벌은 흐름이 보이는 게 보통이다. 밀어줄 사람을 정해놓고 시작하는 경우가 다수니까.

그런데 이번 〈Wise〉는 변수 천지에, 예측되지 않는 다음 스토리에 시청자들이 몰입하기 시작했다. 보충반의 승리 이변이 터지는 신선한 상황이 도파민을 터지게 하니 이렇게 프로그램 자체에 재미가 붙는다.

-되게 의외다 판 완전 다 뒤집히네;
-그냥 보는 사람은 개꿀잼임
-나 아이돌 잘 모르는데 봐도 재밌을까?
  ㄴㅇㅇ걍 드라마 보는 느낌으로 봐도 괜찮은 듯?

불씨가 장작을 만나 타오른다.
게다가 방송은 막판에 아예 쐐기까지 박아놨다. 예고편 다음에 대놓고 이걸 띄웠거든.

[지원자 모집]
[〈보충반〉으로 데뷔에 도전하실 새로운 도전자를 지원받습니다.]
[〈Wise〉 홈페이지에 접속, 하단의 버튼을 눌러주세요. 많은 성원 부탁드립니다.]

변수를 또 늘리겠다고 시청자 면전에 대자보를 붙인 것이다. 그것도 더 큰 스케일로.
'그럼 괜찮네.'
사실 이건 내가 제안하고 청려가 불어넣은 바람이다.

—괜찮은 발상이네요. 위험 부담도 적고. 밀어줄게요.

'회사 입장에선 나쁠 것 없지.'
노이즈 마케팅은 되는데 여차하면 다 잘라 버릴 수 있다. 게다가 싹수 있는 놈이 지원하면 차기용으로 잡아놓을 수도 있지 않은가.
여기서 끝이 아니다. 원래 이 자리에 들어갔어야 할 어마어마한 발표가 바로 다음에 이어지거든.

[!글로벌 투표 시작!]

[응원하는 참가자에게 성원을 보내주세요. 여러분의 의견이 생존을 결정할 수 있습니다.]

바로 시청자 투표 개시.

그런데 투표에 어떤 위력이 있는 건지 구체적으론 명시 안 해서 사람 더 미치게 만든다. 과연 기획사 서바이벌이 얼마나 시청자의 말을 반영해 줄까?

'탈락자 발생 공지와 새 참가자가 공지를 같이 때리다니, 이 새끼들도 좀 치는군.'

어쨌든 이 난리 통 덕분에 서바이벌로 얻을 이득은 쭉쭉 빨아들이고 있다. 사전 인지도와 팬층. 그리고 참가자들의 캐릭터까지.

물론 내 캐릭터도 아주 구체화되는 중이다.

-완전 차분다정한 대형견 그 자체… 안경남 존나 캠퍼스 로망 꾹꾹 눌러담은 완성체임 이런 적 처음임

…바로 너드 대형견.

'대체 왜.'

이렇게까지 '박문대' 때와 초기 이미지가 다른 데도 동물로 개가 나온다는 게 좀 웃기긴 하다만… 아무튼 인지도는 순조롭게 폭등 중이다. 이제 슬슬 밖에 나가면 알아보는 사람이 생기다 못해 오피스텔 앞에 죽치고 앉아 있는 사람이 생길 지경인데.

'이 지점은 좀 문제긴 한가.'

나는 소파에서 일어나서 슬쩍 베란다 밖을 보았다.

"음."

여기서도 택시로 죽치고 있는 의심군이 몇 보인다.

'이거 류청우가 피해 볼 것 같은데.'

애초에 전 국대 출신이라 보안 괜찮은 오피스텔을 얻은 모양이다만, 그래도 정도가 있지 않은가.

"이야기 좀 해봐야겠다."

[저, 저 사람들이랑요?]

"아니, 류청우랑."

마침 시간도 딱이다. 이 녀석도 동아리 모임 끝내고 막 귀가해서 여기 있거든. 나는 녀석이 씻고 나오자마자 바로 물어봤다.

"청우야."

"응?"

"너 저 사람들 안 불편하냐. 안 그래도 기획사 숙소에 자리 있다니까 내가 좀 나가 있으면 빠질 것 같은데."

그러나 놈은 살짝 인상을 찌푸리더니, 곧바로 이렇게 대답했다.

"아니, 그건 괜찮아. 그것보다… 형은 괜찮은 거 맞아요?"

"음."

무슨 소리지.

"…모르는 사람들한테 오해받는 게 기분 좋은 일은 아니잖아요."

아, 그 이야기인가. 이 녀석도 혼자 3화 본방을 본 모양이다. 그리고 오면서 댓글 반응도 살펴본 것 같고.

'나 참.'

본인이 직접 그런 프로그램에 출연했었다는 걸 알면 무슨 반응을 보일지 좀 궁금한데.

나는 그냥 웃었다.

"여러 사람 손 거쳐서 방송이 나오는데, 그 과정에서 오해받을 수밖에 없지. 실수한 것보다 더 과하게 욕먹을 수도 있고."

"……."

"그런데 인정도 더 크게 받잖아. 증명도 더 제대로 할 수 있고."

류청우와 눈이 마주친다. 나는 고개를 끄덕였다.

"나는 이 일 마음에 들어. 특히 무대에 올랐을 때가."

"…그렇구나."

놈은 뭔 의미인지 알 수 없는 한숨을 쉬더니, 곧 미소를 회복했다.

"그럼 축하할 일이네. 형이 열정적으로 몰두할 일을 찾은 거잖아요."

이러고 있으니 진짜 가족끼리 덕담이라도 하는 것 같군. 나는 오묘한 기분을 미루고 자리에 앉았다.

"고맙다."

"뭘. 힘내, 형."

놈과 주먹을 부딪쳤다. 류청우는 마침 생각났다는 듯이 물어본다.

"형, 내일 일정 있어요? 아니면 한잔할래?"

"음, 나가봐야 할 것 같은데."

"또 일해?"

"그렇지."

어떤 의미에선 비슷하다.

[어어어 드디어??]

'그래.'
나는 자기 방에 들어간 류청우에게 손을 흔들고 드디어 그 창을 불러왔다.
이제 더 미루지 않아도 될 것이다.

[동료: 이세진을 각성하시겠습니까?]
-Exp 1,000 사용

배세진의 각성.
이번에는 망설이지 않고 버튼을 눌렀다. 빛이 터진다.

[비상을 향한 도약…]

"후."
실패해도 괜찮다. 명성 수치는 충분하니 될 때까지 밀어 넣어도….

[첫 각성 성공!]

그렇지! 그래도 이건 안 터지고 꼬박꼬박 잘 먹히는 게 시원하군. 나는 주먹을 쥔 상태로 일단 동료 목록에서 배세진의 상태를 확인하려 했다.
 …이게 뜨지만 않았어도 말이다.

[동료: 이세진 이벤트 발생!]
[이세진은 깨달았다… Σ(ㅇㅁㅇ)]

뭐? 곧 팝업이 흔들리더니 퍼퍼펑, 황금빛 폭죽 같은 효과가 창을 뒤흔든다.

[동료 개명 이벤트 완료!]
[이세진 → 배세진]

"……."
다른 생각 말고 당장 연락처 뽑아서 연락해야겠다.

"배우님 여기…."
"감사합니다."
이세진은 스탭이 내미는 생수병을 기꺼이 받아 들었다.
 매니저는 또 중간에 어딘가로 사라져 몇 시간 째 보이지 않는 상태다. 덕분에 귀가가 늦어지고 있지만, 그는 무덤덤하게 상황을 받아들였다.
 '기대도 안 해.'

일할 수 있으면 그만이며, 일감은 충분했다. 그는 내일 촬영한 내용에 대해서 다시 한번 검토하며 시간을….

뭐야 이게.

"윽!"

"…세진 씨?"

이세진은 고개를 숙였다. 머리가 찡하게 울리고, 저릿한 소름과 함께 시야가 돌아온다….

그리고 드러난다.

'뭐야.'

낯선 무언가가 머릿속에 욱여넣어진 것은 아니다. 단지 베일이 걷힌 듯, 혹은 안경을 쓴 듯 수많은 정보가 뇌 속에 선명하게 드러났을 뿐이다.

독백과 대화, 그리고 생각. 사건들.

―〈아주사〉는 대체 왜 나온 거래?
―계속하고 싶긴 하지만… 아니야.
―형이 어머니 성으로 개명하는 거죠.
―테스타의 배세진입니다…. 오늘 촬영 잘 부탁드립니다!

잠시간은 압도적이다. 하지만 시간이 지날수록, 그 선명함은 진실하게, 견고하게 머릿속에 자리 잡는다.

"……."

이세진, 아니, 이제 배세진의 자아를 회복한 사람은 비틀거리며 자리에서 일어났다.

"괜찮으세요?"
"…네."
 통증은 없다. 그는 스탭에게 굳이 변명하지 않고 도로 자리에 앉았다. 아니, 정확히 말하자면 설명할 여유가 없다. 대체 이게 무슨 상황인지 알 수가 없었다.
 '왜 내가 여기, 아니, 사실 여기가 아닌 게 더 이상한데…. 하지만.'
 결국 현실과 맞지 않는 자아가 머릿속을 정리하고 정체성을 확립한 것은, 매니저가 돌아오고 난 후였다.

 그리고 이 시점에서 박문대는 어처구니없는 소식을 접하고 있었다. 상태창의 커뮤니케이션 탭에서.

 [배세진은 아직 연락처가 없다….]

"하."
 그는 공란인 동료 배세진의 연락처 칸을 보다가, 깔끔히 결심했다.
 '없다? 그럼 만들면 되지.'
 직접 찾아가기로.
 배세진의 현 상황을 알아보자면… 놀랍게도 딱 한 번의 인터넷 검색만으로 충분하다.
 '이세진.'
 최상단에 벌써 프로필이 뜨거든.

-이세진 (영화배우)
최신 필모그래피 : 해마 (20××. 12. 15.)

이놈은 지금 한창 주가가 높은 영화배우니까.
전체 필모그래피를 확인하면 200만 이하가 없는 쟁쟁한 라인업으로 연결된다. 이 정도면 영화 보는 사람이라면 이놈 이름 한 번쯤은 들어보지 않았을까.

[오오, 근데 드라마는 안 찍으셨네요?]

일부러겠지. 아역배우 이후로 철저히 작품 관리를 한 것 같다.
당연히 이름값이 높다. 배우를 아이돌보다 쳐주는 현 세태를 고려하면 거의 테스타급. 아쉬울 게 없는 상황처럼 보이지만… 필모그래피 다음 항목이 문제다.

-소속사 : 드림케이 컴퍼니

이놈 예전 소속사 그대로다. 아역배우 굴리고 재계약 시즌에 루머 터뜨려서 몸값 낮추는 그놈들.
'X 같겠네.'
이곳에서는 소속사에 항의하며 쉬는 대신 아역 이후에 짧게 재정비한 후 바로 일을 받아온 모양이다. 긴 공백기 대신 탄탄히 쌓아온 커리어. 그리고 배우는 신비주의지만, 소속사는 언론과 SNS에서 열심히 '이세진' 이름을 팔고 다닌다.
　나는 턱을 매만졌다.
　'쉬운데.'

[네?]

　스케줄 보안이 허술하단 뜻이다. 아이돌처럼 숙소나 소속사 앞에 죽치고 앉아 있는 부류가 적으니 정보 허들이 낮다.
　'밥이네.'
　나는 드림케이 공식 SNS를 훑은 뒤, 거기서 뽑아낸 키워드로 직원의 개인 인하트 계정을 찾아내 날짜순으로 비교, 탐색해 결론을 내렸다.
　'지금 배세진은 모종의 차기작 촬영 중이다.'
　그리고 익명 처리했지만, 직원 SNS에서 배세진으로 추정되는 인물이 간접적으로 언급되는 빈도를 보면….

[아, 회사에 자주 있으신가 봐요.]

　맞다. 특히 배세진이 활동 중일 때 툭툭 언급이 튀어나온다. 거의 스케줄 마치곤 회사로 퇴근하는 것 같은 수준. 그러니까 지금도 촬영 중이 아닐 땐 회사에 있을 확률이 대단히 높다는 거다.
　"흠."
　그래서 배세진을 각성시킨 바로 다음 날 아침, 나는 간단히 씻은 후 모자와 마스크를 챙겨 오피스텔을 나섰다.

물론 확률만 믿은 건 아니다.

[배세진 : 삿대질하는 사장 쳐다보는 중 (˙ㅅ˙+)]

상태를 한번 쭉 체크했거든. 그러면 대충 동선이 이렇게 뜬다.
'새벽 촬영을 끝내고 차 타고 이동한 뒤에 건물에 들어가서 사장을 만났다?'
사장이 어디 있겠는가. 회사 건물에 있겠지. 이걸 봐서도 회사에 있을 확률이 상당히 높다.

[그럼… 가보시게요?]

"그래."
직접 확인해 보자.

녀석의 회사는 강남 구석에 있었다.
아이돌 대형 기획사들처럼 으리으리한 사옥은 아니다. 4층짜리 구형 건물에 현판도 없다 보니, 그만큼 1층에선 보안도 그리 빡빡하지 않다. 건물 관리하는 사람들이 드나드는 뒷문도 그냥 '관계자 외 출입 금지' 따위의 표지 하나 두고 놔둘 것 같은데.
'저긴가.'
확실히, 적당한 위치에서 기다리고 있자니 트럭이 멈추고 유니폼 입은 사람들이 뒷문을 드나든다.

나는 타이밍을 보다가 자연스럽게 그쪽으로 발을 옮겼다. 대충 짐 나르는 용역직으로 오해받을 움직임으로 말이다.

그러자 큰달의 팝업이 약간 흔들리면서 뜬다.

[저, 형. 이거 혹시 무단 침입으로 잡히면… 문제 생기지 않을까요?]

'배세진 귀에만 들어가면 괜찮은데, 무조건 들어가게 되니까 상관없어.'

이건 입구 컷 당하거나, LeTi 신인이 이 기획사에 온 게 공식 방문 처리 될까 봐 하는 짓이다. 다른 회사 건물도 아니고 소속사 건물 아닌가. 차라리 걸려도 괜찮다.

'나도 반쯤 공인이니까.'

아이돌 서바이벌 방송으로 유명해진 덕을 여기서 보는 것이다.

관계자 외 출입 금지? 관계자라고 말하면 그만이다. 비슷한 직종의 얼굴 알려진 사람이니 '이세진' 지인이라 약속 잡아서 조용히 만나러 왔다고 하면 웬만하면 믿는다.

'아니, 믿든 못 믿든 배세진 귀에만 들어갈 수 있으면 된다.'

놈이 각성하며 배세진으로 이름이 바뀌었다는 건 분명 테스타 당시의 기억을 찾았다는 뜻이다. 그럼 이 이상한 상황에 당황해서라도, 뜬금없이 튀어나온 낯선 사람을 만나는 보려고 할 것이다.

'다만 최악은… 소속사에서 아예 말도 안 들어가게 끊는 건데.'

배세진의 연락처가 없는 걸로 추측했을 때 그것도 가능성이 없진 않다는 게 문제긴 하군.

툭.

나는 1층 외각의 비상문을 통해 걸음을 옮겨, 일단 화장실에 들어가 칸으로 몸을 숨겼다. 혹시라도 그새 배세진이 회사에서 나오진 않았는지 체크한 뒤 동선을 그릴 생각이었는데….

쾅!

그사이에, 화장실 문이 세차게 열리더니 웬 놈이 구둣발로 뚜벅뚜벅 걸어오는 소리가 들린다.

'벌써 보안팀이 나왔을 리가 없는데.'

아니나 다를까, 그냥 세면대 쓰는 소리가 들린다. 나는 어깨를 으쓱한 뒤 도로 상태창을 확인했….

[배세진 : 찬물 세수 중 (#ㅅ#)=3]

"……."

설마. 나는 일단 조심스럽게 문을 열었다.

끼익.

그러자 세면대에 선 남자가 보인다. 정장 차림의 놈은 고개를 숙이고 찬물을 얼굴에 끼얹고 있다. 그리고 고개를 드는 순간, 거울에 얼굴이 비친다.

"…!"

배세진이다. 염색도 렌즈도 없이 정장 하나 딱 입은 놈의 스타일은 누가 봐도 배우용이었다.

'이게 또 이렇게.'

바로 떠오르는 기억이 있다. 어쩐지 이놈과는 류건우 몸으론 매번 세면대 앞에서 보게 되는군.

―이세진 씨 맞으시죠? 죄송합니다. 제가 팬이라 놀라서요.

희한한 일이었다. 그러나 감상으로 지체할 시간은 없다.
나는 이 화장실에 다른 사람이 없는 걸 확인한 뒤, 배세진에게 말을 걸었다.
"안녕하세요."
"…예."
내가 칸에서 나오는 순간부터 오묘한 눈이던 놈이 순식간에 표정을 관리한다. 과연 배우다.
"팬입니다."
"…음, 감사합니다. 새로 오신 직원이신가요?"
나는 긴장이 내려가는 놈을 보고, 결정타를 날렸다.
"그건 아니고요. 테스타 배세진 씨 팬입니다."
"…!"
곧장 반응이 튀어나왔다.
"너 누구야."
배세진은 곧바로 기세가 날카로워졌다. 금방이라도 내 멱살을 잡거나 재빨리 화장실을 봉쇄할 것 같다.
역시 직구가 답인가. 나는 바로 입을 열었다.
"저 박문대요. 형."
"…!?"

툭.

배세진 등 뒤에서 뭔가가 떨어진다.

시선을 내려 보니 볼펜 모양이다. 아마도 녹음기였던 것 같다.

"바, 박문……."

"네. 이렇게 됐어요."

이놈 더 넋이 나가기 전에 본론으로 들어가야겠군.

안타깝게도 이놈 데리고 어디 적당한 식당이나 카페행은 불가능했다. 둘 다 얼굴이 너무 팔린 데다가, 이놈 지금 상황이 말이다.

"이 건물에서 나가기가 힘들어."

"대체 무슨 상황이신데요."

"…그럴 게 있어. 아무튼, 너, 너야말로 원래 몸 어디 두고 거기에 있어…!"

진짜 믿는 건지 일단 믿는 척해주는 건지는 모르겠지만 일단 배세진도 날 캐물을 자세가 됐다는 것에 의의를 둬야겠다.

"사실."

"사실?"

"원래 이 몸으로 태어났어요. 박문대는 새로 얻은 몸이고요."

개소리였지만 상황이 상황인지라 흔들린 배세진의 얼굴이 창백해졌다.

"너, 너 설마 귀신이야…?"

"아뇨."

잠깐만. 죽고 나서 남의 몸에 붙었다는 지점에서는 딱히 명제가 다를 것도 없는데.

[다르거든요! 완전 다르거든요!]

"아니지. 생각해 보니 비슷한 것 같기도……."
"끄으읍."
잘하면 뒷목 잡고 넘어가겠군. 나는 말을 고쳤다.
"어쨌든, 〈아주사〉 참가하기 직전부터 박문대로 살고 있었어요. 자의로 한 선택은 아니지만."
"……지금 같은 상황이었다는 거야? 이렇게 막, 세계가 바뀌고……."
"비슷할지도요. 아무튼, 형이 아는 박문대는 처음부터 저였다는 말인데요. …못 믿으셔도 어쩔 수 없겠지만요."
그러나 얼굴이 색색으로 바뀌던 배세진은 이 말에 놀라운 반응을 했다. 입을 열다가 한숨을 네댓 번 푹 쉬더니, 이렇게 대답한 것이다.
"…알아. 넌 한 번도 안 변했거든."
"……감사합니다."
연기라도 썩 기분이 나쁘지 않았다.
"그래도 이걸로 안 넘어가! 지금 이 상황도 완전 말이 안 되는데, 너까지…. 자세히 설명해 봐!"
더 자세히 설명하고 싶어도 말이다.
"…회사 화장실에서요?"
"……."
녀석은 한숨을 쉬더니 나에게 손짓했다.

"따라와."

그리고 배세진이 나를 데려간 곳은 3층 비상구 근처 회사 창고였다.

'혼자 있고 싶을 때 자주 오던 곳 같은 덴가.'

움직임이 익숙해 보였다.

달칵.

문을 닫은 놈이 표정을 굳히고 진지하게 말한다.

"…한동안은 사람 안 올 거야. 이제 말해."

"예."

나는 고개를 끄덕인 후, 최대한 간결하게 줄여서 지금까지의 사정을 설명하기 시작했다.

"그러니까…."

'해도 해도 안 익숙해지는군.'

그래도 차유진에게 한 번 했던 거라고, 제법 스토리가 매끄럽다.

배세진은 얼굴이 시퍼레졌다가, 허옇게 변했다가, 누렇게 뜨기도 했다. 그러나 마지막엔 뻘겋게 변했다. 앞은 알겠는데 마지막은 왜지.

"그, 그럼… 네가 그 사람이야?"

"예?"

"그… 류건우 씨. 응원한 거!"

아, 그거.

'이 녀석이 아까 괜히 오묘한 표정이 아니었군.'

박문대랑 좀 섞이긴 했지만, 아무튼 이 녀석도 이 얼굴에서 그때의 류건우를 알아본 모양이다. 나는 목뒤를 쓰다듬으며 입을 열었다.

"…그렇긴 한데. 일부러 속이려고 한 건 아니고요. 진짜 응원하는 의

미였는데요."

 배세진이 황급히 손을 내젓는다.

 "아니, 아니, 고맙…. ……잠깐. 근데 너는 그때 박문대였는데, 시간이 안 맞지 않나…??"

 "그것도 또 복잡하게 꼬여서요."

 이것까지 말할 줄은 몰랐는데. 나는 진짜 박문대, 큰달과의 스토리를 짧게 설명했다. 큰달은 의외로 신나게 중간중간 참견했고.

 [그래서 형 덕에 저 공무원 시험 붙은 것도 말해주세요!]

 그리고 배세진은 의외로 이 비현실적인 상황에 압도당하진 않았다. 그렇다고 차유진처럼 적당히 상황을 납득하지도 않았다. 도리어 점점 심각한 얼굴이 되더니 이런저런 분석을 내놓는 것이다. 인문학적 소양이 돋보이는 태도다.

 "타임 패러독스라고 알아? 네 상황이 그거랑 비슷한 것 같은데…."

 "그럼 지금 이 상황은 일종의 모의시험 같지 않아? 현실이랑 유사하지만 좀 덜 어려운 느낌으로."

 "어쩌면 가상현실 같은 걸 수도 있어. 영화 있잖아. 매트릭스같이…."

 나는 이 모든 말을 최대한 성의껏 대답했지만 결국 결론은 이거다.

 "모르겠어요. 저도 다 추측이라."

 미지수.

 "어쨌든, 저는 지금까지 구조상 돌아갈 수 있다는 쪽에 걸고… 진행하는 중인데요."

"…아이돌로 대상까지 말이지."

"예."

"……그래. 그쪽이 말은 되는데."

배세진은 짧게 심호흡을 했다. 아무래도 지나치게 미친 소리를 많이 들어서 용량이 부족한 모양이다. 그리고 그것 때문인지 배세진한테서도 비슷한 말이 나온다.

"그럼 어차피 우린 현실로 돌아갈 거니까, 여긴 그, 꿈 같은 거네."

"예."

"좋아."

"…?"

뭐가.

"기다려 봐. 아주 박살을 내고 올 테니까."

"예?"

"이 기획사!"

배세진은 이글이글 불타는 눈으로 말했다.

"어차피 현실도 아닌데, 잘됐어. 불통이고 나발이고 아주 제대로 법적 해결을 봐야겠어."

"어……."

물론 말릴 생각은 없긴 한데 말이다.

"그래도 여기서 연기하시는 게 재밌으면, 좀 즐기셔도 괜찮지 않을까요."

테스타였을 때는 계속 개인 활동이 유보되며 연기 쪽 커리어는 거의 쌓지 못했지 않은가. 돌아가기 전에 여기서 연습 삼아 환경을 경험해 보며 앞으로 개인 활동 계획을 점검해도 제법 이득일 것 같아서 말이다.

그러나 배세진은 거침없다.

"연기는 좋지! 그런데 이건 아니야."

"왜요."

녀석은 주먹을 불끈 쥐었다.

"이 자식들 매번 똑같은 캐릭터만 강요한단 말이야…!"

"……."

"여기 내가 지금 4년째 비슷한 사이코패스 역만 하고 있어. 하는 내가 봐도 사골이 따로 없다고!"

"음."

그래, 열 받을 수도 있겠다. '이세진'은 지금 명실상부 이름난 배우인데, 시나리오 하나 맘대로 고르지 못하는 건 말이 안 된다.

'시나리오 집어던지면서 갑질할 수 있어야 정상 아닌가.'

이건 순 부당대우 아닌가. 그러니 문득 떠오르는 것이다.

"형 설마 연락처 없는 게…."

"…! 어떻게 알았……. 맞아. 이 자식들 멘탈 관리 같은 소리 하면서 개인 스마트폰도 못 쓰게 해."

배세진이 싸늘한 얼굴로 중얼거렸다.

"날 무슨 제한능력자 취급하는 거지."

민법 용어가 나오는데, 테스타가 된 이후로도 과거를 곱씹으며 정의했었나 보군.

"…힘들었을 것 같은데요."

"사실 연기만 할 수 있으면 큰 상관 없었어. 여론 눈치 보이니 어릴 때처럼 살인적인 스케줄도 아니고, 정산도 엄마가 잘살 정도는 주니까…"

놈의 얼굴이 흐려지더니, 곧 안광이 타오른다. 그리고 주먹을 쥐는 것이다.

"하지만 내가 나인 이상, 아무리 현실이 아니라고 해도 이걸 더 참을 필요는 없잖아."

"그렇죠."

놈이 시원하게 선언한다.

"다 엎고 나올게! 너 지금 아이돌 준비하는 거지?"

"그렇긴 한데요."

나는 적당히 LeTi의 서바이벌에 대해 이야기했다. 배세진은 고개를 끄덕인 후 결심한 듯 이렇게 외쳤다.

"나도 거기 나갈게!"

음.

"힘들지 않을까요."

"왜!"

"형 25살이잖아요."

"……."

그렇다. 지금까지 체크한 녀석 중에서 독보적 최연장자, 25살 배세진은 얼굴이 시뻘게져서 고개를 숙였다.

'아역이 아닌 배우로 성공하려면 어느 정도 나이가 돼야 해서 어쩔 수 없던 건가.'

짧은 추측이 지나갈 무렵.

"……그, 아이돌 하기엔 그렇게 나이가 너무 많나? 우리 〈아주사〉 할 때 비슷한 나이 참가자도 나왔고……"

"예. 그런 문제는 아니고요."

나는 천천히 설명했다.

"그 나이만큼 형이 배우로 쌓아놓으신 게 있다 보니까, 대중이 아이돌 프로그램에 나온 형한테 쓸데없이 반발심을 가질 거란 뜻이죠."

한창 최전성기, 이룬 게 많은 25살 배우라서 문제란 뜻이다. 배세진이 연기보다 아이돌을 더 압도적으로 잘하지 않는 이상은 고통만 된다. 원래 현실로 돌아갈 거라면 그런 고통을 굳이 여기서까지 감내할 필요는 없지.

끙끙거리던 배세진은 결국 한숨을 쉬며 인정했다.

"…네 말이 맞아."

"음."

하지만 지원사격을 포기한 건 아닌가 보다. 놈이 주먹을 불끈 쥔다.

"그러면, 내가 제대로 밀어줄게."

"예?"

녀석의 얼굴에 야망에 찬 미소가 번졌다 사라진다.

"어차피 네 가설대로라면 여기서 장기적인 미래나, 내 영향력을 고민할 필요는 없다는 거잖아."

"그, 그렇죠."

놈이 낮게 웃는다.

"내가… 현실에서 지금까지 알아본 이 기획사 비리만 해도 한두 가지가 아니거든."

설마.

"변호사 선임해서 몰아붙일 거야. 약점을 잡혀도 과연 **뻔뻔하게** 굴 수 있는지 보자. 내가, 안 나가는 대신 제대로 고쳐줄 테니까!"

"……."

사이다에 대한 열망으로 가득한 놈이 눈을 번뜩인다. 그래… 아이돌도 아니고 배우에, 대놓고 여론전으로 싸우는 게 아니라 사장 버릇 고쳐주는 정도야.

"그건 응원하겠습니다."

"그래!"

놈은 뿌듯한 얼굴이 됐다가, 이젠 순 흥분한 얼굴로 제안까지 한다.

"그게 끝나면… 내가 활동에 발언권이 생길 거잖아. 그럼 일단 SNS 개설해서 너 투표해 달라고 할까?"

"아닙니다."

무서운 말 하네.

공정성 문제에 대해서 한참 토의한 후, 녀석은 이 건을 데뷔 후로 미뤄주었다.

'폭주 기관차가 따로 없군.'

미래에 대해 걱정하지 않는 배세진은 어디 사이다물 주인공 같은 스타일이 되었다.

"그럼 너는…."

근황에 대한 이야기가 이어지려는 순간, 내 스마트폰에 진동이 울렸다.

"아, 나도 사야 하는데."

"일단 제 번호부터 드릴게요."

그렇게 폰을 열어보자 문자가 와있다.

[안녕하세요. 자이롭 이세진입니다! 와이즈 류건우 씨 맞나요? (웃는 이모티콘)]

"……."
그래. 촬영 끝나면 연락하기로 했던 놈이다.
옆에서 보던 배세진이 반색한다.
"…! 이세진도 찾은 거야? 얘도 그럼 기억 있는 거지?"
나는 느리게 입을 열었다.
"아뇨."
"…!"
"우연히 만났는데, 아직 기억 돌려줄 방법은 없어요."
"……."
배세진은 기세가 죽더니, 조용히 위로하듯 옆에 섰다.
"너랑 제일 친했잖아. 그, 이세진이랑 선아현이랑……."
그리고 말하다가 깨달았는지 조심스럽게 묻는 것이다.
"선아현 소식은 봤어?"
나는 느리게 고개를 끄덕였다. 배세진은 안절부절못하는 것 같더니, 곧 대인배처럼 큰 동작으로 내 등을 두드렸다.
툭툭!
"아니… 금방 대상 타서 돌아가면 되지! 너, 너 이런 계획 잘 세우잖아. …우리 잘할 수 있을 거야!"
"…예."
나는 배세진과 조용히 창고에 좀 더 앉아 있었다. 웃기지만 좀 마음이 편해진다.
　얼마 후.

"슬슬 찾으러 올 것 같은데… 나 번호 만들면 바로 연락할게. 오늘 만들 거야."
"괜찮겠어요?"
배세진이 코웃음 쳤다.
"일단 만들 건데 자기들이 어쩌겠어."

그리고 그날 오후.
새로운 단체 메시지방이 개설되었다.

[테스타 / 3명]

제일 처음 글을 올린 건 내가 아니라 차유진이었다.

[차유진 : 배세진 형 있어요? WOOOOW]
[배세진 : (인사하는 햄스터 이모티콘)]
[배세진 : 넌 잘 지내는 것 같네 래빈이 잘 있다며]
[차유진 : YEEESSS (선글라스 이모티콘)]

왠지 이전으로 돌아간 것 같은 느낌이 들었다.

[차유진 : 우리 빨리 멤버 늘려요!]

놈은 공지까지 올렸다.

⟨Take your 7 STAR! Cheer up!⟩

나는 어쩐지 오랜만에 보는 것 같은 그 문구를 보다가, 천천히 자판을 쳤다.

[그러자 (양팔을 올리는 강아지 이모티콘)]

절반이 좀 안 되는 인원이지만, 그래도 형체가 생겼다는 게 나쁜 기분은 아니었다.

얼마 지나지 않아 ⟨Wise⟩ 4화 역시 성황리에 방영되었고, 새 촬영도 코앞으로 다가왔다. 나는 다시 오피스텔을 나서서 촬영장으로 향했다.
"형 오늘부터 촬영이지?"
"그래."
"잘 가, 몸조심하고… 금방 보자."
그리고 이 서바이벌 프로그램을 통틀어서 가장 경쟁적인 룰을 만나게 된다.

데뷔 못 하면
죽는 병 걸림

다시 돌아온 LeTi의 사내 서바이벌 프로그램, 〈Wise〉의 촬영 날.
분위기가 변했다.
'슬슬 데뷔자 명단 윤곽이 나온다 이거지.'
촬영 전에 사장이 건네는 인사말만 봐도 대충 각이 나온다.
"잘하고 있어. 좀 더 도전적으로 하자."
"예!"
기준은 얼마나 긍정적인가가 아니다.
"재현이는 특히 보컬 연습량 너무 오버페이스로 하지 않게 조심하고."
"유의하겠습니다."
얼마나 구체적인가. 얼마나 신경을 쓰고 있는가. 연습생 생활을 하면서 사회생활 일찍 시작한 놈들이 당연히 냄새를 맡을 수 있는 수준.
"저기… 오늘 피어싱 되게 멋있으세요."
"…? 너그러운 말씀 감사합니다!"
덕분에 '모든 방면에서 이 기획사에 정말 적응 잘할 것 같다'라는, 사실상 사장 픽 선고를 받은 김래빈에겐 참가자들이 슬금슬금 말을 걸기 시작한다. 〈아주사〉 때와 구도가 이렇게까지 달라지니 이건 좀 재밌군.
그리고… 나로 말하자면.
"마음의 준비는 했죠? 단상에서 봅시다."

"예."

이건 또 극찬이다.

예비 탈락자에겐 카메라도 꺼졌는데 이렇게 잔인하게는 말 못 하지. 미리 합격했다고 알려줘서 고맙다.

"레코딩 시작합니다~"

이번 촬영은 화끈하게 지난 평가에서 승리조와 패자조로 우등반과 열등반 나눈 것을 공표하는 것부터 시작했다.

"휴우우…."

"감사합니다!"

희비의 교차가 곳곳에서 이루어진다. 하지만 제일 살벌한 내용이 예정된 건 다음 순서인 탈락자 발표다. '열외'였던 나와 다른 한 놈을 단상 위로 부른 것이다.

"이미 열외인 이상, 저기 서 있는 14명보다 월등히 잘한 사람만이 생존할 수 있습니다. 그리고 그 사람은…."

사장은 능숙하게 시간을 끈 다음, 굳은 얼굴로 말한다.

"류건우."

"……."

"끝입니다."

그렇게 김래빈에게 패한 참가자는 그대로 하차했다.

분위기는 냉각되었지만, 사장은 덕담하며 훈훈히 풀 생각이 없어 보인다. 나한테도 이렇게 말했거든.

"다시 열외의 자리에 온 순간, 탈락을 피할 수 없을 거예요. 죽을힘을 다해서 하세요."

또 열외 가면 그냥 뒈진다는 뜻이다.

"명심하겠습니다."

나야 환영이다. 사실상 개수작 면제 선언이기 때문이다.

무조건 탈락 발언까지 해놨으니, 이제부턴 굳이 서사나 자극 만들겠답시고 내게 불리한 판을 짜서 열외당하도록 유도하진 않을 것이다. 사장 놈이 아무리 봐도 날 중도 탈락시키고 싶진 않아 보이거든.

거참 고맙다.

나는 고개를 꾸벅 숙이면서도 현재 인원을 체크했다. 직전 무대에서 태도 불량으로 아예 사장이 찍어서 중도 하차시켜 버린 한 놈을 제외하면….

'15명.'

이거 오히려 처음보다 인원이 늘어나 버렸으니 이번 퍼포먼스에서 또 탈락자 나오겠구나 싶다. 인원을 좀 추려놓아야 긴장감이 살테니까.

그렇게 생각하는 순간이었다.

"그러나 모든 이벤트와 퍼포먼스에는 최대 정원이 있어요. …14명을 넘지 않습니다."

어쭈?

"그러므로 열외 인원이 부활하면, 기존 인원 중 지금까지 성취가 가장 열등한 한 명이 탈락합니다."

지금?

그리고 사장은 열등반 인원 몇 명을 부르며 장점과 단점을 늘어놓더니, 이렇게 말한 것이다.

"〈열등반〉 박종훈 참가자, 탈락입니다."

"……."

갑작스러운 추가 탈락자 발표였다. 충격적인 결과에 불린 놈이 비틀거리고, 주변에 서 있던 참가자들이 입을 틀어막는다.

긴장감 확 주네.

"지금 자리에서 떠나주세요. 류건우 참가자는 해당 자리로 복귀하시면 됩니다."

"……예."

이래서 훈훈한 분위기 조성하지 않고 아까 그 열외 놈을 한 번에 보내 버린 모양이다. 분위기를 이렇게 아슬아슬하게 몰아가려고.

'화제성으로 재미 좀 봤다 이거지.'

잔인해서 인기를 얻으니 더 극단적으로 잔인해지겠다는 욕심이 났나 보다.

썩 좋은 일은 아니었다. 결국 〈아주사〉가 아니어도 서바이벌은 이 추세로 가는 건가 싶거든. 애들 멘탈 나갈 만큼 잔인한 게 흥미진진하며 치열하단 도식 쪽으로 말이다.

'좀 입맛이 쓰다만… 나한텐 나쁠 건 없긴 한데.'

나는 자리를 비켜주는 놈을 기다린 다음, 조심스럽게 열등반의 빈자리로 들어가 섰다. 옆에 서 있던 놈들이 환영하기도 슬퍼하기도 애매한 얼굴로 미적거리며 굳어 있다. 비슷한 얼굴로 조용히 입 닥치고 있자.

'꼬투리 차단이지.'

고개를 돌리자, 이전에 팀을 같이 했던 놈들이 하나같이 전부 데뷔조에 있는 모습이 보였다. 채율, 신오 팀도 이겼으니까.

나는 내심 고개를 끄덕였다.

'구도도 괜찮고.'

인터뷰에서 대충 '혼자만 열등반이라 신경 쓰이지 않았나요?' 따위의 질문이 들어올 것 같다. 어그로 한 번으로 추가 분량이 달달하다.

"고생하셨습니다."

그렇게 살벌한 서열 정리와 탈락자 발표가 끝나고 스테이지에서는 불이 꺼진다. 마이크 녹음도 끊긴 상태.

"형, 다행이에요."

하지만 아직 카메라는 돌아가고 있고, 눈치 빠른 새끼가 즉시 이미지 관리에 나섰다. 청려 말이다.

"형!"

"고생하셨습니다!"

나는 같이 뛰어오는 다른 놈들까지 얼추 반가운 듯 상대하며, 청려에게 낮은 목소리로 물었다.

'진행이 꽤 잔인한데. 전에는 이런 방식이 아니었다면서.'

'그러게요. 전보다 약간… 표현 방식이 천박해졌네요. 수위도 높고.'

놈은 빙긋 웃으며 격려하듯 나와 어깨동무했다.

'사람들이 좋아하겠어요. 그렇죠?'

'……'

하여간 비슷한 발상을 쓰레기같이 말하는 데에 탁월한 솜씨가 있다.

어쨌든, 다음 컨텐츠에선 제작진도 너무 참가자들을 조였다고 생각했는지 약간 분위기를 풀어줬다. 프로그램을 조금 부드럽고 신나는 톤으로 바꿔 완급을 조절하기 위한 이벤트가 이어진 것이다. 바로 내가 지난번엔 '열외'라 제외되어 집안일이나 했던 그 타임이다.
 '지난번엔 공익광고였고… 이번엔?'
 바로 앨범 컨셉 포토용 화보였다. 컨셉은 일곱 가지.
 "자~ 상의해서 원하는 컨셉을 고르세요!"
 눈치 싸움과 양보, 주장이 엇갈린다. 이미 다 알던 사이가 많다 보니 추천을 빙자한 떠넘기기도 여기저기서 벌어지는 중이고.
 나?
 "전 뭐든 괜찮습니다. 다 안 찍어봐서 호불호가 없어서. 다 흥미롭고 좋아 보이기도 하고요."
 "오오! 형이 그러시면…."
 테스타 박문대가 지금까지 찍은 포토 컨셉이 몇 가진데 여기서 편식하겠냐. 뭘 받아도 상관없다. 시원하게 양보하고 잘 찍으면 그만이다. 그런데….
 "그렇지! 입안이 조금 더 보이게 누르세요~"
 "……."
 나도… 'Tooth'라고 키워드가 적힌 컨셉이 뱀파이어였을 줄은 몰랐지. 아직 데뷔도 안 한 서바이벌에 이런 무리수 컨셉을 여기 넣은 새끼는 대체 누구냐? VTIC이 첫판에 왜 공중분해 됐는지 알겠다.
 그래도 짬이 있으니 못 찍진 않은 것 같고, 평도 썩 괜찮았다. 인터뷰도 잘 처리했고.
 "사진은 찍기만 했거든요. 이렇게 본격적인 피사체가 되니까 느낌이 다르네요. 그래도 제가 찍던 때의 경험을 떠올리며… 열심히 찍어봤습니다."

'저는 사진 동아리 대학생이에요' 메타다.

뭐 이 정도면 풋풋하고 좋은 스토리 아닌가. 좀 가증스럽게 보이겠지만 그렇다고 '하하 이런 건 지겹게 찍어봤죠' 같은 미친 소리를 할 순 없는 노릇이니 차선책으로 골라봤다.

"사진이 다 멋지게 나올 것 같은데요? 모두 수고하셨습니다. 오늘 촬영 즐거웠어요!"

"와아아!"

어쨌든, 그렇게 한 줌의 훈훈함을 회복한 채로 이벤트가 끝나자… 바로 그날 밤에 퍼포먼스 미션이 훅으로 강타하는 것이다.

'가차 없구만.'

"〈Wise〉. 벌써 4번째 퍼포먼스입니다. 더 발전된 모습을 보여주셔야 하는 여러분의 이번 테마는……"

이제 스테이지로 부를 때마다 체할 것처럼 긴장하는 참가자들을 데리고 사장이 발표했다.

"바로 〈포지션 쟁탈전〉입니다."

"…!"

"쟁탈전…?"

역시 큰 틀은 그대로다. 청려에게 들었던 메인 진행 과정은 아직 빗나가지 않았다.

자, 가령 저 포지션 쟁탈전의 뜻은 바로 이거다.

─이다음 컨텐츠로 신곡의 단체 퍼포먼스를 하는데, 거기서 어떤 파

트를 맡을 것인지 사전 경쟁하는 거죠.

곧 쟁탈해야 하는 포지션이 전광판으로 공개된다.

[보컬 A, 보컬 B]
[댄스 A, 댄스 B, 댄스 C]
[랩 A, 랩 B]

총 일곱 부문으로 나뉜 파트.
그리고 사장은 다짜고짜 우등반을 부른다.
"여러분이 찍은 화보를 보고 비공개 평가단이 투표를 진행했습니다. 우등반이 우선, 가장 표를 많이 받은 순서대로 파트를 고를 권한이 있습니다."
"아아⋯."
사색이 되는 녀석과 표정이 밝아지는 녀석 사이에서 첫 이름이 호명된다.
뻔한 인선이다만.
"신재현."
놈은 겸손한 듯 고개를 한 번 숙이며 일어나더니, 바로 이동한다.

[댄스 A]

그다음은 차유진.

그렇게 하나씩 불린 멤버들은 남은 자리를 고민 끝에 하나씩 차지한다. 그리고 다 찬 포지션을 보며, 사장은 고개를 끄덕이곤 이렇게 말하는 것이다.

"이제 우등반 여러분 각자에겐 이번 포지션 쟁탈전 무대를 만들어갈 모든 권한이 있습니다."

"…!"

"어떤 곡을 고를 것인가, 어떤 퍼포먼스를 할 것인가, 전부 개인의 선택입니다."

한마디로 '네가 하고 싶은 대로 무대 하나 해봐라'다. 그리고 이 타이밍에서 열등반 7명은 우등반이 만드는 무대에 도전자로 투입되는 것이다.

"어디 한번 무대를 뺏어보세요."

그렇다면 지금 총인원은 여전히 14명이니, 일대일로 하나씩 붙어야 할 것 같지 않은가?

아니다.

"여러분은 원하는 파트에 지원자가 몇 명이든 간에 지원하실 수 있습니다. 다만…"

몇 명이 붙고 무슨 일이 일어나도… 승자는 한 명뿐이다.

―이긴 단 한 사람만 신곡 퍼포먼스를 할 수 있어요.

긴장한 참가자들이 파트를 보며 서로를 둘러본다. 어차피 신곡의 구체적인 파트도 안 알려준 상태니, 결국 누구랑 붙느냐가 가장 중요한 것이다.

물론 여기도 똑같이 화보 투표대로 순서가 있다.

"열등반에서 처음으로 포지션을 고를 참가자는… 류건우입니다."

그리고 1번은 나다.

'오.'

대가리야 뭘 감탄하고 있냐. 데뷔 5년 차가 데뷔도 못 한 어린놈들 못 이기면 그게 더 이상한 일이다. 못 했으면 대가리 박아야지.

나는 그 대신 고개를 한번 꾸벅거린 뒤 사장을 쳐다보았다.

"나와서 파트를 골라주세요."

흠. 나는 빠르게 머리를 굴렸다.

보통 알파벳으로 순서를 매긴다면 기준은… 분량, 난이도, 등장 순서 정도일 것이다. 그런데 청려가 댄스 A를 골랐다면 보컬도 앞 순서인 A 쪽에 임팩트 있는 파트가 많을 확률이 약간 더 높긴 하겠군.

'그래도 말이지.'

나는 발을 거침없이 옮겼다. 그리고 섰다.

"……!!"

[보컬 B]

다른 이유는 없다. 당장 눈앞에 구체적으로 고려할 요소가 있지 않은가.

'경쟁자.'

나 제외하고 여기서 노래 제일 잘하는 우등반 놈이 이걸 골랐기 때문이지.

"열등반 류건우 참가자는 우등반 최태준 참가자와 〈보컬 B〉를 두고 대결하게 됩니다."

최태준. 데뷔할 시 예명은 비한.

어떻게 아냐고? 내가 데이터 팔아 본 놈이니까.

바로 저놈이 클럽 사태로 날아간 VTIC의 전 메인보컬이기 때문이다. 재계약 이후에 사건으로 나가리되긴 했다만, 그때까지 7년간 1군 아이돌 메인보컬 해먹은 놈이니 보통 놈은 아니다.

그런데 내가 이놈을 지목한다면….

'무조건 도전적으로 보이겠지.'

그리고 이기기까지 한다면, 거기서 이 서바이벌 참가자 류건우의 서사는 한 번 더 탄력을 받는 것이다. 프로그램 중반부 넘어가는 시점이니 흐름 다시 잡아야 한다.

나는 공손히 VTIC 전 메인보컬에게 고개를 조아렸다.

"잘 부탁드립니다."

"……음, 예."

떨떠름하게 고개를 끄덕이는 놈… 음, 대충 클럽메보나 전 메보라고 불러야겠군. 아무튼 녀석이 애써 미소를 짓는다.

나는 놈의 옆에 섰다. 그리고 천천히 돌아가는 상황을 지켜보았다. 열등반이 하나씩 파트를 선택하는 것을.

"보컬 A로 하겠습니다…!"

당연한 말일 수도 있겠지만, 어느 파트에나 정원 없이 들어갈 수 있는데도 불구하고 대부분이 〈우등반〉 한 명만 있는 남은 팀을 지목한다. 확률 계산은 누구나 하니까. 하지만 그럼에도 불구하고 자살행위라는 생각이 드는지 지목하지 못하는 1인 팀이 있다.

"〈댄스 A〉는 현재 도전자가 없습니다."

바로 신재현이 있는 '댄스 A'다.

'실력을 너무 잘 안다 이거지.'

같은 기획사 연습생이라 서로서로 잘 아는 놈들끼리 있다 보니 정보 값이 충분해서 깜냥 보고 몸 사리는 것도 눈치껏 잘한다.

'흐음.'

나는 경쟁자 없이 홀로 포지션 전광판 앞에 서 있는 신재현을 보았다. 이 지점이 바로 청려가 사전에 알려준 흐름과의 차이다.

―원래 포맷은 그래요. 〈우등반〉에서 하나, 〈열등반〉에서 하나. 일대일 매치.

원래 여기는 부전승 따윈 일절 없는 일대일 구성이었다. 그리고 내 생각에, 일대일은 포기할 수 있어도 부전승 같은 걸 서바이벌 무대에 넣어줄 리가 없다.

그렇다면 다른 요소가 있겠지.

―이번에는 좀 변수가 있죠?

무엇이겠는가.

"물론 이대로는 아닙니다. 또 다른 경쟁자가 있습니다."

"아아…."

"설마."

"바로… 시청자 보충반입니다."

"…!!"

그래. 아주 프로그램 말미에 광고까지 때린 새 참가자 모집 말이다. 자기도 모르게 작게 반응하는 참가자들을 보며, 사장이 선고하듯 말한다.

"나와주세요."

팡!

작은 폭죽음과 함께, 의미심장한 BGM이 흐르며 또 한쪽 전광판이 열린다.

'빨리도 써먹네.'

하긴, 더 늦어지면 참가자가 팬층이 고정되어 보충반은 장애물에 불과하다는 느낌이 너무 강해지긴 하겠지. 나는 내심 고개를 끄덕이며 사장의 말을 경청하는 척, 양손을 뒤로 모아 쥐었다.

"지난번 보충반을 생각하지 마세요. 이 참가자들은 이 프로그램의 혹독함을 충분히 확인한 후에, 전 국민이라는 더 큰 풀에서 선발된 인재입니다."

일주일 만에 날림으로 채용한 인원에 말 한번 멋들어지게 붙여주는군. 말은 저렇게 해도 진짜배기 대단한 놈이 왔을 확률은 한없이 낮다. 그냥 스탯이나 한번 체크하고 넘겨야겠는데.

나는 감흥 없이, 드라이아이스 너머에서 등장하는 인영들을 보았다. 또 7명이고, 딱히 눈에 띄는 놈은 역시 없…. 잠깐.

"…!"

연기가 걷히고 드러나는 인영, 그 제일 가운데에 몇 년이나 본 익숙한 얼굴이 있다. 최근에는 심지어 자취까지 같이하는….

[류류류청우 님!]

너 왜 거기 있냐.
나는 입을 벌리지 않기 위해 노력했⋯ 잠깐, 카메라가 날 클로즈업으로 잡는다. 이 새끼들 나랑 친척인 거 다 알고 있구나.
'아니 X발.'
이게 대체 무슨 일이냐고.
류청우 놈은 약간 쑥스러운 듯이 작게 미소 짓고 있다. 아무래도 이런 무대는 처음이라 어색한 모양이다.
"보충반은 자신이 고른 파트의 팻말을 들고 있습니다."
나는 반사적으로 고개를 내렸다. 사전에 놈이 골라온 팻말은….

[보컬 B]

"⋯⋯."
내 포지션 무대다.

[망했⋯⋯.]

조용히 해라.

드라이아이스 너머에서 〈시청자 보충반〉으로 뜬금없이 류청우가 등장한 뒤 30분 후.

"그럼 이번 퍼포먼스에서는 더 발전된 여러분의 모습을 기대하겠습니다."

"예!"

보충반 투입과 팀 정리가 끝나며, 자연스럽게 연습 파트로 넘어가기 전 짧은 이동 겸 휴식 시간.

물론 카메라는 나와 류청우의 대담을 절대로 놓치지 않겠다는 듯 끈질기게 따라붙는 중이다. 아까 류청우가 〈보컬 B〉에 설 때도 실컷 대화 컷을 따갔으면서 욕심도 많군.

―…형, 놀랐어?
―응.
―많이?
―응.

안 봐도 본방송에서 얼마나 얼빠진 꼴로 나올지 뻔하다. 그리고 그 사이사이에 뭐가 들어갈지도.

'인터뷰 왕창 때려 넣겠군….'

아니나 다를까, 제작진과 인터뷰하는 순서도 제일 먼저 잡혀서 역대급으로 오래 답을 캐낸다.

"혹시 청우 씨가 참가하시는 건 미리 알고 계셨나요? 시그널이라도? 아, 전혀 모르셨어요?"

"두 분 같이 자취하신다면서요~"

"청우 씨가 참가하면서 기대하시는 점은 있을까요?"

"반대로 좀 이런 부분은 견제가 된다, 조심해야겠다, 하는 것도 있을 텐데요. 경쟁자가 됐잖아요."

신났구만. 나는 당황했다는 것을 심각하지 않게 표현한 뒤, 적당히 온순한 대답을 이었다.

"우리 둘 다 잘해야 하니까, 이번 무대 더 열심히 준비해야겠구나 싶기도 하고요."

더 어그로를 끌거나 과장할 필요도 없다.

[그, 그런가요?]

어.

'어차피 방영되는 순간 지랄 날 예정이니까…'

같은 학교 다니는 금메달리스트 친척이 갑자기 출연? X발, 나라도 보겠네. 나는 침음을 참으며 인터뷰 장소에서 연습실로 복귀했다. 그리고 다음 타자를 지목했다.

류청우.

"작가님이 너 부르신다."

"형."

나는 녀석에게 손을 저어 보이고는, 노트를 내려놓는 척 놈에게 카메라 사각에서 문장을 보여줬다. 이 정도는 말해줘야겠지.

[무조건 돌려서 부드럽게 대답해.]

"…!"
류청우는 살짝 고개를 끄덕인 후에 연습실을 나선다.
'저 꼴을 보면 눈치가 뒈진 건 아닌데.'
이게 대체 무슨 일이냔 말이다. 대학 잘 다니던 놈이 왜 갑자기 서바이벌 프로그램에 나오냐고.
'…일부러 권유도 안 했는데.'
워낙 잘 지내는 것 같은 데다가 저놈도 이 소속사가 좋아할 인상은 아닌 것 같아서, 그냥 두려고 했었다. 그런데 왜 직접 나온 거지. 말도 없이.
"……"

[흠흠, 직접 물어보는 건…]

아니, 카메라 돌 때 그런 직구는 안 된다. BGM 넣으면 바로 갈등 구간 편집에 쓰이니까.
'나중에 취침 전에 최대한 부드럽게.'
나는 그렇게 결론을 내렸다. 그리고 전략을 수정하기 시작했다. 류청우라는 변수가 포함된 개인전 팀에서, 무엇을 해야 하는지.

인터뷰가 길어진 탓에 연습은 한 박 늦게 시작했다. 그리고 인터뷰에서 복귀한 류청우는 방송 분위기를 적절히 눈치챘는지, 얕고 부드럽게 자진 납세했다.

"미리 말하려고 했는데, 그날 아침에 갑자기 합격 연락을 받았거든…. 혹시 형 컨디션 방해할까 봐 말 안 했어."

이건 가볍게 넘긴다. 나는 놈의 등을 한 대 치고 피식 웃었다.

"그래, 알았어."

"…!"

"네가 그냥 재밌어 보인다고 함부로 뭐든 시도하는 타입도 아니고. 당연히 진지하게 할 거라고 믿는다."

"…응. 당연하지. 그럴게."

류청우가 희미한 미소와 함께 고개를 끄덕였다.

이 정도면 인터뷰랑 조합해서 훈훈한 느낌으로 가긴 하겠지. 물론 '경쟁인데 혈연이라고 느슨해지는 건 별로임' 같은 반응을 예상해서 한 마디 붙이고.

"안 봐줘."

"하하, 알았어."

좋아. 이 정도면 카메라 걱정은 안 해도 되겠군.

그렇게 상황이 정리되자, 약간 난감한 것처럼 우리를 쳐다보던 다른 팀원 한 명이 입을 연다. 사실상 이 팀 퍼포먼스의 소유자인 놈. VTIC 전 메인보컬 말이다.

"음… 이제 곡에 대해서 좀 알려드리려고 하는데요. 괜찮으시죠?"

"아, 예. 감사합니다."

딱 봐도 분량 뺏길 느낌이 보이는지 놈은 좀 짜증이 나는 것 같았지만, 카메라가 돌자 금방 기색을 다듬는 것을 보니 머리가 안 돌아가는 놈은 아닌 듯하다. 그리고 절대 선곡 의견을 구하지 않고 '이미 정해진 것'으로 박아놓고 시작한다.

'주도권을 딱 잡으려고 드는군.'

이놈은 나보다 두 살 어리다. 보통 팀전이면 긴장도 풀 겸 편하게 말 놓으라고 하는 게 보통인데 계속 상호 존대로 끌고 간다.

'머리 적당히 돌아가고, 자존심 강하고.'

그러면 이놈이 밀고 나갈 무대 타입이야 한 가지지.

"아무래도 이 팀은 보컬 포지션 지망이 모였으니까, 보컬 위주로 무대를 구성했어요."

"아, 네."

그럴 줄 알았다.

'이 새끼 춤은 별로 자신 없어.'

연습생 3년 차인데도 스탯이 기껏해야 C+다. 〈아주사〉 때 내 수준이라는 뜻이다. 좋은 실력만을 확실히 보여주고 싶다면? 보컬만 극대화하는 무대를 고르는 게 맞지. 저놈 보컬이 A-니까 말이다.

그리고 본인과 내 보컬 실력이 비슷하다고 믿는 모양이다.

'그럼 선곡에서 판가름 난다고 생각하겠지.'

좋아. 마음껏 해라. 마침 류청우도 저놈과 춤 스탯이 비슷하니 규격

이 맞겠다.

'류청우가 춤 못 따라가고 골골대는 분량은 별로 없겠군.'
나는 눈앞에 있는 류청우의 스테이터스창을 불러왔다.

[이름 : 류청우]
가창 : B (S-)
춤 : C+ (A)
외모 : A- (A+)
끼 : B (A)
특성 : 풀 드로(B)

나쁘지 않다. 아니, 솔직히 말하자면 그냥 대학생이 이 정도 성적표를 받았다는 것은 기함할 일이다. 내가 소속사 관계자였다면 어떻게든 잡아다 계약서 쓰게 하겠지.
…그렇지만 말이다. 문제는 내가 현실, 5년 차 1군 아이돌 테스타에서의 류청우 능력치를 알고 있다는 점이다.
비교해 볼까.

[이름 : 류청우]
가창 : A (S-)
춤 : B+ (A)
외모 : A- (A+)
끼 : A- (A)

특성 : 풀 드로(S)

완벽한 가창 중심 올라운더다. 타 그룹에 가면 메인에 세워도 충분할 리드보컬에, 센터에 세워도 부족하지 않을 안무 완성도와 끼.
하지만 지금 이곳의 류청우는 기본기 연습도 하지 않은 날것이다. 외모를 제외하면 〈아주사〉 때보다도 한두 계씩 능력치가 떨어진 상태.
'그리고 특성도 이상한데.'
나는 원본 류청우의 특성치를 떠올렸다.

[풀 드로(Full draw) (S)]
-네가 시위를 당길 때, 정확한 위치에 있을 거야.
: 퍼포먼스 평정심 +150%

무대에서 자신이 원하는 것을 정확히 표현하고, 자연스럽게 행동하도록 해주는 보정치다. 한마디로 말하자면 프로의 이미지. 이게 분명 〈아주사〉 출연할 때부터 압도적인 S였는데 말이다.
'왜 여기 놈은 등급이 B인 거지.'
이건 분명 양궁할 때부터 가지고 있었을 법한 특성이라고 생각했는데 말이다…. 하지만 더 고민해 볼 시간은 없었다. 촬영 중이니까.
가사지를 들여다보던 클럽메보가 은근한 목소리로 말한다.
"그러면 파트는… 일단 이게 룰이 정해져서요."
"예."
일단 이 새끼부터 상대하고. 나는 내심 웃으며 입을 열었다.

"룰이 있으니까요."

자기 입으로 말하면 이기적으로 보일까 봐, 이건 내가 말하도록 미적거린다 이거지.

나는 사장의 발언을 떠올렸다.

―곡의 주인인 〈우등반〉 멤버가 이 곡을 이끌어가는 거고요. 나머지 멤버는 피처링이라고 생각하세요.

"룰은 당연히 지켜야죠. 태준 씨가 메인으로 곡 절반 해주세요. 이 곡의 주인이잖아요. 저희는 도전자고."

"아… 아뇨. 다 같이 만드는 무댄데 아무래도 룰이 그러니까요."

그래, 열심히 겸손한 모습을 어필해라. 무슨 이미지를 만들고 싶은지 알겠지만….

'그러면 주도권은 넘어갈 텐데.'

남에게 말하게 하면 남한테 발언권이 생기거든. 기껏 선곡 잘 잡아놓고 파트에서 이러면 쓰나. 차라리 반대로 하지.

나야 좋다만.

"역시 곡을 전체적으로 다 부르실 수 있는 게 좋을 것 같아요. 퍼포먼스를 잡고 계셔야 하니까."

"네… 음. 감사합니다."

나는 적당히 놈에게 브릿지를 제외한 모든 구간의 파트에 클라이맥스까지 얹어 줬다. 놈은 냉큼 챙겨간다.

[으으윽, 너무 많이 준 거 아닌……. 아아아~ 아니구나! 알겠어요!]

그래, 적절하다.

나는 내 생각을 읽고 감탄하는 놈의 팝업을 보며 내심 웃은 뒤, 남은 파트 절반을 들고 류청우에게 흔들었다.

"하고 싶은 파트 있어?"

"아, 여기를 한번 불러보고 싶은데."

나와 클럽메보의 대화에 끼어들지 않고 고개만 끄덕이던 녀석은 질문이 들어올 땐 빼지 않았다. 필요한 구간에서 딱 적극적이다.

나는 류청우의 의견을 다 들은 뒤, 바로 클럽메보를 호출했다.

"저희는 남은 파트에서 딱 절반씩 가져갈까 하는데, 혹시 괜찮으실까요."

"예? 아, 당연히 괜찮죠."

흔쾌히 대답했지만 별 관심 없는 건 알겠다. 누가 어느 파트를 가져가든 어차피 자기가 유리한 고지다 이거다.

다른 사람 타이르고 전체 퀄리티 올리는 데엔 별로 관심 없고, 자기가 남들에게 잘나 보이고 손해 안 보면 나머지는 관심 없다는 마인드다. 청려가 몇 년간 어떻게 컨트롤했는지 알겠군.

"네. 잘 부탁합니다."

나는 이후로도 클럽메보를 살살 띄워가며 연습을 진행했고, 일부러 류청우와 둘만 따로 이야기하는 시간은 만들지 않았다. 두 놈이 친목질하며 저 새끼 소외시킨다는 프레임은 곤란하니까, 이 클럽메보를 잘 챙겨주는 그림은 놓치지 않고 가져가는 중이란 말이다.
 그리고 류청우는 다른 반발 없이 연습을 착실히 따라왔지만… 그게 전부였다.

 [예? 잘하시는데요?]

 괜찮긴 하지. 하지만 일반인인 데다가 다른 놈에게 권한이 다 있는 팀 상황에 따라가는 중이다 보니 임팩트가 약하다는 뜻이다.
 '흠.'
 …기왕 류청우가 참가했으니, 어떻게 끌고 가고 싶은 마음이 없다면 거짓말이겠지. 하지만 지금은 어떻게든 이놈을 동료로 뽑아다가 각성시키자 따위가 아니고서야 현실적으로 힘들다. 기간이 너무 짧아서.
 '게다가 이놈이 지금 무슨 생각을 하는지도 모르겠고.'
 "……"
 별수 없군. 일단은 류청우가 여기서 욕 안 먹고 신선한 경험 했다 치고 돌아갈 수 있도록 구도를 짜봐야겠다.

 [아…….]

 나는 클럽메모를 툭툭 건드려 본인이 직접 무대를 수정하도록 유도해 가며, 천천히 전략을 맞춰 갔다.

 그렇게 사흘이 휙 지났다.

이런 외딴 장소에 틀어박혀서 연습만 하면 늘 그렇듯이, 시간은 쏜살같이 흘러간다. 그리고 류청우는… 놀랍게도, 비인간적인 속도로 실력이 좋아지고 있다.

[청우 님 춤 스탯이 B-가 됐는데요…?]

'이게 말이 되냐.'
내가 이놈을 몰랐다면 연습생 생활 안 해봤다는 것을 개소리 취급하며 과거를 의심했을 정도였다.

[…잠깐, 그거 〈아주사〉에서 형이 듣던 소린데…….]

그건 상태창빨이고. 류청우는 아니지.
'그런데… 그래 봤자 여기서 다 밀고 데뷔할 정도는 아닌 것 같기도 하고.'
이렇게 중후반에 투입된 놈이 밀어버리려면 압도적이어야 하기 때문이다. 애매하게 금메달리스트 인지도와 혈연 버스로 올라왔다는 이야기를 들으면… 각성도 안 하고 트라우마도 없는 놈이 괜찮을지 모르겠군.

[ㅠㅠ]

'어쩔 수 없지.'
나는 입맛을 다시고 다시 발걸음을 옮겼다. 생각을 정리할 겸, 이 새벽에 일어나 복도를 걷는 중이다. 이러고 있으니 '잠은 죽어서 자는 것이다' 쓰면서 열심히 구르던 시절이 생각나는 것 같기도 하고….

[엇 저기!]

음? 아직 불이 켜진 연습실이 보인다. 그리고 저거 방금까지 내가 쓰던 연습실인데.
'…설마.'
나는 문고리를 잡아 미닫이문을 열었다.
드르륵.
"…!"
곧바로 팀원의 얼굴이 보인다. 땀범벅이 된 류청우다.
"안 자냐."
"아, 조금 더 할까 하고."
무인 카메라도 배터리가 나가서 안 돌아가는 새벽 3시. 이놈이 아직 연습실에 있었다.
"형은?"
"좀 생각할 게 있어서."
참고로 클럽메보는 카메라 꺼지는 타이밍에 딱 맞춰서 사라졌다. 숙소에도 없는 걸 보니 다른 연습생들이랑 뭘 하나 보지.
"……."
잠깐, 설마 이놈 실력이 빨리 늘어난 게… 새벽마다 이 지랄을 하고 있었나? 본인 체력을 믿고?
"너 계속 이러고 있었냐."

"음… 아무래도 아쉬워서."

"체력 챙겨. 그러다가 본 무대 못 하면 안 되니까."

"응. 그래야지."

류청우는 고분고분히 대답하며 연습실 바닥에 누웠다. 말을 저렇게 해도 숙소 돌아갈 생각은 없다는 뜻 같군.

'나 참.'

나는 일단 문을 닫았다. 그러자 천장을 보며 누워 있던 놈이 불쑥 다시 입을 연다.

"미안해, 형. 형 무대를 방해하려고 지원한 건 아니었어요."

"…!"

"〈보컬 B〉는 어떤 작가분이 추천했어요. …그때 좀 더 생각했어야 했는데. 방송이잖아."

그리고 나는 깨달았다.

'말투가 변했어.'

신경 써서 반말만 쓰고 있었나 보다. 동갑이 존댓말 쓰는 게 방송을 타면 괜히 류건우가 욕먹을까 봐 말이다.

"……그건 나도 아니까 사과할 필요 없고."

나는 조용히 놈의 옆에 앉아서 툭 물었다.

"그래서, 진짜 어쩌다가 여기 참가한 건데."

제작진이 등록금이라도 대신 내줬냐?

"그건…."

류청우는 느릿하게 대답했다.

"형이 좀 달라 보여서요."

나는 조용히 굳었다. 하지만 녀석은 눈치채지 못한 듯, 다음 말을 이었다.

"새해 기념으로 금주 달력 만들었던 거, 기억나?"

"……."

뭐라고.

"형이 말을 해주진 않았지만, 냉장고에 달력이 대놓고 붙어 있다 보니까, 저절로 알게 되더라."

여기 나는 굳이 술 끊을 이유가 없을 텐데 대체 그런 짓은 왜… 아무튼, 그래서 이놈 설마.

'날 의심하나.'

류청우의 설명은 끝나지 않았고, 나는 여러 가능성을 머릿속에서 굴렸다.

"그런데 형이 술을 흔쾌히 마셔서…"

그래서.

"너무 힘드니까 술을 거절하지 않는 것 같은데, 그래도 이 일을 계속하는 걸 보니까, 그만큼 재밌는 건가 싶었지."

"……!"

나는 놈과 했던 몇 번의 대화 패턴을 떠올렸다.

아이돌에 대한 질문.

―어때?

―재밌어. 살면서 했던 것 중에 제일 보람도 있고.

그걸… 해석을 그렇게 했냐.

"그리고 올해 들어서 형이 새로운 분야에 도전하면서 많이 변한 것 같아서…."

놈은 약간 머뭇거렸지만, 다음 말을 이었다.

"좀… 낯설게 느껴졌던 것 같아요."

"……."

"부럽기도 하고."

뭐?

류청우는 낮게 읊조렸다.

"사실… 내가 양궁을 왜 그만둔 건지 잘 모르겠거든."

"…!"

"원래는 죽을 듯이 했었는데. 갑자기 못 해도 별 상관없을 것처럼 느껴졌던 것 같아. 아마도."

나는 저놈 말뜻에서 반사적으로 추리를 완성했다.

원래 류청우는 부상으로 울고불고 활까지 부러뜨리며 억지로 양궁을 그만둔다. 그런데 부상이 없어진 대신… 공백이 생긴 것이다. 그리고 가장 적당하고 무난한 이유가 들어갔다.

"그러니까 그냥… 안 해도 될 것 같았어."

"……."

대학 잘 다니고 있는 줄 알았는데, 그랬던 건가.

'후.'

그리고 지금, 충동적으로 친척이 하는 업계에 뛰어든 놈이 단단한 목소리로 말하는 것이다.

"그래서 이렇게 밤새는 건 오랜만이야. 이게… 지금은 역부족인 것 같은데, 할 때마다 느는 것 같은 느낌이 좋다. 이것도 오랜만이라."

"……."

"형도 이래서 좋다고 한 거겠지. 이젠 알겠어."

류청우는 소리 내서 짧게 웃었다. 나는 잠시 대답하지 못하고 가만히 있다가, 결국 이렇게 물었다.

"너 여기서 이기고 싶냐."

"응?"

계속하고 싶냐고.

류청우는 약간 당황한 얼굴이었으나, 곧 웃음을 터뜨렸다.

"당연하지! 형, 지고 싶은 사람은 없어."

제법 단호한 목소리로 덧붙인다.

"나도 마찬가지야."

"……."

나는 몸을 일으켰다.

사실 나는 류청우에게 누구와도 비교되지 않도록 적당한 깍두기 포지션을 주고, 결정적인 파트에서 클럽메보의 목을 딸 생각이었으나…. 좀 생각이 바뀌었다.

"알았어."

계획을 수정해야겠다.

나는 다음 날, 트레이너에게 가기 전에 클럽메보에게 가사지를 내밀었다. 종이엔 새로운 표기가 달려 있다.

"저기, 어차피 이번 퍼포먼스가 이런 구도라면… 좀 더 무대 완성도를 올리는 방향으로 보충 드리고 싶은데요."

"예?"

놈은 귀찮은 듯이 힐끗 새 가사지를 보았으나, 표기를 확인한 순간 집중력이 살아났다. 놈의 눈에서 참지 못하고 빠져나오는 것은… 욕심이다.

'그렇지.'

"그리고… 이러면 좀 더 태준 씨 무대라는 게 강조될 것 같아서요. 그게 퍼포먼스 주제에 맞으니까요. 혹시 어떻게 생각하실까요."

"아."

이 녀석도 안다. 이건 몇 번 사양하는 것이 그림상 좋다는 것을.

하지만 나는 어디까지나 의견을 제시하는 것이지 주장하는 구도가 아니다. 한번 거절하는 순간 미련 없이 '역시 그런가요'하고 돌아설 분위기.

그리고 놈은 이걸 참지 못했다.

"으음… 네네. 완성도를 위해서라면요."

좋아. 물었군.

[허어억 그럼 청우 님이 이 사람을 무조건 이길 수 있는 건가요?]

그건 아니다.

나는 냉정히 계산했다. 이 사내 서바이벌 특성상….

'뚜껑 열어봐야 알 것 같은데.'

[ㅠㅠ그래도 저는 희망을 가질래요…….]

그거야 뭐 개인 자유지. 그러나 나는 너무 낙관적으로 상황을 보지 않기로 결론 내렸다.

'최악이라도 욕은 안 먹겠지.'

이때는 〈아주사〉에서부터 이미 느꼈던 명제가 이번에도 일을 할 줄은 몰랐거든.

바로…… 류청우는 서바이벌 프로에서 손해를 본 적이 없다는 것이다.

바로 무대 전날 드레스 리허설. 사장이 선고하듯 이야기한다.

"신곡 퍼포먼스를 하지 못하는 인원 중에 반드시 탈락자가 발생합니다. 그리고 그건 꼭 한 명이 아닐 수도 있습니다."

"…!"

정원 감축을 본격적으로 시작하겠다는 이야기다. 그리고 이번엔 팀 전원 생존은 꿈도 꾸지 말라는, 기껏 준비한 놈들 멘탈 다 깨지는 소리… 라고 생각하는데, 다음 말이 이어진다.

"그리고 퍼포먼스의 판정단은 제가 아닙니다."

설마.

"바로 가장 냉정한 비평가인 대중. 관객분들의 투표입니다."

"……."

나는 주먹을 짧게 쥐었다.

이겼다.

LeTi의 서바이벌 프로그램 〈Wise〉는 이번 퍼포먼스에 방청객 500명을 불렀다. 일반 예능 방청객처럼 지원자 중 추첨한 건 아니었다. 특정 법인의 대학교, 고등학교, 병원에서 사람들을 초청해 왔다. 평가단의 객관성을 확보하기 위해서라고 사장은 젠체하며 말했지만, 덕분에 이득 본 사람들도 있었다.

'대박!'

아이돌 본다며 좋아하는 고등학생들 사이, 선생님은 아닌 척 손을 불끈 쥐었다.

'아 혹시 얼굴 팔릴까 봐 이런 건 보러 못 왔는데… 웬일이야.'

학창 시절 한 아이돌을 열렬히 좋아하다가, 탈덕하고 몇 년이 지난 지금까지 그 열정이 살아서 아직 타오르는 중이었다.

'잡덕이지만….'

그렇다. 그녀는 온갖 아이돌을 다 좋아했다!

덕분에 LeTi의 이번 서바이벌 프로그램도 적당한 흥미 위주로 과하지 않게 몰입하며 즐기는 중이었다. 당장 어제 방영된 5화도 전부 시청 후 오늘의 무대를 추측까지 하고 있다.

'팀전이 직전에 나왔으니 개인전이 한번 또 나오려나.'

그러면서 자연스럽게 가장 강렬했던 개인전 무대를 떠올리는 것이다. 바로 지난주에 방영된 4화의 신재현 VS 차유진 데스매치를.

-찢었다
-와 얘네 진짜 사장이 갑분 사장패스 이지랄한 거 이해간다 나라도 못 보냄;;

-솔직히 일반 서바였으면 차유진 승임 캐릭터 봐ㅋㅋㅋㅋ 레티 사장 안목 여전하네 어휴

-차유진 레티 스타일 아니라 튀어 보이는 거지 솔직히 완성도는 신재현이 나은 것 같은데... 음 차유진 빠 많이 붙은 듯 ㅊㅋㅊㅋ

둘의 무대는 '류건우 VS 진채율' 무대의 어그로를 성공적으로 계승해 다시 한번 떨감을 쏟아부었다.

여기서 특이한 현상도 발생했다. 본래 사내 서바이벌은 만인의 만인에 대한 투쟁 상태인 일반 서바이벌과 다르게 작동한다. 이 서바이벌을 통해 완성될 그룹부터 가늠하려는 수요층이 있다는 것이다.

-이렇게 데뷔하면 완전 찰떡일 것 같아ㅠㅠ

그런데 이질적인 〈보충반〉, 특히 혜성처럼 돋보이는 차유진이 강타하면서 팀보다 개인에 집중하는 경향의 새로운 일반 시청자층이 유입되었다.

'난리 났었지.'

기존 시청자를 적폐로, 유입 시청자를 분탕으로 모는 갑작스러운 혼란이 며칠간 이어졌다.

게다가 전 화의 논란이 재점화되는 효과도 있었다.

-진채율 보내기 아까워서 어쩔 수 없이 건우가 졌단 사람 나와봐 패스 있었잖아ㅋㅋㅋ 아 아이가 없네

-사장 류건우한테 무슨 악감정 있나 왜 이래? 패스 쓸 수 있었으면서 애를 그렇게 잔인하게 다뤄?
-ㄹㄱㅇ 얘는 빠들이 다 피해의식 존나 심하네 와이즈 데뷔하면 그룹팬들 피곤할 듯

하지만 이 모든 갈등은 어제 5화가 방영되며 극적으로 봉합되었다.
'키워드 섹시!'
방청객들의 스포일러와 선공개 5초 만으로 벌써 헤비 시청자들을 흥분하게 만든 그 무대. 신재현, 차유진이 또 함께 무대를 하는데 거기에 류건우까지 들어왔다. 심지어 개인전이 아닌 완전한 팀플레이란다.
게다가 선공개 컷이 바로 안광을 죽인 차유진의 솔로컷이었다. '나 이 소속사에도 어울리는데 어때?'라고 묻는 듯한.

-와 씨
-대박이다 진짜 얘 뭐야
-누가 레티에 안 어울린대 차유진 ㅅㅂ오늘부터 레티상임 반박 시 님이 틀림

게다가 리더십 넘치는 신재현이 부드럽게 다독이며 팀을 이끌어 나가는 무대 준비 과정은 다시 사내 서바이벌의 속성을 사람들에게 떠올리게 했다.
'얘네 곧 정식 그룹이 되는 거지 참!'
인원 풀이 적으니 웬만하면 이렇게 잘하는 녀석들은 다 같이 데뷔라는 생각 말이다. 훈훈한 열외 멤버 섭외기와 류건우의 각성까지 토

핑으로 올라가자, 스트레스를 받던 사람들도 속이 가라앉았다.

-둘이 진짜 친한가 봐 아 대만족
-겆누 눈 봤냐 완전 케팝 무대 다 찢어먹겠다는 선언 같음;; 이게 망국의 기산가 뭔가 하는 그거냐?
-나 벌써 데뷔하고 자컨하면 얼마나 좋을지 상상 중임ㅠㅠ

류건우의 열외 생활이 지나치게 고통스러워 보였다면 말이 좀 달라졌겠으나, 다행히 본인의 의도대로 적절한 수준에서 수위가 조절되었다.
물론, 본인의 의도와 관계없는 요소도 들어갔지만 말이다. 방청객으로 온 선생님이 생각하는 것처럼 말이다.
'걔… 진짜 살림에 미쳤더라.'
이런 식이다.

[류건우 : 청소를 하고 있으면 잡념이 사라져서 좋아요.]
[류건우 : 그러니까 화장실도 좀 치울게요.]
[……?]
[아무도 지시한 적 없는 일]

류건우의 집안일 3종 세트는 꼼꼼하고 생활력 강한 이미지를 구축하는 대신 10배속으로 방영되었다. 미친 듯이 숙소를 쓸고 닦는 모습은 당황한 다른 열외 멤버와 대조되어 상당히 재밌는 그림이 되었으며, 제작진은 그걸 놓치지 않았기 때문이다.

[집념🔥]
[차마 손을 대지 못하는….]

퍼포먼스를 생각하며 이글이글 불타는 열정을 일단 밥에 쏟아붓는 모습은 귀여운 밈처럼 사람들에게 받아들여졌다.

-공부 잘하는 애 특 : 일단 함, 눈에 뵈는 다른 거 없음 <- 완전 이거 아님?
-가정 교육 진짜 잘 받은 듯ㅋㅋ
-집요정이 되는 게 건우의 스트레스 관리법이야...?
-아 짠하고 귀여운데 진짜 웃기네ㅠㅠ

놀랍게도 모든 것이 합리화되어 온실 속 금수저 이미지는 금도 가지 않았다. 류건우의 탈을 쓴 박문대가 알면 기합할 일이었으나, 어쨌든 개그 이미지가 긴장감 완화에는 효과를 발휘했고 말이다.
신재현의 팀에 가면서 진채율을 챙기는 일거양득의 장면도 위력을 발휘하며 류건우와 관련된 여론의 날카로움은 누그러졌다.

-ㅠㅠ진짜 스윗함 자기도 힘들텐데 이 와중에 동생 멘탈까지 챙기고...
-애가 독기가 생겼네 뭔가 보기 좋다
-무대 기대됨

그리고 지금, 방청객인 자신은 그 무대를 뛰어넘어 다음 장을 슬쩍 들춰볼 수 있게 된 것이다….

"그 첫 무대를 시작합니다!"

'으악.'

순간 회상에 빠져들었던 선생님은 정신을 차렸다. 그리고 무대 위에 시선을 고정했다.

'누구부터 나오려나?'

그녀는 인기 많은 참가자를 자연스럽게 꼽아보며, 무대에 오르는 검은 인영들을 보았다. 아는 얼굴이 섞인 화려한 무대, 어정쩡한 무대, 기대 이상을 보여주는 무대, 야심 찼으나 아쉬운 무대가 이어진다.

와아아아!

그래도 이런 무대를 직접 본 경험이 별로 없던 방청객들은 대부분 재밌게 관람하며 투표도 신나게 눌렀다. 사장이 일부러 방청객에겐 그들이 칼자루를 가지고 있다고 말해주지 않았기 때문이다.

덕분에 평가는 잔인하도록 솔직했다.

[승자는… 371표를 받은 〈우등반〉 진채율입니다!]

보통 압도적인 승리가 나왔으나 가끔 출연자가 비슷하게 잘하는 경우도 나왔다. 그 경우 재밌게도 기존 참가자가 투표를 더 잘 받는 경향이 있었다. 인지도 선점의 효과였다.

'어, 윤신이다!'

마찬가지로 선생님도 편안한 마음으로 끌리는 사람을 향해 투표했다.

그리고 어떤 사람은 이 현장을 모니터로 확인 중이었다.
바로 다음 무대의 참가자.
그는 분위기를 잡고 대기 장소로 이동했다. 그가 보여줄 무대는 미국 남성 솔로의 유명한 댄스 팝송. 그루브하고 리듬이 튀는 그 곡을 보컬 중심으로 편곡한 무대다.
다만 비밀이 있다.
'어, 사실 이미 다 해본 무대야.'
그가 몇 달 전 소속사의 월말 평가 후보곡으로 연습했다가 직전에 드롭한 곡이니까.
하지만 그는 켕기지 않았다.
'진짜 보여준 건 아니니까 회사에선 모른다고.'
혹시 다른 참가자가 기억한다고 해도 굳이 긁어 부스럼 만들진 않을 테니, 이 정도 요령은 피워도 괜찮을 것 같았다. 연습한 곡을 우연히 할 수도 있지.
'체력 좀 아꼈다고 X발 사기도 아니고.'
혼자서 무대를 이끌어간다는 게 보통 일은 아니지 않은가. 자신이 선곡부터 무대까지 다 처리한 것을 고려해 보면 이런 이득은 봐야 맞다.
류건우에게 '클럽메보'라는 호칭을 받은 VTIC의 전 메인보컬, 우등반 참가자는 합리화를 마쳤다. 그리고 딱 붙는 바지에 불평하며 바로 섰다.
옆에선 은근히 닮은 두 사람, 류건우와 류청우가 나란히 서서 담담히 대기 중이었다. 미소까지 지으며 긴장되지 않는 것처럼 동선 이야기를 한다.

'저렇게까지 가오 잡을 일이냐.'

카메라 의식도 저 정도 되면 병 아닌가?

'양궁 국대 메달 없는 사람이 어딨어. 그리고 군면제 뜨고 은퇴련한 새끼가 무슨.'

그 와중에 자기 머리가 똑똑한 줄 아는 옆 놈은 연습하다 자신에게 이렇게 나불거리기까지 했다.

—도전자들은 마지막에만 다 같이 등장하고, 그때까진 파트 맡은 한 명씩만 무대에 나오는 게 어떨까요. 피처링 무대가 보통 그렇기도 하고.

마치 숙이고 들어오는 것 같았지만, 서바이벌에서 그럴 리는 없고 분명 속셈이 있었을 것이다.

원래는 자기 권한도 없는데 무대에 대해 이래라저래라 한 시점에서 한번 참교육이 들어가야 했지만… 넘어가 줬다. 알아서 분량을 줄여주겠다는데 싫은 건 없지 않은가.

체력 아껴서 라이브 퀄리티 확실히 올려보겠다는 생각인 것 같은데, 연습생 기간 짧고 공부만 하던 놈이라 머릿속이야 훤했다. 그러나 안타깝게도 자신은 원래 타고난 폐활량이 좋았다. 그 수는 아무 쓸모없는 짓이었다.

'저 새끼는 자기가 대단한 전략가라고 생각하겠지, 뭐.'

잘생겼다고 캐릭터 되니 어지간히 바람이 든 것 같았다. 저런 놈들이 게임에서도 자의식만 큰 트롤이 되는 법이었다. 개인전이라 솔직히 환영이었지만.

"〈보컬 B〉 이동!"

"넵!"

그리고 마침내 무대의 시간이 온다.

어쨌든 같이 데뷔할 수도 있으니, 우등반 참가자는 서로 격려의 말을 하는 것에는 동참했다.

"승패를 떠나서, 제대로 보여 드리고 옵시다, 형들."

류건우는 미소 지으며 고개를 끄덕였다.

"예, 최선을 다해서요. …화이팅 한번 하고 가는 게 어떨까요."

"네, 네."

데뷔 후에도 못 지낼 것까진 없겠다고 그림을 그리며, 우등반 참가자는 화이팅 구호에 참여했다.

"다 보여주자! 〈보컬 B〉 화이팅!"

그리고 잠시 후 무대 위.

뒷모습으로 등장한 인영은, 처음엔 하나뿐이다. 마치 솔로 무대처럼 말이다.

살짝 술렁이는 관객석.

빠밤빰빰빰—!

핀포인트 조명이 꽂히는 순간, 터지는 음악에 맞춰 휙 몸을 돌린 것은 우등반 참가자였다.
 안무처럼 가벼운 리듬을 타며 제스처와 함께 곡을 시작한다. 펑키한 리듬 앤 블루스.

-I'm gonna show you something-

쭉쭉 뻗는 안정적인 고음에 환성이 터진다.

-especially Good-, and remarkable

 이거지!
 우등반 참가자는 익숙한 노랫말을 시원하게 불렀다. 축적된 연습량은 아무 생각이 없어도 저절로 노래를 끌고 나가게 해준다.

-Come on, it's not late!

 스탠드 마이크를 잡고 살짝 돌리는 것만으로도 충분하다. 이렇게 잘 부르는데, 안무는 곁들이기만 해도 다들 감탄할 수밖에 없지! 우등반은 의기양양하게 기교를 부리며 끝음을 마쳤다.
 '이건 이미 끝난 거나 다름없다!'
 하지만 그렇게 첫 벌스가 끝나는 순간. 무대에 조명이 하나 더 들어오며, 새로운 인원을 비춘다.

─You're gonna show you something

첫 번째 마디와 똑같은 멜로디지만 편곡이 달라졌다.
반주가 거의 사라지고, 매끄러운 피아노 위에서 허스키한 음이 뚝 떨어진다.

─Too bad─, and unforgettable

"…!"
그 순간, 집중도가 확 높아진다.
우등반의 등을 타고 소름이 올라온다. 위기감.
'어…??'
왜냐하면, 류건우는 일부러 연습에서 최고 기량을 보여주지 않았기 때문에.

─Come on, I'm waiting!

우등반 참가자는 연습생이다. 그 말이 무슨 뜻이냐면, 실전에서의 돌발 상황에 익숙하지 않다는 뜻이다. 가령 경쟁자의 기량이 갑자기 확 좋아진 것을 느꼈을 때의 그 압박감.
'…!'
우등반 참가자는 하마터면 타이밍을 놓칠 뻔했으나, 반사적으로 마이크를 잡고 후렴에 들어갔다.

―Break this dance hall!

그 깔끔함에 안심하는 순간. 약속대로 위로 꽂히는 애드립.

―Break this dance hall!

살짝 더 높은 고음일 뿐이나 그렇게 치부할 수 없도록 기교와 성량이 선명히 차이를 보인다. 해상도에서 차이가 나는 것처럼, 코러스와 간판 가수처럼, 잡아먹듯이 쫓아온다.

와!!

환성이 마치 비교하는 것처럼 들린다.
'X발, X발!'
마음이 조급해진 우등반의 박자가 미세하게 빨라진다. 사장이 눈썹을 치켜올린다.

―Ohh― yeah, yeah!

그렇게 겨우 류건우의 파트가 끝났다.
류건우는 살짝 화려한 작별 인사 제스처와 함께 무대에서 사라진다. 그것마저 사람들이 호응한다.

하지만 남은 건 빈 마이크와 조명.

'됐어!'

반주에서 가벼운 안무를 하는 우등반이 겨우 침착함을 찾을 무렵. 노래를 시작하지도 않았는데, 갑자기 또 환성이 들린다.

끄아악! 와악!

'어…?'

빈 류건우의 스탠딩 마이크 자리, 그곳으로 이번엔 류청우가 들어오는 것이다. 예상치 못한 등장에 사람들이 당황하고 자극적으로 반응하지만, 류청우는 그저 부드럽게 저음으로 2절을 들어간다.

-I'm gonna show you something-

좋은 목소리에 함성이 이어진다. 그러나 연습이랑 별로 다를 게 없는 역량이다. 분명 자신이 더 잘 부른다. 우등반은 신경이 곤두선 채로 다음 벌스를 타고 들어갔다.

하지만….

'왜… 함성이 내가 더 작은 것 같지?'

원래라면 무대에서 가장 분량이 많은 사람이 돋보이는 게 맞다.

문제는 변화였다.

관객은 빨리 질리는 존재다. 그리고 새롭게 바뀌듯 등장하는 것이 시선을 끄는 순간, 항상 그 자리에 있던 무언가는 낡은 것이 된다. 마치 심심한 맛의 플레인처럼 말이다. 그리고 계속 모습을 바꾸며 들어오는 토핑은 사실상 주인공의 자리가 된다.

'아……'

자리를 계속 지키는 사람은 그냥 코러스가 되는 것이다. 압도적으로, 메인급으로, 제대로 잘하지 않는 이상.

뚝.

그것을 본능적으로 느끼자마자 우등반의 등을 타고 식은땀이 떨어진다. 긴장에 페이스가 밀리기 시작한다.

'아.'

관성적으로 부르던 습관은 정신력이 무너지며 흐트러진다. 그리고 그건 관객에게도 보인다.

'음…'

'좀 불안하지?'

전반에서 류건우에게 밀렸던 인상은, 후반에서 무너지면서 하나의 이미지로 완성된다.

'생각보다 잘 못한다…'로.

하지만 옆 사람이 연습보다 못했든 잘했든, 류청우는 자연스럽고 태연하다. 어차피 자신이 상대보다 능력치가 좋지 않다는 걸 알기 때문에, 주눅들 것도 기대할 것도 없다.

이후 세 번째 마이크가 나타나며 다시 류건우가 무대로 등장해 관객의 환호가 커지는 순간에도 그는 자신의 파트를 끌고 간다.

―Ohh― yeah, yeah!

그렇게 화음이 절묘한 엔딩까지.

와아아!

다시 환성이 쏟아지며 무대는 끝났다. 그리고 모두가 예견하던 사람이 곧 전광판에 뜬다.

[승자는… 320표를 받은 〈열등반〉 류건우입니다!]

승자, 류건우.
또한 패자 중 누가 탈락할 것인지도 사실상 결정된 것이나 다름없었다.

무대가 끝났다.
진정한 패자가 나오기 전, 짧은 백스테이지의 휴식.
"형, 이거… 정말 재밌네."
류청우는 마이크를 떼어내자마자 숨을 몰아쉬던 것도 있고 달려와서 이 말부터 했다. 그리고 대답도 듣지 않고 말을 쏟아낸다.
"이런 느낌일 줄은 몰랐거든. 이건… 점수가 안 나오는데도, 그리고 졌는데도… 꼭 이긴 경기한 것 같은 느낌이 드네. 신기하게."
매번 어른스럽게 대처하던 놈답지 않게 흥분한 목소리다. 녀석이 눈을 빛내며 말한다.

"나보다 실력 좋은 분이라 결과를 기대하긴 어렵지만… 남아서 더 해보고 싶은데. 욕먹더라도."

나는 희미하게 웃었다.

"그런 걱정은 안 해도 될걸. 욕 안 먹고 될 것 같으니까."

"…그래?"

류청우의 얼굴에 훅, 희망과 열망이 깃든다.

그 순간, 나는 이놈의 상태창이 멋대로 켜지더니 번뜩이며 새로운 단어를 뱉는 것을 보았다.

[특성의 상태가…?]

설마.

[B -> A!]

[풀 드로(Full draw) (A)]
-네가 시위를 당길 때, 정확한 위치에 있을 거야.
: 퍼포먼스 평정심 +120%

"…!"

그렇군. 아무래도 류청우가 무언가에 대한 열정을 되찾으며 특성에까지 영향을 준 모양이다.

참… 좋은 일인데 말이다.

"음……."

순간 흥분이 가신 류청우의 얼굴에 걱정이 번진다.

"…형. 혹시 문제 있어?"

"아니, 그건 아니고."

문제는 아니다.

그런데… 사실, 무대 내려오는 순간 홧김에 한 짓이 있다.

[명성이 증가하고 있다….]
+50,000 Exp

그때 때맞춰 명성치가 정산됐거든.

[헐허ㄹ헐헐 50번 돌릴 수 있어요 형!!]

마침 클럽 새끼도 보내 버린 것 같아서 기분도 괜찮고. 그래서 까짓 것, 여분이다 생각하고 아드레날린 때문에 돌려봤는데….

떴거든.

[하하!]
[★★★★★ 류청우 / 리드보컬]

"……."

이거… 무슨 시그널이냐? 이 타이밍에 뽑기에서 류청우가 나와? 사실 이 동료 뽑기 시스템도 전에 큰달이 운영하던 특성 뽑기 시스템처럼 그때그때 내가 필요한 걸 뱉는 의지라도 있는 거 아니냐.
'…그리고 보니 이세진 보고 돌렸더니 진짜 이세진이 나오기도 했군.'
물론 이름만 같지, 다른 녀석이긴 했지만 말이다.
나는 혹시 몰라 입을 열었다.
'너 혹시 여기서도 힘쓸 수 있었냐.'

[아, 아니요. 이제 그런 건 못 하는 것 같은데… 사실 몇 번 해보려고 했거든요.]

풀 죽은 듯 작은 팝업이 뜬다.
'아니, 잘됐어. 괜히 시스템하고 더 섞였다가 문제 생기는 것보다 깔끔한 편이 낫다.'

[]

알았지.

[아, 네넵…!]

그래. 어쨌든 내가 지금 고려할 선택지는 하나다.

[동료 : 류청우를 각성하시겠습니까?]
-Exp 1,000 사용

류청우의 각성.

나는 고개를 들었다. 오랜만에 느낀 몰입과 보람으로 눈을 빛내는 당사자가 보인다.

'흠.'

나는 대답을 기다리는 류청우를 보며 입을 열었다.

"아니, 소감문은 준비해 두는 게 좋겠다고."

이런 건 모르고 즐겨야 제맛이긴 하니 각성 버튼은 잠시 후에 누르도록 할까. 탈락자 발표 이후로 말이다.

"소감문?"

"너 붙는 순간에 제작진이 무조건 소감을 물어볼 테니까."

류청우의 얼굴에서 쑥스러움이 지나갔다. 네가 당연히 이길 것이란 격려라도 받았다고 생각했나 보다. 진짜 충고였는데 말이지.

"음… 그러면 그냥 감사하다고 하면 되지 않을까?"

"그것보단 좀 더 감격했다는 걸 솔직하게 드러내는 편이 낫겠는데. 드라마틱하게."

"…?"

생각 있는 제작진이라면 이걸 무조건 대반전으로 다룰 테니까.

그리고 잠시 후, 관객들이 다 빠져나간 스테이지에서 마침내 탈락자가 하나둘씩 공개됐을 때.

"지금, 공개합니다!"

[〈보충반〉 류청우]
[참가자 확정!]

류청우는 정말로 이 모든 판의 최종 승자가 되었다.
그것도 보충반 중에 유일한 잔류자. 실력이 비슷하더라도 낯선 얼굴 대신 익숙한 참가자를 찍어줄 것이란 제작진의 계산에서 단 하나의 예외가 된 것이다.
"감사합니다, 음……."
기어코 마이크를 잡게 된 놈은 떨리는 목소리로도 최대한 담담히 말하려 애쓰는 것 같았다. 저렇게 동요하는 건 〈아주사〉 합격 이후로 처음이다.
"이렇게 열정적으로 뭘 해본 게 정말 오랜만이라… 좀 압도당한 것 같은데요. 다음 기회를 주셔서 감사합니다. 절대 놓치지 않고 더 좋은 모습 보여 드리겠습니다. 감사합니다!"
담백하지만 진심으로 이 일에 꽂혔다는 뉘앙스가 충분한 것이 훌륭하군. 게다가 누가 들어도 양궁 그만둔 사정이 있다는 투로 오해하게 생겼다. 아니, 부디 그랬으면 좋겠군. 서사가 생기는 건 좋지.
"이것으로 탈락자 발표를 마칩니다."
그리고 클럽메보는 사장이 직접 뽑은 두 명이 더해진 탈락자 아홉 명에 포함되어 사라졌다.
남은 건 12명.

―원래 내 그룹이 몇 명이었는지 알아요?
―아홉 명.

그 숫자에 점점 근접해 간다. 이번에는 몇 명으로 결론이 날지는 알 수 없지만 말이다. 과연 청려는 본인 그룹이 아닌 이 단기 프로젝트 그룹에는 몇 명이 적정하다고 생각할까.
'이건… 상의 한번 해봐야 할지도 모르겠군.'
뭐, 각설하고. 이제 할 일을 하자.
"형, 고마워요."
"네가 한 건데 내가 뭘."
카메라가 꺼지고 무대 아래로 내려오자마자 류청우는 감사 인사를 하더니, 좀 더 힘이 들어간 말투로 말한다.
"연습 열심히 해야겠어. 따라가려면."
"음."
아무래도 분위기 보고 이미 결론을 내린 모양인지 다음 촬영까지 연습실에 박혀서 밤새며 연습할 것 같은 어투다. 아무리 너라도 체력이 박살 날 테니 그건 오히려 역효과일 텐데.
"처음에 형이 한다고 할 때 나도 같이할 걸 그랬나. 좀 아까워."
"왜. 시간이 부족한 것 같아서?"
"……."
실력을 키우기엔 시간이 촉박한 것이 아쉬운지 류청우가 답지 않게 살짝 고개를 끄덕인다.

'이제 안 아쉬워해도 되겠군.'
네 연습 시간을 돌려줄 수 있으니 말이다.
"자."
"응?"
가져라. 나는 류청우의 각성 버튼을 눌렀다.

[비상을 향한 도약….]

그리고, 처음으로 직접 '동료'의 각성 장면을 확인했다.
즉시 류청우가 비틀거린다. 생각보다 크게.
"뭘…. 아."
"…!"
이거… 반응이 원래 이 정도로 강한 건가?
"거기 괜찮아요?"
"누구야?"
스탭까지 반응할 정도였다. 하지만 류청우는 벽에 몸을 숙인 채 기대서 말이 없었다.
'X발.'
이 반응이 맞는 건가? 상태창이든 119 호출이든 행동하려던 찰나, 다행히 놈이 곧 고개를 든다.
침착한 목소리.
"……아, 음, 괜찮습니다."
온화한 표정.

"죄송해요. 긴장이 풀려서 그랬나 봅니다."
"아~"
스탭들이 멀쩡히 웃는 류청우를 보고 물러간다.
류청우는 스탭들이 다 사라진 후에도 여전히 미소를 잃지 않고 있다. 다만 천천히 얼굴이 벌게진다.
"……."
"……."
"……그, 문대니?"
"예."
그리고 짧고 굵은 침묵이 흐른 뒤.
"후우……."
류청우가 도로 고개를 숙이고 길게 신음을 뱉는다.

[어어, 저분…….]

그래. 당황, 공포, 혼란, 안도에 앞서서….
'…민망함부터 찾아왔군.'
나는 자신이 보였던 온갖 21살다운 어린 면모를 떠올리는 리더를 조용히 모른 척해줬다.

"그러니까… 음, 일종의 사고 상황이구나."
"예."
얼마 후, 짐을 정리하며 정신을 차린 류청우에게 현 상황에 대해서 빠른 브리핑을 마쳤다.

다른 놈이 들어봐야 워낙 비현실적이라 영화나 게임 이야긴 줄 알았을 테니 걸릴 건 없다. 그리고 원래 내가 몸이 바뀐 것을 알고 있던 놈답게 상황 파악은 빨랐다.

"좀 이상하긴 했어. 이렇게 보니까 알겠다. 현실과 다른 부분들이 어색했던 것 같아."

류청우는 평행차원이니 뭐니 하는 소리를 하는 대신 깔끔히 이 상황을 루시드 드림이나 환상으로 해석한 것 같았다.

"내가 그럴 것 같지 않은 지점에서 다른 선택을 했다고 해야 하나."

양궁뿐만 아니라 몇 가지 예시가 더 생각난 것 같았지만, 류청우는 굳이 구구절절 늘어놓지 않는다. 이 말은 굳이 했지만 말이다.

"그러면 아까 타이밍이 딱 맞게, 내가 정신 차릴 방법이 생긴 거였구나."

"예."

"그럼 일부러 탈락자 발표 후까지 기다린 거네. 내가 첫 무대에서 관람객 투표로 이긴 보람을 그대로 느끼게 해주려고."

"……."

"고마워."

"……촬영 중이라 그런 거니 고마워하실 건 아니고요."

"하하!"

류청우는 웃더니 말을 덧붙였다.

"말 편하게 해요. 형, 사실 정말 형도 맞잖아요."

"…!"

"어쩐지, 동갑인데도 형이라고 불러야 할 것 같더니."

이런 것도 이상한 부분이었다며 류청우는 쑥스럽게 웃었다.

"돌아가서도 말 놔도 괜찮아요. 우리가 5년 넘게 얼굴 보고 지냈는데, 말 놓을 때도 됐지."

"…그러든가."

류청우는 시원하게 웃고 넘겼다.

'이런 놈인 줄은 알았지만….'

낯간지럽기 짝이 없다.

나는 졸지에 다른 놈들이 오기를 기다리게 되었다. 다행히 귀띔해 둔 대로, 다른 대기실에서 환복을 끝낸 우등반 녀석들이 곧 로비 뒤쪽으로 뛰어나왔다.

"문대 형! 청우 형 이제 기억해요?"

"유진아."

"Wooow!"

차유진이 달려와서 하이파이브를 갈긴다. 저놈은 김래빈이 있는데도 아주 편하게 박문대로 날 부르는군. 하지만 김래빈은 뇌 안에서 자동으로 '문대 = 건우 형의 별명' 처리를 한 건지 별 반응 없이 인사만 열심히 할 뿐이다.

"형들 안녕하십니까! 오늘 무대도 정말 인상 깊게 봤습니다."

"아, 지금 래빈이도…."

"음."

내 반응에 김래빈은 기억이 없다는 것을 눈치를 챈 류청우가 말투를 바꿨다.

"이런, 죄송합니다. 제가 함부로 말을 놨죠?"

"예? 아닙니다! 연장자이시며 같은 참가자인 이상 당연히 그러실 권리가 있습니다."

류청우는 웃어버렸다.

"똑같네, 똑같아."

"……?"

"맞아요. 김래빈 똑같은 사람이에요."

"…! 설마 기존에 프로그램에서 봤던 모습과 비교했을 때 발전이 없다는 뜻이신지……."

"아니야, 바보야!"

"…?!"

나는 세 녀석이 떠들게 두고, 그 뒤로 오는 놈을 쳐다보았다. 녀석은 다른 놈들의 배웅 인사를 받은 뒤 천천히 합류하는 중이었다.

"축하해요. 다음에는 우등반으로 보겠네요."

청려.

"인원이 줄었으니 모르지."

"음? 지금도 못 올라오면 곤란한데. 설마 그렇게 생각해요?"

"……."

"농담이에요. 전 형을 믿어요."

소름이 쭉 돋는다.

"항상 데뷔조에서 자리가 확고했던 메인보컬을 이겼잖아요. 당연히 다음 촬영부터 우등반 오실 거예요."

"……."

나는 나머지 참가자가 로비를 나가는 것과 다른 셋이 대화에 열중한 것을 확인한 뒤, 목소리를 낮춰서 물었다.

"그 새끼는 대체 어떻게 7년이나 버텼냐."

"다루기 쉬워서."

놈은 작게 입술을 비틀었다.

"그런데 사람은 변하기 마련이잖아요. 자의식이 커지고, 스스로에 대한 이유 없는 확신으로 다른 패턴을 보여주기도 하고."

"……"

"음… 놓친 건 내 실수였으니까, 변명은 안 할게요."

나는 VTIC 전 메인보컬이 클럽 논란을 내고 탈퇴한 후의 행보를 떠올렸다. 그건… 쉬웠다.

'아무것도 없으니까.'

그 흔한 SNS 하나 개설하지 않고, 근황 기사나 목격담 하나 없이 조용했다.

누가 했겠냐.

"하지만 약점이 분명한 부류는 다루기 쉽거든요. 아쉽지 않아요? 이번엔 큰 변수 없이 다룰 수 있었는데."

"그럼 패자부활전이라도 하든가."

"하하!"

놈이 실실 웃었다.

"괜찮아요. 나는 안 아쉽거든."

"……"

"혹시라도 형이 아쉬워하실까 봐 물어봤어요."

호칭이 바뀌었다 싶어서 고개를 돌리니, 어느새 다른 세 명이 대화를 끝내고 이쪽을 돌아보았다.

그리고 청려도 그쪽을 본다. 정확히는 류청우를.

"이쪽도?"

기억이 돌아왔냐는 뜻이겠지.

"그래."

"흐음."

놈이 감정하듯이 류청우를 짧게 훑어본다.

아니, '하듯이'가 아니지.

[특성 : 감정 (A)]

−가치 있는 건 드물고, 쓰레기는 널렸다.

: 인적 자원 판단력 +150%

본인 특성을 발휘하고 있겠지.

그리고 곧 웃으며 손을 내민다.

"잘 부탁합니다."

"네. 감사합니다."

둘은 악수했다.

일단 청려가 차유진과 만났을 때처럼 지랄하진 않는군. 뭐, 안 싸우면 됐다. 나는 당장 뭐가 터질 것 같진 않으니 짬 난 틈을 타서 상태창부터 살피기로 했다.

방금 메인 퀘스트가 깨졌기 때문이다.

[퀘스트 : 동료 각성] -> 완료!

내가 지금까지 각성시킨 건 차유진, 배세진, 류청우. 총 3인을 각성하는 게 조건이었나 보다.
'그럼 청려는 예외인가.'
무슨 그런 놈을 스타팅 취급이냐.
어쨌든, 동료를 충분히 모으는 것에 성공했다면 다음 순서는 무엇인가.
'뭐긴 뭐야, 스테이지 진행이지.'
메인 컨텐츠다.

[퀘스트 : 명성 수집 활동 1/N]
-명성을 수집하자
필요한 누적 명성치 : 1,000,000 Exp

단위가 미쳤지만, 원래 유명세는 유명세를 부르는 법이니 기간 수정은 필요 없다. 넘기고.
나는 가장 아래의 팝업을 불러왔다. 동료 상태창이다.

[동료 목록]
[신재현 : 새롭게 추가된 자원을 계산 중 (*^-^)]
[차유진 : 즐거운 기억을 회상 중 (+ㅅ+~♬)]
[류청우 : 자신의 몸 상태를 점검 중 (•ᴗ•])]

새로 추가된 류청우까지, 다 특이사항 없이 눈에 보이는 대로 본인 같은 상태다. 자리에 없는 한 놈 빼고.

[배세진 : 사장의 석고대죄를 받는 중 (ˋ㇒'=3)]

"……."

대체 무슨 일을 하고 있는 거냐.

나는 당장 놈에게 연락해 볼 심산으로 스마트폰을 들었다. 그리고, 가장 상단에 뜬 메시지를 보게 된다.

[이세진 선배님 : 안녕하세요 건우 씨! 저 5화 봤어요. (웃는 이모티콘) 무대 정말 멋질 것 같은데요??]

이세진이 이틀 전에 보낸 메시지였다.

자이롭의 숙소.

지이잉.

"으음."

오랜만에 자정 전에 침대에 누워 자기 직전이었지만, 이세진은 버릇처럼 바로 스마트폰을 들었다.

그리고 뒤늦게 온 답장을 보았다.

[와이즈 류건우 님 : 이제야 귀가해서 답장을 늦게 드리게 됐습니다. 죄송합니다.]

[와이즈 류건우 님 : 칭찬 감사합니다. 정말 무대가 잘 나왔으면 좋겠네요.]

"아."

드디어 촬영이 끝났나 보다. 분명 정기적으로 하는 인맥 관리 중에 생각이 나서 그냥 한 통 보낸 건데도, 이세진은 왠지 반가운 마음에 얼른 답장을 쳤다.

[죄송하다니요! 촬영 중에 문자한 제 탓인데요 뭘 (우는 이모티콘)]

[아, 말씀 편하게 하세요! 제가 무슨 대선배도 아니고 형님께 존댓말 듣기 쑥스럽네요!]

그러자 얼마 지나지 않아 '1'이 사라지고, 새 답장이 온다.

[와이즈 류건우 님 : 고맙다]

[와이즈 류건우 님 : 너도 편하게 해.]

"그렇지~"

역시 아직 데뷔 전이라 허들이 낮다. 이세진은 이번엔 좀 더 빠르게 답장을 쳤다.

[ㅋㅋ나는 사양 안 하는데! 고마워 형!]

[나 저장명도 바꿔줘 멋진 세진 동생으로ㅋㅋㅋ]

그리고 보내고 나서야 깨달았다.

'…이게 무슨 오버지?'

누가 보면 사기꾼이나 친구가 없어서 거리감 못 재는 놈인 줄 알만한 급발진이었다.

'아, 왜 이래!'

그가 수습을 시도하려던 순간, 바로 답장이 온다.

[와이즈 류건우 님 : 알았어]

"...??"

이게 통해? 선배라고 비위 맞춰주는 건가?

실수한 상황이지만 이상하게 기분이 나쁘진 않았다. 그러나 답장은 그걸로 끝이 아니었다.

[와이즈 류건우 님 : 세진 동생은 처음이네 세진 형은 있는데]

이건 또 무슨 뜬금없는 소리지. 스몰토크인가?

[오ㅋㅋ맞아 나 동명이인 좀 있는 편이긴 해!]

이세진은 적당한 답변을 얼른 생각해서 보냈다. 적당히 마무리하고 자야겠단 감각은 어느새 사라졌다.

그리고 온 답장은… 뜻밖이었다.

[와이즈 류건우 님 : 너도 아는 사람일 것 같다. 성까지 똑같거든]

"……."

나도 안다고?

'잠깐.'

이세진이 아는 동명이인. 류건우보다 나이가 많고, 둘 다 알 법한 사람으로 떠오르는 건 하나뿐이었다.

그리고 연달아 류건우의 답장이 도착했다.

[와이즈 류건우 님 : 배우인데, 며칠 내로 한번 만나서 놀기로 했어]

[와이즈 류건우 님 : 너도 같이 보면 재밌을 것 같은데, 어때]

이세진은 침대에서 몸을 일으켰다.

"음."

내가 직전에 보낸 메시지는 아직 답장이 오지 않았다.

하지만 보자. 이세진이 지금 소속되어 있는 아이돌 그룹, 자이롭은 투어 직후 짧은 휴식기를 즐길 예정이었다. 설마 내가 그것까지 알고 연락했을 거라 짐작은 하지 않겠지만, 어쨌든 그 며칠 중 하루 정도는 시간을 낼 수 있다는 뜻.

그런데 여기서 미끼가 떨어지는 것이다.

'동명이인 배우, 이세진.'

배우로 한창 잘나가는 데다가 이름이 같다는 스토리도 있다. 인맥용으로 나무랄 곳 없는 선택이다. 관리 우선순위를 높일 만하지.

'집에 들렀다가 다음 날 반나절 정도는 시간 내도 괜찮지 않나?'

…따위의 생각을 하지 않았겠는가. 첫 출연한 단독 예능에서 MC 번호를 알아내는 이세진이 말이다.

아니나 다를까. 꺼진 스마트폰 화면은 곧 다시 진동했다.

[멋진 동생 세진 : ㅋㅋㅋㅋㅋ형 어떻게 시간 딱 맞춰서 연락했어 나 스케줄 비잖아!]

[멋진 동생 세진 : 날짜 언제로 생각하는데?]

그렇지.

류청우가 화면을 보고 쓴웃음을 지으며 말을 건다.

"세진이랑도 연락하는구나. 고생했겠네."

"…네. 뭐, 그렇게까진."

고생이랄 건 없다고 대답하려던 순간이었다.

"문대 형! 제 이름도 멋진 동생 붙여요! 저는 멋진 호랑이 차유진…."
"조용히 해, 바보… 헉?"
…아니, 이건 그냥 미끼용으로 해둔 거라…… 뭐 됐다.
"Oh!! 김래빈 나한테 바보라고 했어?"
"실수야!"
알아서 화제의 중심이 되는 김래빈 덕에, 나는 전화번호부가 더 난잡해지는 것을 피했다.

그리고 며칠 뒤, 서울의 모 식당 단독 룸.
"그럼 이세진이 곧 온다는 거지? 기억은 없고?"
"예."
배세진은 선글라스, 모자에 장갑까지 걸치고 등장하더니, 막상 자리에 앉아선 약간 긴장한 기색으로 물을 들이켜고 있다. 얼마 전까지 숙소도 같이 썼으면서 뭘 저러는지 모르겠다만… 하긴, 초반에 워낙 안 맞긴 했으니 그때 스트레스 받던 기억 때문에 저러는 건지도 모르겠다.
어쨌든, 그놈이 오려면 앞으로 30분은 더 기다려야 할 테니 긴장이야 다 풀릴 것이다. 일부러 이놈과 좀 일찍 만났기 때문이다.
"그런데 형, 회사 일은 어때요."
…대체 뭘 했길래 사장의 석고대죄를 받았는지 물어보려고 말이지. 그리고 질문을 듣는 즉시 배세진의 얼굴이 살아났다.
"뭐… 나쁘지 않아."
"그런가요."
"그냥 뭐… 계약서를 업계 표준에 맞게 갱신하고, 매니저 바꾸고, 시나리오 못 거르게 한 정돈데."

"…?"

"그리고 더는 다른 사람한테도 이런 짓 못 하게 녹음본이랑 각서를 받았으니… 나쁘지 않지. 크흠."

"……."

차라리 대놓고 자랑을 해라. 배세진은 누가 봐도 '내가 이렇게 사이다를 터뜨렸다고!'라고 외치는 얼굴이다.

오냐. 나는 순순히 입을 열었다.

"대단한데요. 기사도 안 떴던데 그렇게 조용히 일 처리하기 쉽지 않잖아요."

"흠흠, 어렵진 않았어. 그냥… 상식과 순리대로 처리한 거니까."

"오."

이제 방법을 술술 말할 타이밍인가.

"사장이 회삿돈을 빼돌려서 원정도박을 했거든."

"…!!"

"그리고 내게 증거가 있어. 영상이!"

전에는 그게 증거인 줄 몰랐다가 몇 년 후에 언론에 터졌을 때야 알았다고 한다.

'이 녀석 성격에 몇 번이나 자기가 터뜨렸을 시뮬레이션을 돌려봤을 법하군…'

그래도 석고대죄까지 받다니, 그동안 변호사를 헛으로 만난 게 아닌 모양이다.

"물론 경찰에 신고해서 제대로 처리하는 게 사회적으로 좋지만… 그러면 한동안 활동을 못 해."

"아."

배세진은 물잔을 만지작거렸다.

"그… 너 대상 타게 도와줘야 하잖아."

"…!"

"그러려면 내가 계속 활동하는 편이 유리하니까. 그래도! 앞으로 사장이 다신 그런 짓 못 하겐 만들었다고 생각해."

"……."

나 참. 이게 현실이 아니라고 생각하고서야 거리낄 게 없어져선 현실적인 타협책을 생각해 낸 놈답다.

"고맙습니다."

"흠, 뭘. 다 같이 돌아가려고 하는 건데!"

배세진은 그 후로는 아예 입이 풀려서 매니저와 악덕 직원을 깔끔히 보내 버린 이야기까지 술술 풀었다. 좀 어설픈 구석이 없진 않지만 추진력이 좋고 꼼꼼하게 처리하려 노력한 것 같아 굳이 내가 손댈 것도 없어 보인다.

'괜찮네.'

그리고 원래는 '배세진'으로 개명도 하려고 했는데, 일단 인지도를 위해 참았다는 이야기까지 나왔다. 아, 그러고 보니….

"형의 친아버지 쪽은 괜찮나요."

그 마약 빌런 말이다.

"……."

배세진이 약간 떨떠름한 얼굴로 입을 열었다.

"…행방불명이던데?"
"…??"
아니, 이 세상은 도대체 어떻게 구성된 거냐.
"어차피 엄마랑 이혼도 해서 다 끝난 상태라! 괜찮아."
"음, 네."
그렇다면야. 화제는 다시 근황과 앞으로의 계획으로 돌아간다.
"…그래! 얼마 후에 영화 개봉하거든. 흠, 너희 나오는 서바이벌 데뷔랑 맞춰서 홍보를……."

똑똑.

"아."
룸에서 노크 소리가 들린다.
'종업원은 아니고.'
마침 시계를 보니, 누군지 알겠다.
"들어오세요."
약속 시각에서 정각 4분 전. 이세진이 문을 열고 들어왔다.
"형 나 왔어, 안녕~ 안녕하세요!"
염색모를 후드에 감춘 놈은 마스크를 벗으며 인사를 했다.
"잘 왔어."
"아, 집이 근처라 딱 맞게 왔지! 다들 일찍 오셨네."
집이 근처긴. 아마 근처에서 대기하다 시간 맞춰 왔겠지. 나는 녀석이 자리에 앉자 맞은편으로 손짓했다.

"여기가 이세진 형. 배우셔."

"아아~ 영화 정말 잘 보고 있습니다!"

"아, 예."

배세진은 고개를 끄덕인다. 이거 〈아주사〉 때가 생각나는 구돈데.

"저 이번에 찍으신 '해마도 인상 깊게 봤잖아요."

이세진은 놈답게 사전 조사를 철저히 해온 것 같다.

"진짜 무서운 의대생 같으셔서 소름이 돋더라구요. 그런 감성 잘 잡으시는 게 매번 놀라요, 정말!"

4연발 사이코패스만 했던 배세진은 긴장 중에 이렇게 대답했다.

"매번 똑같은 연기만 하니까… 음, 예."

"……."

순간 천하의 이세진도 입을 다물 뻔했으나, 곧 웃으며 대꾸한다.

"에이, 매번 잘하시니까 똑같게 느끼시는 거죠!"

"그건 아니지만… 아무튼 감사합니다."

"아하하, 네!"

그리고 이세진은 즉시 커리어 관련 스몰토크 주제를 다 폐기 처분한 것 같았으나, 이후로도 이세진의 신변잡기식 질문은 다 튕겨 나왔다.

"아, 그 코트 잘 어울리시네요! 코트 자주 입으세요?"

"음… 매니저가 준 거라."

"매니저분이 안목이 좋으시네요."

그럼 오늘 아침에 자르고 온 매니저의 칭찬을 들은 배세진은 이렇게 대답하는 것이다.

"……글쎄요."

"……."

대충 사실을 뭉개고 거짓말로 호응하는 건 못 하는 놈이다 보니 자꾸 입을 다물고…….

'망했군.'

나는 깔끔히 인정했다. 이 새끼들은 그냥… 안 맞는 놈들이다.

'결국 여기서도 내가 총대 메냐.'

"식사하면서 더 이야기하자. 배고플 텐데."

"…! 오~ 좋지. 형 뭐 시켰어?"

한식 코스가 나오고, 나는 팔자에도 없던 잡담 화제 창조를 시작했다.

'아~ 텄네.'

이세진은 밥을 먹으며 내심 자리를 평가했다. 맞은편에 앉은 저 배우와 끈을 만들어두는 건 글렀다고.

'나오기 싫었나? 왜 저래.'

사실 끈질기게 말 붙여서 어떻게든 친해지는 건 될 것 같기도 한데… 왠지 그러고 싶지도 않았다. 배우 인맥이 꼭 필요한 것도 아니고 말이다. 연기로 개인 활동을 하려면 적어도 몇 년은 더 있어야 했다. 이세진은 조급할 필요가 없었다. …아마도.

'…아니, 더 정신 차려야 하나.'

팀 꼴을 봐선 재계약도 힘들 것 같았다. 몇 년 안으로 살길을 찾아야 한다는 게 어쩐지 입맛이 썼다. …겨우 이런 거 가지고 이러는 게 웃기긴 했다. 그래도 당장 팀은 잘나가고 있는데….

"여기 갈비 맛있네."

"…! 아, 그러게~ 내가 이런 맛집을 몰랐다니!"

"팬들이 그런 해시태그 많이 올린다고 듣긴 했는데."

"맞아, 맞아~ 많이 올려주지."

류건우는 이세진 둘의 대화가 잘 안 돌아가자 직접 부드럽게 대화를 끌어갔다. 답지 않게 적극적으로 보였다.

'…답지 않다고?'

겨우 두 번째 만남에 얼마나 봤다고 이런 생각이 드는지 모르겠지만, 뭐 그냥 봐도 외향적인 스타일로는 안 보이니까. 이세진은 그냥 다음 맥락으로 생각을 옮겼다.

아무튼, 저런 사람 굳이 데려오니 차라리 그냥 둘이 보자고 하지 뭐 하러 끼워서….

'…아니, 그러면 내가 안 나왔을 수도 있지 않나?'

맞다. 자신은 새로운 인맥을 소개해 준다는 말에 시간을 낸 것… 같은데. 모르겠다. 이상하게 생각의 흐름 자체가 뒤죽박죽처럼 느껴졌다. 이세진은 내색하진 않았지만 좀 당황했다.

'이상하네.'

그래도 대화는 계속했다. 마찬가지로, 이상하게 재밌고… 편안했기 때문이다.

"투어는 어땠어?"

그리고 아이돌과 활동, 서바이벌 프로그램에 대한 화제로 넘어가자, 자동적으로 좀 더 깊은 대화가 나오기 시작했다.

"투어 재밌지~ 형도 곧 할 거야. 워낙 잘하잖아! 〈Wise〉 프로그램도 인기 많고."

"그래도 막상 데뷔할 때 곡과 상황이 중요하니까. 반드시 잘된다고 볼 순 없겠다만……"

초 치는 사실 나열하는 건 저 배우와 비슷하지만, 류건우는 웃으며 말을 마친다.

"그래도 잘돼서 하면 좋겠는데. 보람이 클 것 같아서."

"…음. 그렇지. 무대가 힘들긴 한데 진짜 재밌는 작업이야."

"그래."

미래가 불확실한 서바이벌 참가자다운 질문을 던졌지만, 특별히 절절하거나 끈질긴 느낌은 없다. 뭐라고 해야 할까, 사람이 담백하다.

"…형 기획사가 투어를 잘해주는 편이라고 유명해. 괜찮을 거야."

그래서 이세진은 자기도 모르게 잘 조율된 관계용 대답 대신 그 밑의 살짝 더 솔직한 대답을 내놓기 시작한 걸지도 모른다.

자연스럽게 화제가 좀 더 진지해지더니, 이 질문까지 온다.

"그러고 보니까… 데뷔하면 어떤 기분인지 물어보고 싶었는데, 어때."

데뷔했을 때?

"신기하면서도 되게 정신없이 돌아간다? 바빠서 감흥 되새기고 이럴 시간도 없었다 그거지~"

사실이다. 하지만 굳이 말할 필요 없는 사실도 그 아래 있다.

"…뭐, 생각했던 기분은 아닐 수도 있지만."

벅차오르는 열정과 도전심, 그리고 알맞은 위치에 있을 때의 안정감 같은 것을 기대했다면… 버리라고 조언하고 싶다.

류건우가 조용히 묻는다.

"후회되는 게 있어?"

후회?

"그래도 나는 특별히 후회한 적은 없는 것 같아. 물론 좀… 예상 못한 어려움도 생기긴 하는데."

이미 같이 데뷔한 이상 도저히 어떻게 안 되는, 멤버 같은 요소 말이다.

"어떤?"

"아, 뭐…."

이세진은 무심코 입을 열려다가, 그제야 깨달았다. 자신이 굉장히 쓸데없이 솔직해지고 있다는 것을.

'이런 말을 왜……'

그리고 간신히 자연스럽게 말을 고쳤다.

"…돈 버는 데에 쉬운 일이 어딨나~ 그런 거지 뭐!"

"…그래. 그런 생각이 들 것 같아."

"……"

류건우는 더 캐묻지 않았다. 분명 묘한 기색을 느낀 것 같았는데, 일종의 배려 같다.

'아.'

이세진은 약간 아쉬워하면서도 안도했다.

'…?? 뭘 아쉬워해?'

그러자, 대신 열심히 밥을 먹던 배우가 통렬하게 한마디를 던진다.

"맞아. 돈 버는 데에 쉬운 일 없지."

"…?"

"사람은 밥값을 해야 하는 거야."

갑자기? 언제 말을 놓은 건지도 모르겠으나, 어쨌든 자신보다 연상은 확실하니 이세진은 그냥 부드럽게 대답했다.

"그… 렇죠. 네네."

배우는 젓가락을 핏줄이 서게 잡았다.

"대충 자리만 지키면서 나태하게 굴다가, 결국 하면 안 될 일 하고… 그런 사람은 돈 벌 자격이 없어."

"아, 그러면 안 되죠. 진짜."

이세진은 맞장구를 친다는 것이 순간 진심으로 정색했다. 순간 생각나는 근접 예시들 때문에 욱했기 때문이다. 투어 전날 술 마시다가 컨디션 관리 실패한 자식의 면상을 떠올리며 이세진은 냉정하게 말했다.

"직업윤리라는 게 있잖아요. 그리고 단체 생활에서 그런 사람이 있으면 팀 단위로 손해를 보고."

"그래! 아무리 잘해도 그런 사람보다는 열심히 하는 착한 사람이 나아!"

하지만 기운차게 외친 것 치곤, 배우는 갑자기 움찔거리며 말을 덧붙인다.

"넌… 못하는 사람보단 좀, 못되거나 게을러도 잘하는 사람을 선호할 수도 있지만."

그리고 황급히 수습하는 것이다.

"보통 그러니까!"

"……."

이세진은 대충 '그런 사람 많죠~' 하는 대답을 생각했다가, 폐기했다. 어쩐지 좀 열 받았다. 아니, 이렇게 호응해 줬더니… 자기가 초 친다고 나도 그런 줄 아나?

"아뇨, 저도 좀 못하더라도 열심히 하는 사람이 나은 것 같은데요?"
"…그래?"
"그렇죠~ 계속 같이 일할 거면, 미래를 생각하면 결국 전자가 잘하게 될 거 아니에요?"
"…!"
이세진은 자기도 모르게 결론을 내렸다.
"같이 갈 사람이면 그편이 낫죠."
시원했다.
"……."
배우는 순간 젓가락을 떨어뜨릴 뻔했다.
'왜 저래?'
하지만 곧 고쳐잡으며, 꽤 밝아진 투로 중얼거린다.
"…그렇긴 하지. 네 말이 맞아."
"그렇죠~?"
오늘 중 처음으로 둘의 대화가 알맞게 끝났고, 이세진은 살짝 생각을 바꿨다. 뭐… 성격은 좀 괴팍한 것 같지만 나름대로 일할 때는 비전이 있는 타입인가 보다.
'그건… 나쁘지 않지.'
그리고 둘의 대화에 일절 끼어들지 않고 밥을 먹던 류건우는, 그제야 말을 다시 시작했다.
"일 이야기가 나와서 말인데, 그럼 연습량은 어느 정도가 적정할까.

배우랑 아이돌은 분야가 좀 다르지만."

"음~ 일단 꾸준함이 중요하지 않나?"

"…그래. 아무래도 몸에 배는 습관이라는 게 있으니까."

자연스럽게 세 사람이 다 참여하는 걸로 대화가 진행….

"…!"

잠깐.

'…그래서 일부러 대화를 이쪽으로 끌고 온 건가?'

저 배우가 진지한 대화에서는 입을 여니까. 그리고 자신도 짜증 나서 스몰토크를 포기해 버린 상황이지만, 진지한 대화는 할 테니… 자신과 배우의 분위기가 더 이상해지지 않도록 말이다.

"……."

이세진은 어쩐지 민망해져서 그릇으로 시선을 내렸다. 자신이 나이는 어려도 선배인데, 이런 자리에서 배려받는 건 좀 그랬다. 하지만 동시에… 마음이 좀 편안했다. 든든한 느낌이라고 해야 하나.

'와~ 아주 별소리를 다 하네.'

그는 결국 포기했다. 아무래도 자신은 새로 만든 인맥을 그냥 친구로 삼고 싶은 모양이었다.

'…아이돌 친구 좋지.'

이세진은 한숨을 참으며 된장 국수를 입에 넣었다. 맛있었다.

동명이인을 데리고 진행한 식사 자리는 결국 잘 끝나기 했다.

이세진이 떠나자마자 배세진이 기함하며 이 평가를 내리긴 했지만.

―쟤 나이가 어려도 완전 인간이 똑같잖아!

물론 여기서 끝은 아니다.

―…그래도 나쁘진 않았어.

다른 상황과 입장에서 만나보니, 데뷔 시절 삐걱거렸던 것들을 반추하게 된 모양이다. 아마 상황이 달랐으면 더 빨리 싸우고 풀었을 것 같다고 생각하는 것 같았다.

[앞으로 두 분 더 잘 지내실 것 같아요…]

그럴 수도 있고.
아무튼 나는 다시 사장을 쥐어 패러 가는 배세진을 배웅했고, 이후엔 김래빈의 피어싱을 고르기 위해 외출했다는 다른 세 놈과 합류했다.
"세진 형들 만났어요? 다음에 저도 불러요!"
차유진은 이 말을 남기고 김래빈과 피자를 사러 뛰어갔고. 류청우는 이렇게 평가했다.
"세진이, 그러니까 이세진이를 굳이 만난 건… 나중에 기억이 돌아왔을 때 조금이라도 덜 서운하게 하려는 거지?"
"……."

나는 스마트폰을 내렸다.

"그건 아니고. 이름값 있는 선배 아이돌 인맥 있으면 편하니까요."

정보를 다 아는데 굳이 활용 안 할 것도 없지 않은가. …잘 맞는 놈이기도 하고.

류청우는 잠시 멍하니 있다가, 곧 웃음을 터뜨렸다.

"알았어! 문대도 여전하다. 래빈이처럼."

"…!"

"아, 저기 애들 온다. 피자 좀 가져올게."

"아니…."

이 새끼 또 말을 안 듣네.

어쨌든, 그날은 그렇게 저녁으로 피자를 씹으며 이 세 놈과 오피스텔에서 보내게 됐다.

'무슨 만남의 날이냐.'

그리고 내가 '저도 문대 형으로 불러드리는 편이 더 편하십니까?'라고 물어보는 김래빈에게 적당한 변명거리를 지어내고 있을 때, 인터넷에서는 LeTi 서바이벌에 대한 새로운 소문과 여론이 부상 중이었다.

[탈락자 스포 봄?]

ㄹㅊㅇ 나와서 최태준 탈락

-???
-무슨 소리야
-ㄹㅊㅇ가 누군데
　└양궁 금메달 걔ㅇㅇ 겄누 친척이래
-걔가 여기 왜나옴
-존나 적폐 냄새 솔솔...

　새로운 발화점에서 불타오르기 시작하는 그 판을 두고 서바이벌의 새로운 촬영은 곧 시작되었다.
　…그리고, 전혀 예상하지 못한 우연도, 거기서 기다리고 있었다.

　돌아온 〈Wise〉 촬영 날. 이번에는 사장이 스테이지에서 훈수 두는 촬영 컷 없이 숙소에서 우등반과 열등반을 발표하자마자 바로 본 컨텐츠로 들어갔다. 탈락자 나오는 스테이지 퍼포먼스 말고 그 전에 하는 아이돌용 이벤트 말이다.
　공익 광고, 화보 촬영에 이은 다음 타자는….
　"이번 이벤트는 길거리 게릴라 콘서트입니다."
　"와!"
　"헐…."
　아무래도 지자체와 모종의 거래가 있었다는 생각이 들지만, 어쨌든 우리는 명동 한복판에 있는 가설치 무대 시설에서 퍼포먼스를 하게 됐다는 뜻이다.

[오 재밌겠네요!]

시청자는 그럴 수 있겠다. 하지만 참가자 입장에서는… 글쎄다.

[예…? 어어, 다 해본 무대 다시 하는 거 아니었어요?]

그건 맞지만 인원이 달라졌다. 탈락자도 생겼고 새로 들어온 인원도 있어서 동선과 파트 수정이 많을 텐데.
"돌아오는 금요일, 오후 6시!"
봐라, 촬영 일정상 이틀 주지.
'밤새우라는 소리야.'

[……. 극한직업….]

그렇게 됐으니 이번에도 야근 확정이다. 아무리 나나 기억 있는 놈들이 짬으로 빨리 따도 미리 들어가서 잘 수는 없지 않은가. 동선은 다 같이 맞춰줘야 한다.
'물론 나보다 더 많이 일할 놈도 있지.'
지금 침대에 짐 푸는 나한테 말 거는 이놈 말이다. 사실상 이 소속사 데뷔조에서 안무 연습을 주도하는 놈.
"어서 와요, 형. 금방 올 줄 알았어요, 정말로요."

"어, 고맙다."

오늘 자 촬영으로 〈우등반〉에 복귀한 류건우를 따스하게 맞아주는 신재현이 카메라를 등지지 않고 손을 내민다.

'역시 기회를 안 놓치는군.'

나는 한 번도 우등반 침실에서 짐 뺀 적 없는 옆자리 청려와 악수하며 컷 신을 하나 뽑았다.

아무래도 이놈은 이 이미지로 계속 갈 생각인 것 같다. 한 번도 우등반에서 떨어진 적 없는, 완벽한 리더 포지션으로 말이다. 하기야 그 정도로 일관성 있다면 그것도 서사가 되고 캐릭터가 견고해지긴 하겠다.

"프로그램에서 정해준 반은 임의로 나눈 순간일 뿐이야. 그런 것과 상관없이 우리가 다 같이 데뷔한다고 생각하고, 열심히 하자."

"네…!"

저 감동적인 대사를 그동안 몇 번이나 써먹었을지 궁금하군. 나는 놈이 다른 연습생을 살뜰히 챙기는 척 한계까지 굴리는 것을 보며 이틀을 보냈다.

그리고 당일.

[오오…! 사람들이 벌써 많이 모여 있는데요?]

그거야 게릴라라고 적고 3시간 전 공지하는 방식이니까 당연하지 않을까. 인터넷에 퍼지자마자 시청자들이 달려온 모양이다.

'그게 아니어도 관광객들이 꽤 모이긴 했고.'

명동이다 보니 KPOP에 관심 있는 외국인들이 즐비했다. 아직 외국인이 환호하는 그림을 뽑는 것을 선호하는 추세가 남아 있던 시절이다. 그걸 노린 것도 있겠지.

어쨌건 오랜만이든 처음이든, 공개된 야외무대 앞에서 참가자들은 좀 흥분 상태다.

"우리 구호 한번 외치고 올라가자."

"Yes I am! 와이즈 파이팅!"

그리고 직전까지 모 대학의 바이올린 연주회를 하던 작은 무대에 올라가는 것이다.

와아아!

날것의 함성. 응원 문구부터 비명까지 정리되지 않은 말초적 반응. 햇볕, 바람, 냄새. 오랜만에 개방된 야외에서 하는 공연은 또 다른 맛이 있었다.

'행사 뛰는 기분인데.'

물론 익숙한 곡이 아니라 전부 남의 곡으로만 세트리스트가 채워졌다는 게 묘한 느낌이긴 하지만 말이다.

그리고 나만 그런 느낌을 받은 건 아닌 모양이다.

백스테이지 카메라 외곽.

"좀 그립네."

이틀 만에 주제가와 팀 무대 결원 채우기를 동시에 해낸 5년 차 아이돌 류청우가 중얼거린다. 그리고 차유진이 투덜거린다.

"저는 우리 곡 하고 싶어요."

둘 다 혹시라도 마이크에 잡힐까 주어 없이 말하는 솜씨가 일품이군. 나는 느리게 고개를 끄덕였다.

"건우 형!"

"음?"

옆에서 몸을 풀던 김래빈이 심각한 얼굴로 내게 속삭였다. 잠깐, 그러고 보니 이놈은 기억도 없는데 괜히 수상쩍다는 인상을 줬을 수도….

"혹시 주제곡이 급작스럽게 세트리스트에서 제외될 수도 있습니까?"

"…?"

"차유진이 지칭한 '우리 곡'이 다 함께하는 공통 퍼포먼스의 곡을 가리킨다면 주제곡일 텐데, '하고 싶다'라는 표현은 현재 하지 못한다는 것을 전제합니다."

"……."

"그렇다면 세트리스트에서 제외되었다는 결론을…."

나는 간신히 입을 열었다.

"빨리하고 싶다는 뜻일걸. 주제곡을 제일 마지막에 하잖아."

"…! 그렇군요! 친절히 설명해 주셔서 감사합니다."

정말 독보적인 놈이다. 저걸 카메라가 못 잡았을 거라는 게 아까울 정도다.

'기억이 있었으면 분명 혼자 공정하지 않다고 양심 통에 시달리다 타다 나겠군.'

아무래도 김래빈이 당장 동료 뽑기에서 나온다고 해도 이 프로그램 끝난 후에야 각성시켜야겠다.

이후로도 미니 콘서트는 50분을 꽉 채우도록 이어졌다.

마린룩을 입은 채로 했던 진채율과의 데스매치 무대도 꽤 후반에 재연되었다. 물론 마린룩은 아니고 적당히 야구점퍼나 입긴 했지만, 결국 대중의 평가와 타협한 사장이 곡을 리스트업에서 빼지 못하고 넣은 모양이다.

과연 기획사 사장다운 자본주의적 판단이다. 채율 이놈은 단순히 인정받았다는 생각인지 좀 신난 것 같다만.

"김태인 사장님께서도 우리 무대를 여러 번 보시니까 진가를 알아주셨나 봐요! 이번 무대는 보자마자 좋아해 주실지도…."

"맞아, 맞아!"

신오와 히히덕거리는 꼴이 아주 VTIC이던 때와 똑같군. 이놈은 이런 머리가 해맑은 면모가 방송에서도 드러날 때마다 팬이 붙는 것 같더라. 구김살 없어 보인다나. VTIC일 때도 이런 행동을 잘 잡아낸 데이터가 비쌌던 것 같은데… 뭐, 아무튼 수요 확실한 놈이다.

'무난히 붙겠군.'

나는 짧게 결론을 내린 뒤, 사람들에게 손을 흔들며 무대에서 내려왔다.

그리고 공연 막바지.

"감사합니다!"

끼야아아악! 으아악!

주제곡 퍼포먼스까지 모두 마치자, 통행에 방해가 될 정도로 사람이 늘어났다. 인파가 인파를 부르는 군중심리다.

'그냥 환호하는 게 재밌는 것 같기도 하고…'

건우야! 으아아 잘생겼어!

예… 감사합니다.

어쨌든 호명이 나오는 대로 리액션은 했다. 칭찬받는데 기분 나쁠 사람 없지.

그렇게 카메라가 사람들의 호응을 충분히 딴 후, 드디어 참가자들에게 사전 고지하지 않았던 깜짝 이벤트까지 터진다.

"오늘 게릴라 콘서트까지 와주신 열혈 시청자분들을 단상 위로 모시겠습니다~"

"헉!"

"지금요?"

바로 깜짝 팬미팅이다.

이럴 것 같긴 했다. 아까 무대 올라오기 전에 보니까 사람들을 몇 명 따로 추려서 앞으로 보내는 것 같더라고.

"흠흠."

"어서 오세요…. 막 이래."

나는 자기들이 더 설레고 긴장하기 시작한 참가자들의 얼굴을 보며 내심 고개를 저었다.

'오랜만이네.'

나도 데뷔 쇼케이스 때 페트병 맞은 이후로 사고 날까 봐 불특정 다수를 대상으로 즉석 추첨 같은 건 거의 못 했거든.

이윽고 두세 명씩 사람들이 위로 올라온다. 그리고 각자가 응원하는 참가자를 향해 간다.

"와악! 어떡해!"

"여기 오셔서 저랑 인사하시면 돼요."

"으악!"

나는 무대를 올라와 내 앞으로 다가오는 몇 명과 악수를 하고 가볍게 포옹을 했다. 대부분은 흥분인지 긴장인지 모를 것으로 몸을 부들부들 떨고 있었다. 공개 장소라 그렇겠지. 이건… 박문대일 때와 큰 차이가 없군.

그렇다면 차이는?

"으허허어 너무 잘생겼어요…"

"감사합니다. ……잘 관리하겠습니다…?"

"아 너무 좋아…"

'귀엽다'보다 '잘생겼다'의 빈도가 압도적으로 많다. 그리고… 볼 콕 같은 건 잘 요구도 안 하네.

…즉석 추첨이라 그런가. 아니면 아이돌 팬 고인물만 있는 게 아니라 방송이라 그런가. 알 수 없지만 좀 더 조심스럽게 대하는 느낌이다. 다시 말하자면 좀, 덜 편하게.

'…류건우 인상이 안 좋아서 그러나.'

아니, 아쉽다는 건 아니지만.

어쨌든 제작진이 적당히 맞춰서 섭외한 건지 누구 한 참가자에게만 사람이 안 가는 불상사는 없었다. 직전에 겨우 출연 분량이 방영된 류청우에게도 사람이 가더라고.

[이런 게…… 몇 년 후에 돌이켜 보면 진짜 말도 안 되게 운 좋은 경험이었다고 생각하게 되는 그런 거죠?]

야, 몇 년 후까지 여기 있으면 안 되지.

[앗.]

나는 내 앞에 사람이 없을 때마다 이놈과 잡담이나 하며 다음 타자를 기다렸다.
"마지막 분들 모시겠습니다~"
그리고 제일 오래 기다린 서너 명이 무대에 올라왔을 때.
"…!!"
그중 처음, 무대 위로 발을 올린 사람을 나는 곧바로 알아보았다. 그 사람은….

[어? 형 팬분!]

그렇다. 나, 그러니까… 테스타 박문대의 팬이었던 사람이다. 어떻게 알아보냐고?
'…첫 대포였으니까.'

〈아주사〉 제작발표회에서 나한테 볼 콕 해달라고 강렬히 요청했던 첫 홈마였다. 그리고 개 탈 쓰고 광고판 인증 갔을 때도 만났었지. 이 정도만 해도 잊기 힘든데 그 후로도 꾸준히 봤다.

[와~ 여기서도 보네요!]

…그러게.
나는 순간 풀 뻔한 자세에 다시 힘을 줬다. 그리고 표정을 유지했다.
'알아보면 미친놈이지.'
조용히 있자 조용히.

[제가 다 반갑다니까요! 저 상태창이었을 때만 봤었잖아요!]

이놈이 대신 호들갑도 떨어주고 있으니 나까지 할 필요는 더 없군. 그 팬은 상당히 씩씩한 발걸음으로 무대 위에 서 있는 참가자들을 향해 다가와, 내 앞까지 왔다.
그리고 지나쳐 갔다.
"안녕하세요!"
…내 옆, 진채율의 자리를 향해.
"정말 정말 응원하고 있습니다. 완전 귀엽고 멋지고 최고예요. 채율이 하고 싶은 거 다 해."
"으학! 감사합니다!"
"……."

나는 조용히 선 자세를 고쳤다.
류건우의 게릴라 팬미팅은 그렇게 끝났다.

알고 있었다.
류건우와 박문대는 인상이 꽤 다르며, 아무리 좀 섞였다고 해도 외양에서 차이가 있다. 외양뿐인가. 대중 이미지에서도 차이가 있다.
'수요가 다를 수밖에 없어.'
그러니까, 박문대를 좋아하는 사람이 꼭 류건우를 좋아하리란 법은 없다는 것이다.

[형……]

괜찮다.
마침 게릴라 콘서트가 끝나고 퍼포먼스 컨텐츠가 시작되기 전에 몇 시간 촬영 준비로 공백이 생겼다. 그냥… 그렇게 시간이 생겼으니, 생각을 정리하는 거지. 현실도 자각할 겸.
'이거 순 멍청한 새끼 아니야.'
여긴 현실이 아닌데 뭘 당연히 똑같이 흘러갈 거라고 자연스럽게 믿었냐. 그리고 현실이라고 해도 개개인이 아이돌을 계속 응원할지 말지는 본인 마음 아니냐? 더 생각할 것도 없다.
…아이돌로서, 류건우는 박문대가 아니다. 잊지 말자.

[저는 형이 어느 모습이든 멋있다고 생각해요! 정말로!]

이 녀석은 배알이 없어 보일 정도로 이타적이고 욕심 없는 놈이라 그런 거고. 사실 같은 사람인 걸 알아도 한쪽만 선호할 수도 있지. 진짜 대인관계도 아니고 일방적으로 응원하는 입장에서 당연한 일 아닌가.

[꼭 그런 건 아니죠! 분명 형만 가지고 있는 아이돌로서의 그 느낌이 있을 테고, 외양이 달라져도 마…….]

"……."

나는 열심히 위로의 말을 적어 내리는 팝업을 읽다가, 문득 그런 생각이 들었다. 아무리 이놈이 이타적이라고 해도 이건… 좀 과하지 않나. 특히 이놈 입장을 고려한다면 더.

'넌… 네가 공무원 시험까지 붙어놓은 몸에 또 내가 들어앉은 게 싫지도 않냐.'

[……]

내가 싫진 않더라도, 최소한 이 상황에 거부감은 느껴야 맞지 않나. 자기는 몸 없이 붕 뜬 상황에 내가 몸 두 개를 다 써먹는걸.
팝업이 떨린다.

[하지만… 저는 진짜 아무렇지 않은데요.]

나는 조용히 한 자 한 자 뜨는 팝업을 보며 이상한 위화감을 느꼈다. 이건 날 위로하려고 하는 게 아니라 진짜 진심이었다. 그리고 본인도 그것에 위화감을 느낀 것이다.

[이거 이상한 건가요? 잘 모르겠어요. 이제 사람이 아니라 그런가……]

'너 사람이야.'
나는 곧바로 잘라 말했다.
'남 걱정을 그렇게 하는 놈이 사람이 아니긴 무슨.'

[아아니 저희가… 남은 아니니까ㅠㅠ 흑흑 아무튼 감사합니다…….]

팝업은 안심한 듯 평소 같은 분위기로 돌아왔지만 내 머릿속은 내색하진 않았으나 더 복잡해졌다.
'인간성이 없어지는 현상이 심화되었다… 고 정리할 수 있는 상황인가.'
어쩌면 이 상황에서 대화할 사람이 나밖에 없고 심지어 나와도 본인에 관해서는 대화를 거의 나누지 않으니 더 가속된 걸 수도 모르겠다. 이거 제대로 이야기를 해보긴 해야겠는데…… X발 나도 지금 머리가 복잡해서 뭣부터 해야 할지를 모르겠다.
'한심하군.'
나는 조용히 카메라 없는 복도에 앉아, 머리를 숙이고 눈을 감았다.

내 대가리가 현 상황을 다 납득할 때까지 그럴 생각이었다.

그렇게 얼마나 시간이 지났을까.
"저… 괜찮으세요?"
낮은 목소리가 들렸다. 참가자는 아니고, 스탭인가. 복도에서 웬 놈이 넋 빼고 있으니 혹시 싶어서 말 걸었나 보다.
"…예."
알아서 정신 차리면 들어갈 거란 뜻으로, 나는 살짝 고개까지 끄덕였다. 설마 상태 나빠 보인다고 카메라를 끌고 오진… 아니, 방송국 놈들이면 그러고도 남겠군.
그리고 아니나 다를까, 복도를 가볍게 뛰어가는 발걸음 소리가 들리더니 곧 다시 돌아온다. 카메라 들고 왔냐?
"여기."
하지만 얼굴 앞에 훅 끼치는 것은… 따뜻한 수증기다.
스팀에서 올라오는 연기. 나는 눈을 떴다.
"저는 몸이 안 좋거나 기운이 없을 때 따뜻한 음료를 마시면, 좀 좋더라고요."
어디서 났는지, 하얀 종이컵을 들고 있는 손이 보인다. 김이 모락모락 피어오르는 종이컵 안에는 검은 음료가 보인다.
"물론 사람마다 다르겠지만… 따뜻한 온도는 똑같으니까요. 조금 드셔보세요."
나는 그것을 받아들고 들이켰다.
…핫초코였다. 고개를 들었다.

"어때요?"

검은 머리.

"단 걸 별로 안 좋아하는 분도 이럴 때는 괜찮다고 하시더라고요. …좀 더 드셔보실래요?"

20대 중반의 선아현이 거기 있었다.

"……"

예상치 못한 조우로 입이 굳는다.

사실, 이 녀석이 여기서 어떻게 사는지는 이미 알고 있었다.

'나오니까.'

기사. 인터뷰, 잡지, 위튜브…. 검색창에 '선'까지만 입력해도 자동완성으로 선아현의 이름을 볼 수 있다는 건 현실과 다를 게 없다.

그러나 키워드가 다르다. 이곳의 선아현은 발레를 그만두지 않았으니까.

[선아현, 프리 드 로잔 우승… 한국 발레 미래 밝아]
[발레도 K-신드롬? 선아현 "성실히 임했다"]

10대만 참가하는 모 국제 콩쿠르에서 입상을 시작한 뒤에 각종 콩쿠르에서 두각을 나타내며 해외 발레단에 들어갔다. 워낙 인물이 괜찮은 놈이다 보니 위튜브에서 알고리즘을 타자마자 한국에서도 유명해졌고 토크쇼 출연 후 광고도 몇 편 찍었다고 한다.

그래서 일단 류건우가 데뷔하지 않고서야 만날 일은 없겠다고 생각했는데 당사자가 갑자기 튀어나와서 말을 걸고 있는 것이다. 말 한 번 더듬지 않고, 내가 아는 놈의 목소리보다 훨씬 정제된 어투로.

"커피로 다시 드릴까요?"

"…아뇨."

대가리를 후려 맞은 기분이다. X발.

나는 입안에 남은 음료를 다 털어 넣고 중얼거렸다.

"감사합니다. 잘 마셨습니다."

그러니까 좀 가라.

"네…."

그러나 선아현은 자리를 뜨지 않고 조용히 옆에 앉는다.

'뭐 하는 거지.'

나는 반사적으로 놈을 확인했다. 평상복 같은 검은 목티 차림에 세팅하지 않은 머리다. 아이돌로서 촬영장에 왔다면 굳이 하지 않을 상태.

"……"

왜 선아현이 아이돌이 아닌 저 상태인지 새삼 의문이라도 느낀 건 아니다. 아이돌이 된 선아현과 이놈이 인생의 어느 지점에서 차이가 난 건지 하나는 확실히 알고 있으니까.

[세화예술중학교 졸업명단]

'동기 중에 채서담이 없었어.'

이곳의 선아현은 연령대가 다르기 때문에 예중에서 채서담을 만나지 않은 것이다. 그래서 아무 탈 없이 졸업하고, 계속 발레를 전공하며 그 길을 쭉 걸은 것이다. 탈선의 여지없이.

─사, 사실… 발레를 계속하기엔, 체형, 문제도 있었고.

 이놈이 전에 발이나 골반 따위의 이야기를 하며 그만뒀다고 말했지만, 정신적 원인도 없진 않았던 모양이다. 체격 조건이 달라지지 않았어도 지금 여기서 발레를 계속하고 있는 걸 보면.
 '…그래서 굳이 컨택하려고 하지도 않은 건데.'
 사실상 더럽게 부자연스러운 것 외에는 만날 방법도 없을뿐더러, 만난다고 해도 무슨 권유를 한단 말인가? 이미 현실과 비슷한 나이대에 전혀 다른 분야에서 직업적 성취를 얻었을 놈에게 말이다. …각성을 시켜봤자 혼란스러워만 하지 않겠냐고.
 '그냥… 알아서 살게 놔두고 클리어할 생각이었는데.'
 나는 말없이 종이컵을 접어서 내려놓았다. 그러자 불쑥 목소리가 끼어든다.
 "혹시 쉬는 데에 제가 방해했다면 죄송해요."
 "그런 건 아니고요."
 변명이나 만들자.
 "좀 놀랐습니다. 이런 곳에서 갑자기 선아현… 선수님을 뵐 줄은 몰라서요."
 운동선수도 아닌데 무슨 국가대표 부르는 것처럼 말하긴 했다만 상관없겠지.
 "걱정해 주셔서 감사합니다."
 "아…. 네."

놈은 희미하게 웃더니 뭔가 말하려는 듯이 입을 열려 했으나, 주머니에서 놈의 스마트폰이 울리기 시작했다.

드르륵.

그러자 놈의 안색이 좀 난감하다는 듯이 바뀐다.

"혹시, 괜찮으시면 저를 여기서 만난 건 비밀로 해주실 수 있을까요? 제가 실수를 했어요."

"그럼요."

"감사합니다. 아,"

선아현은 내가 바닥에 놓은 종이컵을 굳이 회수하더니, 곧 울리는 전화를 받으며 복도를 빠른 걸음으로 달려갔다. 그 와중에도 돌아보며 목 인사까지 하는 게 속 알맹이는 여전한 모양이다.

[선아현 님이 왜 여기에…]

나는 한숨을 참았다.

'뻔하지.'

한창 준비 중인 프로그램 세트장 복도 한복판에서 만났는데 자길 못 본 척해 달라고? 프로그램에 출연한다는 뜻이다. 안무 조언 같은 비공개 컨설턴트 역할이 아니라, 진짜 특별 출연으로.

예를 들자면… 그래. 심사위원.

"이번 퍼포먼스의 주제는 '예술'입니다."

다시 시작된 촬영.

스테이지에서 사장이 또 신나게 마이크를 잡고 말하는 중이다.

'가수는 각종 콜라보와 기념 무대에서 특수한 무대를 할 수도 있다, 그러니 의미 깊은 무대도 제대로 표현할 수 있어야 하며'로 시작하는 긴 설명을 요약하면 이거다.

―우리 예술 관련 특별 출연자 섭외했어! 써먹어야 함!

'저기 선아현이 포함되어 있겠군.'

그리고 예상대로, 사장은 임의로 구성한 팀을 발표하기도 전에 '특별 심사위원들'이라는 명칭으로 놈을 소개했다. 무슨 팝아트 거장부터 시작해서 오케스트라 지휘자까지 입장한 뒤.

"발레리노 선아현 씨입니다."

"우와!"

남자 아이돌 그룹 만드는 프로그램에서 비교되게 저런 놈을 섭외해도 되는 건지 모르겠지만, 아무튼 사장은 신난 것 같았다.

차유진이 내 등을 쳤다.

"형, 봤어요??"

"그래."

눈 있는데 당연히 봤지.

다행히 차유진 정도의 호들갑은 그냥 방송용 리액션으로 넘어가는 분위기다. 어쨌든 사내 기획사 서바이벌에 쓰기엔 라인업이 화려하긴 했으니까.

'방송이 잘돼서 전보다 투자가 좀 더 붙은 건가.'

아는 놈은 하나다.

나는 청려를 돌아보았으나, 당연히 태연자약한 방송용 얼굴이다. 그리고 눈이 마주치자 무슨 특별 심사위원들에 대한 감상 시그널이라도 보내는 것처럼 씩 웃는다. 리액션 컷까지 챙기냐. 정말 여러 의미로 징한 놈이었다.

'물론 다른 방법으로도 읽을 수 있지만.'

나는 상태창에서 〈동료 목록〉을 불러왔다. 자, 이걸로 보면 대충 저놈의 생각이라도 알 수 있겠….

[신재현 : 열심히 촬영 중(^-^)]

"……."

이거 좀 더 상세히 알 수는 없나?

[형 프라이버시! 동료의 프라이버시를 지켜줘야죠!]

아, 그래. 나는 입맛을 다시며 상태창을 껐다.

별개로 큰달이 팝업으로 일부러 호들갑을 떠는 게 느껴졌다. 촬영 전에 내가 복도에 처박히는 지랄을 떨어서겠지.

'지금은 괜찮은데 말이지.'

그래. 촬영은 시간과 공간을 다 일을 위해 뚝 떼어놓고 하는 짓이라 잡생각을 최대한 배제할 수 있는 게 좋았다. 일하는 감각이 지배적이니 목표 지향적으로만 대가리를 굴릴 수 있는 덕분에 머릿속이 덜 시끄럽다.

'쓸데없는 생각은 앞으로도 금물이다.'

그냥 오랜만에 얼굴 본 놈 반갑다 정도로 끝내고, 첫 홈마도… 뭐, 그래도 재밌게 사는 것 같으니 됐다. 그렇게 끝내자. 나는 그냥 사장이 발표할 내 팀이나 기다렸다.

"심사위원분들께서는 여러분에게 멘토로서의 피드백도 주실 예정이니, 각 심사위원분의 산하로 팀을 결성해 드리겠습니다."

알았다, 새끼야.

그리고 참가자가 하나씩 불린다.

3인 1조로 총 4개 조로 편성됐는데, 류청우와 청려가 같은 조라는 것 외에는 별 특이사항은 없었다. 내가 불리기 전까지는.

"류건우, 정우단 그리고… 진채율."

"…!"

"멘토 아티스트는 선아현 발레리노십니다."

"……."

선아현에 진채율까지.

'촬영이라 괜찮다고 했더니 난이도를 올려주네.'

이번 팀전은 X발 내 인내심을 실험할 모양이다.

"형, 드디어 같은 팀이에요!"

"그러게. 잘 부탁한다."

"네! 열심히 하겠습니다!"

진채율은 컨디션이 대단히 좋아 보였다. 그리고 본인이 이유도 줄줄 털어놓는다.

"저희 진짜… 사장님께서 생각을 바꿔주셨나 봐요. 게릴라 무대도 그렇고, 저희 다시 같이 무대 하게 만들어주신 것도 그렇고요!"

생각은 자유다. 그걸로 컨디션까지 좋아졌다면야 뭐 상관없지. 물론 진짜 사장이 취향을 뛰어넘어 마린룩 무대를 좋아하게 된 건 아닐 테지만.

나는 팀원과 멘토를 다시 한번 체크한 뒤 결론을 내렸다.

'마린룩 이미지 박살 내려고 일부러 이렇게 줬어.'

발레리노와 짝을 지어놨으니 그때처럼 가벼운 컨셉의 무대는 못 할 테고, 거기에 분위기 잡는 용도로 주단까지 끼워줬다 이거다. 즉, 전에 마린룩 무대보다 인상 깊은 걸 뽑아서 나랑 진채율 조합이 가진 이미지를 덮어버릴 생각일 것 같다.

'꿈도 크군.'

세상에 청려 덕 보는 놈이 있다면 그 새끼가 제일일 것이다. 무슨 사장이 이렇게까지 쓸데없는 취향 고집을 가지고도 기획사가 성공했냐.

'어쨌든… 이번에도 내가 리더인가.'

다른 둘이 VTIC 멤버니 별수 없다. 둘 다 예스맨이겠지. 그리고 슬슬 다시 리더를 해서 사장 극찬 한 번 받아야 그림이 예쁘지 않겠는가.

"그럼 우리 잘해보자."

"네네!"

"예."

나는 자연스럽게 연습용 시트를 들고 기획을 진행했다.

일단 선곡은 LeTi 소속사 아티스트 곡 중에 고르는 거고, 콜라보는… 무용이다. 당연하다고 볼 수도 있겠다. 멘토가 선아현이니까. 다행히 안무나 구체적인 편곡은 기획사 전문가와 선아현이 맡고 우리는 컨셉만 잡으면 되는 모양이고.

나는 예의상 입을 열었다.

"혹시 '예술' 키워드랑 어울리는, 하고 싶은 컨셉이 있을까."

대답을 기대하지 않았으나 놀랍게도 채율이 대단히 크게 결심한 표정으로 손을 든다.

"아, 저… 의견을 생각해 봤습니다…!"

"…!"

VTIC 놈이… 의견이 있다고? 일단 들어보자.

"편하게 말해봐."

"네! 저… 형이 우리 지난번에 화보 찍을 때 하신 컨셉 있잖아요! 그 뱀파이어 컨셉이요."

"……음, 있지."

손발이 박살 날 만큼 오그라들어서 문제지만. 나는 인터넷에서 의외로 반응이 괜찮았던 해당 화보를 떠올리며 침음을 참았다.

"그런 느낌으로 하면 어떨까요? 뱀파이어하면 왠지 우아한 느낌도 들고… 무용도 우아하니까…!"

"저는 괜찮은 것처럼 들리는데요."

"…그래, 괜찮네."

아니, 사실 괜찮지 않았다.

'왜지?'

나는 기묘한 기시감에서 답을 찾았다.
무용과 흡혈귀. 그리고 LeTi 아티스트 선곡.
'아.'
이건… 〈아주사〉 1차 팀전에서 했던 거랑 너무 겹치는데.

─*come to me*
come to me
눈부셔 네 곁의 *Paradise*

말랑달콤의 〈새로운 세상으로〉를 공포 편곡했던 그 무대 말이다.
'흐름을 틀어야 하나?'
하지만 이제 VTIC 두 놈이 서로 맞장구를 치며 대화를 끌고 간다. '해야 하는 것'과 '하면 안 되는 것'의 명문화된 가이드라인이 주어지니 이놈들도 입을 열기 시작한 것이다.
"곡 생각한 것도 있어?"
"잘 모르겠는데…. 아, 발레랑 어울리는 우리 소속사 곡을 찾아야 할까?"
"발레가 어울리는 곡인가… 그렇다면 우선 안무에 무용을 사용했던 곡들을 적어보면 되겠지."
"오케이! 형, 혹시 이거… 어떠세요? 괜찮아 보이세요?"
여기서 초 치려면 정확한 타이밍과 제대로 된 근거가 둘 다 필요한데… 문제는 스스로도 이성적으론 별로 말릴 필요가 없다는 걸 알고 있다는 점이다.

'모르잖아.'

어차피 다들 모른다.

여긴 박문대가 〈아주사〉에 나갔던 세상이 아니지 않은가. 나도 알고 있다. 어차피 그 무대는 이 세상엔 없다. 써도 아무 문제없다. 하지만······.

'닥쳐.'

뭐 이렇게 징징대는 건지 모르겠다. 정답지가 있는데 그냥 써라. 더 늦어져서 이상한 편집이 들어가기 전에, 침묵이 신중한 고민으로 비춰질 만한 지금.

입을 열었다.

"좋은 접근 같다. 나도 곡 찾아볼게."

"예에!!"

진채율의 얼굴이 훤해졌다. 놈은 '이번에는 꼭 도움이 돼야겠다고 생각했다. 지난번에는 형 혼자 고생하지 않았느냐' 따위의 말을 하더니 신나서 위튜브를 뒤졌다.

그러나 LeTi가 가진 곡을 다 뒤져도 〈새로운 세상으로〉만큼 안무에 무용을 차용한 곡은 없었다. 그럴 것이다. 그건 '유독'이라고 불러도 안 이상할 정도로 강한 구절 없이 부드러운 무용으로 연결되는 곡이니까.

"······."

하지만··· 이 정도는 괜찮겠지.

"편곡하면 무용과 어울릴 것 같은 곡도 찾아볼게. 그러면 기존과 다르게 더 새로운 매력처럼 보일 수도 있으니까 후보로."

"와··· 네네!"

나는 후보곡을 너덧 가지 더 찾아서 리스트업하며 선곡 작업을 마쳤다.

그러나 한 시간 후. 선아현은 멘토로 와서 이렇게 조언했다.
"춤마다 리듬에서 차이가 나니까, 기존에 무용 안무를 사용한 곡을 쓰시는 걸 최종 퀄리티상 더 추천해 드리고 싶긴 해요."
"아, 그러면… 이 곡으로요?"
채율이 조심스럽게 손으로 곡을 짚었다.

[말랑달콤 - 새로운 세상으로]

선아현이 웃으며 고개를 끄덕인다.
"네."
아. 그렇다면야.
"건우 형, 어때요?"
"그래."
그렇게 하자.
"멋진 무대가 될 것 같아요. 안무는 최대한 템포에 맞게 잘 나올 수 있도록 말씀드릴게요."
"네!"
"감사합니다."
놈은 몇 가지 동작을 친절하고 세밀히 알려주는 것으로 분량을 뽑았다. 그리고 돌아가기 전, 카메라 데이터를 갈 때 갑자기 내게 다가와서 말을 걸었다.

"방금 모른 척해서 죄송해요. 첫 촬영 전까지 참가자분과 이야기하면 안 된다고 하셔서…."

"아뇨. 촬영 중이었는데 당연하죠."

나는 트레이닝복 앞주머니에서 반사적으로 답례를 꺼냈다.

"핫초코 감사해요. 잘 마셨습니다."

"……네."

포도당 캔디를 받아 든 선아현은 자리를 떠야 할 분위기인데도 발을 떼지 않았다. 이유는 모른다.

"저기…."

그때, 뒤에서 큰 목소리가 들렸다.

"아현 씨~! 아현 씨?"

"…! 아, 저 여기 있어요."

선아현의 에이전시 직원이겠지.

나는 고개를 꾸벅거렸다.

"그럼 연습하러 들어가 보겠습니다."

"…네. 또 뵈어요."

놈은 직원을 따라 걸어갔다.

"……."

나는 발걸음을 돌려서 연습실로 향했다. 말랑달콤의 곡을 다시 한 번 연습하기 위해서.

아무 생각도 들지 않았다.

선아현을 다시 본 것은 이틀 뒤 중간 평가 날이었다.

모든 요소와 키워드가 겹친다면, 당연히 무대는 비슷한 결과물을 향해 간다.

선아현이 안무를 맡고 내가 리더를 맡기까지 했으니 당연한 일일지도 몰랐다. 이번 퍼포먼스가 점점 〈아주사〉 1차 팀전의 무대와 유사하게 완성되어 가는 것은.

"고생하셨습니다."

"형 여기!"

"고맙다."

나는 수건으로 턱에 맺힌 땀을 닦았다.

"형 이런 무용 쪽 안무가 잘 맞으시나 봐요! 진짜 엄청 빠르시고 완성도도 벌써 대단하고…."

"그러냐. 운이 좋았네."

이미 아니까.

현재 연습 중인 후렴 안무의 수정안은 내가 따로 체득할 것도 없었다. 거의 똑같았으니까. 그뿐만이 아니라 편곡 구성에서도 비슷한 현상이 일어난다.

'…그게 얼마나 괜찮은 선택이었는지 이렇게 증명하게 될 줄은 몰랐는데.'

전문가가 당시 첫 팀전이던 나와 비슷한 선택지를 고르는 것으로 말이다.

일주일 만에 '예술' 콜라보를 완성해야 하는 만큼 무대 퀄리티를 위해 사내 전문가들이 전보다 훨씬 많이 붙었다. 그리고 중간 평가 직전에 받은 피드백이 이것이다.

"내가 보기엔 브릿지를 좀 더 살리면 어떨까 싶은데…."
"…예."
"아무래도 다른 두 친구가 댄스 파트를 많이 했으니까, 요건 콜라보 형태로 해서 처리하자. 너 솔로로."

내 솔로. 〈아주사〉에서도 똑같이 했었다. 보컬 스탯 어필을 위해 아예 고음역대로 편성하는 파트. 사실상 편곡 구성이 거의 일치하게 된다는 선고나 다름없는 말이다.

"어때?"
"저는 완전 찬성이요…!"
아무도 반발하지 않는다.
"……."
나는 손에서 힘을 빼고 입을 열었다.
"네, 알겠습니다."
그러나 편곡자는 어딘가 불만스러운 표정으로 자기 어깨를 두드리더니, 툭 말을 뱉는다.
"혹시 건우 어디 아파? 애가 영 매가리가 없는데."
"…!"
안 되지.
서바이벌에서 기운 없어 보이는 건 태도 논란으로 번질 수 있는 지뢰다. 자진 납세가 제일 낫다. 나는 즉시 목소리를 키웠다.

"아니요! 몸살이 좀 있었는데… 컨디션 나쁜 게 겉으로 드러났다면 죄송합니다."

"아니, 죄송할 건 없고… 몸 관리 잘해야지. 이제 데뷔 코앞이야. 알지?"

"예."

그리고 도리어 양옆 놈들이 종알거린다.

"형 죄송해요. 몸 아프신 줄 모르고…."

"물이라도 좀 드세요."

"아니야. 내가 말 안 한 건데 무슨."

나는 주단에게 물이나 받으며 상황을 넘겼다. 편곡자가 재차 묻는다.

"그럼 브릿지 그렇게 간다? 건우 보컬 강조하는 쪽으로."

"예."

반발은 금물이다. 지금부턴 더 전념하는 모습으로 카메라에 비춰야 변수가 없다.

'이게 맞아.'

하지만 이 쓸데없는 거부감이 문제였다. 기량이 연습 내내 제대로 나오지 않는 불쾌한 느낌.

'망할.'

"저희 푹 쉬고 내일 다시…."

"지금 더 열심히 하면 밤에 더 푹 잘 맛이 날 거야."

"……옙."

나는 내 컨디션을 염려한 팀원들의 '굵고 빡세게 해서 일찍 끝내고 쉬자'라는 미친 소리를 자제시켜 가며 그날 오후 연습을 끝마쳤다. 한

숨이 안 나올 수가 없군.

'제정신인가.'

카메라 돌아가는데 기량이 기분에 좌우될 수준이면 때려치우는 게 맞지 않나 싶은데. 제대로 안 하냐? 동료 뽑기고 나발이고 그 명성치로 내 스탯이나 각성시켜야 할지도 모르겠다.

"형 식사는…?"

"이거 마치고 갈게. 먼저 먹어라."

나는 꽤 오랫동안 스트레칭을 한 뒤 마치고서야 식당으로 향했다. 씻고 중간 평가받은 후, 야밤에 다시 나와서 다듬을 생각이다. 기분이 엿 같았다.

드르륵.

저녁 시간대가 아니라서인지 식당엔 사람이 없었다. 독서실처럼 쓰고 있는 한 놈을 제외하고는.

"안녕하세요, 형. 여기 앉아요."

청려다.

나는 즉시 벽 모서리와 식탁을 확인했다. 놈이 실실 웃는다.

"카메라는 없어요. 그래도 대화는 할 수 있지 않나."

"……."

나는 식판에 적당히 음식을 담고 놈의 맞은편에 앉았다. 안무 동선을 적은 노트를 점검하던 놈이 묻는다.

"몸이 아픈 건 아니죠?"

연습실을 같이 쓰다 보니 대충 이쪽도 귀에 들어온 게 있나 보지.

"알면서 뭘 확인하지."

"음? 아니까 확인하는 거지."

놈은 노트를 덮더니, 가벼운 어투로 묻는다.

"반응이 좋았던 작업물이, 없던 일이 돼서 다른 상황에 써보는 건 처음이죠?"

"······."

"많이 신경 쓰이나 보네."

대체 이걸 어떻게 한 거냐.

목까지 이 말이 올라왔지만, 당연히 하진 않았다. X발, 안 할 수 없으니까 했겠지 뭐.

"그 무대 맞나요? 〈아이돌 주식회사〉 첫 팀전에서 했던 무대."

"그래."

"첫 무대는 감흥이 남다르죠. 나도 아직 기억해요."

이놈의 첫 무대?

"그러고 보니… 나도 서바이벌에서 했었네. 여기서."

"······."

"재밌는 공통점이 꽤 있어요. 그렇죠?"

놈은 허공을 잠시 응시하며 말이 없었으나, 곧 빙긋 웃었다.

"괜찮아요. 이것도 한번 해보면 아무것도 아니라는 걸 깨닫거든. 어차피 여긴 현실도 아니라면서요? 오히려 허무할걸."

"…그럴 수도 있지."

나는 식판에 꽂았던 젓가락을 성의 없이 옆으로 내렸다. 내가 이놈한테 이런 소리나 하고 있다니.

"그런데 거부감이 컨디션에까지 영향을 주는 게 문제야."

"저런."

놈은 적고 있던 노트를 덮었다. 그리고 조용히 말한다.

"오늘은 더 연습하지 말고 일찍 자요. 그리고 잘 먹고."

"……."

"사람의 사고력은 의외로 신체 상태에 지배당하기 마련이라. 관리할 생각은 있죠?"

나는 고개를 느리게 끄덕였다. 놈이 어깨를 으쓱한다.

"그래… 정 못 할 것 같으면 대안을 생각하든가요."

"그 짓을 왜 하냐."

턱!

나는 거칠게 물잔을 내려두었다.

"정답이 있고, 내가 할 수 있는데."

"알고 있네."

놈은 웃으며 자리에서 일어났다. 그리고 턱짓으로 내 식판을 가리켰다.

"그거 비우고 자요."

"……."

나는 고개를 끄덕였다. 놈은 나갔다.

"후."

원래도 없던 식욕이 바닥난 기분이군.

[밥은 진짜 꼭 드셔야 해요…]

먹고 체할 가능성을 시험해 보는 것보단 그냥 포도당이나 입에 때려

넣는 게 낫지 않나?

[그럴 리가요!?]

나는 기겁하는 팝업을 보며 피식 웃었다. 앞으로 할 일에 대해서는 좀 정리되었으나, 컨디션은 더 가라앉았다.
'일단 하면 괜찮아진다…라.'
그 예상도 기분 더러운 게 문제다. 망할.
이후 몇 분간 식판 위에 있는 음식을 다 위에 집어넣었다. 썩 유쾌한 기분은 아니었다. 그리고 식판을 정리하고 일어날 때쯤.
드르륵.
식당 문이 열리는 소리가 들린다. 굳이 쳐다보진 않았으나, 소리가 들렸다. 목소리가.
"아."
"…!"
고개를 돌렸다.
이틀 전에 봤던 놈이 서 있다. 검은 머리 선아현.
"안녕하세요. 이렇게 또 뵙네요."
"……."
나는 고개를 숙였다가 올렸다. 하지만 놈이 손을 내저었다.
"그렇게 안 하셔도 괜찮아요…! 말씀도 편하게 해주시면 좋겠어요."
"멘토로 출연하셨는데 그럴 수는 없죠."
"그래도 지금은 촬영을 안 하니까요."

놈은 희미하게 웃으며, 식당 문을 조심스럽게 닫고 안으로 들어왔다.
굳이?
"교통 사정이 좋아서 일찍 도착한 덕분에 돌아다니다가 여기까지 왔어요."
그러냐.
"저도 여기 앉아도 될까요?"
설마 멘토한테 안 된다고 말할 참가자가 있을 거라고 생각하진 않겠지.
"예."
"감사합니다…!"
뭐가 감사하다는 건지 모르겠다. 일어나기도 애매하게 됐군. 나는 다 먹은 식판을 보며 고민했다.
그러자 먼저 부드러운 목소리가 들린다.
"주신 캔디 잘 먹었어요. 저도 가끔 먹는 캔디라서요. 음, 인터미션 때 스태미나 보충용으로."
"예."
그래. 이놈이 콘서트 중간에 먹다 시간 다 돼서 뱉던 게 기억난다. 여기서는… 발레 공연 인터미션 이야기겠지만 말이다. 인터미션은 쉬는 시간이 확보되어 있으니 중간에 뱉을 일은 없었겠지.
"……"
"……"
단답으로 대화를 끊고 침묵이 계속된다. 그런데도 이놈은 말을 그만할 생각이 없는지 또 입을 연다.
"사실 복도에서 봤을 때… 낯이 익어서 혹시 아는 분인가 생각했어요."

뭐?

"그런데 가까이 가보니, 그런 걸 물어볼 상황이 아닌 것 같았어요. 고통스러워 보이셔서."

"고통이라고."

선아현은 살짝 움찔했으나, 고개를 끄덕였다.

"네. 고통스러워 보이세요. 지금도."

"……."

아주… 이놈 저놈 다 읽을 수 있게 개판인 상태로 다녔나 본데.

'카메라에는?'

아니, 컨디션이 나빴다고 변명은 해뒀으니 괜찮을 것이다. 연습도 빠지지 않고 제대로 굴렸고, 다른 놈에게 폭언한 적도 없으니 그 정도는….

"저한테 털어놓으실 의무는 없지만… 그래도 꼭 대화할 상대를 찾으셨으면 좋겠어요. 이건 제 상담 선생님 번호인데…."

"괜찮습니다."

그만 좀 해라.

"…네. 죄송해요. 제가 너무 주제넘게 참견했어요."

선아현의 얼굴이 흐려진다.

나는 한숨을 참았다. 그리고 숨을 내쉬려다가, 나도 모르게 불쑥 대답했다.

"주제넘은 건 아니고,"

"네."

"그냥… 이미 같은 곡에 같은 컨셉으로 무대를 만들었던 적이 있어서요."

"…이번 무대요?"

"예."

나는 시선을 내렸다.

"…지금은 못 보는 친한 사람들과 다 같이 했던 첫 무대라, 지금 하는 걸로 방송에 먼저 나온다는 게 내키지 않아요."

내가 말하고도 제정신인가 싶은 이유군. 선아현의 얼굴이 흐려졌다. 비슷한 생각을 하나 본데?

"그러면… 그렇게 힘든데 왜 말하지 않았어요?"

왜겠냐.

"그편이 결과가 더 좋을 테니까."

"…!"

"그 무대는 반응이 좋았거든요. 검증된 걸 굳이 안 써먹을 정도로 바보는 아닙니다."

이 반응을 타 소속사 월말평가쯤으로 오해할 수도 있겠군. 아무래도 상관없지만.

"……."

선아현은 잠시 식탁을 보며 말이 없었으나, 곧 단호한 목소리로 말했다.

"꼭 좋은 결과만이 답은 아니에요. 스스로 마음이 고통스럽지 않은 선택도 답이에요."

"…!"

프로답지 않은 발언이었다. 그러나 선아현은 무르지 않았다.

"하고 싶지 않은 마음을 정면으로 거슬러 이겨야만 승리는 아니에요."

놈은 머뭇거리다가, 흐린 목소리로 덧붙였다.

"저는… 지나치게 마음을 외면하고 살아서 고통스럽기도 했거든요."

"……."

"그리고 건우 씨는 분명 경로를 틀어도 좋은 무대를 보여줄 수 있어요. 무대와 해석에 단 하나의 정답은 없으니까."

그리고 부드럽게 정리했다.

"그러니까… 꼭 이겨내야 한다는 마음으로 고통을 고집하지 않아도 괜찮아요. 대안도 정답이 될 수 있어요."

나는 대답을 찾지 못했다.

내용이 충격적이며 순간 혹했다는 것은 부정하지 않겠으나… 하나 더.

'…별 난관 없이 잘 사는 줄 알았는데.'

더듬지 않는 정제된 말투와 낯선 상황에서의 소통 적극성, 그리고 업적에 가까운 성공. 원래 세계에서 선아현이 되찾아 가던 것들을 이미 다 가진 놈이다.

누가 봐도 이쪽이 잘 사는 놈 같아 보이지 않는가. 그런데 이놈이 하는 소리는 왜 저렇게… 아니, 처음 보는 놈한테 고통에 관한 이야기나 하고 있냐고.

꼭…….

[형?]

'아.'

침묵이 너무 길었군. 나는 가까스로 대답했다.

"…감사합니다. 참고하겠습니다."

그렇게 하겠다는 답은 아니었으나, 선아현은 제법 기쁘게 고개를 끄덕였다.

"아니에요. 갑자기 낯선 사람이 이런 말 해서 놀라셨을 텐데, 어른스럽게 받아주셔서 감사해요."

"아뇨. 저야말로… 조언해 주셔서 위로가 됐습니다."

"그렇다면 다행이에요."

분위기는 가까스로 훈훈해졌다. 카메라가 안 돌고 있어서 다행일 뿐이었다. 선아현은 좀 밝아진 얼굴로 이렇게 권유했다.

"그리고… 저희 나이 차이도 별로 안 나요. 편하게 부르셔도 괜찮아요."

"그럼 멘토님부터 말 놓으세요."

"아, 음… 먼저 놓으시면."

놈은 애매하게 웃었다. 그럴 줄 알았다.

그리고 여기서 무슨 말을 더하기도 전에 놈의 직원에게서 지난번처럼 호출이 왔다.

"가보셔야 하지 않나요."

"아, 네."

그제야 놈은 일어섰다.

"곡이 바뀌어도 제가 상의한 일이라고 말할 테니까, 걱정하지 마세요."

가당치도 않은 이런 말을 하더니 식당을 떴다.

"……."

그래도 멘토라는 놈이 한 말이라 그런가, 좀 속이 편하긴 하군.

'꼭 할 필요는 없다… 라.'

[형… 아현 님 말이 맞는 것 같아요. 형 싫으면 안 해도 되는 거 아닐까요??]

그건 충격과 별개다. 필요하면 해야지.

드드드등!

팝업이 야유하듯 떨린다.
'그만해라.'
그런 걸로 안 바꿀 거다. 그러자 이번에는 풀 죽은 듯이 줄어든다.

[ㅠㅠ… 그럼 그냥 커버 무대 콜라보 같은 걸로 생각하는 건요? 아니 뭐 형 나온 아주사 한 번 더 하는 것도 아니잖아요! 후배랑 같이한다고 생각해 버려요!]

헛소리처럼 들리는데 의외로 설득력 있는 발언이기도 했다.
그래, 확실히 시간도 다르고 아예 다른 프로그램이긴 하다. 차라리 둘이 별개의 상황이라는 걸 확실히 인지하고 가면….
"…!"
잠깐.

[형?]

그래.
'네 말이 맞아.'

[예?]

내가 착각했다.
〈아주사〉와 〈Wise〉는 같은 프로그램이 아니다. 연도도 차이가 날뿐더러, 진행 방식과 수요층에 대한 어필점도 다르다. 즉….
'평가 기준이 다르다.'
게다가 같이하는 멤버 숫자도, 퍼포먼스 주제와 구성도 다르지 않은가. 〈아주사〉 첫 팀전에서 완벽한 정답이었다고 여기서도 그러리란 보장은 없다는 것이다. 그리고 그 차이점을 고려해서 상황을 다시 계산해 보면….
〈아주사〉 첫 팀전은 여기에 맞는 완벽한 정답은 아니다.
'아… 멍청한 새끼.'
이걸 지금 깨닫냐.

[저… 그럼?]

나는 깔끔히 결론 내렸다.
'…수정을 좀 해야 할 것 같은데.'

[오오오!]

나는 피식 웃으며 식판을 반납했다. 다 치운 자리가 깨끗했다.

그리고 중간 평가에 들어가기 전에 거실로 팀원들을 모았다.
"어, 형!"
"씻으신다면서요."
"할 말이 있어서."
나는 거침없이 말했다.
"왜 이렇게 찝찝한가 했더니, 우리가 고려하지 못했던 요소가 하나 있었어."
"네?"
"멘토."
그렇다. 이번에 멘토는 무대 구성에 참여하고 조언할 뿐만 아니라 짧게 무대에 참여했다. 인트로에 팝아트를 그리다가 퇴장하고 그 그림을 찢으며 등장한다든가, 오케스트라가 아예 라이브 반주를 넣어준다든가 하는 식으로.
"우리 멘토는 발레리노잖아."
"그… 렇죠?"
"그 사람이 우릴 잡아먹지 못하게 만들어야 해."
아직 거실엔 카메라가 없다. 나는 거침없이 말했다.
"그러니까 같은 안무는 안 돼. 둘이 다른 느낌으로 시너지가 나서, 무대가 더 새로워지는 게 정답이야."
"오……"

놈들은 서로를 한번 쳐다보더니, 채율이 먼저 입을 연다.

"그러면… 수정하는 건가요?"

"삭제하고 추가할 요소가 좀 있지."

나는 잠시 입을 다물었다가, 은근하게 입을 열었다.

"물론 이렇게 하려면 최종까지 좀 강행군이 될 것 같긴 한데…."

놈의 얼굴이 환해졌다.

"괜찮아요. 좋아요!"

"해보죠, 뭐."

과연 VTIC이다. 예스맨 놈들이 어디 안 간다는 게 이렇게 반가울 수가 없다.

"좋아."

나는 들고 온 공책을 펼쳤다.

그리고 '반쯤 갈아엎을 것이다'라는 소리에 당황과 기대, 걱정이 쏟아진 중간 평가를 지나….

며칠 후. 공연 날이 왔다.

LeTi 서바이벌이 '예술'을 주제로 하는 야심 찬 퍼포먼스 무대를 구현하는 날. 무대 백스테이지.

"저희 구호 한번 외치고 갈까요?"

"넵!"

크게 대답하며 손을 내미는 팀원을 따라, 류청우도 한 손을 내밀었다.

"다 잘하는 D팀, 잘하자!"

웃으며 구호 선창을 요구한 것은 참가자 신재현이다. 그가 알기로는 청려라는 예명을 쓰는 VTIC의 리더지만, 지금은 이 이상한 상황에 같이 빠진 사람이기도 했다.

류청우로서는 뜻밖의 일이었다. 이렇게 같이 무대를 하게 될 줄은 몰랐다. 애초에 과거로 돌아와 류건우와 함께 대학에 다니는 상황 자체부터가 그렇지만.

'공상 같은 환상이야.'

이런 초현실적인 상황을 맞이하게 될 줄은 꿈에도 몰랐다. 하지만 일종의 다른 삶 체험처럼 그럭저럭 받아들이고 있었다. 이 VTIC 리더와의 무대 준비가 지극히 순조롭기도 했고 말이다.

'굉장히… 모든 걸 적재적소에 잘 쓰네.'

참가자부터 트레이너까지, 놀라울 정도였다. 이미 머릿속에 다 있는 그림을 하나씩 맞춰가는 과정은 소름 돋을 만큼 견고했다. 좀 기계적이긴 했지만… 자신보다 무대 통솔에서 능력 있는 리더는 맞는 것 같았다.

'나는 내가 잘하는 점을 더 단련해야겠지.'

류청우는 호승심에 쓴웃음을 짓는 대신 그렇게 하기로 했다.

"이제 대기하시면 돼요."

"네!"

구호를 찍은 유인 카메라는 다음 타자를 찾아 빠지고 설치 카메라만 백스테이지에 남는다. 그들의 무대는 제일 마지막이기에, 류청우는 지금까지 아래 대기실에서 무대를 쭉 보았다.

'다 잘했어.'

차유진과 김래빈은 찢어져서 다른 조로 하나씩 들어가며 각자 대단한 기여도를 보여줬다.

―Yeah!

그는 액션 페인트 퍼포먼스의 센터였던 차유진과 오케스트라 지휘자와 신나서 대화하며 거의 홀로 편곡을 끌고 간 김래빈을 떠올렸다.

'특히 래빈이는 진짜 대단한데.'

성장하는 게 눈에 보일 정도였다. 기억이 없어도 저렇다니, 〈아주사〉 때도 느꼈지만 천재는 확실한 것 같았다.

"음."

그리고 바로 그들 직전, 3번째 무대가 이제 눈앞에서 펼쳐질 예정이었다. 박문대와 VTIC 멤버들의 무대.

현실에서라면 사람들이 졸도했을 조합이었으나, 지금 문제는 그게 아니었다.

'…괜찮겠지.'

그는 연습실에서 그 팀의 첫 안무를 보자마자 차유진이 속삭인 말을 떠올렸다.

―저거 그 무대예요! 'October 31'!

차유진이 팀명까지 기억하고 있을 정도로 인상적이었던 〈아주사〉 첫 팀의 무대. 동시에 자신이 사정없이 박살 났던 바로 그 무대다. 운이 좋았다면 같은 팀이 될 수도 있었지만 버튼 한 번으로 갈라진 상대팀 말이다.

'그땐 아닌 척했지만, 실은 꽤 아쉬웠는데.'

류청우는 이제는 추억처럼 느껴지는 그 당시 기억을 떠올리며 어렴풋이 미소 지을 뻔했으나, 그대로 멈췄다. 그 무대와 똑 닮은 이번 무대를 연습하는 도중 박문대의 상태를 떠올렸기 때문이다.

단도직입적으로 말하자면, 완전히 죽은 듯이 가라앉아 보였다.

―괜찮아요?
―그래. 괜찮아.
―형 아파요?? 어느 곳 아파요?
―아니. 아픈 건 아니고.

안색이 아예 없는 수준이었다. 오죽하면 다른 팀인데도 자신이나 다른 테스타 멤버들이 몇 번 기웃거렸을 정도다.

하지만 (김래빈을 제외한) 다들 이유를 짐작하다 보니 뭐라 말하기도 어렵긴 했다. 자기 것이 아닌 무대에 대해 함부로 '해라, 말아라' 말할 수는 없으니까. 그것도 서바이벌 프로그램 출연 중에다가 '반드시 대상을 타서 여기서 빠져나가겠다'라고 다짐하는 사람에게는 더더욱.

그래도 며칠 더 그랬다면 어떻게든 더 말을 해봤겠지만… 중간 평가를 기점으로 상황이 좀 달라졌다.

박문대는 무대 구성을 바꿔 버렸다.

-시간이 없을 텐데….
-그래도 저희는 도전할 가치가 있다고 생각합니다.

그렇게 말하는 박문대는 눈에 빛이 돌아와 있었고, 평소 같은 단단함을 회복한 것 같았다. 흔들리지 않았다.
차유진은 깔끔히 입장을 정리했다.

-문대 형 너무 많이 생각해요. 이번에 좀 덜 하는 연습 해야 해요. 우리는 지켜보는 거예요.

차유진은 가장 어린 멤버 중 하나였지만 의외성 있게 핵심을 찌를 줄 아는 멤버기도 했다. 그래서 류청우는 이번엔 박문대에게 따로 참견하지 않기로 했으며, 그 결과가 지금 저 무대에서 펼쳐질 예정이었다.
그는 세트가 전부 설치된 스테이지를 상반신을 살짝 빼고 좀 더 가까이서 볼 생각이었으나….
"형은 언제나 무대에서 잘하죠."
"…! 네. 그렇죠."
옆에서 VTIC의 리더가 말을 걸었다. 지금은 그보다 연하지만 차마 말을 놓지 못한 상대는 꽤 즐거운 눈으로 무대를 보고 있었다.
"이런 걸 준비했구나."
"……"
류청우는 고개를 돌렸다. 시작된 무대는 어느새 눈 내리는 자작나무 숲을 투영하고 있었다.

—…….

 천천히 어두워지는 무대에 종이 울리며, 노란 달이 뜬다. 그리고 울리는 여성 코러스.

 —Ah— ha ha Ah— ha ha

 아름다운 단조의 하모니.
 그 불온한 화음에 맞춰서 나무 사이로 인영이 드러난다. 검은 후드를 쓴 홀쭉한 실루엣 셋. 그 사이로 사지가 빠져나온다. 린넨 천을 걸친 하얀 팔들이 겹치는 짧고 강렬한 인트로 퍼포먼스.

 —Woo! oooo oo, oo—

 그리고 마지막 코러스 음에 맞춰서 셋은 다시 우뚝 선다.
 대형을 맞춘 채 차례대로 넘기는 후드. 드러나는 하얀 얼굴과 함께 화음을 맞춘 보컬이 물줄기처럼 스테이지를 울린다.

 —It's cold outside
 come here, come in!
 Let's drink with us, tonight

"…!"

캐럴이었다. 작년 LeTi 소속사의 합동 윈터 스페셜 앨범의 영어 타이틀로, 19세기가 생각나는 레트로한 이 캐럴은 대중적으로 엄청난 성적을 거두진 못했으나 인터넷에서 컬트적인 마니아층을 만들기도 했었다.

그 고전적이고 따듯한 멜로디는 과장된 오케스트라 반주와 만나 우아하고 은밀한 느낌으로 변해 있었다. 그게 가능한 이유는….

'반주는 〈새로운 세상으로〉야.'

그렇다. 선곡을 하나만 해야 한다는 제한은 없었다.

박문대는 〈아주사〉 때처럼 '새로운 세상으로'를 완전히 뒤틀어 파격적으로 편곡하는 대신, 도리어 원곡의 반주를 빌려온 것이다.

단조로 바뀐 어두운 멜로디가 꽃의 요정을 표방한 우아한 오케스트라의 선율과 만나 분위기를 살린다. 그리고 곡은 무용에 적합한 리듬으로 바뀐다.

─이 밤
창밖에 들리는 종소리
Ding-dong Ding-dong

발라드 같은 1절의 벌스.

두 멤버가 채율의 허리를 잡고 누인 채 들어 올리는 퍼포먼스를 한다. 눈을 확 사로잡는 큰 동작 속에서 채율의 보컬을 받친 류건우의 저음 화음은 물방울처럼 동그랗게 견고하다.

-Ding-dong Ding-dong

 그렇게 시작하는 1절은 스토리텔링과 아이돌다운 안무를 적절히 섞었다.
 참가자들은 흡혈귀를 연기하는 것답게 분위기를 위해 웃지 않았으나, 그 외의 모든 표정 연기를 제스처와 함께 훌륭히 해낸다. 송곳니나 피 분장으로 '내가 흡혈귀'라고 소리를 지르는 대신, 의상 양식과 안무, 제스처로 유추하게 만드는 간접적인 방식.
 후드 로브가 망토처럼 휘날리며 그 안의 화려한 체인이 달린 의상을 드러낸다.

 -아름다운 겨울의 소리
 Ding-dong Ding-dong
 The voice of winter

 로브 안 붉은 안감이 물결친다.
 양손으로 자신의 목을 잡고 상체를 돌리는 프리코러스의 안무 다음으로, 강약을 조절한 군무가 절묘하게 펼쳐지는 후렴까지. 어둡고 오밀조밀한 오케스트라는 후렴을 지나며 다시 웅장해진다.

 -Tonight!
 In the middle of winter
 Lal lalalalala!

세 명의 인원이 전신을 젖히는 인상적인 포징과 함께 일제히 사방으로 동선을 분산하며 1절이 끝나는 순간.

잦아든 반주 위. 빈 무대 중앙으로 피아노 멜로디가 미끄러지듯 들어온다.

-♪ ♪♪- ♫♪- ♩

이어지는 것은 바로… 〈새로운 세상으로〉의 벌스 멜로디다.
여기서 새로운 인물이 무대에 등장한다. 음악에 맞추어 나무 뒤에서 등장하는, 흰 손.
곧 팔을 뻗으며 전신이 무대 위로 드러난다.

-♩♫

실루엣이 드러나는 흰 의상을 입은 검은 머리의 발레리노 멘토다. 가벼운 턴. 그리고 그랑 주테. 허공을 뛰는 동작은 과하지 않게 조절되어 마치 스노우볼 속 인형처럼 배경과 균형미를 이룬다.
그리고 오르골 같은 목소리.

-Can't you feel me.

무대 왼쪽 사이드에서 다시 후드 쓴 인영이 돌아선다.

"…!"
 류건우. 그는 양손으로 헤드 마이크를 쥐고 부드럽고 나직하게 가사를 불렀다.

-따듯한 네 손길이
날 일으키네 아름다워
봄의 정원

조명이 베이지 빛으로 따스해지며 잠시 겨울의 분위기가 사라진다.
 힘이 있어 아름다워 보이는 완벽한 발레리노의 동작이 이어진다. 아라베스크.

-Umuum, Umuum….

하지만 순간이다.
 브릿지 마디의 끝, 다시 곡에 오케스트라가 몰아치는 순간, 발레리노는 도망치듯이 무대 밖으로 떠난다. 그리고 그 자리를 순식간에 다시 세 명의 인영들이 낚아챈다. 후드를 던지며 밀어닥치는 화려한 차림새의 퍼포머들.
 차가운 조명이 다시 터지듯 무대를 채운다.

-Woo! oooo oo, oo-

다시 시작되는 후렴의 안무.

그러나 이번에는 동선에 새로운 동작이 섞였다. 바로 직전에 발레리노가 했던 것 같은 턴과 점프.

다만 영리하게 구성했다.

'느낌이 달라.'

마치 그것을 흉내 내는 듯하지만, 발레와는 확연히 다른 장르의 댄스팝적인 동작이다. 질을 직접 비교할 수 없이, 그저 몰아치는 무대의 퀄리티만 하나로서 느낄 수 있도록.

—In the snowy garden
in a teacup, in a sugar bowl

자극적인 아이돌의 군무와 클로즈업용 제스처가 꽉 채운다.
그리고 힘이 넘치는 엔딩.

—The bell rings
ring ri-ring
ring-ring-ring

고개를 유연히 다른 방향으로 돌리는 정적인 구성의 끝.
찢어지는 편곡과 뒤섞이며 고음의 애드립 보컬과 함께 모든 음이 하나로 모이더니…… 마침내 웃으며 정면을 보는 인영들이 팔을 들어 올린다.

–The winter is… in!!

음악이 끝났다.
정적이 흐르고, 모든 동작이 멈춘 무대 위.

와아아악!!!

박수와 환호가 굳이 빼는 것 없이 쏟아진다. 심지어 비명 같은 응원까지.

잘했어!

로브를 걸친 인영들이 자세를 다듬고 꾸벅꾸벅 인사를 하며 미소를 가다듬는다.
아찔하고, 격렬하고, 어두운 무대는 일부러인 듯 다소 난해했다. 다른 무대였다면 대중성을 무시해 너무 시험적이라며 혹평을 받을 위험이 있었을 것이다.
하지만 이번 키워드는 '예술'. 관객도 심사위원도 기대하는 것이 좀 다를 것이다.
"음."
류청우는 살짝 고개를 돌려 관객석 바로 앞을 쳐다보았다. 아니나 다를까, 사장이 입꼬리를 씰룩거리며 엄지를 슬쩍 들어 올리는 것이 여기서도 살짝 보인다. 아주 좋았다는 듯이.

'와.'

재밌네!

류청우는 다음이 자신의 차례라는 것을 알면서도, 결국 웃으면서 큰 박수를 보냈다.

무대가 끝났다.

"후욱."

나는 후드를 벗어 손에 움켜쥐었다. 빌어먹게도 시원한 게 해방감이 어마어마했다. 누가 보면 벌써 대상이라도 탄 줄 알겠군.

벗은 후드를 접어서 스탭에게 보냈다.

'넘겼다.'

점수까지 안 봐도 안다. 이건 먹혔다. 미적거리며 늪에 빠진 듯이 질 척거렸던 대가리가 거짓말처럼 팽팽 돌아간다. 무대 아드레날린은 통 하기만 하면 이만한 게 없단 말이지. 그야말로 직통이었다.

나는 이마를 쓸어넘겼다.

"형!"

그때 페인트 범벅인 의상을 벗은 놈이 달려와 팔을 건다. 차유진.

"형 훌륭해요. 완전 멋있어요!"

"억."

아니, 잠깐… 이 새끼 남의 목에 팔 걸고 힘을 줘? 이 미식축구 하 던 미친놈이 내 대가리를 터뜨리려고 하나. 내가 부러질 뻔한 목을 수습하고 간신히 빠져나오자 조용한 목소리가 들렸다.

"형, 제가 미리 말해요."

뭘.

"원래 저랑 했던 무대 마음대로 써도 돼요. 신경 쓰지 마요!"

"…!"

그리고 놈은 아까 내 목을 부러트릴 뻔한 팔로 자신의 머리와 가슴을 번갈아 가리킨다.

"우리 무대 여기에 있어요. 그리고 현실에 있어요. 멀티버스에서 써도 안 없어져요!"

"……."

"우리는 그걸 잊으면 안 돼요. 알았죠?"

이 말을 며칠 전에 들었으면 도리어 '그러니 제대로 해라'라는 말로 알아듣고 이 악물고 벽에 대가리나 박고 있었을 것이다. 그런데 끝난 다음에, 머리 깨끗해진 다음에 들어보니… 이렇게 맞는 소리도 없군.

'매몰된 건 나였나.'

이 괴상한 상황에 맛이 제일 먼저 가는 게 나였을 줄이야. 나는 피식 웃으면서 놈의 어깨를 쳤다.

"알았어."

"그럼 됐어요!"

놈은 씩 웃었다.

"그리고 저도 제 마음대로 써요. 구경할 준비해요!"

"어, 그래라."

나는 놈이 인터뷰를 위해 잡혀가는 것을 보며, 의상을 마저 환복했다.

그리고 잠시 후, 자신의 무대를 끝내고 내려온 놈도 대기실에 도착하자마자 말을 건다. 마이크를 넘기고 걸어오던 류청우다. 녀석은 대기실 소파 옆에 앉으며 말문을 열었다.

"좋은 무대 잘 봤어요."

"네."

그러더니 잠시 후에 짧게 묻는다.

"좀 괜찮아?"

나는 피식 웃었다. 역시 이놈도 눈치챘군.

"어. 괜찮네."

이제 좀 이성적으로 돌아가는 머리로 돌이켜 봐도 웃기는 일이었다. 첫 무대 덮어쓰기 한다고 이렇게까지 신경 줄이 긁히다니. 좀 찝찝하다고 생각하면서도 어차피 탈출할 거 그냥 대충 써먹자 할 수도 있었는데 말이지.

[아니죠! 충분히 충격받을 만한 상황이었어요!]

그러냐? 솔직히 보자. 나는 자잘한 감정싸움으로 타격 입는 유의 사람은 아니다. 그런데도 내가 왜 그렇게 멍청하게 군 건지 이유를 이제 좀 알겠고.

[무슨…]

간단하다.

'서러웠다 이거지.'

첫 훔마 탈주부터 시작해서 '넌 이제 테스타 박문대가 아니다' 인증 샷 같은 증명이 계속되니 비합리적으로 멘탈이 박살 난 거다. 그만큼… 내가 그 현실에 정 좀 붙였다는 뜻이겠고.

……아니, '좀'이 아니라 '많이'.

나는 팔짱을 꼈다.

'…처음인데.'

[네?]

그리고 인정했다.

'이런 일로 컨디션까지 나빠지는 건 처음이었다고.'

[헉!]

무슨 누가 죽은 것도 아니고 집주인이 사기 쳐서 보증금 못 받게 된 것도 아닌데 무력감까지 느낄 줄은 몰랐다. 나는 입을 열어 덧붙였다.

"앞으론 이런 일 없을 거야."

처음이라 대처가 미흡했던 것이다. 앞으론 그럴 일 없다. 제어하는 방법을 알았으니까.

[오오~ 어떤 방법이요?]

이놈 왜 이렇게 큰세진처럼 적는 거지.
어쨌든 나는 담담히 선언했다. 당장 다른 해결책은 안 나오는데 그냥 하기엔 감정적으로 안 내키는 일이 있다?
'그럼 더 생각을 안 하면 된다.'

[앗.]

'생각하지 말고 그냥 상황상 해야 하면 하는 거고, 능률 안 나올 정도로 기분 나쁘면 때려치워.'
이게 제일 빠르다. 이 간단한 진리를 안 수행했다니 믿기지가 않는군. 나는 내심 고개를 끄덕였다.

[형 그거… 그거 진짜 건강한 방법인 건 맞아요? 제 생각엔]

내 생각이니 내 마음대로 한다. 알았냐?

[예….]

팝업이 흔들렸다. 그리고 류청우의 답변이 동시에 들렸다.
"너라면 정말 그럴 수 있겠지만, 그래도 마음이 복잡할 땐 털어놓는 것도 괜찮아."
고개를 돌리자 류청우가 살짝 작은 손동작을 한다. …테스타 로고다.

"우리는 서로 이해할 수 있으니까. 알겠지?"
"……."

[들었죠??]

나는 고개를 끄덕였다. 류청우는 다른 말 없이 그냥 웃었다.
기분이 나쁘지 않았다.

그 후, 우리는 방청객이 돌아간 빈 스테이지로 다시 올라가서 이번 촬영분 피날레컷을 찍었다. 사장 얼굴을 보아하니 이번 공연이 하나같이 다 마음에 든 모양이었다. 덩달아 참가자들도 좀 들떴고, 드물게 괜찮은 분위기에서 촬영이 종료되었다.
"건우 형! 몸살에 걸리셨다고 전해 들었습니다!"
그리고 나는 김래빈에게 '몸살에 좋다'는 할머니표 수정과를 받아 든 채로 귀가 준비를 하게 되었다.
"…??"
참고로 이놈 먹으라고 챙겨주신 것 같아 거절하려고 했는데, 거절 시 이놈이 할 법한 여러 오해 목록이 떠오르는 바람에….

-모양이 누추해서!
-타인이 만든 음식물은 섭취하지 않아서!
-촬영 후반이라 수정과의 섭취 기한이 지났을까 봐!

…깔끔하게 승낙하게 되었다. 저놈 할머님과 문제없으려면 다음 촬영 전에 한번 불러서 먹을 거나 해줘야겠군.

그래서 짐을 쌀 때 이 물통까지 가방에 집어넣고 있다는 소리다. 주변에서는 대기실 같이 쓰는 놈들의 들뜬 소리가 들린다.

"야 우리 이대로 다 같이 데뷔하는 거 아니야?"

"아 좀 많은데… 나 탈락하느니 그게 나을 듯."

"오 이득 좀 볼 줄 아는 놈인가."

참고로 청려가 손절한 새끼들이니 같이 갈 일은 없다.

'몇 년 차에 무슨 짓을 했냐.'

나는 아직까진 멀쩡해 보이는 두 놈을 보다가 짐을 챙겨 복도로 나왔다. 다른 놈들은 로비에서 기다리고 있을 것이다. 그렇게 이번에야말로 촬영장에서 나가려던 순간이었다.

복도 너머에서 들어본 목소리가 울린다.

"아현 씨, 잠시만, 잠시만 기다려 주세요!"

"네."

…선아현과 직원이다. 직원이 어딘가로 뛰어가는 소리가 들리고 선아현은 모퉁이를 돌아 나온다.

'음.'

눈이 마주치는 순간 녀석이 곧바로 걸어왔다.

"안 그래도 인사드리려고 했는데, 이렇게 뵙네요!"

"아, 예."

나는 일단 공연을 잘 끝낸 멘토를 만난 참가자답게 고개를 숙였다. 참고로 이 녀석이 다른 팀 공연에 점수를 퍼줄 줄 알았는데, 의외로 냉철히 점수를 때려준 덕분에 순조로운 우등반 유지 각이 보였다. 멘토로 최고사양이긴 했다.

"감사합니다. 덕분에 무대를 잘 마쳤습니다."

"아뇨! 저야말로 덕분에 참 재밌는 공연을 해봤어요."

선아현이 살짝 손을 내젓더니, 얼굴을 붉혔다.

"이런 식으로 가요를 이용한 무대를 해볼 일은 거의 없어서…. 신선했어요. 감사합니다."

"……."

자, 생각을 멈추고. 인사나 마저 하고 헤어진다. 그렇게 가자.

그러나 선아현이 다시 말을 붙인다.

"그리고… 이 말씀 꼭 드리고 싶었는데, 수정해 주신 시안이 전보다 더 좋았어요."

"……."

"더 좋은 정답을 찾아내셨다고 생각해요. 그리고,"

선아현은 부드럽고 조심스럽게 다음 말을 붙였다.

"상담해 주시는 선생님 소개… 지금도 괜찮아요."

아, 이건 좀 물어봐야겠군. 이놈 여기서는 대체 왜 상담사를 만나고 있는 거지?

"혹시 어떻게 만나신 상담사분인지 여쭤봐도 될까요."

이 정도면 적당히 흥미 겸 신뢰도 검증 정도로 느껴지겠지. 나는 놈이 머뭇거리면 질문을 철회할 단계까지 미리 구상했다.

그러나 선아현은 선선히 이렇게 대답했다.

"그분은 제 에이전시 계약 사항에 기재되어 계셨어요."

음?

"아무래도 예체능은 항상 자기 자신과의 전투니까요. 상담이 기본 커리큘럼에 포함되어 있기도 해요."

"……아."

그러니까… 아티스트 복지였다는 건데. 그럼 그 자기도 고통스러웠다는 말은 무슨 맥락에서 나온 거지. 나는 혹시 거짓말인지 놈을 살폈다. 현실에서는 못할 수준으로 티가 나는 놈이었으나 여기서는 제법 잘 감출 수도 있으니까.

그러나 기색은 없다.

'거짓말은 아니군.'

그리고 내가 고민 중이라고 생각했는지, 선아현이 말을 덧붙인다.

"퍼포머는 신체뿐만 아니라 마음의 컨디션도 조절해야 하잖아요."

"음, 네."

"그러니까, 혹시 원하시면 제가 미리 연락드려 둘게요. 그… 아마도 5회 정도는 무료로 받으실 수 있을 거예요."

"……."

나는 거기까지 가서야, 미소 띤 선아현의 얼굴을 보고 깨달았다.

이거… 그렇군. 일부러 고통 같은 소리를 했던 거다. 공감대 형성으로 허들을 낮춰서 우울한 놈이 순순히 곤란한 점을 말하고 편해지라고 말이다.

'이걸 눈치를 못 채다니.'

나는 좀 떨떠름한 눈으로 놈을 쳐다보았다. 잠깐, 그렇다면… 이놈은 그냥 지극히 건강한 상태란 뜻 아닌가. 케어받을 수 있는 데까지 잘 받으면서 커리어 쌓고 있다는 뜻이다.

[그… 그렇네요?]

그래. 머리 복잡해 보이는 생판 남에게 말 걸고 호의를 베풀 정도로 여유도 있고.
긴장이 탁 풀린다. 나 참.
"…괜찮습니다. 사실 친구에게 미리 추천받은 분이 계셔서."
"아… 그렇군요."
괜히 근거도 없이 과추측했군. 내 상태가 별로라 거기까지 사고가 굴러간 간 모양이다. 나는 혀를 차며 추측을 다 철회했다.
선아현은 미소 띤 얼굴로 다시 물었다.
"그럼… 가끔 저희 안부라도 주고받을까요?"
"좋죠."
나는 별문제 없이 놈의 스마트폰에 번호를 찍어주었다. 여기서 거절하는 것도 웃기지 않는가. 면상에 장갑 던지는 것도 아니고 말이다. 어차피 발레 하러 출국하면 여기서 다시 직접 볼 일도 없을 테지만, 현실로 돌아가서 보면 될 것 아닌가.
…여기 사는 이놈이 그걸 반길지는, 이젠 솔직히 모르겠다만.
'뭐 이런 건 뽑기에서 나오고서야 고민하든가.'
뽑지도 못하면서 입 털어 봤자 김칫국이다. 나는 바로 생각을 멈췄다.
'이런 식으로 제어한다는 뜻이지.'
잘되는군. 나는 연락처 교환한 업계 사람과 그랬듯이 버릇처럼 놈과 악수한 뒤, 고개를 끄덕였다.

"그럼 저는 이만 들어가 보겠습니다. 멘토님도 잘 들어가세요."

"이제 멘토도 아니니까, 정말 편하게 부르셔도 괜찮아요."

끈질긴 놈. 내가 너까지 이 호칭으로 불러야 할 줄은 몰랐다.

"…그럼 형, 잘 들어가세요."

선아현이 밝게 웃으며 고개를 끄덕인다.

"네. …저, 고민이 생기시면 언제든 편하게 연락 주셔도 괜찮아요."

"이제 막 지인이 된 사람한테 너무 후하신데요."

선아현은 멍한 얼굴이 됐다가, 작게 웃었다.

"그냥, 그러고 싶어서요."

그래. 여전히 호구인 건 변한 게 없긴 하군.

나는 그렇게 발레리노 선아현과 〈동료 뽑기〉 없이도 커뮤니케이션 가능한 연락처를 얻게 되었다.

[선아현 형]

…저장명이 이렇기는 했지만.

[아, 형! 로비!]

"아."

그렇지.

나는 선아현과 헤어진 뒤 곧바로 로비로 나왔다. 그리고 정문으로 가기도 전에 다시 한번 붙들렸다.

"건우 형! 들어가세요?"

바로 이번 팀전에서 팀원이었던 두 사람. 주단과 채율이다.

"그래. 들어가는 중인데."

오늘 너무 많은 놈들과 대화를 해서 슬슬 피곤했다. 하지만 방금 공연까지 같이한 놈들을 홀대할 수는 없으니 멈춰 섰다.

'무대 이야기하려나.'

그러자 둘이 푹 고개를 숙인다. 그리고 진채율이 이렇게 말한다.

"몸 안 좋으신데도 저희 매번 잘 이끌어주셔서 감사해요! 다음에는 좀 더 믿음직한 모습의 팀원이 되겠습니다."

주단이 말을 덧붙인다.

"데뷔하면 더요."

"맞아, 데뷔하면 더!"

"……."

분명 내 상태가 썩 달갑지 않았을 텐데 도리어 감사 인사나 하냐. 게다가 내가 수정하며 요구한 구성은 이미 데뷔한 놈들도 어려울 만큼 표현력이 중요했다. 능력치가 아직 완전히 올라오지 않은 놈들이 따라오긴 힘들었을 텐데 입 다물고 열심히 따라오기만 했지.

'…근성이 괜찮은 놈들이다.'

나는 입을 열었다.

"…고생 많았다. 나야말로 관리 잘해서 앞으로는 건강하게 올게."

"…! 네!"

인정하겠다. 같이 일할 만한 놈들이었다.

나는 볼 터질 듯이 웃고 있는 진채율을 쳐다보았다. 어쩌면 이번 무대도 그 홈마가 이놈 때문에 볼지도 모르겠지만… 뭐, 내 팀에 누구라도 좋아하는 편이 낫지 않나. 아예 내 무대를 안 보는 것보다는 말이다.

"무대도 정말 좋았어. 덕분에 즐거웠다. 고마워."

"하하…."

"저도요."

생각을 의식적으로 멈추지 않아도, 마음은 의외로 편했다.

"저희 무대 얼른 방송됐으면 좋겠어요! 아, 저희 같이 볼까요?"

"아니, 그건 좀."

"아… 죄, 죄송해요."

"그게 아니라 우리 촬영 시작한 다음에 방영되는데."

"흐압."

나는 그냥 웃고 넘겼다. 어쨌든 지금 이놈들이랑 데뷔까지 해야 하는데, 뭐… 그렇게 살기 더럽게 힘들 것 같진 않았다.

마침내 귀가를 시작했을 때는 바깥에서 이미 〈Wise〉가 게릴라 콘서트 화까지 완전히 방영된 상황이었다.

'여론 한번 확인해 봐야겠지.'

그동안 스마트폰과 멀어졌던 만큼 점검은 필수였다. 나는 즉시 인터넷에 접속했다.

그리고 당황했다.

-류형제 미쳤어? 류형제 미쳤어? 류형제 미쳤어? 류형제 미쳤어? 류형제 미

쳤어? 류형제 미쳤어? 류형제 미쳤어?

-나 완벽한 조합 찾아냄 바로 류건우청우단임 정우단까지 넣으니까 얼굴합 돌았다

-늑대 류청우 허스키 류건우 북극여우 채율이... 우린 이걸 강쥐상 스펙트럼이라고 부르기로 했어요

-아이돌 해줘서 고맙습니다 정말... 당신을 사랑해

"……."

클럽메보 조져서 혈연 적폐니 뭐니 한참 피크로 욕먹고 있을 줄 알았는데 벌써 탈락자 손절한 파티 분위기다.

심지어 온갖 참가자의 얼굴을 프로필 사진으로 한 계정이 다 붙었다. 너나 할 것 없이 시청자들이 전부 류청우에게 플래카드라도 내걸 기세.

'뭐야.'

나는 당장 검색 엔진에 접속했다. 인터넷에는 방영된 화들의 반응이 쭉 쌓여 있었다. 시간순으로 정렬해서 주행해 보자.

우선 7화부터인데, 그 전에 기본 여론부터 살피도록 할까. 청려가 열외인 류건우를 픽업해서 완성한 섹시 키워드 컨셉 무대가 방영된 6화 이후의 생태계 말이다.

-이게 바로 레티의 정수다 외치는 것 같은 무대
-살다살다 무대바닥이 부러운 적은 처음이다...
-그냥 이대로 데뷔해도 내 적금 가져갈 듯 서바이벌 왜 해? 다 데뷔시켜ㅋㅋ
-제일 놀라운 점은 이 무대에 새 연생 보충반 출신이 둘이라는 것임 워낙 기

획사의 색이 분명하고 그걸 완벽히 소화하는 신재현이라는 리더가... (더보기)

솔직히 섹시 같은 키워드를 써먹어서 말초적인 반응이 더 많을 줄 알았는데, 지금 시점에선 도리어 무대에 대한 분석 댓글들이 상위권을 점령했다.

돌아와서 계속 보며 서사를 부여하는 사람도 많다는 뜻이다. 점점 그룹의 이미지를 갖춰간다는 뜻이기도 하고.

'차유진도 완전히 받아들여졌군.'

이질적이던 차유진이 레티 색을 완전히 받아들인 것까지 시너지가 나며 무대 자체에 대한 유입이 생긴다. 그래, 시청자들은 이때쯤 이미 데뷔 멤버 라인업을 예측 중이었다.

-내가 예상한 김태인 픽 데뷔조 9명 (사진)

-추가로 누가 되냐가 관건일걸 사장이 본인 고집 밀고 나갈지 대중 눈치 볼지ㅇㅇ

└사장 김태인씨 눈치 좀 챙기게 다들 빠른 투표 부탁합니다(링크)

슬슬 프로그램 이후 데뷔 그룹의 윤곽을 더듬는 사람이 많아진 상태. 6화 마지막에 나온 대국민 지원 보충반 등장 예고 어그로도 썩 안 먹힐 정도였다. 그냥 지나가는 장애물로 다들 생각하고 기존 참가자들에 집중하는 흐름이었단 거지.

그런데 7화. 류청우가 등장한 것이다.

-헐
-스포 맞았네
-미친 건우 친척임? 뭐야 다들 알았음? 나만 모름?

처음에는 예상도 못 한 타 분야 거물급 뉴페이스에 다들 기겁하면서도 대단히 흥미진진해 했다.
…내 반응도 한몫한 것 같고.

[지금부터 같이 자취 중이던 친척이 갑자기 촬영장에 참가자로 출연했을 때 장본인의 반응을 보시겠습니다.]

빨간 글씨로 주르륵 흘러가는 자막 위, 내 인터뷰 컷이 나온다.

[류건우 : …그러니까,]
[류건우 : (말을 잇지 못함)]
[※건우가 유창한 말솜씨를 되찾는 데까지 하루가 소요되었습니다.]

'망할.'
이럴 줄 알았다 방송국 놈들…. 절묘하게 클로즈업해 멍청해 보이는 얼굴이 비슷한 몰골의 인터뷰 컷과 엇갈리는 게, 긴장감 넘치는 분위기 속 예능 컷으로 잘 살았다.

-ㅋㅋㅋㅋㅋㅋㅋㅋㅋ충격 심했나 봐

-아 거누 귀여워 근데 나도 그랬을 듯 사실 지금도 그럼 무슨 일임
　└그라데이션 혼란
-진짜 어쩌다 나오신 건지..?

그리고 진솔한 류청우의 인터뷰와 진지하고 협조적인 준비 과정이 나오며 나름대로 온에어 반응은 호의적이었다.
스포일러가 광범위하게 퍼지기 전까진 말이다.

[레티서바 ㅅㅍ봤어?]
류청우 붙고 최태준 떨어진다는데 진짜일까

-??
-사장이 미치지 않고서야 그런 일ㄴㄴ
　└방청객 투표점수로 탈락자 선정했대...
　└헐
-아 설마.. 이건 진짜 아니다

하지만 이때까지는 가짜 스포나 분탕이라는 여론도 커서 그럭저럭 긴장 속에서 물밑에 있었나 보다. 설마설마하던 시청자 여론은 8화가 방영되고 나서야 폭발한다.

-스포 다 맞았네 미친

-쟤 국대 그만두고 쌩 대학 갈 때부터 아쉽긴 했는데 아이돌까지 찍먹하니까 뭐하는 거지 싶기도 함
　-솔직히 ㅊㅌㅈ이 말아먹어서지 누굴 탓해ㅋㅋㅋ 천재즈 <-이것도 솔직히 걔빠들이 억지로 믿거고
　　ㄴ탈락자한테 말하는 것 좀 봐 너 이거 악플이야 알아?
　　ㄴㅋㅋㅋㅋㅋㅋㅋ발작 투명하고~
　-류청우가 존잘에 무대도 잘한 걸 어쩌란 말임
　　ㄴ류건우랑 같은 팀이 아니었어도 이런 말 했을지는 잘 생각해봐

　부정적인 쪽의 중론은 내가 잘해서 친척인 류청우가 버스 탔다는 것이다. 메인보컬 VS 메인보컬 대전에 뛰어드는 류건우의 도전 정신 자체는 서바이벌에서 어필할 만한 캐릭터였으나, 하필 류청우가 그 팀을 골라 나온 것도 수상하다… 라.
　'부작용이 나올 줄은 알았는데 말이지.'
　실제로 조작이나 적폐 이야기까지 선 넘어서 나오는 분위기였으나 시청자가 아닌 대중까지 이 어그로를 물면서 또 뒤집힌다.

　-헐 류청우 선수 아이돌 도전함?ㅋㅋㅋㅋㅋ
　-막냉이 언제 이렇게 컸어 여전히 대존잘이네;

　류청우는 금메달리스트니까.
　'대중 호감도가 전반적으로 무조건 높지.'
　〈Wise〉가 대단히 잘되고 있다고 해봤자 아이돌 서바이벌 예능 하나

일 뿐이다. 일반 대중과 괴리가 생기는 것이다.

-그러니까 투표에서 이겼다고 욕하는 거야?;;; 와 기괴
-아ㅋㅋ 이건 선넘었지
-돌빠들 특히 레티빠들 이래서 문제임 너무 고였어.. 아이돌 연생 응원하겠다고 금메달 따온 국대까지 패고 있네

덕분에 프로그램 안 보는 사람까지 가세해서 개판이 될… 뻔했으나, 자정 작용이 어느 정도 먹혀서 욕하던 사람들이 눌렸다. 그래도 수면 아래에서는 부글부글 반감이 들끓고 있었는데….
게릴라 콘서트 전에 이게 터진 것이다.

[와이즈 최태준 영상 뜸]

클럽메보 이 새끼의 술 담배 영상 캡처가.
모 술집에서 생일 파티를 했던 사람이 SNS에 올린 몇 년 전 영상 끝에 몇 초 잡힌 것이 발견되어 끌어올려졌다. 당시 놈의 인상착의와 비교하니 빼도 박도 못하고 본인 인증까지 끝났다.

-와…
-ㅋㅋㅋㅋㅋㅋㅋㅋㅋㅋㅋㅋ

그리고 모두가 시원하게 태세를 전환했다.

-선견지명 오졌다
-김태인 1승
-방청단의 안목은 대한민국 1프로입니다 무지몽매한 제자신을 반성합니다
-와 이걸 피했네

 이게 중간에 터졌으면 팬들 머리가 터져 나가게 고통스러울 뻔했거든. 최태준은 실력 좋고 팬도 꽤 붙은 데다 사장 픽이라 어지간하면 탈락할 일이 없으니 사장이 어떻게든 데려가려고 할까 봐 뜬눈으로 밤새며 고통스러워하게 되는 것이다. 게다가 참가자 이슈가 터지면 사내 서바이벌이니만큼 프로그램 이미지에도 악영향이다.
 '그런데 이걸 류청우가 직전에 스나이핑으로 잘라낸 게 돼버린 거지.'
 덕분에 무슨 히어로 취급이다.

-류형제.. 당신들 대체 어디까지 본 겁니까
-지금 보니 국대님 레티상인 것 같음 암튼 맞음
 ㄴㅋㅋㅋㅋㅋㅋㅋ세뇌를 하네 아주!

 재평가가 또 재밌다 보니 온갖 참가자의 팬들이 다 신나서 우호적으로 한 마디씩 얹은 것이고 말이다. 어쩐지 클럽메보랑 프로그램에서 전혀 안 엮인 놈들 팬들이 많더라니, 이 사태에 말 안 보탠 진영에서 제일 신나서 놀던 중이었던 것 같다.
 게다가 게릴라 콘서트에서 테스타 때의 기량을 되찾은 류청우가 날

아다니는 직캠까지 업로드되며 게임이 끝났다.

-이렇게 실력 늘어나는 게... 가능한 거임?
-그래 둘 다 아이돌 하자
-양궁에 뺏길 뻔했던 거네ㅇㅇ납득

이제 류청우는 적어도 파이널까지는 배척당할 일이 없다.
'깔끔하다.'
누가 그림이라도 그린 것처럼.
"……나 참."
그리고 여기서 그림을 그릴 수 있는 게 대체 누구겠는가.

[신재현 : 순조로운 진행에 기뻐하는 중 (^-^)]

이놈 솜씨지.
나는 동료 목록을 확인하자마자 전화를 걸었다.

[신재현 : 걸려 온 동료의 전화를 받는 중 (^▽^*)]

얼마 안 가서 통화가 연결되고 직접 물어본 결과.
-음, 원래 이때쯤 터졌을 거란 생각은 안 해봤어요?
"글쎄. 시기가 너무 절묘하면 누군가 절묘하게 만든 거겠지."
통화 너머에서 웃는 소리가 들린다.

-그렇게 볼 수도 있긴 하네요.

사실상 시인이나 다름없었다.

"원래는 어떻게 이게 안 터진 거냐."

-원래는… 글쎄요. 영상을 올린 분이 모종의 이유로 계정을 해킹당해서 조용히 사라지지 않았을까요?

"……."

오냐, 어떻게 돌아간 건지 알겠군. 이 새끼 진짜 논란 하나하나까지 VTIC을 제대로 관리한 모양이다. 하기야 그러니까 10년 동안 1군 해먹었겠지.

'그건 인정할 만하군.'

나는 잠시 고민하다가 우호적으로 물었다.

"이제 곧 프로그램 파이널인데, 또 보낼 놈 있냐."

-아, 직접 해보고 싶어서?

"못 할 건 없지."

놈은 웃다가 대답한다.

-하나 있긴 한데… 이건 프로그램에서 자연스럽게 탈락해야 균형이 맞을 것 같긴 하죠.

"누군데."

-글쎄요.

뭐?

-내가 하는 게 깔끔하니까. 후배님에겐 추측하는 재미를 남겨줄게요.

"……."

정말 한결같이 사람 꼴 받게 하는 새끼였다. 눈앞에 있었으면 주먹이 나갔을 것이다.

-그럼 푹 쉬고, 연습실에서 봐요.

"말할 준비나 해놔라."

-하하.

그리고 전화는 끊어졌다.

'촬영 시작 전에 불게 만들어야겠군.'

나는 이를 갈며 통화 페이지를 닫았다. 그러자 화면에서 아까 확인하지 못한 메시지 팝업들이 보인다.

[배세진 형 : 고생했어 나도 아직 그 안무 기억해]

이건 이번 촬영 이야기를 들은 놈이 연락해서 잠깐 이야기 나눈 흔적이고. 다음은 지금 막 온 메시지다.

[멋진 동생 세진 : 형 촬영 끝났어? 게릴라 콘서트 어땠어요?ㅋㅋ]

이세진. 촬영 끝날 시기에 맞춰서 연락한 모양이다. 지난번에 투어에 관해서 몇 번 물어봐 뒀더니 이런 질문이 나오는군. 나는 적당히 답장했다.

[좀 짧았지만 재밌었어]

[멋진 동생 세진 : 그치그치ㅎㅎ]

[멋진 동생 세진 : 근데 그게 짧다니 완전 야심만만한데ㅋㅋ 형님 데뷔하면 날아다니시는 거 아닙니까?]

서로 얼굴에 금칠 좀 해주자는 건가. 나는 피식 웃으며 답장을 보냈다.

[너야말로 투어에서 날아다니던데]

즉시 답장이 쏟아진다.

[멋진 동생 세진 : 오 정답 (폭죽 이모티콘) 세진이가 좀 하지ㅋㅋ]

[멋진 동생 세진 : 아 맞다 우리 투어 영상 나온다? 내일!]

[멋진 동생 세진 : 밤에 시간 되면 같이 보실?ㅋㅋ 형 게릴라 콘서트 소감도 들을 겸]

음? 이놈 관리 텀상 아직 안 봐도 괜찮을 정도 아닌가. 파이널 끝나고서야 약속 이야기 나올 줄 알았는데.

뭐… 당장 촬영도 끝났으니 거절할 필요는 없긴 하다. 이놈도 여론을 잘 읽어내니 〈Wise〉를 보면서 내가 미처 다 알아내지 못한 부분을 좀 잡아낼 수도 있고.

나는 선선히 답장했다.

[너 시간 낼 수 있으면.]

그리고 속전속결로 약속이 잡혔다.

지난번처럼 외출해서 보기엔 시간도 애매하고 목격담도 신경 쓰이니 장소는 저놈 집 아니면 내 집이다. 그럼 숙소 사는 놈을 제외하면… 사실 결론이 나온다.

띵동.

"안녕하세요~"

밤 9시, 이세진이 선물 세트를 들고 오피스텔에 찾아왔다. 물론 집에 나만 있던 건 아니다.

"안녕하세요, 오~ 같이 사신다고 말씀 전해 들었어요! 프로그램 잘 보고 있습니다."

"Welcome!"

"음."

"…?"

신나게 손을 흔드는 차유진 너머, 류청우는 오랜만에 보는 팀 멤버를 유심히 보다가 씩 웃는다.

"잘 놀다 가세요. 아, 선배님이시니까 이렇게 말하면 좀 그런가요?"

"에이~ 편하게 하세요! 형님이신 거 아는데."

"하하, 그럴까? 고마워."

이세진은 선물 세트를 넘기고 오피스텔에 입장했다. 그리고 '집이 참 멋지다'라는 사교적인 멘트를 꺼내며 거실 소파까지 왔을 때.

"소파 등받이 이렇게 하면 올라가요."

"방석 뺀다."

"…아~ 네! 오케이."

선호 스타일을 반사적으로 맞춰주니 놈 얼굴에 대체 어떻게 알았냐는 표정이 순간 스쳐 지나갈 뻔했다. 그래도 이세진은 얼굴을 성공적으로 수습하고 붙임성 있게 잡담을 계속했으나, 얼마 지나지 않아 류청우와 차유진이 자리에서 일어났다.

"그럼 우린 장 보고 올게."

"제가 맛있는 거 찾아오면 먹어요!"

내가 야식 제조 담당이라, 재료 수급은 저놈들이 하기로 했거든.

"헉, 괜찮으시면 제가 배달로 좀 시켜볼까요?"

"It's totally OK~ 즐겨요!"

차유진은 간단히 이세진에게 대답했고, 그렇게 둘은 나갔다. 이세진은 경쾌한 도어락 소리와 함께 닫힌 정문을 보며 적당히 예의 바르고 넉살맞게 반응했다.

"아이고… 죄송하네."

"너 와서 그런 것보다도 원래 저러니까 신경 쓰지 말고."

나는 피식 웃었다.

"너 투어나 좀 보자."

"으으음, 그럴까?"

이세진은 깔끔히 태세를 바꿔서 적극적으로 기기를 조작했다. 놈이 가져온 블루레이 디스크가 재생되며, 성공적으로 TV 화면에 영상이 뜬다.

[자이롭(GY-ROP) – FIRST DROP : THE OPENING CONCERT]

"아 글자 엄청 크게 넣으셨네~"

"잘 보이니까 됐지."

그리고 제법 대규모 공연장에서 펼쳐지는 첫 곡.

"오."

격렬한 비트의 힙합 베이스 곡의 오프닝을 지나, 가벼운 레게톤 댄스곡이 이어진다. 나는 턱을 괬다.

'그룹 색이 보이는 선택이군.'

반항아에 칼군무를 더한 전형적인 스타일이다. 그래도 곡과 안무 퀄리티가 좋아서 팬은 많을 것 같았고.

"잘한다."

"아하하… 고마워."

말은 천연덕스럽도록 밝게 하면서도, 이세진은 제법 가라앉은 눈으로 화면을 본다. 신나서 자기 영상 가져온 놈답지 않은 기색인데, 그 이

유도 알겠다.

'혼자 튄다는 말을 좀 들었겠어.'

웃긴 일이었다. 이놈은 그룹 곡에서는 전체 균형에 집착하는 경향이 있다. 덕분에 안무 연습마다 차유진 잡고 배세진 끌어올리는 게 이놈 일상이었는데 말이지. 그 뜻은….

'저 새끼들이 눈에 보이게 날려 춘다는 거야.'

라이브 한다는 명목으로 안무 선을 덜 잡고 있다. 그러니 이세진이 정석대로 추면 도리어 튄다. 동작이 혼자 크게 보이니까. 가뜩이나 체격이 큰 놈이다 보니 의식해서 조심하는 게 보였는데 곡이 더 진행될수록 몰입하다 보니 동작이 다시 커진다.

게다가 셋이 하는 유닛곡에서는… 퀄리티 차이로까지 느껴질 정도다.

[Yes 전진, 전진! 그저 더 앞으로~]

나는 제스처를 하는 척 눕는 안무를 숙이다시피 하고 대충 넘어가는 놈을 확인한 뒤 대놓고 물었다.

"아깝지 않았냐."

당연히 아니라고 하겠지만, 그래도 X발 말하는 편이 속 시원하니까 듣는 놈도 그렇겠…….

"아까워."

"…!"

무미건조한 목소리였다. 하지만 놈은 연달아 다시 쾌활해졌다.

"…저 때 저 형님이 좀 아팠거든~ 그래서 서로 좀 아쉬워한 무대야!"

나는 고개를 끄덕였다.

"……그래."

"……."

짧게 침묵이 흘렀다.

"아~ 그래도 내 무대를 형한테 이렇게 계속 보여주니까 민망하네. 술 할래? 형은 무알콜… 아."

놈은 말하다가 멈췄다. 나도 움직임을 멈춘 순간.

"아닌가? 아 지난번에 그렇게 들은 줄 알았네. 죄송합니다~"

"……."

나는 다시 움직였다.

"아니, 무알콜 좋지."

"아, 그래? 그럼 내가 가져올까?"

"근데 집에 없어."

놈이 빵 터진다.

"아~ 형 뭐야 그게!"

나는 음료수나 꺼내왔다. 이세진이 제법 공손히 받는다.

"아, 감사합니다~"

"뭘."

분위기는 다시 풀렸다. 나는 자리에 앉아 다시 자이롭 투어 영상에 시선을 주었다. …그리고 떠올렸다. 원래는 함께 저 일을 했다가, 지금은 각기 다른 곳에서 일하는 녀석들을.

배세진, 선아현. 그리고 화면 속 당사자인… 큰세진.

"……."

사실 합리적으론 이미 결론을 내렸지 않은가.

더는 뽑기를 돌려도 아무 의미가 없다. 김래빈이 나오지 않는 이상, 차라리 각성 포인트를 나한테 몰아서 모든 능력치를 EX로 만드는 치트급 개짓거리를 해보는 게 낫겠지.

그렇지만 말이다.

'열 받는단 말이지.'

같은 그룹인 새끼가 저기서 폐급이랑 한계를 느끼고 빌빌대는 꼴을 보니 말이다. 차라리 본인의 진짜 처지를 아는 게 본인도 속 편하지 않나.

'여유도 충분한데.'

명성치는 꾸준히 들어오고 있으니까.

나는 잠시 갈등하다가, 상태창을 켰다. 그리고 눈에 띄지 않는 정도의 동작으로, 팝업의 〈동료 뽑기〉 10연속 버튼을 연타했다.

빛, 빛, 빛.

그런데 이러다가 선아현이 나오면 어쩔 거냐.

'몰라 X발!'

그때 가서 생각한다.

자이롭의 투어 화면 주변으로 별빛이 끊이지 않고 튄다.

[저, 저희 십만 포인트쯤 쓴 것 같은데…?! 100번!]

그러냐? 나는 계속 눌렀다.

그리고 그렇게 열두 번쯤 눌렀을까.

[어어?]

팝업에서 드디어 강한 빛이 터져 나온다. 자이롭의 투어 화면을 가릴 만큼 강렬한 빛. 그리고 상태창에 표기되는 별들.

[후~]
[★★★★★ 이세진 / 메인댄서]

"……."
뽑았다.

[이대로 맞이하시겠습니까?]

상태창이 묻는다.
나는 음료에 시선을 둔 채로 입을 열었다. 이세진에게.
"그냥 하는 말인데."
"응?"
"만약에 어딘가에 네가 알아차리지 못한 네 성공이 더 있다면."
"……."
"그러니까… 네 노력의 결과물이 또 있는데 그걸 네가 알아차리지 못한 상태라면 말이지."
나는 물었다.
"그걸 알 방법이 있다면, 써보고 싶을 것 같냐."

"어."

"…!"

틈 하나 없이 대답이 돌아온다.

나는 놈을 돌아보았다. 이세진은 표정 없이 나를 본다.

"해봐."

"……."

"그게 뭔데?"

나는 손을 뻗었다.

이세진은 자신이 성공한 인생을 사는 중이라는 것을 알았다.

수백 대 일의 경쟁률을 뚫고 대형 기획사 연습생이 되고, 그 안에서 치열히 생존해 결국 데뷔했다. 그리고 그해 데뷔한 수십 팀의 아이돌 중 가장 좋은 성적을 받아 신인상까지 받고, 순항 중인 상황.

'객관적으로… 성공이잖아.'

당연히 행복할 줄 알았다. 성취감으로 가득한 전성기.

하지만 서 있는 위치가 달라지면 보는 풍경도 달라진다고 하던가.

'웃기네.'

어떻게 매일 불안하면서 동시에 답답할 수 있는지 신기하다. 매너리즘에 빠진 팀원들과 헛바람이 든 회사의 새 플랜, 벽에 막혀 사라지는 의견들. 고칠 점이 보이는데도 손을 쓸 수 없는 건 사람을 무기력하게 만든다.

―야 이세진 좀 적당히 하자니까? 너 분위기 파악 안 해? X나 피곤하다고.
―…어후 맞아요, 진짜 피곤하긴 한데…. 그래도 지금 하면 내일은 좀 편하잖아요, 한 번만 가시죠~

현실과 꿈은 다르다는 걸 안다. 부글부글 끓던 머리도 이제 다 식었다.
그런데도 가끔은 이유 없이 억울했다. 스케줄 사이사이 이동할 때, 앨범을 준비할 때, 새벽에 짧게 눈을 붙일 때.
'……'
속은 것 같은 기분은 갑자기 찾아와 짜증스럽게 가라앉는다.
그래서였을지도 모른다. 만난 지도 얼마 안 된 이 서바이벌 참가자의 말이 폐부를 찌른 것은.

―네가 알아차리지 못했을 뿐, 네 노력은 다른 곳에서 가치 있는 결과물을 만들었다.

노력과 성취. 그 사이클의 복구. 정확히 그런 단어는 아니었을 것이다. 그런데 그렇게 들렸다.
'무슨 기대를 하는 거야.'
그냥 SNS 어딘가에서 떠돌던 시답잖은 심리테스트일 수도 있었다. 아니, 그럴 것이다. 콘서트 보다가 갑자기 분위기가 이상해져서 환기하려고 꺼낸 말이겠지.
그럼에도 불구하고 정색하고 달려든 것이다. 참지 못하고.

-해봐.

뭐 버튼이라도 눌린 듯이.
'왜 이러는 거야 정말.'
그런데도 철회할 생각은 들지 않는다. 이세진은 입을 다물고 눈앞의 류건우를 쳐다보았다.
"……."
류건우는 갑작스러운 침묵에 민망한 듯이 웃거나, 답변하기 위해 입을 열지 않았다. 그 대신 손을 들어 올렸다.
'…?'
그리고 허공에, 뭔가를 터치하는 것 같은 묘한 동작이 이어지는….

-…!!

"아."
순간, 자신의 머릿속에서부터 폭죽처럼 감각이 터진다.
둑 따위에 막혀 있던 물줄기가 뚫린 느낌. 원래 있던 것이 제자리를 찾아가듯 몰아쳐 들어온다.

-하차 막아줘서 다시 한번 고맙다.
-아 우리 그룹 너무 좋은데?
-테스타 재계약까지 가는 거예요. 다들 믿습니다~?

기억과 감정이 머릿속을 채운다. 한때는 당연했던 감정들, 삶의 분기점에서 만들어진 수많은 기억, 고통, 흥분, 열등감, 보람, 승리. 성취. 자신의 자리.

-서울콘 하루만 더 했으면 좋겠다.
-맞아요! 우리 해요!
-현실적으로 불가능한 이야기 그만하고 짐부터……
-으응…. 무, 문대도 아쉽지?
-…안 아쉽진 않지.
-역시 다들 그렇죠? 회사가 잘못했네~ 너무 짧았네~

그 순간, 큰세진은 자신이 느끼는 무력감의 원인을 깨달았다.
'꿈을 살아봤으니까.'
그렇다. 자신은 이미 노력이 성취로 보답받는 삶을 살았다. 바닥을 치더라도 다시 회복해서 도전할 수 있다는 것을 깨닫고, 그 마지막 도전이 성공할 수도 있다는 것을 깨닫고…. 믿을 만한, 존경할 만한 사람들과 같이 생활하며 열정적으로 일하는 게 어떤 느낌인지도 아는 삶.
"……."
어지러움 같던 쏟아짐이 끝났다.
이세진은 고개를 들었다. 조용히 자신의 상태를 걱정하듯 살피는 친구의 얼굴이 보였다. 오랜만에 보는 진짜 팀원.
'내 노력의 결과물은 따로 있다고.'

안 어울리게 그런 식으로 사람을 은근히 꾀듯이 말하다니.

"그러네."

그 말대로였다. 이세진이 죽을힘을 다해 만들었던 성취는 다른 곳에 있었다.

"따로… 있었네."

그리고 원래부터 그랬다.

"아~ 문대문대, 어떻게 매번 맞는 소리만 하지?"

"…!"

이세진은 크게 웃었다. 자신을 알아봤다는 것에 놀랐는지 눈이 커지는 류건우, 아니, 박문대를 보는 기분이 그렇게 유쾌할 수 없었다. 도저히 이해할 수 없는 초현실적인 상황에 대한 혼란과 궁금증보다 앞선 것은….

시원한 안도감이었다.

이세진은 순식간에 큰세진으로 돌아왔다.

이미 다른 그룹으로 데뷔했으니 꽤 긴 시간 정체성 혼란을 겪는 놈을 설득해야 할 수도 있겠다고 생각했는데….

"문대 내가 바로 알아봐서 놀랐구나!"

[허억.]

뭔 스위치 누른 것처럼 그냥 돌아왔잖아.

심지어 비틀거리지도 않았다. 그냥 대가리 푹 숙이고 있다가 번쩍 들었을 뿐이다. 그리고 류건우 모습에서 자기가 알던 박문대를 바로 유추해 내더니, 이제는 소파에 기대서 큭큭 웃고 있다.

"아~ 이거 어떻게 한 거야? 무슨 막… 나노머신 같은 걸로 기억 돌려주고 그런 건가?"

"그런 건 어디서 봤냐."

"웹툰?"

나는 조증이라도 걸린 것처럼 웃고 있는 놈을 보고 잠시 침묵했다. 뭘… 잘못 건드렸나.

[좋아서 그러시는 거겠죠!]

그래? 그럼… 자이롭 생활이 예상보다 더 X 같았나 본데. 그렇다면……
명성치를 다 꼴아박은 게 그렇게 나쁜 선택은, 아니었는지도 모르겠다.

나는 슬슬 침착함을 되찾는 놈을 보고 조용히 입을 열었다.

"지금 무슨 상황인지부터 설명할 테니까 들어라."

"아~ 들어야지."

이미 사정을 다 아는 놈이니 다 젖히고 시스템 폭주부터 이야기했다. 괜한 짓 했다고 원망하거나 오그라든다고 법석 떨 법도 한데, 놈은 그냥 진지하게 설명을 경청했다. 그래도 게임은 좀 하던 놈이라 여기서 쓰는 명성 경험치 개념도 제법 잘 이해한 것 같고.

덕분에 나는 이야기를 마칠 수 있었다. 아니, 마칠 생각이었다.

"그래서… 모은 명성으로 방금 널 뽑았…!"

자기를 뽑았다고 이야기를 하는 순간, 놈이 급발진해서 포옹을 시도하지만 않았다면 말이다. 1위나 콘서트 같은 감동적인 순간에나 할 행동인데, 여기서 나왔다는 건….

"고마워."

"…!"

"사실 나 정신 차리게 할 필요도 없었잖아. 다른 그룹으로 이미 데뷔해서… 같이 활동 못 하는데."

"……."

생각보다도 고민이 컸던 모양이군.

어쨌든, 미안하지만 내가 한 게 자선활동은 아니었다. 나는 놈의 등을 툭 쳤다.

"아니, 스파이로 쓸 건데."

"…??"

"이미 데뷔한 놈이 푸는 현 가요계 상황 좀 들어보자."

큰세진은 멍한 표정이 되었으나, 곧 폭소했다.

야.

"으하하! 생각해 낸 게 그거야? 아~ 문대 너는 어떻게 그 정도로 솔직하지가 못 하냐~"

뭐라는 거야. 이 괴상한 세상은 연도가 섞여서 청려가 아는 지식도 완전하지 않은 상황이라 정보 수집은 많을수록 이득이 맞다.

"알았어, 알았어. 세진이가 정보 많이 알려 준다~ 홍보도 해주고 예능도 부르고!"

놈은 빙긋 웃었다.

"됐지? 문대문대 아주 마음 편하지?"

"어, 제대로 해라."

그만 웃어 새끼야. 이놈에게 자이롭 데뷔초 모닝콜 영상이라도 틀어 줘서 비명을 지르도록 만들까 고민하는 순간.

띠리리릭.

"우리 왔어!"

문이 열리고 장 보러 나갔던 놈들이 귀가한다.

큰세진이 벌떡 일어났다.

"오~ 우리 멤버들!"

"…! 세진이 돌아왔어?"

"Ohhhh! 잘 왔어요!"

돌아오는 환성에 큰세진이 빵 터진다.

"아니, 집에 있던 사람한테 잘 왔다고 하네! 너도 잘 왔어 유진아!"

"히히! 형!"

두 놈을 지나 들어온 류청우가 즐거운 얼굴로 식탁에 짐을 올리며 말을 건다.

"세진이는 기억 못 돌려줄 수도 있을 것처럼 그러더니. 오늘 이래서 불렀구나?"

"아니, 확률 문제죠… 그리고 뽑아도 활동 멀쩡히 하는 놈 해체하라고 말할 수도 없고."

그러자 큰세진은 과장되게 우는 소리를 늘어놓기 시작했다.

"크흐흡… 문대문대, 세진이가 얼마나 고생했는지 알면 정말 그런 말 못 한다? 정말… 멀쩡한 활동 같은 말 하는 거 아니다?"

"왜."

놈이 우는 척도 까먹고 정색한다.

"야, 망해도 싼 놈들이랑 같이 활동하는 것도 고통이야."

"…? 망해도 싸다는 건 좀…."

"아니야. 얘네는 진짜 망해야 해!"

"……."

너도 같이 망한다니까 무슨 소리야.

어쨌든 놈은 거기에 관해서는 타협할 생각이 없어 보여 굳이 설득하지 않았다. 자이롭이 욕먹든 말든 내 알 반가. 대신 대화는 지금까지 나와 다른 테스타가 뭘 하고 지냈는지로 흘러갔다.

프라이팬에 구운 삼겹살을 먹으며 대화가 훅훅 쌓인다.

"와~ 그 와중에 아현이랑 번호까지 교환했어? 문대문대 차별 너무 하는 것 아니야? 아현이한테는 먼저 물어봤지?"

"그랬겠냐?"

선아현이 먼저 물어봤다 멍청아. 나는 무슨 풍경 사진을 한번 보냈던 이곳의 선아현을 한번 떠올렸다가, 지웠다.

그만 생각하고 싶었으나 큰세진은 그럴 생각이 없나 보다.

"우리 셋이 금방 또 놀러 갈 수 있겠네~ 문대 대상만 타면 될 것 같다며."

꿈도 야무지다.

"대상이 누구 집 개 이름이냐. 금방 타게."

놈이 씩 웃는다.

"음원 대상 노리면 되잖아."

"…!"

"왜, 래빈이 있잖아~ 대상 곡 하나 짜깁기해서 뽑으면 되는 거 아니야? 어차피 여기가 꿈 같은 거면 표절이나 이런 건 생각 안 해도 되잖아."

차유진이 약간 풀 죽은 얼굴로 당당히 대답했다.

"김래빈 기억 없어요."

"엥? 근데 어떻게 서바이벌에 참가했…. ……그냥 데려왔구나."

"……."

"참… 아이고 우리 래빈이, 어디 가서 사기당하면 안 되는데. 고걸 낚았네~"

비슷한 상황이었으면 제일 먼저 사기 쳤을 놈이 혀를 끌끌 차며 말하는 게 은근히 열 받는군.

"그럼 이제 래빈이랑 아현이 남은 거구나. 뭐야, 이러면 나 늦게 챙긴 편이네? 어떻게 베프를 다른 그룹에 그냥 두는 천인공노할 짓을…."

"랜덤이라니까."

내가 어떻게 할 수 있는 게 아니라고 새끼야. 나는 일부러 긁는 놈을 상대하며 야식을 먹었다. 대화는 끊이지 않았고 특별할 것도 없었다. …이미 돌아간 것처럼 느껴질 정도로 말이다.

물론 진짜로 돌아가진 못했으니 이런 대화까지 갔고.

"세진이는 그럼 일단은 계속 자이롭 컴백 준비할 생각이지?"

류청우의 질문에 큰세진이 물을 들이켰다.

"저는… 와, 할 게 너무 많네."

"…?"

"아, 여기 내가 20살이긴 20살이었나 봐. 진짜 마음도 너무 여리고,

착하고~ 문대도 솔직히 감동했지, 너무 착해서?"
"뭐?"
"진짜. 손해 많이 봤네."
이 효율 집착자 입에서 이런 말이 나왔다는 건….
"…너 무슨 계획 있냐."
놈은 씩 웃었다.
"어. 일단 샵부터 들르고 가려고."
"…?"
"왜요?"
"응. 염색할 거야."

다음 날 아침. 거의 밤을 새워 떠들고 놀던 놈은 새벽같이 담당 샵에 들려서 자신의 염색모를 흑색으로 돌려놨다고 한다.
[큰세진 : 다시 탈색하면 아무리 튼튼한 세진이 머리라도 다 녹는대요 네넵 절대 불가능ㅋㅋ]
컴백을 앞두고 일개 3년 차 신인 아이돌이 자체적으로 벌일 수 있는 일은 절대 아니다.
하지만 큰세진은 했다. 사회성을 극한까지 계발해 둔 저놈이.
그리고 그 길로 숙소에 복귀한 뒤… 뭔가를 한 모양이다.

[이세진 : 마음 가는 대로 하는 중 (U▽U~♪)]

한나절 동안 내내 확인할 때마다 절반 이상 이 표시가 떴다는 것만 말하겠다.

그리고 저녁.

[큰세진 : 아이고 초대 감사합니다 다 아는 이름들이네요]

이놈은 이제 정원이 다섯 명이 된 테스타의 단체 메시지방에 들어왔다. 그리고 기억 찾자마자 이놈과 비슷한 짓을 했던 동명이인이 이렇게 반응했다.

[배세진 형 : (환영하는 햄스터 이모티콘)]

제법 사이가 좋아 보여서 놀랍다. 솔직히 큰세진이 기억 없을 때 배세진과 만났을 때 했던 발언을 쪽팔려 할 줄 알았는데 말이다.

[큰세진 : 아 형님 지난번에 문대랑 너무 천연덕스럽게 저 놀린 거 아니에요?ㅋㅋㅠㅠ]

아예 자기가 언급하고 들어갈 줄은 몰랐군. 난놈은 난놈이었다.

[큰세진 : ㅋㅋㅋ여전히 말투에 자비가 없으셔서 놀랐잖아여 어린 20살 저는 너무 당황해서 갈비가 코로 들어갈 뻔]

[배세진 형 : 아니]

[배세진 형 : 사이코패스 역만 계속해서 그래]

그런 의미가 아니었던 것 같지만 어쨌든 큰세진은 폭소하는 곰 이모티콘을 보내긴 했다.

나는 자판을 눌렀다.

[염색한 건 잘 써먹었냐]

[큰세진 : 응 자이롭의 다음 활동을 기대해 주세요^^]

무슨 짓을 한 건지 모르겠지만 자이롭 수명이 연장되든 대폭 짧아지든 둘 중의 하나는 일어날 모양이다. 큰세진은 차유진과 배세진의 환호를 즐긴 다음에 화제를 틀었다.

[큰세진 : 아무튼 문대 유명해져야 다른 멤버들도 기억하는…? 그런 거 맞지?]

그걸 굳이 문자 형태로 남겨야겠냐…?

[큰세진 : 빨리 단톡에 초대하게 유명해지세요 저도 물심양면 도와드림ㅋㅋ]

[큰세진 : 세진이 빼고 유닛 활동하는 건 이번만 봐드릴게 대신 돌아가면 세진이 센터 줘야 돼]

[배세진 형 : ?]

[큰세진 : 아니 형 말고 저요]

이번엔 차유진이 폭소하는 기본 이모티콘을 보냈다. 개그가 따로 없다.

[형 표정이 좋아졌어요ㅠㅠ 기분 좋으신가 봐요!]

그러냐? 나쁠 건 없지. 나는 피식 웃으며 쓸데없는 잡담이 지나가는 단체 메시지방을 보았다.

'좀 놔둘까.'

본론은 잠시 후에야 겨우 배세진의 입에서 나왔다.

[배세진 형 : 저기… 너희 서바이벌 방송 말인데.]

[배세진 형 : 이제 파이널 생방송 맞지?]

맞다. 각종 어그로와 무대 영업으로 찻잔 속 태풍을 벗어난 〈Wise〉, LeTi의 서바이벌은 이제 곧 마지막 방송이었다.

'연습 중간에 탈락자 발표가 한 번 더 있다고 듣긴 했지만.'

나는 순순히 긍정했다.

[예. 며칠 안 남았네요]

[배세진 형 : 응원 갈게]

"……?"

진심인가.

'아니… 지금부터 친분이 있는 티를 내둬야 좋은가.'

아무리 그래도 너 지금까지 신비주의 노선이었다며, 그래도 괜찮냐? 사이코패스 이미지는 확실히 가시겠다만.

[형 소속사나 관계자들이 말리지 않을까요]

그리고 즉각 이런 답장이 돌아왔다.

[배세진 형 : 그러라고 해]

[큰세진 : (놀라는 곰 이모티콘)]

[차유진 : That's cool! 멋있어요!]

아주 잘들 논다.

[류청우 형 : (땀 흘리며 웃는 이모티콘)]

[류청우 형 : 어쨌든 파이널도 최선을 다해서 열심히 하자. 아주사 생각나네]

'아주사?'

나는 헛웃음을 냈다. 아무리 그래도 그 미친 프로그램만큼 미친 짓이 파이널에 일어날 리가 없지.

"하."

그때, 벽 너머에서 목소리가 들려온다.

"형 혹시 내 톡 보고 웃은 건가?"

"…아니, 큰세진 보고."

그러고 보니 류청우가 바로 옆 방에 있었군. 나는 조용히 입을 다물고 메시지에 집중했다.

[네 (강아지 이모티콘) 힘냅시다]

진짜 파이널에서 미친 짓이 일어날 것이라곤 상상도 못 한 채로.

단계별 어그로와 생존 스토리, 사내 서바이벌답지 않은 독특한 색의 새 참가자 투입과 '과연 LeTi답다'라는 말이 절로 나오는 색 강한 무대까지.

〈아주사〉급 막장은 아니나 한참 재미난 서바이벌로 입소문 난 〈Wise〉의 파이널을 앞두고 시청자들의 태도는 다음과 같았다.

-대체 시청자 투표 왜 받은 거임 지금까지 한 번도 안 써놓고
-ㅋㅋㅋㅋㅋㅋㅋㅋㅋ제작진 까먹은 거 아니냐

바로 어느 순간 언급이 증발한 시청자 투표의 행방에 대한 추측이었다.

-파이널에서까지 안 쓰면 레전드
-사장이 점수 매기면 거기에 보정치?? 같은 거 주는 역할일 것 같아ㅋㅋ
-사장이 등수 확인하고 눈치 보게 해줘 제발 차유진 살려

그리고 그 정체는 파이널 직전, 이어서 방영된 9화에서 드러난다.
처음에는 다들 소소한 비하인드 스토리와 파이널 무대를 연습하는 연습생들의 모습만을 보여주는 화인 줄 알았다. 일명 쉬어가는 화.

-채율이 건우한테 이불이랑 베개 주러 왔었어?ㅠㅠ 어떻게 이렇게까지 천사일 수가 있지요
-쉴 때 공기놀이하는 남돌... 용케 저 얼굴에 저 성격들을 모았구나 김사장
-와 류청우 잠을 안 자네 진짜 독기 활활 국대짬 어디 안 갔음
-신재현안경화보B컷드디어공개 드디어 수요를 알았냐 방송국 놈들아

연습생들이 서로 얼마나 친한지, 어떤 시행착오를 겪었는지, 또 쉴 때 무엇을 하며 노는지. 시청자들 사이에서 말이 나오는 여러 질문을 잘 섞어서 재밌게 잘 배치했다. 자연스럽게 서바이벌 특유의 긴장감은 낮아졌지만, 과연 시청자 잘 아는 제작진이라며 꽤 호의적인 반응을 보이는 사람도 많았다.

-스페셜 화? 시간 관계상 어쩔 수 없지 잘 만들었으니 됐음ㅋㅋ
-그래도 파이널 준비 오래하는 것 같아서 무대 기대됨

그러나 제작진의 한 수는 마지막에 드러났다.
웃음이 번지게 만드는 각종 비하인드와 땀 흘려 열심히 준비에 매진하는 열정적인 참가자들의 연습실 컷을 지나… 스테이지로 카메라가 간다.

-???

심지어 구석 상단에 표시되는 것은 〈생방송〉.

-뭐야
-지금 생방 중이야?
-막방 10화라며..? 담주에 나와야하는 거 아닌가

지금까지의 외전 같은 소소한 흐름에 익숙해진 시청자들이 난데없는 생방송 화면에 당황한 순간이었다.

[참가자 여러분, 파이널에 앞서서 긴급공지가 있습니다.]

심사위원석에 앉은 김태인 사장이 또 마이크를 잡는다. 의아해하면서도 긴장한 참가자들을 카메라가 잡은 채로, 사장의 목소리가 이어진다.

[시청자 투표 결과가 나왔습니다.]
[!]
[대중의 선택은 여러분이 앞으로 선택하면서 맞이하게 될 절대적 평가 척도입니다. 그 평가에 부합하지 못한 사람은….]

사장은 일부러 한 번 숨을 들이쉰 뒤, 말을 마쳤다.
모두가 예상한 말을.

[탈락입니다.]

스테이지 위, 눈을 떨거나 시선을 떨구는 참가자들을 보며 시청자들이 울부짖었다.

-갑자기??
-아ㅠㅠ
-나 이렇게 쓸 줄은 진짜 몰랐음 어떡해
-애들 표정 너무 마음 아파..

하지만 그와 동시에 확 깃드는 긴장감과 드디어 시청자 투표 결과가 드러난다는 호기심에 시청 집중도는 순간 상승했다. 서바이벌의 힘이었다.
우는 이모티콘과 감탄사로 가득한 실시간 댓글들을 보지 못하는 사장은 천천히 결과를 발표했다.

[우선 안정권입니다.]

사장은 4명을 쭉 발표했다. 김래빈, 오윤신, 정우단, 한경모….
'생각보다 낮다', '사장 픽이라 팬들이 간절함이 없었다', '미친 오케스트라가 바로 직전 화라 누적에서 손해 봤다'…. 다양한 리액션과 평이 난무했지만, 어쨌든 안정권이라는 단어 덕에 다들 안심하는 모양새였다.
그러나 남은 8명을 보면서는 혼란에 빠졌다.

-여기서 반반 상위권 하위권이라고?
-야 나 진짜 모르겠는데

-내 눈에만 상위권 6명 보임?;;

12명이라는 소수 인원에, 지금까지 한 번도 시청자 발표 집계 결과가 공개되지 않은 상태라 쉽게 인원을 갈라 단정 지을 수 없었다.

[하위권, 발표합니다.]

긴장감 넘치는 BGM이 깔린 가운데, 사장이 하나씩 인원을 발표한다.

[박남호]

-아이고
-ㅜㅜㅜㅜ고생했어 남호야!
-안 돼

그다지 두각을 나타내지 못한 참가자, 그러니까 어느 정도 사람들이 예상한 멤버로 시작해서 점점 예상외의 멤버가 불리는 구조.

-ㅠㅠㅠㅠ아아악
-그냥 12명 다 데뷔시켜 미친놈아

사람들이 슬퍼하며 안타까워하면서도 그럭저럭 납득하는 듯한 분위기가 깨진 것은 마지막 하위권 참가자 호명에서였다.

[그리고… 류청우.]
[……]

당사자는 담담한 표정으로 한발 내밀어 앞으로 나왔으나, 댓글은 그러지 못했다.

-헐
-말도안돼
-????
-주작이냐

전 국대 출신에 럭키 토템에 실력까지 순식간에 훅 늘어난 미친 존재감의 뉴페이스가 투표에서 밀려? 말도 안 된다며 몇 초간 터질 듯 반응이 나왔지만, 곧 사람들은 상황을 파악했다.
뉴페이스라서 밀린 것이었다.

-후발주자라 그런가
-투표가 누적이라 그렇네ㅇㅇ 몇 주나 늦게 들어간 거잖음
-아니 근데 이러면 애초에 그때 투입된 보충반은 그냥 탈락하라는 거야? 장난하나

하지만 당황한 시청자들이 글을 쏟아내면서도, 당연히 사장이 지금

부른 이들을 다 탈락시킬 거라곤 생각하지 않았다.

-4명이나 불렀는데 다 탈락일 리가 그냥 사장픽 못 된 참가자 한둘 탈락일 듯
-제발제발ㅜㅜ
-류청우 보내면 김태인 진짜 감없는 쓰레기임

그리고 그들의 기대대로 사장은 다시 입을 열었다.

[여러분이 투표로 정해주신 Bottom 4는 본래 즉시 탈락 예정이었습니다.]

그렇다면 이젠 즉시 탈락은 아니라는 뜻이다.

[그러나 한 아이돌 그룹이 완성되기 위해선 팬분들뿐만이 아니라, 한 요소가 더 필요합니다.]
[바로 아이돌 자신입니다.]

-무슨 당연한 소리를 하고 있어 미친놈이
-아이돌 없는 아이돌 그룹 아무도 생각 안 함 니만 생각함

시청자의 아우성과 관계없이, 사장은 진지하게 우수에 찬 표정으로 발표를 계속한다.

[그러므로 그들의 의견을 듣겠습니다.]

멤버들이 당황해서 고개를 드는 것이 화면 뒤로 지나간다.

[〈Wise〉 참가자 여러분께서는 함께 가고 싶은 참가자 두 명을 투표하게 될 겁니다.]
[!!!]

하위권이 아닌 참가자들이 어쩔 줄 모르는 표정으로 서로를 보는 컷과 진지한 사장의 얼굴이 교차했다.
〈Wise〉는 사내 서바이벌답게 기존에 쌓인 끈끈한 연습생 간의 관계성과 집단의식도 또 하나의 셀링 포인트였다. 그리고 그것을 역으로 이용한 마지막 어그로가, 지금 발발한 것이다.

[여러분의 투표에 따라, 가장 많은 표를 받은 두 사람은 파이널까지 생존할 수 있습니다.]
[결과는… 다음 주, 〈Wise〉 파이널 무대 전에 공개하겠습니다.]

카메라는 점점 멀어지며 얼어붙은 스테이지 전체를 잡았다. 그리고 페이드 아웃. 곧 알록달록한 광고가 나오기 시작했으나 시청자들은 댓글을 멈추지 못했다.

-와

-제작진 악마새끼들아
-애들한테 이걸 넘겨? 차라리 니가 정해 시발놈아

아직 〈아주사〉 시즌 1도 방영되지 않은 시기, 〈Wise〉는 독보적인 매운 어그로로 파이널 직전 마지막 불꽃을 태우기 시작했다.

나는 스테이지에서 내려오며 생각했다.
'오.'
제작진이 일 좀 한다. 솔직히 대충 비하인드로 비비고 넘어가면 화제성이 떨어졌을 텐데, 자극적으로 나온 것은 효과적인 선택이었다.
'단어 선택도 썩 괜찮았지.'
탈락시킬 놈 투표하라는 게 아니라 살릴 놈 투표하라는 것 아닌가. 이 정도면 양호하다. 인륜을 저버린 수준은 아니란 뜻이다. 물론 데뷔한 뒤 동료 투표로 생존한 놈이 사고를 치면 문제가 발생하겠다만, 내가 여기선 그런 걸 고려해 줄 필요는 없다. 최단기 최고효율을 낼 그룹을 노리고 있으니까.
문제는 류청우 위치가 좀 애매해졌다는 건데… 기존 연습생들끼리 카르텔이 이미 형성되어 있어서 표 받는 것에 한계가 있다.
'이건 좀 처리를 해야겠고.'
그래서 나는 마이크를 떼자마자, 기어코 오늘 생방송 촬영까지 누굴 보내 버릴 건지 말하지 않은 놈을 찾아갔다. 청려 놈 말이다.

"네가 자연스럽게 보낸다는 게 이 방식이었냐."

놈은 당황하지도 않은 채 웃으며 대답했다.

"그럼요. 이렇게 쉬운데 써야죠."

"……."

"최종 결과가 목전이니 작은 충격에도 쉽게 흔들리고. 그 머리에 선택지 하나 심어주는 건 워낙 간단해서."

누군가에게 표를 절대 주지 않도록 말이다. 합리적인 판단이긴 하다만… 나는 인상을 찌푸렸다.

"나한테 말하지 않은 이유는."

"미리 알려주면 사전 작업하려는 후배님과 손이 꼬일 것 같아서요. 가만히 기다려 주는 사람은 아니잖아요, 후배님이."

"……."

X발, 반박을 못 하겠네.

"이해할 수 있죠? 그러면 지금부터는 이렇게 해요. 나는 제거할 요소를 제거할 테니까, 후배님은 붙이고 싶은 요소를 붙여봐요."

류청우에 대한 말이다. 그리고 놈은 친절한 척 덧붙였다.

"그래도 정 못 하겠으면 말해요. 해줄 테니까."

나는 황당해서 놈을 쳐다보았다.

"해주는 게 아니라 해야지. 지금 하위권에 류청우보다 괜찮은 패가 있냐."

목표가 같은데 무슨 헛소린지 모르겠군.

그러자 청려가 실실 웃는다.

"그래요? 알았어요. 그러면 후배님이 못 하겠다면 내가 하는 걸로 고칠게요."

"……."

나는 피식 웃었다.

"그래, 일단 내가 해보고."

여기서 내가 화낼 것 같냐? 안 되면 고양이 손이라도 써야 하는 판이다. 어떻게든 저 새끼 골수까지 뽑아 써야지.

"좋아요."

그리고 웃던 놈은 유유히 복도를 걸어 사라졌다. 다른 연습생을 보러 가는 것 같았다.

그 뒷모습 위로 팝업이 슬쩍 뜬다.

[그럼… 형도 다른 연습생들 설득하실 거예요?]

그전에 하나 확인할 일이 있다. 나는 아까 스테이지 위에서 떴던 팝업창을 다시 불러왔다.

[퀘스트 : 명성 수집 활동 2/N
|■■■■■———→|
-50% 달성!
보상 : 소포를 받았다….

누적 명성치를 50만 Exp 얻자, 중간 정산이랍시고 이게 뜬 것이다. 물론 이 중에 한 10만 점을 제외하면 다 동료 뽑기에 박아버렸지만.

'〈127 섹션〉에 있던 기능이긴 하군.'
테스트 플레이를 할 때 봤었다.

―선택지가 많고 엔딩이 다양한 게임이라서 그걸 다 아우를 수 있도록 메인 퀘스트가 포괄적이고 또 장기적이거든요.
―아하… 예예.

이때 계속 플레이하도록 격려 겸 유인하기 위해서 확실한 중간 보상을 마련했다고 했던가.
'아마도 품목은 랜덤일 테고.'
나는 우편으로 가서 '진행 보상'이라고 적힌 소포 이미지를 확인했다.

[수많은 가능성을 품고 있는 소포]
―당신을 격려하는 별의 소리다.

치환하자면 엄청 좋은 게 나올 수도 있지만 네 운으론 적당히 골드나 받고 끝난다는 뜻이다.
'골드가 벌써 한 4,000은 쌓였을 텐데.'
아무짝에도 쓸모없는 텍스트 쪼가리를 떠올리며, 나는 무표정으로 해당 소포 수령을 눌렀다. 그런데.

[소포 내용물 ― 초대장]
[동료(★★★★)가 온다….]

어쭈? 소포에서 별빛이 터진다. 아무래도 골드가 아니라 동료를 주는 모양이다. 필요는 없다만.

'별 4개면…'

나는 지난번 큰세진을 뽑기 전에 봤던 4성 동료를 떠올렸다.

[★★★★ 안소현 / 리드댄서]

'말랑달콤 멤버였지.'

정리하다가 보고 기함할 뻔했다. 혹시라도 각성시킬까 봐 동료로 받지는 않았다만, 인벤토리에는 넣어왔다. 아무튼 그런 경험을 보자면 말이다.

'별이 3개 이상인 동료 중엔 나랑 안면 있는 사람도 나오는 것 같은데.'

1, 2성에선 한 번도 못 봤는데 3성부터는 스쳐 간 아는 이름이 간혹 나오더라고.

[아, 그 설명에 '인연'이 있는 동료를 찾아낸다는 게 있었잖아요. 그런 게 좀 반영된 게 아닐까요?]

안 그래도 비슷한 추측을 나도 했다.

'그러면 설마 이번에도?'

어쨌든, 소포에 빛은 금방 가시고 마침내 설명이 드러났는데…… 정말로 아는 이름이 뜬다.

[★★★★ 정우단 / 리드보컬]

"…??"
VTIC 놈이잖아.

[주주단님이죠?]

그래, 그 주단이다.
'뭐야.'
일단 인벤토리에 박아둘 생각으로 손을 움직였으나… 이거 거절 버튼이 없는데?

[확인]

이것만 떠 있다. 이거 설마 자동등록이냐?

[그런가 봐요…?]

뭐 상관없긴 하다. 여차하면 받아서 동료 목록 삭제하면 그만이니까. 그래서 내가 일단 '확인' 버튼을 누르는 순간이었다.

치지직!

…버튼에서 다시 별 효과가 뜬다.
"…??"

[Fortune Chance]

구릿빛으로 양각된 괴상한 문구가 뜨더니, 빈티지한 파이프에서 단어가 빙글빙글 돌아간다.
'이거…'
게임에서 나오는 행운 이벤트. 그리고 어느 순간 톱니바퀴 맞물리듯 철컥, 정지해 단어를 조합하는 것이다.

[추가 효과 – 각성!]

3초 후.

[동료 : 정우단이 각성 성공!]

"뭐…"
뭐라고?

이 미친 시스템 새끼가 가장 X 같은 방식으로 보너스를 주었다.

그 사태를 확인하자마자 즉시 복도를 질주해 연습실들을 뒤지고 있다.

'찾아야 해.'

잘못하면 진짜 X 된다…!

그렇게 세차게 돌아가는 머리로 우선순위에 따라 다른 종류의 연습실을 서너 번쯤 열어젖혔을 때. 결국 안무 연습실 벽에 머리를 박고 있는 놈과 마주했다.

정우단. 그러니까… VTIC의 주단.

"……."

"……."

놈은 말도 없고 벽에서 머리를 떼지도 않는다. 나는 주변의 이목을 끌지 않으려 노력하며 천천히 놈에게 접근했다.

'신중히 한다.'

머리가 팽팽 돌아갔다.

그때, 구석에서 몸을 풀던 차유진 놈이 나를 보고 번쩍 손을 들었다. 잠깐. 너 설마….

"문대 형!"

역시.

"…문대?"

머리를 박고 있던 놈이 아는 이름을 듣고 움찔 놀라더니, 급하게 고개를 든다.

"박문대 후배님?"

망했다. 고개를 든 놈이 혼란스러운 얼굴로 주변을 둘러보더니, 차유진과 그 뒤의 김래빈까지 보고는 더 창백해졌다.

"테스타… 잠깐."

"저기, 선배님."

"아니, 그러니까……."

혼자서 중얼거리는 놈의 무표정한 얼굴에선 식은땀이 흐르고 있다. 하지만 곧 입안으로 무슨 소리를 웅얼거리면서 스스로를 달래는 것 같았다.

'일단 데리고 나가야겠는데.'

아직 카메라가 없는 게 감사할 뿐이다.

그러나 차유진에게 한쪽씩 팔을 잡아끌고 가자고 제스처를 주기도 전에, 주단은 입을 열었다. 훨씬 차분해진 목소리로.

"여기 제작진 어딨죠?"

"제작진은 왜…."

"하차하겠습니다."

"…?!"

정신이 혼미해진다.

하차하겠다는 VTIC 놈을 제압하는 것에는 꽤 긴 시간이 소요되었다. 압박을 못 이기고 하차하겠다는 의미로 오해했는지 하마터면 제작진이 카메라를 들고 뛰어올 뻔했으나, 그 전에 진정시켜서 다행이었다.

'진짜 말아먹을 뻔했네.'

여기서 이놈 제압에 투입된 것이 차유진과 류청우, 그리고… 청려다.

그래. 껄끄러움이고 나발이고 이 돌발 상황에 대가리가 있으면 불러야 하는 인선이지.

"……."

"……."

그리고 좁은 보컬 연습실 안은 성인 5명이 꽉 끼어서 뒈질 듯한 침묵이 흐르고 있다.

'X발…….'

지금 표 잡을 작전이나 세워야 할 류청우까지 떨떠름하게 웃으면서 서 있는 걸 보니 어처구니가 없다.

'앞으로 중간 보상이 랜덤 소포면 무시한다.'

이 빌어먹을 양산형 모바일 게임 같은 시스템 새끼야. 나는 미간을 누르며 입을 열었다.

"그러니까… 선배님, 저희도 지금 다 비슷한 상황인데요."

나는 이젠 순 심란한 얼굴로 허공을 보고 있는 주단을 보고 침착하게 입을 열었다. 차 떼고 포 떼고, 핵심만 말한다.

―이상한 평행세계에 끌려와서 탈출하려고 하는 중이다.

자세한 사정도 없이 이딴 말을 믿을 놈이 있을까 싶지만 어쩔 수 없다. 아예 아무것도 모르는 놈에게 '내가 사실 박문대가 아니고…'부터 시작한다고 생각해 봐라. 그거야말로 미친놈 같지.

'일단 여기서 반박 들어오는 대로 찬찬히 설명하면서 진행한다.'

다른 방법이 없었다. 청려가 굳이 끼어들지 않고 웃고 있기만 해서 별수 없이 원맨쇼를 하고 있을 무렵.

"잠시만."

마침내 주단이 손을 들었다.

"질문을 하나 드리겠습니다."

"예."

"32 곱하기 6은?"

"⋯⋯192죠."

"예."

놈은 한 놈씩 돌아가면서 수학 문제를 냈다. 곱셈 정도라 어려울 게 없어서 다들 적당히 생각해 보고 답을 말한다.

'이놈 대체 뭘 하는 거지?'

그리고 한 바퀴 돌아 청려까지 답을 하고 나자, 놈은 고개를 끄덕였다.

"꿈은 아니군요. 흠."

"⋯⋯."

"어떤 상황인지 대강 알겠습니다."

"…??"

"서브컬쳐에 익숙한 사람이라면 쉽게 접할 문법이군요. 직접 경험하게 될 줄은 몰랐는데."

놈은 무표정으로 그렇게 중얼거리더니 턱을 만졌다.

"아니, 아직도 꿈일 가능성이 있으니… 어쨌든 잠시 세수라도 하고 오겠습니다. 찬물이 찬물 같은지도 확인해 봐야겠죠."

그렇게 말한 놈은 벌떡 일어나서 화장실로 향했다.

드르륵- 탁.

문이 열리고 닫힌다. 주단이 혼자 떠들기 시작한 지 10초 만에 일어난 일이었다.
"......"

[뭐… 뭘 아셨다는 걸까요?]

나는 힘겹게 대답했다. 이제야 짐작이 가는군.
'…숫자로.'

[???]

'꿈에서는 논리성이 떨어져서 보통 빠르고 정확히 계산하기 어렵거든.'

[아….]

그런데 보통은 본인을 꼬집어보나 하지 쓸데없이 이런 방법을 쓰지는 않을 텐데. 이 새끼 원래… 이런 놈이었나?
"원래도 독특한 컨셉에 관심이 많은 타입이었는데, 여전하네요. 이런 상황에 적응하려 들고."
문밖 모서리 너머에서 설치되고 있을 카메라를 의식한 청려가 목소리를 낮춰 속삭인다.
"뭘 남의 그룹처럼 이야기하고 있냐, 네 멤버한테."
"음, 오랜만에 써봐서."

놈이 실실 웃는다. 그리고 상대에게만 들릴 정도로 목소리를 더 낮춘다.

"순종적인 것 같지만 때때로 조용히 비협조적인 부류라… 다룰 때 한 번 더 계산해야 하는 게 번거로웠거든요."

단어 선택 한번 환상적이군.

"어쨌든 다루는 게 불가능하진 않으니, 큰 변수로 번지진 않을 거예요."

"……."

놈은 아무렇지 않게 결론을 내렸지만, 그래서 더 묘하다.

'이놈은 아무렇지도 않은 건가?'

그래도 본인 그룹 놈 기억이 돌아왔으면 재밌어하든 날 죽이려고 하든 무슨 반응이 있을 줄 알았는데, 대단히 전략적이다.

턱을 손가락으로 두드리던 놈은 바로 목소리를 키워 다음 단계로 나아간다.

"주단과 좀 더 세밀한 조율을 작업해야겠지만. 음, 그 전에 저쪽은 돌려보내야겠는데요."

"…!"

청려는 웃으며 고개를 돌렸다. 차유진과 류청우를 암묵적으로 가리키는 것이고, 본인들도 알았을 터. 그러나 차유진은 눈 하나 깜박하지 않았다.

"저는 제가 있고 싶은 곳에 있어요."

"그러면 우리가 나가면 되겠네요. 옆 연습실로 가요."

"잠깐."

이놈들은 대화할 때마다 이러네. 그러나 내가 중재하기 전에 류청우가 난처한 듯이 웃으며 끼어들었다.

"유진아. 일단 우리가 나가드리자. 아무래도 같은 그룹이시니까 따로 대화하고 싶으시겠지."

차유진은 그 설명에는 반발 없이 어깨를 으쓱했다.

"OK. 두 선배님 대화해요."

다만 뒷말이 붙었다.

"문대 형 같이 가요!"

그건 좀.

"…설명도 하던 놈이 하는 게 낫지."

"문대 형 VTIC 팬이에요?"

그래서 하는 거겠냐?

"설명비 받을 거야."

"오우!"

이제 가라. 나는 류청우가 차유진을 끌고 나가도록 방임했다.

그러나 류청우가 나가다 말고 뒤를 돌아보았다.

"아. 문대야."

"네."

"내 표는 너무 걱정하지 마. 여기서 탈락할 정도면 팀에 도움이 안 된다는 뜻이니까."

"…!"

"그리고 그런 평가 받을 생각은 없어."

놈은 부드럽고 단호하게 마무리했다.

"표는 내가 알아서 받을게."

"……."

굳이 박문대라고 부르면서까지 한 말이니, 이건 그룹 리더로서 하는 말이군. 그렇다면야.

"예."

나는 순순히 고개를 끄덕였다.

류청우는 한번 웃어 보인 뒤, 시큰둥한 얼굴인 차유진을 끌고 보컬 연습실을 나갔다.

드르륵- 탁.

"……."

"설명비를 받아요?"

"진짜 그러겠냐?"

"하하."

나는 내 얼굴을 때리고 싶은 충동을 참았다.

다행히 내가 방을 뛰쳐나가기 전에 주단이 돌아왔다. 머리에서 물을 뚝뚝 흘리면서.

"현실 같습니다."

"……."

놈이 중얼거렸다.

"미쳤거나, 꿈이거나… 최악의 경우엔 무슨 괴담 현상에 휘말린 걸 수도 있다고 생각했는데 마지막이 제일 정답에 가까웠다니."

잠깐.

"설마 그래서 하차하려고 하신 겁니까?"

"예. 원래 사람은 최악의 상황을 상정하고 행동해야 하잖아요."

"……아, 예."

이게… 아니, 됐다. 어쨌든 현실이라고 납득했다니 다음 말을 하기가 더 쉽겠군. 나는 본론으로 들어갔다.

"저희는 최대한 현실로 돌아가기 위해 노력하고 있는데, 선배님께서도 협력해 주시면 합니다."

여기서부터가 난관이군. 이놈이 만일 이 상황을 또 다른 기회라고 생각하고 있다면 상당히 골 아픈….

"당연하죠."

"…?"

즉답이 나왔다.

"이런 판타지다운 전개를 겪어보는 걸 어릴 적에 꿈꿔보긴 했는데, 지금은 꿈도 희망도 없는 어른으로 자라서 빨리 돌아가고 싶습니다."

놈은 무표정으로 말을 이었다.

"건물과 통장과 명예가 있는 10년 차 대상 아이돌의 삶은 포기 못 해요."

"……."

나는 가까스로 입을 열었다.

"선배님 군대 가시는데요."

"여기서도 가잖아요."

그건… 그렇지.

"그런데 돈도 위치도 없이 데뷔부터의 개고생을 처음부터 다시 해야 하다니 이건 비교가 실례일 지경입니다."

놈은 고개 까닥였다.

"어른들이 과거로 돌아가고 싶다는 건 다 거짓말일 겁니다. 일단 기반이 생기면 그 개고생을 다시 하고 싶을 리가 없죠. 다 편의적인 설정입니다."

하마터면 청려를 돌아볼 뻔했다.

"어쨌든 이건 일종의 게임 형식이고, 문대 후배님이 키플레이어인 거군요."

"일단 그렇게 된 것 같습니다."

"예. 고생하십니다."

놈은 무표정으로 고개를 까닥했다.

"그러면 난… 후반부에 등장해서 분량이 많지 않지만 꽤 쓸 만한 조력을 해줄 조연쯤일 것 같고."

이 미친놈이 뭐라고 하는 거지.

"안타고니스트가 아니라 다행이라고 해야 하나… 아, 죄송합니다. 최근에 할 게 없어서 소설과 영상물을 많이 보는 바람에."

어째 변명 같군. 하지만 상황이 상황이니 놈의 안정을 위해 맞장구를 쳐줬다.

"아이돌이 부담 없이 즐길 수 있는 취미니까요."

"네."

놈은 좀 만족스럽게 고개를 끄덕이더니 뭐라 더 말하고 싶은 듯 입을 우물거렸으나, 곧 다시 사무적인 투로 돌아왔다.

"그럼 지금은 류청우 후배님, 아니, 이제 류청우 형이라고 불러드려야겠군요. 아무튼 그분께 표만 드리면 제가 따로 할 일은 없겠죠."

일단은 그렇다고 대답하려는 찰나, 다른 목소리가 대신 자르듯 선언한다. 부드럽고 차갑다.

"그렇진 않은데."

"…!"

움찔한 주단의 목소리에 약간의 정중함이 어렸다.

"형."

"지금 기량이 전 같지 않을 거야. 그렇지?"

VTIC 놈은 청려의 눈치를 보는 것 같더니, 조용히 고개를 끄덕인다.

"…예."

"그러면 우선 네 기량부터 회복해야지. 우리가 얼마나 괜찮은 계획을 세우더라도 무대 퀄리티가 부족하면 불가능하니까."

희미한 미소를 띤 놈이 주단을 응시하며 말을 계속한다.

"네 말대로 10년 차 아이돌로서의 기억과 자아가 돌아왔다 하더라도, 정작 모습이 그렇지 못하다면 네 것이라고 주장할 수 없잖아."

"……!"

"네게 재산과 명예를 기꺼이 준 사람들이 아까워하지 않을 만한 모습을 보여주길 바란다. 알았지?"

"……예."

뻔뻔할 만큼 괴상한 소리를 하던 놈이 군기가 바짝 잡힌다. 반항하거나 말대꾸할 생각도 하지 못하는 것 같다.

'하도 굴러서 틀이 잡힌 모양인데.'

아주 쥐락펴락한다. 꽉 틀어쥐었다고 슬쩍 풀어주기도 하고.

"그래. 그래도 네가 있으니까 든든하다. 알지?"

"…네, 감사합니다."

주단은 청려에게 연습 루틴에 대한 조언의 탈을 쓴 훈련표를 받고서야 보컬 연습실을 나설 수 있었다.

"……."

'난놈은 난놈이군.'

사람 다루는 건 이골이 난 모양이다. 나는 팔짱을 끼며 웃는 청려를 쳐다보았다.

"일단 효율을 챙기는 방향으로 가봤는데. 괜찮네요."

"좀 더 달래는 편이 멘탈에 좋았을 것 같은데."

"괜찮아요. 좀 압박해야 움직이는 타입이라. 도리어 풀어주면 요령을 부려서."

놈은 태연히 대답했다.

"잘 찌르면 앨범에 대해서 가끔 좋은 아이디어를 가져오기도 하죠. 괜찮은 구성원이 될 거예요."

"…그래."

오래 본 놈이 더 잘 알겠지. 나는 굳이 반박하지 않았다.

놈은 턱을 괬다.

"데뷔 이후 계획을 좀 더 수정해 봐야겠네요. 음, 지루할 틈이 없네."

잠깐. 그보다 우선순위인 게 있을 텐데.

"너 보내 버릴 놈 투표는."

"음? 벌써 다 끝났죠. 그건 파이널에서 탈락할 거예요."

뭐?

놈이 고개를 옆으로 숙인다.

"이런, 후배님은 아직 시작도 못 했나. 아니면 아까 말대로 본인을 믿고 넘기게요?"

"알아서 한다."

"하하."

놈은 더 굴지 않았다. 나는 팔짱을 풀고 입을 열었다.

원래 하려던 말이 있었다. 주단이 기억을 찾은 사태에 대해.

"…이번은 돌발 상황이었어."

"네."

"하지만 아이돌로 더 유명해지면서 동료 찾기를 계속하게 되면, 다른 VTIC한테도 기억을 돌려줄 수 있을지도 모르겠는데."

"음."

청려는 눈을 가늘게 떴다.

"그건 좀 지켜보죠. 패가 늘어난 것 같긴 하지만 그게 꼭 좋은 패라고 단정 지을 수는 없으니까."

"그래."

그렇다면야 나는 더 묻지 않기로 했다.

그때였다.

"그래도 처음이긴 하네요."

"…!"

놈은 시선을 내리고 읊조렸다. 무덤덤한 목소리였다.

"이런 거였나."

"……."

나는 물었다.

"기분이 나쁘냐?"

"특별히 그런 건 아니지만… 이런 상황을 생각해 보지 않은 지 꽤 돼서. 낯설긴 한데."

놈은 표정 없이 초점을 흐렸다. '이런 상황'을 기대하거나 상상했을 때를 어렴풋이 떠올리기라도 하는 듯이.

'…그래.'

감명이 없지는 않았나 보지. 나는 굳이 놈의 상태를 캐묻지 않고 바닥에 한동안 앉아 있었다.

그리고 촬영 시작을 알리는 스탭의 목소리를 들은 후에야 천천히 일어나서 연습실을 나왔다. 놈이 다시 그 화제를 꺼내는 일은 없었지만, 나는 다음에도 게임 소포가 오면 무조건 클릭하지 않기로 생각했던 결론을 일단 보류로 돌렸다.

그리고 또 시간이 흐른다. 주단의 돌발 사태가 거짓말처럼 촬영장은 묘한 긴장감이 감도는 그대로의 상태다. 이미 카메라는 켜진 것이다.

'기다린다.'

나는 그날 촬영이 다 끝나고, 다시 배터리가 다 되어 공백이 생기는 자정 이후까지 기다렸다. 그리고 파이널 직전답게 새벽까지 연습에 여념이 없는 놈들 사이에서 침실로 들어갈까 갈등 중인 놈을 발견했다.

"선배님."

주단은 연습실 바닥에서 몸을 일으키더니, 조용히 중얼거렸다.

"의심을 살 수도 있는 행동은 피하죠. 전처럼 편하게 갑시다."

뭐, 본인이 그렇다면야. 나는 몸을 기울이고 물었다.

"우단아. 너 참가자 중에 누구랑 친하냐."

"…뭐, 딱히 친한 사람은 없습니다. 같이 다니던 연습생들은 참가를 못 해서."

잘 알겠다. 그럼 질문을 바꿔볼까.

"누가 누구랑 친하거나 싫어하는지는 대강 알지."

"남들 아는 만큼은 알죠."

그거면 됐다. 기존 연습생이 가진 정보가 필요했거든. 그리고 자연스럽게 말을 풀 수 있는 위치라면 더 좋다.

"도움 좀 받을 수 있을까."

놈은 무슨 생각인지 잠시 대답이 없더니, 불쑥 대답했다.

"제가 다른 사람 설득을 잘 못 합니다."

류청우 선거운동이라도 같이해 달라는 뜻으로 들었나 보다. 나는 피식 웃으며 편하게 앉았다.

"그걸 부탁하려는 건 아닌데."

"그럼?"

"나랑 대화만 좀 해주면 된다. 남들 앞에서."

류청우가 먹을 표는 한정되어 있다. 서바이벌에서 이미 친분이 있는 연습생과 강력한 경쟁자인 뉴페이스 중에 익명으로 고르자면 당연히 전자를 고르겠지. 아마 어지간한 유인책이 아니고서야 굳이 류청우를 투표하지 않을 것이다.

그러면 어떻게 해야 하는가?

'표를 분산시키면 된다.'

류청우를 제외한 나머지 참가자 중 누구를 투표할 것인지를 건드린다.

"욕도 아니고, 칭찬 좀 할 거야."

류청우가 말한 대로 본인 표는 본인이 알아서 챙기게 존중해 줄 것이다. 나는 류청우를 찍게 만들려는 게 아니라, 다른 놈을 안 찍게 만들려는 것뿐이거든.

연습이 한창인 〈Wise〉 촬영장. 연습생들은 더없이 진지하고 오로지 파이널을 향해 열중하는 것 같지만, 물밑으로 대화가 오가지 않는 것은 아니었다.
 과연 하위권 참가자 중 누가 생존할 것인가.

—누구 찍을 거야?
—몰라 그때 보고.

무기명 투표라고 하지만 인터뷰에서도 은근히 떠본다.

—혹시 이미 마음 정하셨나요?

여기 〈열등반〉의 한 참가자도 '열심히 고민 중입니다' 따위의 적당한 대답을 말하긴 했지만 사실 거의 결정 난 일이라고 생각했다.
 두 명이나 찍으라는데 고민할 게 있을 리가 없지. 보통 탈락할 한 사람, 붙을 한 사람 따위여야 어려운 것이다. 최선과 차선을 다 투표할 수 있으니 뭐가 어렵냔 말이다.

'안 찍을 놈 빼면 되잖아.'
일단 한 놈은 이미 암묵적 자격 미달이 되었다.

―뭐, 이 개XX!

어휴.
'밥 먹다 갑자기 급발진해서 사람 패려고 하는 새끼랑 활동하겠냐.'
3년 후 폭행 사건이 터지는 것을 아는 신재현이 행동부터 소식 전파까지 깔끔히 유도했다는 것을 까마득히 모르면서도 참가자는 고개를 끄덕였다. 그래서 자연스럽게 한 사람을 제외하고 나니, 결국 세 사람이 남은 것이다.

그리고 거기서 한 사람 더 제외하기는 더 간단했다. 덜 가까운 사람. 잘 모르는 사람. 연습생 생활이 전무한 사람. 바로 가장 최근에 투입된 보충반이다. 류청우.

'걔야 알아서 잘 살겠지.'
연금 받는 전 국가대표와 친분이 있는 것도 아니고 친근감이 드는 것도 없었다.

'그럼 남은 둘 찍으면 끝이잖아.'
원래 연습하면서 안면도 있었고, 왠지 떨어뜨리기 찝찝한, 무난한 둘을 고르기로 이미 기존 연습생들은 마음을 정한 상태였다. 투표 받는 당사자들도 투표를 할 수 있는데, 이미 그 둘이 친하기 때문에 자기들끼리 분위기 조성도 다 됐다.

'그렇게 가겠지, 뭐.'

참가자가 그렇게 결론 내린 뒤, 다시 빈둥거리며 꿀 같은 잠깐의 농땡이를 즐기고 있을 때였다.

달칵. 연습실 문이 열리며 말이 들린다.

"…니까 투표하기가 고민이 되는 거지."

"그렇긴 합니다."

낯익은 참가자들의 목소리.

'어.'

순간, 연습실 음향 장치 뒤에 누워서 쉬던 참가자는 자신이 보이지 않는다는 것을 깨달았다.

류건우와 정우단의 목소리는 대화를 계속한다.

"넌 생각한 사람 있냐."

"뭐… 형은 류청우 형 찍으실 겁니까?"

"일단은. 넌?"

사람이 있는 걸 모르는지 편하게 대화한다. 열등반 참가자는 자신도 모르게 그 대화를 조용히 엿들었다.

"다환 형을 생각 중이긴 한데요."

"아."

김다환은 그가 찍으려던 두 사람 중 하나였다. 안 그래도 방금 생각하던 화제가 나온 탓에, 참가자는 숨을 죽이고 순간 대화에 집중했다.

"난 좋은데. 댄스 포지션이 좀 과포화 같기는 하지만."

류건우는 약간 뜸을 들였으나, 곧 카메라가 없다는 것을 다시금 깨달았는지 편하게 말했다.

"우린 상관없지. 보컬이니까."

'…!'

포지션?

"네. 잘하는 사람이 들어와서 평균 역량이 좋아지면 이득이죠."

"그래. 이런 고민은 사장님이 하시겠지."

아.

그리고 둘은 서로 찍기로 한 사람을 찍어주자고 하며, 아직 비어 있는 것처럼 보이는 연습실을 나섰다.

"아직 다들 안 왔네."

"너무 일렀습니다. 그럼 잠깐 다른…."

쿵.

"……."

문이 닫혔다. 하지만 참가자는 다소 심란하게 생각했다.

댄스 포지션이 과포화 상태라고?

"…그러네."

그 말이 맞았다. 지금 남은 사람 중 보컬 포지션은 기껏해야 저 둘을 포함해 네 명, 랩 포지션은 보충반의 인상 살벌한 한 녀석만 남았다는 것을 생각하면… 댄스 포지션만 7명으로 과포화 상태였다.

그런데 최상위권에는 괴물이 따로 없는 신재현과 어디서 튀어나왔는지 모를 보충반 차유진이 있으니….

'……자리가 없어.'

거의 두 배에 가까운 차이. 당장 본인도 댄스 포지션인 참가자는 침을 꿀꺽 삼켰다.

게다가 다른 말도 마음에 걸렸다.

―이런 고민은 사장님이 하시겠지.

 멤버가 시청자 개인 투표로 뽑히는 것도 아니고 사장이 뽑는다. 사장의 성향상 당연히 포지션 균형을 고려해서 뽑을 테니, 그렇다면… 정말로 위험했다.
"……."
 갑작스럽게 닥쳐온 위기감에 참가자는 입을 깨물었다.
 선택지가 자유로운 상황에서 사람은 결국 자신에게 이득이 되는 선택을 합리화하게 되기 마련이다. 특히 코앞에 데뷔라는 거대한 먹잇감이 목표로 달랑거리는 시점이라면 더더욱.
 그래서 결론은 빨랐다.
'…경쟁자는 최대한 빼는 게 맞지. 내가 호구도 아니고.'

―댄스 포지션인 탈락 후보는 여기서 보내야 한다.

 그는 잠시 머뭇거리다가 곧 결심하고 조용히 연습실을 나와 복도를 달렸다.
 맞은편 보컬 연습실에 있던 류건우와 정우단은 그것을 확인했다.
"진짜 나왔네요."
"그래."
"이게 통했을 거라고 확신하십니까?"
"어."

류건우는 피식 웃었다. 그가 확신한 건 하나였다.

자신의 위치.

참가자 중 최상위권인 대중 인지도, 화제성, 실력, 그리고 사장의 고평가까지. 모두 같은 출연자가 무시하긴 힘든 요소들이다. 결국 이건 친밀함이 아니라 서열과 권위의 힘이었다. 인간적 호감과는 결이 다르기에 직접 설득하면 반발심리가 튀어나올 수도 있지만, 우회하면 그만이다.

'자기가 상대의 말을 분석해서 자체적으로 뭘 알아냈다고 생각하면 더 믿으니까.'

사실 포지션 과포화 같은 건 그룹 성향에 따라 한쪽을 주력으로 밀어줄 수도 있는 건데, 안심하고 그렇게 생각할 수 없게 되는 것이다. 물론 거기까지 말해줄 생각은 없으니, 류건우는 깔끔히 이렇게 말했다.

"내일쯤 분위기 바뀌어 있다는 데에 돈도 걸 수 있다."

"제가 그런 불확실한 도박 종용엔 넘어가진 않지만, 키플레이어에 대한 예우로서 존중하죠."

"……."

류건우는 입을 닫았다. 주단은 어쨌든 짧게 감탄한 뒤, 턱에 손을 얹었다.

"이걸 몇 번 해야 한다고요?"

"한 번만 더 기출 바꿔서."

"그걸로 되겠습니까?"

"어차피 말 돌게 되어 있어. 남은 연습생이 다 비슷한 처지니 뭉치려고 할걸. 뛰어나가는 거 봤잖냐."

보컬 포지션을 테스타와 VTIC이 다 선점한 이상 댄스 포지션인 남은 연습생들의 처지는 비슷할 테니 자기들끼리 이 전략을 공유할 것이다. 의미 있는 수치가 나와야 하는데, 다 처지가 비슷한 이상 말이 잘 통할 테니까.

'그럼 그 표가 어떻게 분산되든 대충 류청우가 1/3만 먹어도 합격 안정권이지.'

이미 기억 돌아온 VTIC과 테스타 인원만으로 6명이다. 정원의 반토막은 이미 확보했으니 이 정도면 충분할 터.

류건우는 어깨를 으쓱했고, 주단은 꽤 진지하게… 공감했다.

"인간 심리에 대해 많이 생각하시나 봅니다. 저도 가끔 그래요. 꽤 흥미로운 버릇이죠."

"……."

류건우는 굳이 대꾸하지 않았다. 그저 조용히 다음 타깃에 대한 설명을 잇기로 마음먹었다.

그사이, 그들이 시선을 거둔 복도 너머에서는 류건우도 예측하지 못한 일이 벌어지고 있었다.

"헉."

1. 복도를 달려가던 해당 참가자는 넘어졌다.

"악!"

2. 발목에서 통증을 느꼈다.

"괜찮으세요?"

3. 인터뷰를 마치고 돌아오던 류청우가 그것을 목격했다.

그리고 곧바로 움직였다.
"잠깐. 움직이지 마시고요."
류청우는 반사적으로 훈련 시 교육받았던 대로 상황에 대처했다.
"여기 아프신가요?"
부위별 통증을 확인한 뒤.
"근육이 좀 놀란 것 같은데, 부상 걱정은 안 하셔도 되고요."
본인의 경험에 빗대어 안심시킨다. 게다가 근처 휴게실에서 스프레이형 파스를 찾아 넘기기까지 했다.
"쓰세요."
"아… 예. 감사합니다."
그리고 특별히 더 말 붙이거나 조언하려 들지 않고 자리를 뜨는 것이다. 류청우가 항시 할 법한 것으로, 어쩌면 그냥 일상으로 취급할 수도 있는 가벼운 호의였다.
다만 상황이 약간 특수했다.
"……음."
파스를 다 뿌리고 일어난 참가자는 평가하듯이 생각했다. 침착하고, 통이 커 보이고, 대처가 빠르다. 괜히 국대 출신이 아니었다.
'팀이면 좀 의지가 될 수 있지.'

그리고… 보컬 포지션이다. 포지션 두고는 경쟁할 필요가 없다.

생각해 보면, 어차피 댄스 포지션인 김다환을 안 찍는다면 남은 후보는 류청우와 급발진 찐따 새끼뿐이다. 이러면 상당히 상식적인 감정이 올라오는 것이다.

'…그 분노조절장애 찐따를 찍느니, 팀플레이 잘해본 사람이 낫지 않나?'

참가자는 슬쩍, 투표에 관해 다른 사람에게 떠들려던 문장을 수정했다. 그리고 복도를 천천히 걸어 숙소로 향했다.

며칠 뒤. 대망의 파이널 방송.

-와 드디어
-아 보고 싶은데 보고 싶지 않기도 하고ㅠㅠ애들 괜찮을까
-꿀잼 예약이라며 사실임?

시청자들이 궁금증을 이기지 못하고 본방송을 사수하고 있는 그 상황에서, 사장이 직접 하위권 생존자를 발표한다.

표를 많이 받은 순서대로.

[총 11표를 받아, 파이널 무대에 함께하게 된 생존자입니다.]

-와 압도적
-표 이 정도면 일단 기존 연생일 듯?

-다환이?

가볍게 추측이 오가는 가운데, VCR로 투표 화면이 지나가며 마침내 당사자가 확정된다.

[류청우입니다.]
[…!!]

무려 12표 중 11표를 챙기며 류청우가 첫 합격자가 된 것이다.
사실상 탈락 위기인 하위권에서의 한 표를 제외하면 싹쓸이나 다름없는 성적.

-????
-11표로 류청우?
-이거 가능함?

시청자들은 당황했지만, 그다지 동요 없이 웃는 얼굴로 박수 치는 참가자들을 보고 납득했다.

-류청우 성격 개좋은가봐
-인싸는 뭐가 다른 듯
-얘네 혹시 소속사에서 별로 안 친했어?ㅋㅋㅋ 대박

그러나 사실 박문대는 약간 당황했다.

'뭐냐.'

이렇게까지 류청우가 쓸어올 줄은 몰랐던 것이다. 그가 봤던 것은 8~9표쯤이었는데…. 그리고 깨달았다.

'그놈이 빈말을 하진 않지.'

-표는 내가 알아서 받을게.

정말로 류청우는 자신의 인망에 자신이 있던 것이다. 자신이 굳이 그런 짓까지 하지 않았어도 2등쯤은 너끈히 했을 표가 근거 없는 자신감이 아니라는 걸 증명한다.

'…센스가 있는 놈이니까.'

당장 〈아주사〉에서도 밥 먹듯이 리더를 했지 않은가. 이번에도 비슷했을 것이다. 박문대는 기분 좋게 자신의 오측을 받아들였다.

류청우는 살짝 얼굴을 붉히면서도 진지하게 합격자 소감을 발표한 뒤 들어갔다.

[동료들이 신뢰해 주신 만큼, 오늘 파이널 무대에서 팀에 걸맞게 잘하는 모습 보여 드리겠습니다.]

류건우의 모습을 한 테스타의 박문대는 기꺼이 리더에게 박수를 보냈다.

그리고 또 다른 보컬 포지션 연습생이 불리면서, 탈락자 두 명이 확정

된다. 냉정한 일이지만 어차피 투표 하위권이라 엄청난 반향은 없었다.

-아이고ㅠㅠ
-무대는 하게 해주지 잔인해
-다들 아직 어리니까 다른 곳에서라도 꼭 데뷔하길!

시청자들이 적당히 슬퍼할 수 있게 잠깐 텀을 둔 뒤.

[Yes I am!]

파이널 무대가 펼쳐진다.
하위권 4명이 같은 파트를 맡아 두 가지 동선을 연습한 덕에 10명의 무대는 매끄럽게 이어지고, 자연스럽게 시청자는 서바이벌 마지막 방송 시청자다운 감정 표현을 쏟아냈다.

-ㅠㅠㅠㅠ
-제발 전원데뷔
-태인아늦지않았어 아니 케이팝의선두주자 신의손 사장님제발요
-태인아 제발 상식적인 판단 제발

10명도 많지 않다. 요새 11명 넘는 인원도 잘 데뷔한다며 사람들은 울었다. 거를 타선이 없어 보였기 때문이다. 하지만 심사위원석에 앉은 김태인 사장의 얼굴을 읽을 수는 없었기에 시청자들이 욕과 원망과 드

립을 쏟아낼 무렵.

갑자기 화면이 쏙 뒤를 잡는다. 그리고 보이는… 마스크를 썼지만 익숙한 얼굴.

-???
-야 방금
-이세ㅈ;ㄴ
-이세진 아님?

관계자용 방청석도 아닌, 스탠딩석 앞자리에 팔짱을 낀 미남이 서 있었다.

-미;친
-야 이세진이 왜 여깄어
-허허헐 맞네
-??이세진 레티소속인가
ㄴ그럴 리가 있냐곸ㅋㅋㅋ

이세진. 이곳에서는 아직 개명을 하지 않은 배우 배세진이었다.
워낙 미디어 노출이 적고 영화만 소처럼 찍기로 유명한 배우가 뜬금없이 남자 아이돌 서바이벌 마지막 화 방청 객석에서 등장했다. 당연하지만 순간적으로 미친 듯이 그에 대한 반응이 쏟아졌다.
그리고 카메라 감독이든 PD든 이세진을 인식한 그 순간부터 화면에 꽤 자주 나오기 시작했다.

[Who can be a STAR?]

무대와 교차하여 1, 2초씩 잡힐 때마다, 댓글에 연습생들에 대한 열정적인 응원과 번갈아 가면서 이세진에 대한 이야기도 나온다. 리액션이 눈에 보였기 때문이다.

[무대를 가로지르는 Talent 그게 내 거야]

누군가 화면에 잡히자 긴장한 듯이 눈을 부리부리하게 뜨거나, 침을 삼킨다.

-류건우 응원하네
-그렇네
-차유진도 좋아하는 듯
-이세진 실력충 좋아하는구나 나도 그래
-그 라인업이면 얼빠아니냐고ㅋㅋㅋㅋㅋ

방청객을 잡는 것에 진저리치던 시청자들도 신비주의 배우의 등장에 꽤 재밌어했다.

-누구 응원하는지 너무 투명하게 보이는데요

-ㅅㅂ실생활에선 왜 발연기냐곸ㅋㅋㅋㅋ
-싸패역을 잘하는 이유가 저거구나 이미 과몰입한 분야가 있어서 다른 게 안 보이는 그런
　└ㅋㅋㅋㅋㅋㅋㅋㅋㅋㅋㅋㅋ

그 깨알 같은 재미는 곧 수그러들었지만, 실시간으로 SNS에 올라오며 제법 이목을 끄는 효과는 있었다.

-이세진까지 보는 남돌 서바가 여깁니까?
-나 누구 응원하면됨 빨리 말해줘
-뭐임 문투도 없는 서바 무슨 재미로 보고 있냐

그렇게 마지막 화 유입까지 들어오면서 파이널은 두 곡의 무대를 끝내고 클라이맥스로 진입할 준비를 마쳤으며, 본래 이 파트에서는 빠질 수 없는 요소가 하나 더 있었다.
바로 공감과 눈물이다. 그리고 이 요소를 가장 쉽게 이끌어 내는 방법은 이미 정형화되어 있었다.

[연습생들에게 온 깜짝 편지]

조용한 스테이지의 전광판에서 따스한 중년의 목소리가 울린다.

[?? : 우리 윤신이 잘 지내지?]

바로 가족.

"…!"

방청 객석의 배세진은 하마터면 이를 악물 뻔했다.

모든 연습생의 것을 딴 것은 아닌지, 짧게 짧게 편집한 영상 통화와 다정한 녹음들이 지나간다.

'설마.'

배세진은 박문대, 그러니까 현재 류건우의 '진짜' 가정사에 대해 아주 자세히 알고 있지는 않았다. 하지만 부모님 이야기가 나올 때의 그 솔직한 반응을 보면, 모르려야 모를 수가 없는 것이다.

류건우도 박문대의 사정과 썩 다를 것도 없다는 것을.

'…여기서는, 어떻지?'

그 화제에 대해서 한 번도 이야기해 본 적이 없었기에, 배세진은 식은땀을 흘리며 전광판과 스테이지의 류건우를 번갈아 보았다.

그리고 류건우가 표정 없이 가만히 서 있다는 것을 확인했을 때.

[건우야. 잘 지내니?]

전광판 화면이 검게 바뀌며, 기어코 류건우의 이름이 나오기 시작한다.

[이분들이 여기까지 메일을 보내서 통화를 하게 됐어.]
[남극 기지에서 온 편지]

댓글이 쏟아진다.

-와 류건우 부모님 다 연구원임?
-남극 기지래 간지 보소;;
-머리 어디 안 갔네 진짜 찐 엘리트 집안이잖아ㅠ
-부럽다 금수저

류건우는 고개를 작게 숙이고 있었다. 언뜻 보면 부모님의 목소리에 감격하여 경청하는 것처럼 보였으나, 몇 년간 동고동락했던 배세진의 눈에는 제스처의 감정이 잡혔다.
'참고 있어.'
배세진은 주먹을 꽉 쥐었다.
류건우는 전광판을 돌아보지 않았으나, 그곳에서는 계속 말이 흘러나왔다.

[우리 건우 아이돌 하고 싶다더니, 정말 이렇게 프로그램까지 나와서 멋진 모습 보여주고 있는 줄은 엄마 아빠 다 몰랐어.]

'정말…!'
왜 방송국들이란 어느 세대든 변치 않고 저토록 말초적인 저차원 자극을 선호한단 말인가.
배세진은 마스크 아래에서 이를 갈았다. 그가 그러든 말든, '류건우 감동했나 봐' 따위의 억측은 댓글을 타고 잘 번졌다.

[꼭 데뷔해서 얼굴 보자. 파이팅, 우리 아들!]

류건우는 양손을 꽉 쥔 채로 고개를 들지 않았다. 그리고 배세진이 느끼기엔, 잔인할 정도로 천천히 전광판이 넘어간다.
'하….'
신재현의 어머니가 남긴 짧은 메시지가 지나가고, 감동적인 BGM이 부드럽게 촬영장을 적시며 사장의 멘트가 나온다.

[이렇게 스테이지 위에서 가족분들의 메시지를 확인한 소감을 부탁드립니다.]

카메라가 마이크를 받아 드는 몇몇 참가자들을 순서대로 클로즈업했다. 눈물을 글썽이며 코를 삼키는 김래빈은 제법 안쓰러우면서도 귀여웠지만, 마이크가 넘어가며 마침내 류건우에게 도달한 순간이 문제였다.
류건우는 마이크를 양손으로 잡고, 생방송에서 간신히 허락될 수준으로 길게 침묵했다. 그러고서야 입을 열었다.

[…감사합니다.]

그는 깊게 고개를 숙인 뒤, 제법 씩씩하게 고개를 들었다. 하지만 목소리에는 동요가 묻어난다.

[꼭 데뷔해서, 좋은 모습, 보여 드리겠습니다.]

부모님께인지 대중에게인지 알 수 없는 인사말이나, 감정에 떨리는 것 같아서 반응은 좋았다.

아아아~!

안타까운 듯 귀여워하는 것 같은 감탄사들. 하지만 진실을 아는 배세진은 착잡했다.
'힘들어 보이잖아.'
감격해서 입술을 악물고 있는 것처럼 보이지만 사실 슬픔이나 충격을 참는 것이겠….
…어?
'잠깐.'
배세진은 순간 감상에 빠질 뻔한 자신을 되찾고, 객관적으로 다시 그 표정을 봤다. 입술 안을 씹고 있는 박문대. 저거… 그냥 순수하게 이 악물고 있는 거다.

속된 말로 개빡침의 표현.
"…??"
'쟤 머리끝까지… 열 받은 것 같은데…?'
스테이지의 류건우는 활활 타오르는 눈으로 바로 섰다. 영문을 알 수 없게도 의욕으로 들끓는 눈이었다.

-부모님 오랜만에 봬서 기합 들어갔나봐ㅠㅠ 그래 모범생 이 맛에 좋아하는거지
-건우 제발 데뷔 해
-이세진 자기가 왜 감격해서 넋 나갔냐고 개웃기네 진짜ㅋㅋㅋㅋ

덕분에 배세진이 혼란에 빠진 것과 상관없이 파이널은 착착 또 나아간다.

사장은 관계자들과 심사숙고해 결정했다고 생각했지만, 사실은 미래를 아는 누군가의 입김이 방향성을 정한 합격자 목록을 발표하기 시작했다.

적당한 뜸 들임과 함께 하나씩 발표되는 인원.

[신재현.]

하나씩 불리고 연습생이 소감을 말할 때마다 사람들이 환호한다.
류건우, 진채율, 정우단, 차유진, 오윤신….

[이 친구는 고민을 많이 했는데, 이렇게 단기간에 동료들에게 많은 신임을 얻은 것을 크게 봤습니다.]

류청우까지. 7명으로 홀수가 딱 맞자, 사람들이 설마 여기서 끝이냐고 불안해하며 참가자들의 얼굴에서도 기대가 죽었을 때였다.
'더없이 값진 경험이었지!'

아니, 정확히는 벌써 여운에 휩싸인 김래빈을 제외한 나머지 참가자들의 얼굴이 그랬을 때.

사장이 굉장히 극적인 것처럼 아닌 척 뜸을 들이다가 마지막 추가 합격자를 말한다. 차기를 위해 묶어둘 생각이었으나, '오케스트라 콜라보'를 거친 뒤 그룹의 완성도에 대한 욕심을 참지 못하고 한 선택.

[김래빈.]
[…!?]
[그룹의 마지막 멤버입니다.]

거의 자리에서 뛰어오를 뻔한 김래빈은 마이크를 거꾸로 받을 뻔했다. 본인 혼자만 아닌 밤 중의 홍두깨였다.

[저, 저저저가? ……예!]

-ㅋㅋㅋㅋㅋㅋㅋㅋㅋㅋㅋㅋㅋㅋ
-래빈이 표정 왜 저랰ㅋㅋㅋㅋ
-강의에서 교수님이 아는 척했을 때 내 얼굴 같은데요

김래빈의 살벌한 인상이 찐빵처럼 변하는 것이 큰 웃음을 주며 감동적으로 발표가 마무리된다.

VTIC 절반, 테스타 절반.

'동점이네.'

가장 처음으로 불린 VTIC의 리더는 박문대와의 내기를 떠올리며 짧은 감흥을 느꼈다.

그래서 종합적으로 결론을 내리자면, 〈Wise〉 파이널은 성공적이었다.
두 명의 추가 탈락자는 아쉬움과 안타까움을 불러왔지만, 어쨌든 사장이 제법 괜찮게 뽑았다는 말이 지배적이었다. 사실 냉정히 말하자면 탈락자도 잘 잘라냈다는 말이 나올 정도.
당연한 일일지도 몰랐다. 이미 한번 검증된 아이돌 멤버들의 조합이었으니까.

[역대급 조합이라는 말 나오는 돌 서바이벌]
[방금 끝난 레티 서바 최종 합격자 명단]
[와이즈 새 그룹 이름 떴다]

그러나 꽃이 휘날리고 폭죽이 터지는 스테이지 위에서 마침내 썩 괜찮은 스타트를 끊은 테스타의 박문대는…….
여전히 머릿속이 차갑게 들끓고 있었다.
'X발 새끼가.'
모종의 확신을 했기 때문이다.

[큰세진 : 문대문대 고생했다 개 멋졌음 (엄지 이모티콘) 오늘 푹 쉬고!]

나는 놈이 첨부한 치킨 기프티콘을 확인했다. 그리고 '그러겠다'는 답변을 보낼 때. 슬그머니 팝업이 뜬다.

[형… 괜찮아요?]

나는 담담히 대답했다.
"안 괜찮은데."

[]

차마 아무 단어도 칠 수 없다는 듯이 팝업이 멈춘다.
무슨 추측을 하고 있는지 알겠지만, 내가 괜찮지 않은 건 그것 때문이 아니다. 개짓거리에 낚였다는 빡침 때문이지.
"거짓말이야."

[…예?]

"부모님이 살아 있는 건 거짓말이라고."
이딴 농락에 걸리다니.

[!!!]

나는 미친 듯이 진동하다가 오타를 쏟아내는 팝업을 무시하며 계속 중얼거렸다.

"앞뒤가 안 맞아."

논리적 허점이 너무 많다.

"애초에 통화가 안 되는 거면 모를까, 메일을 받을 수 있는 거면 인터넷이 된다는 뜻이지."

그렇다면.

"굳이 음성 통화로 연결할 필요는 없어. 비디오로 받거나 화상통화 요구가 낫지."

아무리 인터넷이 느려도 하다못해 사진 한 장 보내지 못할 리가 있는가.

시간 텀을 두고, 굉장히 조심스럽게 반응이 온다.

[부모님께서 얼굴 공개를 거절하신 걸 수도 있지 않을까요…?]

"변명은 그걸로 나오겠지. 하지만 내가 의심하는 건 그게 다가 아니라."

나는 스마트폰을 껐다.

처음에는 충격 때문에 추리하지 못했으나, 아까 '남극 기지에서 온 편지'라는 전광판 내역을 본 순간 든 생각이 있다.

"우리 부모님이 연구원이 맞았나?"

[!??]

"내 머리에서는 당연히 맞다고 넘겼는데, 그런 것치고는 부모님 직장과 관련된 추억이 전혀 없어."

갑자기 집에 들어오자마자 연구원이 아니게 되진 않았을 텐데 말이다.

"하다못해 근무지에 대한 감상이라도 남아 있을 법한데, 그냥 출근하시고 퇴근하셨다는 것뿐이지."

슬그머니 끝에서야 덧붙인 설정처럼 말이다.

"정상은 아니야. 절대."

팝업은 한동안 대답이 없었으나, 곧 작게 글을 쏟아냈다.

[사실… 저도 비슷한 궁금증은 있었어요. 연구원은 안정적인 직장이잖아요. 그런데도 형이 돈을 물려받으셨던 것 같진 않아서……]

"그래."

그것도 사실 의심했다. 연구원이면 고소득 직종인데, 도벽이든 주식이든 날려 먹은 기억도 없는데 내가 물려받은 재산이 거의 없다는 것, 또 거기에 의문을 가진 기억조차 없다는 것까지.

"그러니까… 이곳의 남극 기지 연구원 부모님은 거짓말일 확률이 높아."

[……]

"만들어낸 거지."

시스템이 폭주하면서 뭘 어떻게 한 건지는 모르겠다만, 내 안에 살짝 '연구원' 명제를 심어서 자연스럽게 납득하도록 만든 게 아닌가. 진짜 박문대와 만났을 당시의 내 기억도 날려 먹었으니 그 정도 암시는 할 수 있을 것 같아서 말이다.

"하지만 위화감이 없을 정도로 자연스럽진 않은 것 같고."

[…형이 지금 자발적으로 눈치채셨으니까요?]

"그래. 아마 직접 만나면 위화감이 드니까 굳이 남극에 보내서 못 보게 하는 거지."

그리고 내가 연구원이 된 부모님의 사진 등을 접하면 더 큰 위화감을 느낄까 봐 아예 시각 정보를 차단한 것 아닌가.

팝업이 뒤틀린다.

[너무 비열하게 못됐어요.]

시스템이 개짓거리한 게 한두 번도 아니고 새삼 그럴 것도 없다. 단지 이렇게 낚인 게 X 같을 뿐이다.

'남의 기억 건드렸다는 건 더 빡치고.'

그것도… 이런, 얼마 남지도 않은 기억을 말이다.

"……"

아니, 감상에 빠지지 말자. 그럴 시간은 없다.

나는 추리를 계속했고, 큰달도 계속 바쁘게 본인 추리를 말한다.

[그렇다면… 그럼 여기는 확실히 과거가 아닌 거죠? 꿈 같은 걸까요? 제가 만들었던 그 백일몽처럼요.]

"후자는 몰라도 전자는 확실하지."
나는 조용히 중얼거렸다.
"현실에서 이미 없는 사람은 못 나오는 걸 보니까, 아예 과거로 돌아온 건 아닐 거야."
애초부터 온갖 설정값이 뒤죽박죽이었으니까.

[……]

"좋은 일일 수도 있어."
동기부여는 확실할 테니 말이다.

[형.]

결정을 내렸다.
나는 해당 사항, 이곳의 불완전함에 대해서 청려에게 굳이 숨기지 않고 공유했다. 이제 곧 철거될 촬영 세트장 대기실에 앉아 있던 놈은 내 말을 경청한 뒤에 별 동요도 없이 평론했다.
"결국 우리 목표에 변화는 없네요. 맞죠?"
"…그렇긴 하지만, 뭘 선택할 때 좀 더 신중해질 필요는 있겠지."
나는 눈살을 찌푸렸다.
"기억에 오류가 있으면 결정적인 순간에 잘못된 선택을 할 수도 있으니까."

그게 아무리 작은 것이라도 말이다. 별거 아닌 것 같은 사소한 지점이 달라지며 나비효과가 일어날 수도 있는 일이다.

'한 번씩 위화감이 느껴지진 않는지 점검해 볼 필요는 있다.'

그러나 청려는 심드렁한 얼굴이었다.

"후배님. 진행에 필요한 정보값만 제대로 기억하고 있으면 괜찮아요. 기억이라는 건 원래 쌓일수록 왜곡되기 마련이라."

"……."

"경계해야 할 건… 기억 때문에 생기는 부가적 효과죠."

뭐.

"감정."

"…!"

"정보값, 이성, 판단력만 있으면 실수할 일이 없지. 특별히 잘못 선택할 건 없어요. 결국 하나만 고르면 되니까."

놈은 선언했다.

"목표만."

"……."

"그렇죠?"

"그래."

이런 말을 하게 될 줄은 몰랐다만, 이놈과 대화하는 것으로 머리가 좀 깨끗해진 것 같았다.

나는 이를 갈며 선언했다.

"무조건 빨리 대상 받고 여길 뜬다. 그게 목표고."

"후배님은 당연한 말을 한 번 더 하는 게 버릇인가 봐요."

시끄럽다.

나는 몸을 곧게 펴고 자리에 앉았다. 빠르게 본론으로 들어가자.

"일단… 우리 데뷔 컨셉 말인데."

놈의 얼굴에서 실실거림이 약간 가신다. 나는 팔짱을 꼈다.

"VTIC 1집 컨셉은 세계관 빌드업 용이었지."

"테스타도 다르진 않을 텐데요."

"글쎄. 우린 음원 순위가 높아서."

"하하, 순간 시청률이 두 자리가 나온 서바이벌 프로그램 출신답네요."

서바이벌 아니면 그 등수 꿈도 못 꿨다고 말하고 싶은 거로군.

"…아무튼, 너희 건 중장기용이라 단기용으론 너무 마이너하지 않겠냐는 거지."

"글쎄요. 해외에선 확실히 반응이 좋았는데."

…그랬나? 내가 남자 아이돌을 찍으면 찍었지 굳이 데뷔곡 뮤직비디오를 보거나 의상 분석할 일은 없어서 말이다.

"정확히 어떤 컨셉인데."

"사후세계요."

"큽."

사레들릴 뻔했다. 나는 간신히 대꾸했다.

"너무 과해."

"하하, 테스타한테 그런 말을?"

"……."

"투자가 충분하면 과할 건 없어요. 중요한 건 완성도지."

[저거 형이 하던 소리….]

어, 아니까 조용히 해라.
"어차피 이 시기에 대중성을 노리는 건 썩 좋은 전략이 아니기도 하고."
청려가 턱을 두드리며 말을 계속했다.
"LeTi가 전통적으로 해외 KPOP 팬덤에서 지지도가 괜찮았으니까 그쪽을 잡고 가야죠."
"해외를."
"네. 위튜브에 업로드한 〈Wise〉 영문 자막판이 조회수가 꽤 잘 나와서. 내가 서바이벌로 받아봤던 것 중에 제일 괜찮은 성적표기도 하고."
놈이 웃는다.
"이대로 해외를 잡고 음반 판매량 기반으로 가죠."
"잠깐."
어딜 마음대로 정하냐.
"음원만 잘 뽑으면 충분히 국내에서도 성적 낼 수 있어. 아직 남자 아이돌 대중성도 괜찮은 시기 아닌가?"
몇 년 후에야 견고한 1군이 아니고서야 음원에서 선전을 기대하기 힘들지만, 여긴 아직 성적 내는 놈들이 꽤 있는 시기 아닌가.
"그래서 안 된다는 건데."
뭐?
청려의 얼굴에서 웃음기가 사라지고, 도로 심드렁함이 올라온다.
"효율이 최악이거든요."
"……."

"이미 대중성으로 볼 재미는 다 보고 있는 그룹이 있잖아요."

그리고 나는 이놈이 누굴 이야기하는 건지 깨달았다.

"…티홀릭."

현실에서는 예능으로 그룹을 유지 중인 원로 아이돌일 뿐이다. 우리도 그놈들의 예능에 출연한 적이 있었다. 음악 성적으로는 더 큰 기대를 하지 않으며 예능감으로 화제성을 채우는 오래된 그룹.

그러나 지금은 아니다. 여기는… 티홀릭이 한창 활발히 활동할 시기다.

"네."

청려가 고개를 끄덕인다.

"우리 상대는 최전성기 티홀릭이에요."

당연하지만 VTIC도 테스타도 1군이 아닌 과거 시점에는 다른 1군 아이돌이 있기 마련이다.

'그리고 지금은 그게 티홀릭이란 말이군.'

나는 우리와의 예능에서 '10억보다 조난이 좋다'라는 궤변에 무너지던 놈들을 떠올리며 잠시 침묵했다. 덕분에 자진 벌칙으로 마법소녀 주제가 어그로 잘해 먹었지.

그때는 그놈들이 순 X밥처럼 굴었지만, 그건 다 예능용이고 사실 말도 안 되는 전성기를 구가했던 놈들이란 말이다. 그놈들 이후로 제대로 '대중적'이라고 평을 받는 남자 그룹은 테스타가 뜨고서야 겨우 명맥을 유지했을 정도다.

"지금이 그놈들 입대 전 최전성기지."

"3월 22일 발매된 이번 타이틀곡으로 음원 사이트 연간 8위를 할 예정이라."

청려는 눈 하나 깜짝 안 하고 끔찍한 미래를 예언했다. 표정을 보아 하니 티홀릭 놈들 때문에 어지간히 재시작 많이 해봤나 보군.

하지만 말이다.

"이건 확실히 하자."

지금은 몇 년에 걸쳐서 꾸준히 상태이상을 클리어해야 하는 상황이 아니라는 것 말이다.

"우리가 하려는 건 단타지. 중장기적으로 꾸준히 대상을 받으려는 게 아니야."

"그 말을 하는 의도는?"

"복잡하게 미래 생각할 게 없다는 거지."

이미지 소비 관리, 일관성, 팬덤 유지력, 지속 가능한 컨셉… 이런 건 다 필요 없다. 딱 올해만 티홀릭을 젖히면 된다.

"물량 승부 보자."

올해 결판을 낼 거니까.

청려는 빤히 나를 쳐다보았다.

"신인이 물량을 쏟아붓는다고 성공할 거라 믿을 줄은 몰랐는데."

"소화 못 하면 성공 못 하지."

나는 이가 보이게 웃었다.

"그런데 멤버가 다 성공해 봤잖아. 어떻게 하면 성공하는지 기억하는 놈들이 절반이라고."

"……."

최소 5년부터 최대 몇십 년까지 연예계에서 1군 해 먹던 놈들이다. 이미 판매량이 검증된 상품.

"전략만 잘 세우면 돼."

"말해봐요."

나는 생각해 둔 방식을 타임라인대로 전달했다.

두 장의 앨범. 그리고 사기에 가까운 수법.

"구성은 괜찮네요."

청려는 턱을 매만지더니, 작게 웃었다.

"좋은 곡이 있다는 가정하에."

차후 8년간의 곡 데이터베이스가 압축 누적된 머리를 가진 놈의 발언이었다.

나도 웃었다.

"여기까지가 쓸 만할 것 같은데."

다음 날. 놈은 녹음실에 입실하자마자 일곱 곡을 기억나는 대로 순식간에 찍어서 가완성된 음원으로 만들어냈다. 저게 인간인가 싶은 묘기였으나 이젠 그러려니 싶군.

나는 곡을 돌리며 들었다. 몇 곡은 아는 곡, 몇 곡은 모르는 곡. 그리고 고른 것은….

"이거."

"아."

한철 제대로 해먹었으나 음주운전으로 끝장나는 모 래퍼의 R&B 곡이다.

"잘 골랐네."

놈이 공감하듯 고개를 끄덕인다. 뭐, 내가 원래 특성으로 가지고 있던 '잡아채는 귀'가 없어진 상황인데도 평이 괜찮다면….

"이거 아직 탑 노트도 못 떠올렸을걸요. 3년 후 가을에 술 마시다 생각해 낼 예정이라."

"……."

그런 의미로 적절하다는 거였냐. 아무튼 상관없지.

"좋아. 그럼 이걸 편곡한다."

그리고 이걸 맡길 놈이….

"너 작곡 좀 하냐."

"이론은 정확히 알죠. 하지만 창작은 감각의 영역이라."

"수록곡 괜찮던데."

"타이틀과 수록곡의 차이를 설명해 줘야 하는 건 아니겠죠?"

오냐. 그냥 회사에 줘서 만들게 해야겠군.

'그래도 작곡, 작사에 멤버 이름을 좀 넣으면 좋겠는데….'

그리고 한 곡을 더 골라야 했다. 내가 맹렬히 머리를 굴리고 있을 때였다.

"그쪽에 곡 다루는 멤버가 있잖아요."

아. 누가 봐도 김래빈 이야기군.

놈이 실실 웃으며 말한다.

"각성시켜 봐요."

"내 마음대로 되는 게 아니라니까."

"시도는 후배님 마음일 텐데."

귀찮아 죽겠군. 10번만 돌려서 이놈 면상에 실패 명단을 줄줄 뱉어 주기로 할까.

나는 떨떠름한 얼굴로 '10번 뽑기' 버튼을 눌렀다.

"안 떠. 그렇게 쉽게 뽑히는 게…."

[비상을 향한 도약….]

"…??"

[헷!]
[★★★★★ 김래빈 / 메인래퍼]

"……."
"……."
"뽑았구나."
"……."

실화냐.

이 시스템 새끼 사실 보면서 확률 조작하고 있는 거 아닌가. 부모님으로 패드립 블러핑한 게 걸려서 이러는 거냐. 혹시 그딴 게 통할 거라 생각한다면 진짜 멍청한 발상이군. 어쨌든….

'거절은 안 한다.'

나는 당장 김래빈을 동료로 받았다. 지체할 생각은 없었다.

참고로 오늘 밤에 강원도로 돌아가서 이틀쯤 쉬고 복귀할 예정이었던 김래빈은 회사 사람과의 면담 때문에 아직 사옥에 있었다.

"안녕하십니까!"
"어, 그래."
그리고 놈을 찾아낸 내가 각성 버튼을 눌렀을 때, 김래빈의 반응은 이렇게 정리할 수 있겠다.
1. 혼란.
"…! 그럼 이곳은 가짜 세상이란 말입니까? 그렇다면 할머니와 할아버지와 누나도 설마… 가짜입니까?"
2. 납득.
"각성이라는 행위가 가능한 것을 비추어볼 때 사람은 진짜일 가능성이 높군요!"
그렇게 피드백으로 질문이 돌아오며, 이 두 단계 사이클이 영원히 반복되는 것이다….
"정확히 어떤 시발점을 통해 이 현상이 벌어진 겁니까?"
"…?? 전용기를 타고 태평양 상공에 있으셨다면, 누구의 전용기입니까?"
질문에 거리낌이 없다. 정신 차려보니 이놈에게 최초로 '진짜 박문대'와 일종의 텔레파시를 할 수 있다는 것까지 털렸다.
'진짜냐.'
말한 나도 안 믿긴다만, 큰달이 띄우는 팝업 메시지를 하나 전달해 주기까지 했다.
그리고 이놈은 또… 질문을 한다.

"그렇다면 류건우 형과 박문대 형 중 더 적합한 호칭은 어느 쪽이라 여기십니까?"

"…너 편한 쪽으로 해라."

"…! 역시 기간이 짧다고 하더라도 다수와 관계를 맺은 시기의 호칭을 선호하시는군요."

그래, 편한 대로 생각해라.

그렇게 한참이 지난 후, 나름대로 상황에 적응한 김래빈은 머릿속으로 복잡한 이론과 추리와 공식을 세우는 것 같았다. 그리고 다시 납득하는 과정을 거쳐서 도출된 결론은….

"제 편향된 능력이라도 필요로 하신다면 최선을 다해 일하겠습니다!"

다행히 생산적이다.

물론 확인은 한번 해보고. 나는 놈의 어깨를 잡았다.

"타인의 권리를 조금 침해하는 것 같다는 생각이 들더라도?"

"…혁, 현실로의 복귀를 위해 다들 암묵적으로 이해해 주시는 부분이 존재하리라는 형의 설명을 믿겠습니다…."

"그래."

잘 생각했다. 질문이 많긴 했지만, 처음에 딱 박아놓고 시작하니 편하군. 나는 놈의 어깨를 두드렸다.

"잘 부탁한다."

"저야말로 잘 부탁드립니다!"

그렇게 각성한 놈을 데리고 오피스텔로 복귀했다.

물론 부작용이 없던 건 아니다만.

"차유진! 너!"

"나 김래빈한테 반말하라고 말했어! 김래빈이 늦게 한 거야!"

"출생신고를 늦게 해서 그렇지 실질적으로 나보다 나이가 많으며 한국에선 그게 중요하지 않냐고 되물은 행위는 변명할 수 없겠지!"

"……."

내 오피스텔에서 차유진과 나름대로 감동의 재회를 하는 것 같았는데 막판에는 이러고 있더라고. 모르긴 몰라도 차유진이 기억 없는 17살 저놈을 적잖게 놀려먹었던 모양이다.

어쨌든 김래빈은 잠시 후에야 류청우를 통해 평정을 되찾고 내가 내미는 멜로디를 받아들였다. 그 음주운전 래퍼의 곡이다.

"이걸 멜로디만 살려서 편곡했으면 좋겠는데. 멜로디가 워낙 키치하니까."

"예, 해당 탑 노트와 리프에 맞춰서… 장르는 어떤 방향을 고려 중이십니까?"

"하우스였으면 좋겠는데."

일 이야기에 김래빈이 이전처럼 고개를 끄덕이며 진지하게 경청한다. 나는 그때 한 번 더 미끼를 던졌다.

"래빈아. 그리고 미안하지만 하나 더 해줘야겠다."

"예?"

나는 다음 파일로 플레이를 넘겼다.

"이거야. 두 곡 다 악기를 비슷하게 쓰면서 연작 느낌으로 갔으면 좋겠다."

하나 더 골라둔 멜로디를 틀자, 김래빈의 얼굴에 화색이 돈다.

그래, 원래 있던 곡 자기 것처럼 편곡하려니 양심통에 시달렸는데 이건 아니다 이거지.

'…사실 이것도 맞지만.'

-VTIC 컴백 일정을 조정했더니, 나비효과로 이번에는 안 나왔어요. 작곡가가 포기했나.

뭐, 그렇다는 거다.

"잘 알겠습니다."

그것도 미래에 다른 놈이 생각해 낼 히트 멜로디라는 부가 정보를 모르는 김래빈은 그저 열정적으로 고개를 끄덕였다.

"빠르게 작업할까요?"

"기왕이면 후자부터."

나는 빙긋 웃었다.

"그것부터 낼 거니까."

연작 발표 시나리오의 시작이었다.

사내 서바이벌 프로그램을 거쳐서 새롭게 데뷔할 LeTi의 신인 남자 그룹.

[위시즈(Wishze) 데뷔 초읽기… 가요계 판도 바뀌나]

그들의 프로그램이었던 〈Wise〉의 철자를 활용한 그룹명으로 데뷔 기사들이 뜰 때까진 그리 긴 시간이 소요되지 않았다.

-사장이 개신난 듯 인하트에 티 존나 내더라
-개음침한 거 들고 나오겠지 그래서 좋다는 뜻임
-진짜 기대된다 애들 요새 다 모자 꽁꽁 쓰고 있던데 염색하나?

서바이벌이 끝나고 대중은 일시적으로 관심을 거두었으나, 두 달에 가까운 시간이 흘러도 형성된 팬층은 거의 흩어지지 않았다. 고인물 둘이 타이밍을 놓치지 않았기 때문이다.
"대중은 좀 쉽게 해줘도 팬층은 잡고 있어야지."
"라이브 소통과 연습 카메라 정도로 하죠."
순식간에 위시즈의 비하인드 위튜브 시리즈가 개설되었다. 심지어 데뷔 후엔 이것을 리얼리티의 프리퀄로 취급해 연속성까지 챙길 예정이었다.
거기까진 좋았으나 문제는 다음이었다. 바로 데뷔곡의 컨셉.
"사후세계는 지나치게 마니악해."
"YES! 너무 우울해요!"
"이 소속사의 기존 팬층이 기대하는 게 그런 분위기 아닌가? 그리고 마법 소년은… 음, 사장님을 통과하기 힘들 텐데요."
각성자 숫자에서 VTIC이 쪽수로 밀리는데도 짬밥이 벼슬이다 보니 팽팽한 상황.

"잠시만. 우리만 멤버인 건 아니니까 다른 분들 생각도 들어봐야죠."

그래서 류청우의 중재에 각성 안 한 두 놈의 객관적인 평가를 물어보기까지 했다. 채율과 신오. 박문대가 예스맨이라 부르는 그 둘의 반응은 이러했다.

"와… 둘 다 하면 안 될까요?"

"그러게!"

"……."

아직 데뷔도 못 한 신인에게 뭘 바란 본인들이 잘못이었다. 박문대는 침음을 참았으나, 주단은 턱을 괬다.

"과연. 마법학원과 사후세계, 둘 다 수요 있는 설정이긴 합니다. 게다가 상징물을 잘 쓰면 해석할수록 깊이 있는 작품이 나오죠."

"…??"

"문대, 아니, 건우 형. 혹시 이런 발상은 해보신 적 있습니까?"

그리고 박문대는 청려가 말한 '가끔 잭팟이 터지는' 주단의 아이디어 쓰임새를 깨닫게 된다.

이 회의로부터 50일 후.

-떴나?
-떴다 대박ㅠㅠㅠㅠㅠ
-당장 재생 갈겨

〈Wise〉를 통해 형성된 국내와 해외의 팬들이 손을 꼽아 기다리는 가운데, 마침내 시간이 흘러 마침내 뮤직비디오가 공개되었을 때.

-헐

사람들이 본 것은 유성이 쏟아지는 어두운 학교로 빨려 들어가는 카메라 워크와 학교 내부 각종 시설물에 선 멤버들이었다. 그곳에서 어딘지 괴이한 현상들을 배경으로 진행되는 안무와 클로즈업 신들.

[하나
둘
셋
이제 내 소원을 들어줘]

그렇다. VTIC과 테스타는 자신들의 데뷔곡 컨셉을 다 엮어서 새로운 키워드를 만들어냈다.
〈학교 괴담〉.
그들의 데뷔곡 '소원(Wish)'의 주제였다.

-레티 졸라 지들이 잘하는 거 꽉 채웠네ㅋㅋㅋ
-이럴 줄은 알았는데 더 좋음ㅠ
-개잘생겼어개잘생겼어
-세계관 뇌절할 줄 알았는데 의외로 심하지 않다 약간 겜 같고

스릴과 공포, 신비와 사냥의 뉘앙스를 강한 댄스곡과 카메라 워크 사이에 약간씩 집어넣자 전체 톤을 더 강렬히 끌어올렸다. 게다가 배경은 학교. 호불호가 갈릴지는 몰라도 강렬한 데뷔를 원하던 사람들을 향한 수요 하나는 확실했다.

 대중성이 넘치는 선택은 아니었지만, 그쪽은 이번 앨범의 타깃이 아니었다.

 "우리가 노리는 건 해외야."

 바로 기존 KPOP 리스너층이었다.

 칼군무와 강렬한 음악, 그리고 강렬한 컨셉까지 삼박자가 딱딱 맞아떨어지자 수요층의 욕구가 충족되었고, 자연스럽게 팬덤이 불어난다. 대형 기획사라는 스타트 이점에 더해지자 무서운 속도로 해외 기세가 성장하는 게 보였다.

 "회사에서 스케줄도 그쪽 위주로 잡으려는 것 같은데, 바라던 바죠?"

 "그래. 좋네."

 덕분에 그들은 데뷔 활동을 철저히 팬덤에 어필하는 방식으로 꾸려갔다. 서바이벌로 만든 대중 인지도를 살짝 아쉬워하는 팬들도 있었으나, 어쨌든 국내외로 팬덤은 착실히 불어났다.

 게다가 아직 5월 말, 찌는 여름까진 멀었으나 지구온난화로 충분히 더웠기에 괴담 컨셉은 너무 튀지 않고 계절 특수 요소로서 적당히 묻어가는 효과도 받았다.

 '딱 적정해.'

 음반 초동은 10만 장 내외로 멈췄지만, 아직 음반 인플레이션이 일어나기 전이라는 걸 생각하면 아주 준수했다. 데뷔 앨범이라는 걸 생각하면 더욱 그렇다.

'여기서 끌어들인 해외 팬덤이 본격적으로 앨범을 구매하는 건 다음 앨범부터야.'

글로벌 팬덤에 미친 듯이 어필할 수 있는 곡과 컨셉으로 한탕 거하게 어필을 마쳤다. 이제 다음 스텝으로 넘어갈 때였다.

데뷔곡 활동 막바지 무대를 마치고 내려온 박문대, 그러니까 류건우는 청려에게 선언했다.

"예정대로 다음 활동은 텀 길게 빼지 말고 한두 달 안에 리패키지 수준으로 다시 하는 거야. 다른 소리 하지 마라."

"그리고?"

뻔히 알면서 되묻는 놈을 떨떠름히 쳐다보면서도, 류건우는 대답했다. 사기에 가까운 전략을.

"그리고… 노선 틀어버리는 거지. 완전히 대중적인 곡으로."

속된 말로 뒤통수다.

해외 팬들에게 다음 앨범도 비슷하게 깊은 세계관과 강렬한 댄스곡 느낌일 것처럼 뉘앙스를 주며 앨범 예약 판매량을 쭉 당기다가… 그냥 음원 잘나갈 만한 국내용 대중적인 곡을 내버린다. 그렇게 음반 판매량 최대화와 음원차트 선방을 다 노리는 것이다.

물론 서브곡 등으로 배신감을 최소화할 생각이었지만, 그래도 본 그룹이었다면 신인으로 절대 하지 않았을 한탕주의식 돌리기였다.

게다가 여기서 끝이 아니다.

"그전에 개인 활동도 쭉 당기자."

대중이 일단 곡이라도 한번 들어보게 하기 가장 좋은 건 뭐겠는가. 바로 대중이 보는 프로그램에서 눈도장 찍는 것이었다. 그게 바로 컴백 시즌에 예능에 출연하는 가장 큰 이유다. 홍보.

그런데 말이다.

'그 홍보 활동을… 멤버별로 열 건쯤 빌드업해서 동시 폭격처럼 쭉 떨어뜨리면 어떨까.'

멤버가 다 개인 활동으로 인상 깊은 모습을 보여주는데, 거기서 신곡 홍보를 한다면.

"어그로는 확실하겠지."

박문대는 자신의 어필 요소를 정확히 알고 있는 1군 아이돌 멤버 8명이 한 그룹인 이점을, 여기서 제대로 이용할 생각이었다.

아이돌 개인 활동.

주로 연차가 어느 정도 찬 상태에서 이루어지며 심지어는 연차가 꽉 차도 안 하는 놈들도 있다. 지금 예시가 눈앞에 있기도 하군. 청려 말이다.

"VTIC이 재계약까지 개인 활동 없었던 건 네 입김이 맞겠지."

"사장님의 의사결정에 도움을 드렸다고 표현하죠."

사장이 네 의견 행사에 도움을 줬겠지. 어쨌든, 그만큼 너무 팬덤을 자극하거나 분열되지 않을 선에서 이루어지는 것이 상식이다. 특히 데뷔 초에는 그룹을 견고히 하는 것이 우선이라 더욱 그렇고.

하지만… 딱 결정적인 한 타만 원한다면, 이후 개인 팬 봉합이야 알

바 아니라면 말이다. 지를 수 있는 것이다.

"일감 바로 분배하자."

"미룰 필요는 없죠."

끌어들일 수 있는 인맥은 다 끌어모은다. 대형 기획사라 꽂을 수 있는 프로그램이 많은 것도 장점이지만….

'이미 밖에서 성공한 놈들이 있다는 것도 써먹을 수 있지.'

배우 배세진, 자이롭 이세진. 동명이인 두 사람의 조력은 이미 약속된 상태였다.

[배세진 형 : 이미 이야기 됐어]
[배세진 형 : 오후에 연락 갈 거야]

배세진은 출연 영화의 OST를 잡아다 넘겼다. 원래는 그룹 단위로 참여할 수도 있지만, 짧은 텀으로 나오는 다음 앨범 타이틀에 화력을 몰아야 하니 홍보용으로 멤버 일부만 참여한다.

그리고 큰세진.

[큰세진 : 나 고정 들어갈 예능 있는데 같이 나오면 될 듯?ㅋㅋ PD님이 안 그래도 동료 추천 없냐고 물어보시더라]
[무슨 예능인데]
[큰세진 : 문제강아지 갱생 예능~~~ (훈훈한 곰 이모티콘)]

큰세진이 문 프로그램답게 홍작이군. 당장 유년기부터 개를 키워 본 적임자를 추천했다.

"깜이를 돌보긴 했는데… 털 좀 깎아줬던 게 전부야."

"보통은 털도 직접 안 깎아줘."

그렇게 류청우는 즉시 투입되었다. 그리고….

"……."

"이런 유의 프로그램에서 손해 본 적은 없긴 한데."

"마음대로 해라."

청려도 같이 출연하게 되었다. 못할 것 같진 않지만 어쩐지 사기 치는 느낌이 더 강해졌군.

그 외에도 특성 살려서 갈 수 있는 놈들은 다 잘나가거나 곧 잘나갈 프로그램에 꽂았다.

"저는 예능에 썩 적극적인 부류가 아닌…."

"우단아, 네가 VTIC 중에서 제일 예능감 좋기로 유명했더라."

"유언비어입니다."

나는 주단과 예스맨들을 재난 시뮬레이션 관찰 예능에 밀어 넣었다. 청려 결정이니 나한테 뭐라고 할 생각은 말아라.

"저는 뭐 해요?? 저 전부 잘해요!"

"넌 군대 갈 거야."

"…!?"

그리고 차유진을 군대 예능에 꽂았다. 원래 안 가는 놈이니 이 정도는 견딜 거라 믿는다.

그렇게 정리하고 나니 딱 한 명이 남는데….

'뭐 이놈이야.'

나는 김래빈을 정해둔 예능에 보냈지만, 놈은 기어코 당일 촬영 전에 전화까지 걸어왔다.

-형… 아무리 생각해도 이건 아닌 것 같습니다.
"왜."
김래빈이 낮은 목소리로 외쳤다.
-이건… 부정 참가이지 않습니까!
그렇다. 나는 이놈을 학생 래퍼 서바이벌 〈스쿨랩핑〉에 참가시켰다. '대형 기획사 17살 신인 아이돌, 학생 래퍼 서바이벌에 출사표'로 기사가 뜨는 이 상황이 부담스러운가 보다.
-저는 학생도 신인도 아닌데, 일종의 학력 조작과 다를 바 없는 것 같습니다…!
이런, 아직 설득이 덜 된 모양이다. 나는 입을 열었다.
"네가 아이돌을 5년 했든 하루 했든 거기선 똑같이 아이돌이야. 아이돌은 래퍼가 아닌 타 분야라고 생각하기 때문이지."
-…!!
"그리고 학생은 원래 나이에 결부된 명칭이 아니잖아. 어느 나이든 학교에 재학 중이면 학생인 거야."
-그건…!
실제 이곳의 김래빈은 고등학교에 편입한 상태고 말이지.
스마트폰 너머의 소리는 한동안 조용했으나, 곧 대답이 돌아온다.
-그건… 타당한 말씀이시긴 합니다만.
"어. 그러니까 걱정 말고 최선을 다해서 하고 와라. 대충하는 게 오히려 실례인 거야. 얕보는 거 같잖아."

―…! 그렇군요. 잘 알겠습니다!

그렇게 김래빈은 애들 싸움에 끼어든 재벌이 되어 판을 개박살 내게 되었다는 뜻이다. 벌써부터 반응이 예상되는군. 나는 제법 흡족히 내 선택들을 되새김질했다.

그때, OST를 물어온 놈에게서 마침 연락이 온다.

[배세진 : 금방 촬영장에서 얼굴 보겠네 너희랑 뭐 같이 찍는다던데]

OST 이야기에 〈코스믹 거너〉가 생각난다며 의외로 아련한 발언을 하던 녀석다운 말이다. 그리고 OST 부르는 놈들에게 홍보 일정에 짧게 동행까지 시켜준다는 뜻이기도 하고.

하지만 말이다.

[영화 OST 제가 안 부르는데요]

[배세진 : ???]

[배세진 : 왜 너 메보잖아]

[시간이 없어서요]

그렇다. OST는 음색 좋은 리드보컬들도 적임자니까 나는 효율을 고려해서 다른 활동으로 빠졌다.

메인보컬은 무엇을 해야 가성비가 생기는가. 김래빈이 래퍼 서바이벌에 나간다면, 그렇게 증명된 능력치를 한 번 더 써먹는 메타라면. 사실 내가 갈 곳은 뻔하지 않은가.

나는 며칠 전에 확인한 기사를 떠올렸다.

[오로지 아이디어와 노래만... <내가 만든 가수님> 특별 편성]

이 특집 프로그램.
난 아직 프로토타입인 <내가 만든 가수님>에 한 번 더 출연할 예정이다. 다만, 그 파격적인 꽃대가리 '5월의 신랑'을 또 들고 갈 생각은 없다.
'…그것보다는.'
좀 더… 몰입할 수 있는 캐릭터를, 만들어갈 예정이다.
나는 차 안에서 노트북을 켜고 회사용 문서를 만들기 시작했다. 내일은 오후 스케줄이니, 밤새워서라도 완성할 수 있을 것이다.

<내가 만든 가수님>이 처음부터 홀로그램을 이용한 최첨단 프로그램은 아니었다. 시작은 분장이었다. 전신을 가리는 탈과 특수분장으로 흡사 놀이공원의 캐릭터처럼 '가수의 아바타'를 만든 사람들이 직접 등장했었다.
그리고 지금이 바로 그 시작의 시기.

[내가 만든 가수님]

"오."
마침 TV 앞에 앉아 있던 한 아이돌 팬은 아무 생각 없이 화면을 보고 있었다. 메인보컬만 잡아온 그녀는 대학에 입학하고선 열정을 잃었다.

'마음 가는 애도 없고.'
요새는 실물을 봐도 딱히 마음이 설레지 않았다. 이게 바로 돌태기인 게 분명했다.
'이제 나도 어른이라 이건가…'
대학생은 화면에서 지나가는 설명을 감흥 없이 보았다.

[아이디어로 재창조된 가수!]

'…기괴한데.'
몇 년 후에야 정형화되지만, 초창기라서 도리어 어그로를 끄나 싶을 정도로 어마어마한 캐릭터가 지나간다.
'와 거미는 진짜 에바다.'

[춤추는 스파이더퀸]
[8개의 발에서는 사람을 감동으로 얼어붙게 하는 독이 나온다!]

메두사냐? 하얀 거미줄 의상 아래로 검은 발 여덟 개가 떡 벌어진 것은 솔직히 악몽에서나 볼 꼴이었다. 인형탈의 퀄리티가 좋지 않아서 더 그랬다.
"어흐."
그래도 노래는 잘 부르고, 묘한 컬트적 매력이 있었기 때문에 채널은 고정되었다. (그리고 이 점이 이 특집 프로그램이 정규가 된 이유기도 했다.)

그렇게 온갖 괴상한 가수들이 순식간에 7, 8팀쯤 지나갔다. 1분만 노래를 부르고 승자만 뜨는 경우도 많았다.

"으헉."

이제 그녀도 이 괴상함에 좀 질릴 때가 됐을 때. 획획 넘어가던 프로그램은 마침내 속도를 멈추고 천천히 다음 참가자를 소개한다.

중요한 인물이라는 것처럼.

[이번 참가 가수는…… 개?]

그리고 뒤뚱거리며 스테이지로 등장한 것은 정말로 피켓을 든… 웰시코기다. 노란 강아지 전신 인형 옷 말이다.

'헐.'

너무 평범해서 도리어 괴리감이 느껴진다.

'너무 대충 짠 거 아니야?'

아무 곳에서나 볼 법한, 대놓고 평범한 싸구려 인형탈을 쓴 가수는 버둥버둥 움직여 스테이지 위로 올라왔다.

그러자 피켓이 클로즈업된다.

[강인한 반려인간 구함]

"큽!"

'사랑해 주세요' 따위의 멘트를 생각한 시청자는 사레가 들릴 뻔했다. 어쩐지 B급 감성인 번쩍이는 이펙트와 함께 캐릭터 설명이 나온다.

[너희 집 웰시코기]
[온갖 재롱과 개인기를 마스터한 간절한 구직견]
[출전 선언 : 키워 (네?) 키우라고]

'저게 뭐야!'
어쩐지 인형탈의 반들거리는 눈알이 뻔뻔하게 느껴질 만한 멘트였다.
"미쳤나 봐."
그렇게 말하면서도 대학생은 고개를 들고 화면을 보았다.
'개그맨일까? 왠지 노래를 잘하진 않을 것 같은데.'
하지만 음악이 깔리고, 마침내 그가 부르기 시작한 곡은….

―구름 너머 저 위로!

"…!"
밝은 미성과 강한 고음이 돋보이는 시원한 밴드곡이었다.
'어어.'
B급 분위기를 확 바꿀 정도로 노골적인 가창력 자랑 곡.
"어후 누구야? 잘한다~"
"어어."
거실을 지나가던 엄마의 말에 반사적으로 대꾸했지만, 진심이기도 했다.
'진짜 잘하네?'

그 순간, 대학생은 아무 생각 없이 시간 때우기용으로 보던 마음의 자세를 살짝 바꾸었다. 저 웰시코기의 다음 무대가 궁금했다.

[승자는… 너희 집 웰시코기!]

웰시코기는 어마어마한 환성과 함께 인상적으로 2라운드로 진출했다. 뒷모습이 어쩐지 씩씩하게 보였다.
그리고 이후 라운드에서도 무너지지 않았다. 아니, 도리어 더 다양한 모습을 보여준다. 2라운드에서는 또 다른 컨셉충 참가자와 함께 구성지고 애달픈 트로트를 부르고, 3라운드에서는 감성적인 발라드를 부른다. 음색이 획획 바뀌며 묘기처럼 곡을 부른다.
'강아지탈이 잘생겨 보이다니…'
왜 굳이 캐릭터를 창조하는지 알겠다며, 대학생은 재롱을 부리는 웰시코기를 보고 눈을 가늘게 떴다.

그리고 마침내 우승자를 가리는 마지막 일대일 대전, 긴장감이라고 부를 것도 없이 시원시원 편집이 흐른다.

[참가 가수들은 모두 사전에 공지 받은 같은 곡을 부르게 됩니다!]

선곡이 같으면 기량 차이는 더 두드러지게 되니까.
게다가 웰시코기는 기량이 정말로 출중했다.

-Be my light
이 시간이 지나도
너는 영원 해줘

여성 가수의 곡을 원키로 소화한 웰시코기는 거미를 정신적으로 때려눕히다시피 하며 최종 승리했다. 압도적이었다.

와아아악!!

"와씨."
이게 뭐라고, 그녀는 압도적 승리로 느끼는 대리만족에 잠시 짜릿해했다. 화면에서는 웰시코기가 제법 귀여운 승리의 댄스를 추고 있는데, 놀이공원 경력직 같은 퍼포먼스다.
그러자 동시에 궁금해졌다.
'누구지? 누구지?'
이럴 때는 집단 지성이지!
그녀는 방송이 끝나기 무섭게 인터넷에 접속해 실시간 검색어를 확인했다. 아니나 다를까, 벌써 '내가 만든 가수님'과 '너희 집'이 검색어로 떠 있었다.

-와 재밌다
-뭐 이런 게 다 있냐고 생각하면서 보고 있는 내가 레전드
　└ㅋㅋㅋㅋㅋㅋㅋㅋ근데 나도 그럼ㅇㅇ

-아니 근데 진짜 웰시코기 누구세요ㅋㅋㅋㅋ강성추인가?
┗목소리가.참으로.비슷하긴.합니다.
┗그 형님 성대 다 쓴지 오래십니다ㅠ 절대 아님~!

하지만 뾰족한 인물이 추려지지 않는다.
'어?'
'기성가수다', '인디밴드 보컬이다' 등 온갖 추측이 난무한다. 유명 아이돌 메인보컬도 심상치 않게 나오는 분위기. 이 정도로 떠드는 사람이 많으면 대상자가 확 추려질 법도 한데 말이다.
대학생은 심각하게 생각했다.
'아이돌이야.'
이 인간들이 편견 때문에 아이돌 팬들 주장을 안 받아줘서 그렇지, 그 재롱과 춤 실력은 예사 것이 아니었다. 트레이닝의 산물, 짬의 산물이 분명했다!
노래 잘 부르는 무명 아이돌 메인보컬! 이미 유사사례도 있으니 여기 베팅한다!
'와, 이거 미치겠네.'
갑자기 대학생의 몸을 타고 쭉 긴장감이 솟았다.
'아 얼굴도 모르는데 뭘 긴장해!'
입덕 신호였다.

결국 그녀는 묘한 입덕 부정기를 거치면서도 두근거리며 다음 주 방송을 기다리게 된다. 추리해 보려 온갖 무명 아이돌 무대를 봤더니 눈이 충혈될 지경이었지만, 결국 딱 한 명을 가려내지 못했다.

'제발!'

오늘이 이 특집 프로그램 끝인데 얼굴은 보여주겠지! 그럼 확 식든 불타오르든 하나로 결론이 날 것이다!

그녀는 침을 삼키며 프로그램을 시청했다.

[내가 만든 가수님!]
[불타는 아이디어와 가창력의 정면승부]
[바로 지금, 후반전을 시작합니다.]

또 괴상망측한 캐릭터들이 난무하고, 간간이 구색만 맞춘 듯 평범한 캐릭터가 나온다. 하지만 거기엔 '너희 집 웰시코기' 같은 위트는 없다.

'독보적이지.'

인정할 것은 인정해야 하지 않겠는가. 그녀는 웰시코기에게 판정승을 8번쯤 때리며 프로그램이 끝나기를 초조히 기다렸다. 그리고 한 시간이 좀 넘은 후, 마침내 이번 화의 우승자가 가려졌을 때.

['가마솥 우주선'이 만나게 될 마지막 상대는…?]

피켓을 부여잡은 강아지가 스테이지 위로 올라온다.

[전반전 우승 가수님의 등장]
[〈너희 집 웰시코기〉]

"후욱."
대학생은 심호흡하며 TV를 보았다.
그 와중에 웰시코기는 피켓을 바꿨다.

[강인한 반려인간 구함]

"흡."
기준을 낮췄잖아…!
'서사가 있네… 서사가 있어.'
구직난이 심화된 시대, 웰시코기는 관객들의 웃음을 선점하며 멋지게 최종 결승전 무대를 시작했다.
무대 위로 천천히 어둠이 내리고.
탁.
스포트라이트가 켜진다.
평범한 한 손 마이크를 손에 든 강아지의 탈에선 얼굴 변화 하나 없다. 하지만 그 속에서 기분 좋은 목소리가 나온다.

-찾는 사람이 있어요

웰시코기는 이야기를 하듯이 마지막 노래를 시작했다. 강아지탈 아래에서 들리는 가수의 목소리.
대학생은 그것에 귀를 기울였다.

-가장 아름다운 마음으로
당신에게 건넬 나의 고백

부드럽고 온화한 노랫말이 이어진다.

-더없이 선량한 마음으로
당신에게 드릴 나의 사랑

그것은 청혼가, 결혼식 축가로 유명한 사랑 노래였다.
'아.'
그러나 여기서는 '그런 유'의 사랑으로 들리지 않았다. 강아지의 형상 때문인지, 아니면 목소리의 탓인지를 몰라도.

-사랑이 들리면
나를 생각해 줘요

가족을 구하는 강아지.
피켓에 적힌 것은 분명 농담이었는데, 어쩐지 그 농담과 노랫말이 연결되자… 우스움이 사라진다.

-오늘도 내일도
그대를 사랑해요

남녀가 같이 부르는 혼성곡은 강아지 인형 속 가수의 목소리로 담백하게 울렸다. 더 파격적이거나 더 강렬한 선택을 할 수 있었는데도 이 곡을 고른 것, 그것이 도리어 무대의 전달력을 증폭시킨다. 묘하게.

-그대를 사랑해요

웰시코기는 아주 깊고 풍부한 음색으로 자신의 파이널 곡을 마무리했다.
관객석의 박수가 오래도록 머물렀다.
"……."
대학생은 뭔지 모를 감상에 빠져서 TV 앞에 굳었다. 이상한 그리움 같은 것이, 노스탤지어가 그녀를 부르는 것 같았다.
그녀는 잠시 생각을 멈추고, 가만히….

['너희 집 웰시코기'의 감명 넘치는 무대!]

"…! 후."
MC의 큰 목소리와 자막이 오디오를 울린다. 대학생은 겨우 머리를 털며 현실감을 찾았다.
'아무튼… 좋네.'
방송용 송출에서 어마어마한 보정 과정을 거친 게 아니라면 승자는 결정 난 것이나 다름없었다. 어마어마한 성량이나 고음 기교를 뽐내지 않고도, 있어야 할 소리가 정확한 자리에 꼭 차 아름다운 한 곡을 만들었으니까.

[승자는… '너희 집 웰시코기'!]

아니나 다를까, 보기 좋은 점수 차로 승자가 나왔다.

[이것으로 〈내가 만든 가수님〉에서 만들 가수는 '너희 집 웰시코기'가 되었습니다!]

웰시코기가 감격한 것처럼 양 앞발로 볼을 누른다. 그것이 제법 귀엽고 우승을 축하하는 마음도 있었지만, 역시 본론은 다음이다.
'정체!'
우승 목전에서 진 패자가 아쉬운 인사를 남기고 떠난 후, 드디어 웰시코기에게로 다시 흐름이 돌아왔다.

[이제 드디어~ 우리의 우승자를 만나볼 시간입니다!]

꽃 가루가 터진다.
피켓을 끌어안는 퍼포먼스를 보이는 웰시코기에게 웃음 섞인 환호가 쏟아지는 가운데, MC가 드디어 입을 연다.

[〈너희 집 웰시코기〉의 크리에이터는….]

웰시코기는 신호에 맞춰서 피켓을 내리고 다시 양 앞발을 들더니 쓱, 탈을 벗는다. 그리고 그 안에서 드러나는 것은…… 땀에 젖은 흑발과 차갑게 잘생긴 얼굴.

"……!!"

[대형 신인 위시즈의 메인보컬, 류건우 씨입니다!]

…아이돌이 맞았다.

하지만 맞아 들어간 추리에 전율을 느낄 것도 없이, 경악이 그녀의 몸을 지배했다. 무명이 아니라, 이미… 아는 얼굴이라서!

'류건우??'

한번 발 담가볼까 고민했던 모 사내 서바이벌 출신 메인보컬이 희미하게 웃고 있었다.

'아니, 서바에서도 잘한다고 생각하긴 했는데…!'

이 정도일 줄은 몰랐다. 아니, 일단 얼굴이 자신의 취향이 아니라서 적당히 서바이벌도 보고 말긴 했지만.

애초에 웰시코기의 정체가 신인일 거라고는 생각 못 했다. 관종과 위트의 사이에서 절묘히 줄 타는 캐릭터 하며, 애교나 곡 스펙트럼이 분명 5년은 묵은 아이돌일 거라 생각했는데… 신인?

'그것도 연습생 3개월 출신이…!'

저, 저 얼굴로 웰시코기 탈을 뒤집어쓴 채 천연덕스럽게 재롱을 부려?

입을 벌리고 TV를 보는 사이, 류건우가 웃으며 인형탈을 옆구리에 끼더니 다시 마이크를 잡아 들었다.

[안녕하세요. 위시즈의 류건우입니다. '너희 집 웰시코기'에게 표 주셔서, 정말 감사합니다.]

관객들의 신음과 괴상한 비명이 섞여 이상한 호응이 나오고, 다시 웃음이 터진다.

[우승 소감을 들어볼 수 있을까요?]
[사실 감히 우승을 생각하진 못했고, 제가 좋아하는 걸 열심히 만들어 보여 드리는 걸 목표로 한 건데, 정말… 안 믿기네요.]
[어떤 점이요?]
[다들 저랑 이렇게까지 개그 취향이 비슷하시다는 게.]

박수가 터진다. MC도 히죽거리는 입을 겨우 참으며 되묻는다.

[웰시코기도 좋아하시나요??]
[노란 강아지를 좋아해서요.]

그렇게 말하며, 류건우는 노란 강아지 머리 탈을 끌어안고 웃었다. 차갑고 섬세해 보이던 인상이 갑자기 누그러지며, 어쩐지 귀엽게 보였다….

[우승 크리에이터에게 다시 한번 큰 박수 부탁드립니다!]

[류건우 님이 만드신 '너희 집 웰시코기'는 이번 한 달 방송국 마스코트로 활약하게 됩니다.]

따다단! 웅장한 BGM과 함께 다시 탈을 뒤집어쓴 웰시코기가 한 발을 들어 올리며 귀엽게 피켓을 흔든다. 대학생은 반사적으로 화면을 향해 손을 흔들어줄 뻔했다.
그렇게 방송은 끝났다.
하지만 시작된 마음속 동요는 끝나지 않았다.
"……."
대학생은 결국 스마트폰을 들었다.
새로운 류건우 팬 계정이 생성되기 30초 전까지의 상황이었다.

날로 먹었군.
특별편성 프로그램이라 섭외 라인업은 별로인데, 막상 뚜껑을 열면 반응은 좋을 예정이라는 게 정말 최고의 조건이었다.
'편집도 잘 나왔고.'
나는 벌써 실시간 검색어에 뜨는 '위시즈 류건우'를 보며 만족스럽게 평가했다. 야간에 무슨 인터뷰 스케줄이 잡혀서 샵에 앉아 있는 상황이라 시간은 많았다. 스마트폰으로 들어오는 축하 메시지도 확인할 수 있고 말이다.
그렇게 이모티콘이 줄줄 달리는 단체 메시지방을 확인할 때, 개인 메시지가 왔다.

[큰세진 : ㅎㅎㅎㅎ]

[큰세진 : 문대문대 이거 봤나 (링크)]

"음?"

링크 주소를 확인했다.

'SNS인데.'

그 웰시코기로 또 밈이라도 생긴 건가. 아직 제대로 모니터링을 못 했으니 한번 보는 것도 괜찮겠다 싶어서 클릭했다.

바로 몇 분 전에 올라온 새 글이 뜬다.

-건우 진짜 너무 귀엽다 미칠 것 같음 일주일 넘게 잠도 못 자고 떡밥만 기다리는 중

…내 팬인가. 예능 언급이 있는 걸 보니 이번에 개 탈로 관심을 가진 사람인가 보다.

'진짜 모니터링하라는 거냐.'

힘내라는 의도면 실패라고 말할 순 없겠군. 나는 피식 웃으며 스크롤을 내렸다. 눈을 희번득거리는 웰시코기 팬아트와 탈, 그리고 탈 벗는 동영상이 지나가고, 내 데뷔 활동사진들이 지나가면 다시 잡담이 나온다.

-사실 저는 건우의 실물을 본 적이 있습니다 와이즈 게릴라 콘 때 타 멤버와 허그 이벤트를 한 적이 있기 때문…

어.

ㄴ악ㅠㅠ
ㄴ왜 건우 안 골랐어ㅠㅠ
ㄴ친구가 부탁해서 다른 멤 응원 멘트했어야만.. 근데 그 멤도 귀여웠음 오직 메보만 보는 내 심장이 안 뛰어서 문제지...

그리고 신나게 대화하던 이 사람은 반응이 커지자 인증 샷까지 첨부해 놨다.

-그때 받은 참가 팔찌.. 주작 얘기 그만하세여 (사진)

사진 속에 있는 것은 팔찌를 한 손목에 걸린 종이띠.
그리고… 내가 기억하는 옷감이었다. 진채율에게 허그를 받던 사람이 입은 하늘색 니트. 그리고 팔찌.
박문대의 첫 번째 홈마가 그때 입었던 옷차림이다.
"……."
설마.

-취향 개조 당한 줄 알았는데 아닌 듯 냉건우 같은 소리 나한테는 안 통해 건뭉이 절대 지켜
-ㅎㅎ대포 대여하면 미친 짓이겠지 저도 압니다 하지만 하고 싶어짐...

계정이 올린 글은 거기서 끝났다.

"……."

나는 조용히 스마트폰을 내렸다.

"건우 씨, 뭐 좋은 일 있으세요?"

"네. 조금."

"오~ 아, 그 웰시코기 그거구나!"

비슷했다.

"…네."

이걸로 변한 건 아무것도 없는데, 어쩐지 제자리로 돌아온 느낌이 들었다.

"하하, 축하드려요!"

나는 그날 인터뷰를 계획보다도 좀 더 공들여 마무리했다.

그리고 그사이, 예능으로 인한 파급력은 점점 더 주체할 수 없이 커지고 있었다.

일단 좀 더 시간을 뒤로 돌려서 보자.

〈내가 만든 가수님〉이 방영되기 전, 기사가 뜰 때부터 흐름은 만들어지기 시작했다.

-애들 예능 나온다 (링크)
-헐 재난탈출ㅋㅋㅋㅋㅋ 어떡해 너무 기대됨

-ㅋㅋㅋ리액션 재밌는 애들만 모아서 출연시키는 건가 봐!

그룹이 예능용 멤버를 정해서 프로그램에 밀어주는 것은 제법 있는 일이었기 때문에, 사람들은 그런 거려니 하는 반응을 보였다.
그리고 첫 타로 방영된 것이 VTIC 세 놈이 출연한, 재난 시뮬레이션을 통해 다양한 대처 방법을 보는 프로그램이다.
먼저 말해두겠다. …청려의 인선은 옳았다.

-ㅋㅋㅋㅋㅋㅋㅋㅋㅋㅋㅋㅋㅋㅋ
-이렇게 샤머니즘이 나온 거구나 싶었음
-만화에서 본 방법을 말하는 나 (정우단 캡처)
선동당하는 친구 (진채율, 오윤신 캡처)

예스맨 둘은 갑작스러운 경보나 지진에 기겁하면서도 뭐라도 빠르게 해보려는 모습으로 기특하다는 반응을 불러왔다. 그리고 주단은… 거기서도 개소리를 하는데 그게 정말 효과가 있어서 둘의 정신적 지주가 되는 모습으로 어필했다.
그렇게 셋이 SNS를 주로 이용하는 어린 팬층에게 어필하고 있을 때, 다른 타깃층을 노린 예능도 방영되었다.

-네발친구 나온 남돌 셋 다 미쳤다 제발 다음 시즌에도 나와줘
-신재현 네발친구 나왔구나 어쩐지 엄마가 우리 재현이 같은 소리 하더라
-60kg 말라뮤트 번쩍 드는 류청우 팔 보고 다들 행복해지자 (캡처)

〈발이 4개지만 친구야〉라는 문제견 지도 프로그램 새 시즌에 고정 출연한 두 놈은 개를 상당히 잘 케어했다. 웃김보단 훈훈함에 집중했지만 그래서 더 얻어가는 것이 있는 모양이다. 든든하고 어른스러운 모습으로 호감형 이미지를 구축한 것이다.

-누구든 좋다 결혼하자
-갱얼쥐를 봐야하는데 그 옆에 신재현을 보게 되네 그러니까 왜 그렇게 침착하고 다정하래ㅜㅜ
-와 한 번쯤은 질색할 법도 한데 인내심 뭐냐

그렇게 좀 더 폭넓은 중장년층에게까지 어필에 성공했다.
여기까진 팬들이 문어발 같은 개인 활동에 불안해하면서도 완전히 터지진 않았다. 적절하게 느껴지고, 성공 효과도 분명했으니까.
그러나 엄청난 어그로는 다음 타자로 도착했다.

-김래빈 <스쿨래핑> 출연, 차유진 <입대의 정석> 출연....
-????

차유진의 군대 예능과 김래빈의 래퍼 서바이벌 출연. 주옥같은 라인업에 팬들이 불을 뿜었다.

-김태인 미친놈 선 넘네ㅋㅋㅋㅋ장난하나

-아니 방금 서바한 애를 또 서바를 시키냐고 그것도 래퍼? 아이돌 지망도 아니었던 애 겨우 아이돌 시켜놨더니 미쳤어?
　-야 아무리 예능이라도 고등학생 군대 보내는 건 좀 너무하잖아 애기한테ㅠㅠ

　소속사에 팩스 총공이라도 할 것처럼 분위기가 달아올랐으나, 그보다 먼저 예능이 본방송을 탔다.
　바로 차유진의 군대 예능이.

　-ㅅㅂ

그리고 사태는 팬들이 걱정하는 대로 흘러가는 듯했다.

-ㅋㅋㅋㅋㅋㅋㅋㅋㅋ아 이새끼 골때리네 조교가 말문 막힘
-프로그램 끝나면 귀국할 듯
-면제 보내보고 싶었던 거면 차라리 류청우 보내지 그랬냐 그게 더 궁금함
-개웃긴데 손톱 물어뜯고 싶어지는 걸 동시에 느낄 수 있는 거임?

　방송 극초반, 차유진은 여느 외국인 캐릭터처럼 소통 문제로 4차원적인 매력을 보여주는 감초 역할, 혹은 리액션을 따기 위한 외부자의 느낌으로 나왔다. 나이가 어리다 보니 시청자들도 웃음으로 넘어가긴 했지만 '외국인 막내 깍두기' 이미지가 붙는 것은 어쩔 수 없었다.

-유진이도 답답할 건 알겠는데 너무 웃겨ㅋㅋㅋㅋ
-근데 그래도 싹싹하다 귀엽기도 하고ㅠㅠ우는 소리도 안 하잖아

이 정도의 분위기.
하지만 이 평가는 2화를 기점으로 완전히 뒤집힌다. 차유진에게는, 속된 말로 일머리가 있었기 때문이다.

[차유진 : 제가 받겠습니다!]

-유진 차 왜 군장행군 낙오 안 됨
-존나 잘 버티네
-의외로 싹싹하고 군말 없자너 자유의 나라 아메리카에서 온 사람 맞냐 코리아식 상명하복 적응완료 무슨 일임
-헬기 레펠 웃으면서 하네 ㅅㅂㅋㅋㅋㅋㅋ

예능이다 보니 실제 군대에서의 삶은 무늬와 틀만 빌려왔을 뿐 훈련 일정 자체는 일관성 없이 자극적으로 짜여 있었다. 덕분에 담력이나 체력이 쥐어짜지는 파트가 많았는데, 차유진은 그런 곳마다 눈에 띄게 활약했다.
게다가 뺀질거리지도 않자 당황하는 사람들까지 나왔다.

-유격만 줄창하는데 군소리 한번 안 해? 편집한 거 아니냐
-원래 미식축구하던 애라 그런 듯ㄷㄷ천조국 쿼터백

ㄴ와ㅋㅋㅋㅋ ㄹㅇ임?

-운동하던 애였구나 어쩐지

-쓸데없이 오버하는 리액션 없어서 좋다 군대랍시고 캠프 쳐와선 예능형 리액션 극혐임

결국 차유진은 열흘의 촬영 중 마지막 나흘에선 흠잡을 곳 없는 에이스 편집을 몰아받았다. 원래도 인기는 있던 예능이라, 덕분에 차유진은 이 열흘의 분량이 2달에 걸쳐 방영된 후엔 거의 밈 수준으로 인지도가 올라왔다.

"축하한다."

촬영을 마치고 귀환한 날, '날 제외한 모든 사람이 풋볼 코치라고 생각했다'라는 대단한 감상을 남겼던 차유진은 심드렁히 어깨를 으쓱했다.

"형 미워요. 저 안 잊어요."

오냐.

"다른 감상은?"

"저기 밥이 맛없어요. 그리고 모두 김래빈 말투 써요."

사흘이 지난 후에야 자기 말투를 되찾은 차유진은 TV를 가리키며 입을 내밀었다. 마침 장본인이 나오고 있다.

[김래빈 : 최선을 다하겠습니다.]

[이선중 : 저 이제 저 말이 무서워요.]

바로 준결승전을 준비 중인 〈스쿨랩핑〉이다.

이쯤 오니 김래빈은 프로그램 내에서 거의 저승사자 같은 이미지가 되어 있었다. 물론 말도 안 되는 우여곡절이 있었지만 그건 좀 나중에 설명하고, 결론만 말하자면 이쪽도 인지도 떡상이다.

진채율이 싱글벙글 웃으며 거실에 앉는다.

"와, 래빈이는 래퍼인 줄 아는 사람도 많죠?"

"쟤 나가서 인사마다 위시즈 이야기하던데."

"세상에."

그리고 오늘 내 정체가 공개되면서, 전 멤버가 잘나가는 예능에서 한 번씩 대중에게 눈도장을 찍은 상태가 된 것이다.

당연하지만 빌드업되던 목소리가 터졌다.

-대체 위시즈 뭐하는 그룹이냐고

-정신 차려보니 모르는 멤버가 없음 곡은 모르는데 이게 가능한 일임? 사실 개그맨 그룹임?

└ㅋㅋㅋㅋㅋㅋㅋㅋㅋㅋㅋㅋㅋ

└놀랍게도 무대는 더 잘함 전설의 데뷔 무대 보고 오세요 한 명도 빠짐없이 무대 다 찢음 (링크)

└개잘하네

└ㅅㅂ입벌리고 봄 이게 실제상황이라니

└아니 근데 쟤네가 다 한자리에 있으니까 세계관 붕괴하는 느낌임

화제성이 최고조일 때.

'됐다.'
새 앨범이 나올 적기였다.

이제 발표될 신곡은 이미 데뷔곡 준비 당시에 함께 준비가 끝났다. 더블 타이틀처럼 준비해서 하나를 막판 누락시켜 버리는 뒷공작이 필요했지만, 어쨌든 중요한 건 이미 퍼포먼스까지 완성된 상태라는 거다.
 그렇다면 이 원기옥은 언제 터뜨리는 게 가장 완벽한가.
 "래빈이 벌써 이번 주가 결승전이네."
 "그렇습니다!"
 바로 김래빈의 〈스쿨래핑〉 파이널 무대 직후다. 김래빈이 우승하며 화제성이 제일 최정점일 때 이놈 곡으로 컴백한다고 하면 최고지.
 그런데 벌써부터 우승을 확신하는 건 너무 섣부른 판단이라는 생각도 드는가?
 '아니.'
 김래빈이 결승 무대에서 1절을 통으로 안 부르고 날리지 않는 이상, 이건 이놈이 질 수가 없는 판이거든. 나는 소파 앞에 앉아 맹렬히 노트북을 두드리는 김래빈을 보며 놈의 〈스쿨래핑〉 일대기를 회상했다.
 우선 등장 신.

[어어.]
[강렬한 인상의 참가자 등장]

피어싱을 풀착용한 살벌하게 생긴 놈이 들어오자 경계와 감탄, 그리고 탐색의 시선이 간다.
그러나 다음 말에 분위기가 바뀐다.

[안녕하십니까. 35일 전 데뷔한 그룹 위시즈의 김래빈입니다. 잘 부탁드립니다!]
[!]

대놓고 '신인'과 '아이돌 그룹'을 강조해 달라는 주문에 김래빈은 별 의심 없이 임했다고 한다.
물론 편집은 이렇게 나왔다.

[굳이 여기를?]
[솔직히 대형 기획사시고, 충분히 다른 방법이 (있으실 텐데).]
[잘생기셨더라구요. (웃음)]

뻔하지. 인정할 수 없다는 식이다.
그러나 이번에도 뻔하지만 잘 팔리는 클리셰처럼 평가는 뒤집힌다.

[음?]

김래빈은 참가자가 다 패스 선언을 한 애매한 비트에 '왜 안 들어오시지…?'라고 의아해하는 듯한 얼굴로 들어와 랩을 갈겼다.
 그리고 더럽게 잘했다.

 [!!!!!]

 결론적으로 〈스쿨래핑〉 1화가 끝났을 때, 위튜브 인기 동영상 순위에는 김래빈의 싸이퍼가 비공식 클립으로 올라와 있었다.
 물론 반발도 많았다.

 -17살이 이걸? 응 주작ㅋㅋㅋㅋㅋ
 -ㅅㅂ회사가 미리 알려줬겠지ㅋㅋㅋ이걸 믿냐
 -비트 미리 알았다고 해도 펀치라인은 인정해줄 만하지 않냐 감 없으면 고민한다고 만들 수 있는 게 아닐 텐데
  ㄴ고것도 코칭 받은 것이구연~

 하지만 김래빈은 그다음 개인전도 숨 쉬듯이 잘했다.

 -??

 그리고 그다음 팀전도, 그다음 콜라보전도.
 본인이 직접 곡을 만드는 과정을 사흘간 쭉 녹화한 것이 빠른 재생으로 방송에 타자 더 이야기할 게 없어졌다.

[이런 식으로 작업을 합니다만, 아무래도 아직 더 전문적인 장비는 구매가 어려워 회사 작업실을 자주 빌려 쓰곤 합니다!]

[오늘은 시간이 남았으니 새로운 비트를 구체화해 볼 생각입니다. 그리고 가이드 보컬로 문… 아니, 류건우 형을 모셨습니다.]

그리고 그 곡도 더럽게 좋았다.

프로그램이 끝날 때마다 음원 실시간차트에 불쑥불쑥 올라오는 것까지 실력을 증명한다.

-원래 프로듀서 망생인데 얼굴 보고 아이돌하자고 삼고초려했다고 함
-세상 졸라 불공평하네 개같다
-17살 남고생 컨셉충인 게 유일한 단점이냐
-글쎄요 제 시선으론 철저히 기획된 상품의 느낌이죠. 아이돌 기획사 특유의 생산품 같은 느낌, 레파토리가 바닥나면 망하겠죠.

그런 일은 일어나지 않았다.

김래빈은 2화부터 9화까지 도장 깨기처럼 모든 미션을 승승장구하면서 명실상부 압도적인 우승 후보로 올라왔다. 게다가 강원도 딸기 농사 집안의 손자라는 사실과 본연의 깍듯한 모습이 어우러지며 캐릭터적으로도 상당히 인기를 끌었다.

안정적인 쌍두마차.

이쯤 되자 삐딱하게 보던 사람들 일부도 살짝 태도를 바꾼다.

-ㅋㅋㅋ김랩 아이돌 하자고 꼬신 새끼 총살하고 싶을 듯 음원 수익 N빵에 군머 같은 7년 숙소 생활 아ㅋㅋㅋ못참지

-응 월드와이드 케이팝이 수익 더 달달해~ 돈 보면 당연히 레티 아이돌이지 개X신들아ㅋㅋㅋ

-얼굴 보는 빠순이들도 다 얘한테 붙었자너 어차피 우승은 킴랩인데 왜 아이돌 포기함 다 해먹는데ㅋㅋ

실력 하나는 인정한다는 뜻이다.

그럴 수밖에 없긴 했다. 김래빈은 거의 생태계 교란종이나 다름없이 휘젓고 다녔다. 도리어 제작진이 재미를 위해 김래빈의 위기 상황을 연출해도 다음 화에서 사기였다는 게 드러나니, 시청자의 인식은 더 굳어졌다.

그리고 이젠 정말 파이널로 엔딩만을 남겨두고 있다.

류청우가 김래빈의 옆에 친근히 앉는다.

"출연진들이랑 사이는 어때? 여전히 다들 잘해줘?"

"예. 아무래도 연하라고 생각해서서 더 배려해 주시는 것 같습니다."

17살짜리에게 압박감을 느껴서 질린 나머지 숙이고 들어가는 것을 배려심 표출로 이해해 주는 놈은 고개를 끄덕였다.

다만 이놈도 마음에 걸리는 것이 있던 모양이다.

"저… 다만 다른 분께서 마지막 피처링을 맡아주셔도 정말 괜찮겠습니까? 시청률이 괜찮은 만큼 홍보 효과가 발생할 것이라 생각했습니다만…."

바로 마지막 무대의 피처링을 왜 위시즈 그룹 안에서 안 뽑았냐는

것이다. 김래빈의 마지막 곡 피처링이 말랑달콤의 인기 멤버인 리드보컬로 낙점되었기 때문이다.

나는 피식 웃었다.

"피처링은 원래 외부와의 합작이니까. 우리보단 다른 사람이랑 해야 그 무대를 하는 의미가 더 살아나겠지."

"과연…! 그렇긴 합니다."

물론 진짜 이유가 이건 아니고. 사람들이 받아들이는 수위를 조절하기 위해서다.

'그룹 인지도 강요처럼 느껴지면 안 되지.'

그렇게 노골적인 끼워팔기는 도리어 반감을 부른다. 지금 부풀어 오른 화제성이 꺼지거나 반감으로 돌아서지 않기 위해서는 섬세한 조절이 필요한 것이다.

물론 아예 연상되지 않게 끊는다는 건 절대 아니다.

"그래도 결승전은 보러 가려는데, 괜찮냐."

단체 응원 정도는 해도 훈훈하겠지.

"…! 저야 당연히 감사할 따름입니다!"

"가서 열심히 응원할게!"

"감사합니다, 선배님!"

"으핫 래빈아 우리 같이 데뷔했잖아, 형이라고 불러!"

"앗."

나는 오윤신과 만담 같은 소리를 주고받는 김래빈에게서 시선을 떼고, 스케줄을 다시 점검했다.

그리고 사흘 뒤.

전 멤버가 스케줄을 빼고 찾아간 〈스쿨래핑〉의 세트장, 가운데 스테이지 위에서 꽃 가루가 터진다.

펑.

[〈스쿨래핑〉 시즌 2, 대망의 우승자는… 김래빈!]

와아아악!!!

반전이나 돌발 상황은 없었다. 김래빈은 마지막 무대에서 기교로 밀어붙이는 압도적인 역량 지향 퍼포먼스로 이겼다.

'이견이 안 나오도록 이 방향으로 조언한 게 쓸모가 있었군.'

게다가 폭력적인 수준의 역량으로 밀어붙인 건 본인뿐이다. 피처링인 말랑달콤은 음색과 호응 유도로 밀어서 분위기를 살짝 환기하고 음원의 완성도를 높여줬다는 점에서 최상의 선택.

김래빈을 깎아내리려는 시도는 통하지 않을 것이다.

'좋아.'

[감… 감사합니다! 더욱 발전된 모습으로 보답하겠습니다!]

나는 출연진들의 축하를 받으며 얼결에 대왕 황금 ID카드를 치켜들어 올리는 김래빈에게 박수를 보냈다.

준비는 끝났다.

며칠 후.

[스랩 우승자 나옴]
[처음부터 마지막까지 아이돌이었던 김래빈]
[솔직히 김래빈 너무 아깝다]

김래빈이 우승하며 인기 서바이벌답게 기사와 반응이 몰아치는 사흘을 지낸 뒤 주말. 슬그머니 기사가 뜨기 시작했다.

[LeTi 괴물 신인 위시즈(Wishze), "자체 프로듀싱 앨범 곧 발매"]

위시즈의 자작곡 타이틀 컴백 소식이다. 이미 예약 판매 때부터 공지했지만 일부러 한 번 더 언론을 부추겼다. 키워드를 '자체 프로듀싱'으로 잡아서.
당연히 김래빈이 연상될 수밖에 없는 기사 타이틀, 아직 식지 않은 화제성에 사람들이 붙는다.

-이건 한번 들어봐야지
-김래빈이 여기 그룹임? 곡 개 좋겠네
　└김래빈뿐만 아니라 유진 차도 류건우도 이 그룹임
　└?
　└네발친구 재현이랑 청우도 이 그룹이래요~

   ㄴ탈출왕에서 신문지 숭배하던 개웃긴 급식 셋도 여기 애들임
   ㄴ대체 무슨 일이 일어나고 있죠

이 댓글은 캡처되어 인터넷을 떠돌게 된다. 나는 바람직한 현상이라고 박수를 보냈다.
더 뜸을 들일 것도 없었다.
"티저는 굳이 나눠서 공개하지 않는 게 좋겠어요. 티저로 이 화제성을 소모할 필요는 없지."
"그래."
그래서 브릿지의 중독적인 휘파람 소리만 넣은 티저로 기대감만 채운 뒤, 바로 다음 주에 곡과 뮤직비디오가 공개되었다.

"……."
국제선의 비행기 안.
퍼스트 클래스에 앉은 남성은 최근 서비스를 시작한 기내 WIFI로 인터넷에 접속했다. 평소 차라리 책을 읽는 그의 성향상 어울리지 않는 일이었지만, 지금은 보고 싶은 것이 있었다.
'아, 나왔구나.'
검색할 것도 없이, 위튜브에 접속하자마자 찾던 동영상이 뜬다.

[위시즈(Wishze) - '타이머(Timer)' Official Music Video]

바로 신인 그룹 위시즈의 신곡이었다.

데뷔 활동이 훌륭했던 탓일까, 벌써 조회수의 단위가 인상적이었다. 남자는 잠시 그들의 데뷔를 회상하다가, 내심 고개를 끄덕였다.

'응, 좋았어.'

위시즈의 데뷔 미니 앨범은 근대 유럽식 기숙학교의 괴담을 표방한, 마이너하면서도 예술적인 감성으로 KPOP 팬덤의 수요를 맞췄다.

무대도 훌륭했다. 지시봉에서 따온 것 같은 긴 소품을 이용한 댄스 퍼포먼스도 무척 독특했고, 매력적이었다. 실수로 긴 감상문을 당사자에게 보낼 뻔할 만큼.

'안 보내길 잘한 거야.'

남자는 작게 안도의 한숨을 쉬었다. 그토록 상업적이며, 거칠게 몰아치는 감성은 본래 남자에게 익숙하지 않았을 터인데… 어쩐지, 계속 돌려보게 되었다.

"……."

남자는 이유 없이 가라앉는 느낌을 지웠다. 일하는 데에 도움이 되는 감정은 아니니까. 대신 보려던 동영상을 클릭했다. 위시즈의 신곡.

'이번에도 비슷한 느낌을 줄까.'

사실 위시즈 팬들의 예상도 비슷했다. 강렬하고 자극적인 댄스곡. 하지만 막상 남자가 클릭한 그들의 새로운 타이틀은… 그렇지 않았다.

[Um, h-hm~]

전처럼 밴드 사운드가 가미되었지만, 여유가 있다.

[타이머를 돌려 과거에 가볼까
아직 함께였던 때로 말야]

소리가 확 가벼워졌다.
그리고 창법도 그루브하고 담백하다.

[수줍은 네 얼굴에 미소
우리 위에서, 내리던 유성
아직 기억해 오늘도
Thinking about U]

 질 좋은 악기 소리가 캐치한 두 종류의 멜로디를 만나며, 곡이 전개된다.
 뮤직비디오에도 전위적인 스토리나 거창한 서사는 없다. 그냥 유성이 쏟아지는 근사한 밤 학교 옥상에서의 안무 컷과, 마찬가지로 근사한 오브젝트가 즐비한 개인 컷들이 엇갈릴 뿐.
 청춘의 속에서, 지나온 어린 추억에 대해 노래하는 곡. 화자를 가릴 것 없이 모두가 부담 없이 들을 수 있는 곡.
 말하자면 오글거릴 요소가 아무것도 없었다. 그러니까 호불호가 딱히 갈릴 것도 없다. 그저 극도로 대중적이고 세련된, 모두가 즐겁게 들을 노래.
 당장 지금 남자의 귀에도 벌써 멜로디가 붙었다.

[타이머를 움직여
Cam에 담긴 네 모습
사진이 반짝
하면 반짝 떠올라]

'이것도 좋아.'
 전 같은 느낌은 아니었지만, 힘을 뺀 이 대중적인 곡이 어쩐지 마음을 찡하게 만들었다.

[반짝!]

그는 멤버들이 돌아보며 웃는 뮤직비디오의 엔딩까지 다 보았다.
좋지만, …이상하게 울렁거렸다.
"……."
하지만 그는 고민하다가 메시지 앱을 켰다.
'…날 그다지 좋아하지 않는 것 같지만.'
그래도 연락해 보고 싶었다.
그래서 그는 약간 떨리는 손으로 문자를 넣었다.
[곡이 정말 좋아요.]
[한국에 가는 중인데, 길거리에서도 많이 듣게 될 것 같아요.]
수신자는 '류건우'였다.
그리고 남자, 선아현이 생각한 대로, 그가 도착해서 일정을 수행하고 있을 때 길거리는 위시즈의 음원으로 가득했다.

"며, 몇 위예요?"
긴장한 질문에 청려가 웃으며 스마트폰을 들어 올렸다.
화면에 떠 있는 것은 일간 음원 차트.
"1위."
"…!!"
"대대대박!!"
비명을 지르며 나자빠지는 놈들 사이로 경력직들도 히죽거리며 웃는다. 아무리 그래도 음원 1위를 할 일은 이런 미친 짓이 아니고서야 없으니, 솔직히 인상적이지 않다고 하면 거짓말이지.
'우리도 사실 처음이고.'
아마 VTIC도 자주 경험했던 것은 아닐 것이다. 나는 일간 1위의 곡을 새삼스럽게 보았다.
"래빈아 고마워!"
"정말 고마워!"
"다, 다 같이 이뤄낸 성과로 그런 과분한 감사 인사를 받기엔 제가…."
"김래빈 잘했어!"
"어억."
나는 무수한 포옹 더미 속에 무너지는 김래빈을 보며 피식 웃었다. 청려가 실실 웃으며 다가와서 작게 말한다.

"제일 어려운 게 남았네요. 유지."

"어."

그렇지. 음원을 노렸다면, 유지력은 필수 항목이다.

'순위 굳히기 들어가서 롱런해야 점수를 제대로 먹는 거지.'

곡과 전략이 다 좋았으니 솔직히 등수 방어에 자신이 없진 않다만, 그렇다고 이제부터 손 놓고 있겠다는 뜻은 아니다. 그러니까 꾸준히 예능 프로그램과 인터넷 컨텐츠들에서 곡이 들리도록 해야 한다.

"티홀릭한테 밀리면 안 돼."

"바빠지겠네요."

글로벌 겨냥의 각종 투어와 해외 활동은 이번엔 올스탑. 모든 전력을 다 홍보용 출연 일정에 쏟았다.

…그러다 보니 이런 일도 있는 것이다.

"…! 안녕하세요."

……청려를 낀 상태로 선아현과 같은 예능에 나오게 되는 일 말이다.

나는 가까스로 대응했다.

"……예."

"이렇게 뵐 줄은 몰랐어요."

어 나도 그렇다.

'돌아버리겠네.'

발레리노 국뽕 네임드가 왜 특집으로 안 나오고 우리랑 같이 나오냐고.

공중파 버라이어티쇼, 〈이긴 사람만 치킨〉의 촬영장.

'아 또 아이돌이네.'

고정 출연진은 미리 받은 게스트 라인업에 큰 감흥을 느끼진 않았다.

이 프로그램은 게스트를 초청해서 같이 몸 쓰는 게임과 토크를 하는, 전형적인 가족 겨냥 주말 예능으로 출연 부담이 없다. 게다가 해외로도 쏠쏠히 수출되는 덕에 온갖 홍보용 출연이 성행했다.

'그래도 이번 주는 이름값은 좀 있는 애들이잖아.'

요즘 제일 잘나가는 곡을 부른 대형 기획사 애들이었다. 이 정도면 나오겠다고 옆구리 찌른 건 아니고 섭외 급은 될 것 같다.

놀라운 것은 갑자기 추가 공지된 특급 게스트다.

'와, 대박.'

발레리노 선아현!

시즌 오프라 광고라도 찍는 건지 갑자기 입국했는데, 제작진이 용케 물어온 모양이다. 원래라면 단독 특집이 나와도 그리 어색하지 않을 인물이지만 시간이 촉박해서 기획 문제로 인해 특별 게스트로 등장할 예정이었다.

'기회 한번 잡아봐?'

신인답게 대기실에 인사 온 위시즈 멤버의 인사를 받아준 뒤, 게스트는 슬쩍 일어났다.

"형님?"

"야야, 따라와."

선아현이 인사를 올 리가 만무하니, 자신이 직접 가서 안면을 개척해 볼 생각이었다.

'운 좋으면 어디서 이야깃거리로라도 쓸 수 있…'

하지만 선아현의 대기실에 도착했을 때. 그곳은 비어 있었다.

"…??"

스탭이 귀띔한다.

"저… 그 개네한테 찾아갔다는데요."

"누구?"

"위시즈, 위시즈."

MC도 아니고 그 신인들 대기실에 가 있다고? 아무리 기세가 심상치 않다고 해도 갓 데뷔한 신인인데….

"왜, 쟤네 무슨 서바이벌 했는데 거기서 멘토로 출연했었대요."

"아."

그거라면 납득은 됐다. 나름대로 안면이 있다는 것이니까.

물론 촬영이 순조로워질 거란 기대를 하는 것은 아니다. 비슷한 나이 또래의 셀링 포인트 비슷한 예체능인들?

'기 싸움이야, 기 싸움.'

출연진은 고개를 끄덕였다. 아무래도 카메라 돌아갈 때만 웃고 끝나면 분위기 X 되는 걸 또 봐야 할 수도 있겠다고 생각하며.

아니나 다를까, 촬영이 시작하고 시간이 좀 흐른 후 특별 게스트가 등장하자마자 다들 평가에 여념이 없다.

기존 게스트를 이용해 특별 게스트 띄워주기!

"너무너무 잘생기셨다, 정말~"

"아현 씨 완전 아이돌이신데요?"

"이렇게 보면… 이야, 같은 그룹 같다니까?"

흔한 띄워주기용 멘트였지만 사실이기도 했다. 정석 미인형 남성 셋이 나란히 있는 모습에 작가들까지 좋아한다.

'여자들 엄청 좋아하겠네.'

출연진은 뻔한 사태를 심드렁히 보면서 입은 리액션을 위해 바쁘게 움직였다.

누가 봐도 특별 게스트가 기존 게스트를 제물로 득 보는 상황. 하지만 놀랍게도 기존 게스트 녀석들은 어색한 가식적 뉘앙스 없이 상황을 부드럽고 유쾌히 받아들였다. 심지어 자리를 비켜서 선아현에게 자신들 사이의 자리를 줘보기까지 한다.

"이렇게 서시면… 짠, 센터."

"하하하!"

'어쭈?'

신인치고는 배짱이 괜찮지 않은가.

게다가 촬영할수록 알게 된 것이 있다. 이놈들 무슨 복인지 토크나 컨텐츠에 쓸 에피소드 거리도 수없이 많다.

"형 몰라요? 폭발한 빌딩에서 신문지 하나로 탈출한 그거! 이 방법도 그 멤버들한테 들었나 봐. 독특해."

"재현 씨도 밧줄 좀 타시네~ 혹시 유진 차 다음으로 입대하실 생각 있습니까?"

"혹시! 래빈 씨 성대모사 되나요?"

게임할 때마다 아주 모든 멤버가 돌아가며 거론되는데, MC가 다 알고 맞장구를 쳐줄 지경이다. 게다가 본인들도 각자 캐릭터와 에피소드가 있어서 본인들 위주로 술술 대화가 진행된다.

고정 출연자는 그제야 날카롭게 감지했다.

'얘네… 말도 안 되게 판이 잘 짜였는데?'

곡 하나 잘된 원 히트 원더가 아닐 거란 느낌이 솔솔 올라온다.

멤버가 각자의 인지도를 다 가진 그룹은 티홀릭 이후로 처음이었다. 그런데 곡까지 이렇게 대박을 치다니… 티홀릭의 몇 달 남짓한 공백기를 절묘하게 타고 나온 이 그룹에게선 냄새가 났다.

아주 거대한 성공의 냄새가.

'크으으음.'

그렇게 보니 지금 출연한 녀석들도 새롭게 더 잘 보인다. 일단 안 빼고 열심히 하고, 배짱도 충분하고, 센스도 좋다.

'사이도 좋은 것 같고.'

쉬는 시간만 되면 동생 쪽이 웃으며 계속 말을 붙이고 형 쪽이 받아주는데, 딱히 무시하는 투나 보여주기용이라는 티가 나지 않는다.

'겉멋이 안 들었잖아?'

내심 고개를 끄덕이며 어떻게 친분을 좀 만들어둘까 고민하는데, 어딘가에서 비슷한 시선이 느껴졌다.

힐끔 시선을 돌리자… 선아현이 보인다. 조용히 신인들을 보고 있는.

"…?"

응? 자신처럼 선아현도 쉬는 시간마다 그쪽을 보는 것 같… 다?

그 시선은 금방 사라졌지만, 출연자는 감이 왔다.

'뭐여.'

설마 친해지고 싶은 건가? 하지만 저런 유명인에게 말 한 번 더 붙여볼 법도 한데, 신인 둘은 굉장히 조심하는 것처럼 선아현에게 먼저 말을 걸질 않는다.

그리고 왜 그런 건지 출연진은 내심 짐작하는 바가 있었다. 그도 선아현에 대한 소문을 들었으니까.

'그래도 눈치가 없네, 눈치가 없어.'

이건 나한테 빚 좀 지겠는데?

그는 기분 좋게 혀를 끌끌 차며, 데이터 카드 교체 시간을 틈타 냉큼 신인에게 말을 걸었다. 정확히는, 그나마 한 살 연장자인 쪽이 혼자 남았을 때.

"오… 어때? 촬영 괜찮아요?"

"배려해 주셔서 열심히 찍고 있습니다. 감사해요."

깍듯한 놈에게 이런저런 잡담을 하면서 분위기를 조성한다. 그러다 선아현 화제를 슬쩍 꺼낸 뒤… 핵심을 찌르는 것이다!

"저분이 좀 쌀쌀맞죠?"

"…?"

신인, 류건우의 눈이 살짝 커졌다가 도로 돌아온다. 의아한 척 좋은 반응을 해주려는 게 제법 신인답게 풋풋해서 고정 출연진은 내심 웃었다.

"예술 하는 사람들이 좀 그렇더라구. 저렇게 잘생겼으니까 더 그런가 봐. 이게 우리 같은 엔터테이너들하고는 좀 느낌이 다르잖아."

그렇다. 선아현은 방송가에서 '선 긋는다'라는 평으로 알음알음 알려져 있었다. 사람이 정중하긴 한데, 그것뿐이다. 마치 사는 세계가 다른 것처럼 군다는 이야기도 있는 것이다.

'아주 자기는 숭고한 발레에 인생 바쳤다 이거냐고 비아냥거리는 놈들도 있고.'

나이 어린 애들이 느끼기에는 야속하거나 기분 나쁘게 느껴질 수도 있을 만한 태도였다. 그 점은 출연진도 충분히 이해했다.

물론 이 말을 듣고 있는 당사자의 생각은 이랬다.

'이 새끼 뭔 개소리야.'

류건우는 가까스로 대답했다.

"…음. 친절하셨는데요."

"그렇지. 그런데 이제 그 이상 친분을 만들고 싶어 하진 않는다… 이런 느낌을 받은 거잖아."

"……."

"근데 사실은 좀 너희랑 친해지고 싶어 하는 것 같던데? 계속 우리… 어, 위시즈 쪽을 보고 있더라."

"아……."

류건우는 잠시 말을 흐렸다. 출연자는 은근한 미소로, 자신의 조언을 계속할 생각이었으나….

"안녕하세요."

"어어."

한 살 어린 멤버, 신재현이 돌아와서 출연자에게 말을 붙인다.

"아니, 촬영 불편한 점은 없나 한번 물어보려고 왔지."

"역시. 선배님께서 매번 연말 시상식마다 신인분들 챙겨주신다고 들어서……."

"아, 흠, 그걸 알아?"

"그럼요. 정말 유명한 이야기잖아요."

이 시간대에 신재현이 세부 정보를 파악하지 못한 예능인은 없었다. 그가 순식간에 자신의 페이스로 쓱 끌어들인 출연자를 처리해 보내는 동안, 류건우는 생각했다.

'급 나눠서 사람 자르는 선아현…?'

그렇게 괴상한 명제도 없을 것 같았다.

'대체 무슨 일이 일어난 거야.'

류건우는 순간 선아현을 돌아볼 뻔했으나, 그만두었.

굳이 그럴 건 없지 않은가.

"쓰고 싶어요?"

출연자를 돌려보낸 신재현의 질문에, 류건우는 숨을 내쉬었다.

"아니."

쓸데없이 감상에 빠질 시간은 없고, 목표인 대상은 눈앞에 보였다.

'앞만 보고 간다.'

그래서 그는 동요 없이 계속 촬영을 이어 나갔다.

휴식 이후로 이어진 것은 노골적인 특별 게스트 홍보용 파트다. 간단한 발레 동작을 배우는 코너. 다만 여기서 기존 게스트에게도 코너의 끝에서 살짝 홍보 기회를 준다.

"발레까지 해봤는데, 우리 그럼 아이돌 댄스도 한번 도전해 볼까?"

"오오~"

정해진 대본에 따라 신재현과 류건우가 앞으로 나왔다.

"이렇게 추시면 돼요. 어깨를 이렇게 움직이면서."

"오호!"

일부러 손동작을 키치하게 만든 안무를 신재현이 시범 보이자, 출연진들이 붙여서 몸개그를 선보인다. 그리고 슬쩍 던져보기까지 하는 것이다.

"아~ 혹시 아현 씨도?"

특별 게스트의 움직임을.

그러나 출연진들이 놀란 것은, 꺼릴 줄 알았던 선아현이 냉큼 바로 나왔다는 점이다. 기다리기라도 한 것처럼.

"이렇게 하면….'

"네."

그리고 자기도 모르게 소화한다.

"…!"

단순히 비슷하게 몸 움직이는 일을 해서 가능한 게 아니라, 반복 훈련받은 사람 특유의 느낌이.

신재현은 눈을 가늘게 떴다.

'남아 있는 건가.'

물론 그 기색은 순간으로 지나갔고, 출연진들은 감탄했다.

"잘하신다~ 진짜 아이돌하셨어도 되겠는데?"

"그러게. 어떻게 생각해요, 두 분?"

'설마 못했을 거라고 하겠냐?'

류건우는 뻔한 걸 묻는다 생각하면서도 고개를 끄덕이고 대세를 따랐다.

"저도 그렇게 생각합니다."

"아 역시! 아현 씨, 혹시 정식으로 아이돌 댄스 도전해 보실 생각은요?"

선아현은 잠시 주저하는 것 같았으나, 그 기색은 순간 사라졌다.
"칭찬은 정말 감사하지만… 그래도 저는 발레리노니까요."
"아~ 단호하셔."
"이게 그 장인정신이지!"
선아현은 미소를 지으며 고개를 끄덕일 뿐이었다. 그래서 류건우는 무심코 물었다.
"발레를 굉장히 좋아하시나 봅니다. 언제나 거기에만 집중하시는 건가요."
"……."
선아현은 살짝 시선을 내리고 담담히 말한다.
"제 전부니까요. 다른 건 생각해 본 적 없어요."
"……."
박문대는 그 대답에 납득했다.
'저런 외골수 같은 소리 때문에 그런 괴상한 소문이 돌았나.'
그것을 지켜보던 출연자는 자기 조언이 먹혔다는 생각에 어깨를 으쓱했다.
'이렇게 인맥 만드는 거지. 훗.'
그리고 촬영은 마지막, 메인 코너로 접어들었다.

〈12권에서 계속〉